UWE GOERITZ

Eine Gräfin in Amerika

Bibliografische Information der Deutschen Nationalbibliothek:
Die Deutsche Nationalbibliothek verzeichnet diese Publikation
in der Deutschen Nationalbibliografie; detaillierte bibliografische Daten sind im Internet über http://dnb.dnb.de abrufbar.

© 2022 Uwe Goeritz

Coverbilder: Kordula Vahle und Enrique Meseguer auf
Pixabay

Covergestaltung: Uwe Goeritz

Herstellung und Verlag: BoD – Books on Demand, Norderstedt

ISBN: 978-3-7557-7346-7

Inhaltsverzeichnis

Noch kein Jahr wähnt sich Clara von Kletterwitz in Amerika in Sicherheit, da holt sie die Vergangenheit ein und die Gräfin aus Sachsen muss erneut flüchten. Den brutalen Verfolger ständig auf ihren Fersen schlägt sie sich mehr schlecht als recht durch ein riesiges und ihr unbekanntes Land.

In der Fortsetzung der Geschichte „Eine sächsische Revolution" kämpft Clara um ihr Leben in einem Land, das zunehmend gespalten wird. Die Ansichten der Staaten des Nordens stehen denen des Südens grundlegend entgegen. Es ist das Jahr 1850 und am Horizont ist der zehn Jahre später beginnende Bürgerkrieg in Amerika bereits zu erahnen. Zusammen mit ihrer Freundin Maria setzt sich Clara jetzt zusätzlich zur Hilfe für die Frauen auch noch für die Rechte der Sklaven und Ureinwohner ein, was für sie nicht ungefährlich ist.

Die handelnden Figuren sind zu großen Teilen frei erfunden, aber die historischen Bezüge sind durch archäologische Ausgrabungen, Dokumente, Sagen und Überlieferungen belegt.

1. Kapitel

Morgennebel

Es war ein kühler Morgen am ersten Tag des Monats Mai an der Bucht vor New York. Das Wasser war wärmer, als die Luft darüber und daher zog der Dunst über den kleinen Weg, der zum Hafen mit dem Anleger der Einwandererschiffe hinüberführte.

Wie jeden ersten Tag eines neuen Monats hatte Clara auch an diesem ihren Mann Heinrich untergehakt und schlenderte mit ihm am Gewässer entlang. Es war noch viel zu frisch für die kurze taillierte Jacke, die sie heute gewählt hatte, aber es war ja Mai.

Gerade ging die Sonne auf, würde danach die Luft erwärmen und dadurch den Nebel verdrängen.

Seit zehn Monaten lebten sie schon in Amerika, und der goldene Gruß, den die Sonne an ihrem ersten Tag ihnen hier geschenkt hatte, der hatte sich auf die Dauer gehalten.

Allerdings musste man auch in diesem Lande, in welchem der Sage nach die Goldstücke an Bäumen wachsen würden, sich alles hart erarbeiten. Vielleicht hatte Clara diesen einen Baum auch bloß noch nicht gefunden. Trotzdem ging es ihr gut, denn sie hatte Heinrich an ihrer Seite und ihre Freundin Maria war genauso bei ihr geblieben.

Ebenfalls seit zehn Monaten erinnerte nichts mehr an die damalige Gräfin von Kletterwitz. Sie war jetzt einfach nur noch Clara Stone. Und wie sie es sich mit Maria damals auf dem Segelschiff überlegt hatte, hatte sie ein Büro eröffnet, in dem sie die Frauen der Einwanderer unterstützen und beraten konnte.

Von der See her schob sich ein neuer Segler herüber und erinnerte sie damit an die eigene Überfahrt. Wochenlang hatten sie damals im Bauch solch eines Holzkastens zusammen gehockt, nur um in dieses Land zu gelangen, wenn auch aus völlig unterschiedlichen Gründen.

Sie hatte, nachdem sie ihren Mann, Graf Peter von Kletterwitz, in Notwehr erschossen hatte, das Weite suchen müssen und Heinrich war einfach vor der Verfolgung nach der Revolution in Sachsen hierher geflohen.

Ein Jahr zuvor hatten sie noch beide in Dresden auf der Barrikade gestanden.

Lange war es her und dennoch kamen immer noch Menschen von drüben, weil sie dort deswegen verfolgt wurden.

Viele lockte aber die Suche nach dem goldenen Baum hier herüber. Clara tat es dann immer in der Seele weh, wenn sie den Ankömmlingen erklären musste, dass es hier nicht so war, wie es sich viele erträumt hatten.

Aber eines war hier viel besser: Hier war man wirklich frei und jeder konnte werden, was immer man wollte. Im alten Europa gab es solche Freiheiten nicht, da herrschte Hunger und Standesdünkel. In diesem Land konnte ein Mann, mit einer schlauen Idee, schnell sehr reich werden.

„Ich sehe, du denkst wieder an damals!", sagte Heinrich zu ihr.

Das war, mit dem Segel vor den Augen, sicherlich auch nicht schwer zu erraten gewesen.

„Wie geht es in deinem Büro?", fragte er nach.

„Formulare, Formulare!", antwortete Clara und musste fast dabei lachen.

„Drüben hatten wir keine Formblätter und waren auch nicht frei. Hier gibt es Unmengen davon, aber auch die Freiheit. Vielleicht regeln nur diverse Zettel so ein freies Zusammenleben. Und ich muss den Männern und den Frauen helfen, diese Papiere auszufüllen!", erklärte sie.

„Da trifft es sich ganz gut, dass du so viele Sprachen sprichst!"

„Na, da sagst du was! Gestern war ein Bauer aus Griechenland bei mir. Seit Homer hat sich deren Sprache ganz schön verändert!", entgegnete sie und musste schmunzeln.

Versonnen dachte sie wieder an diese Situation zurück. Das war schon mehr als skurril gewesen, aber sie hatten sich dann doch irgendwie verständigt. Mit Händen und Füßen, auch wenn der Bauer sie dabei etwas ungläubig angesehen hatte. Sicherlich war es für ihn das erste Mal, dass er sich von einer Frau helfen lassen musste. Aber so war das eben hier, jeder tat, was er tun konnte.

„Hilft dir Maria heute wieder?", fragte Heinrich.

„Nein. Gundel müsste schon die Tür aufgeschlossen haben und ich gehe dann zu ihr. Heute kümmert sich Maria um ihre Tochter, die hat in der Nacht zweimal genießt!"

Das Ende des Weges kam näher und dort mussten sie sich trennen. Während Heinrich zu seiner Firma eilen würde, zog es Clara für den Rest des Tages in das kleine Büro am Hafen.

An der Weggabelung verabschiedeten sie sich mit einem Kuss und jeder beeilte sich, sein Tagwerk zu beginnen.

Über der Tür war in fünf Sprachen „Beratungsstelle für Einwanderer" angeschrieben und davor standen schon ein paar Leute, die sich lautstark miteinander unterhielten.

Clara hörte ein breites Sächsisch. Offensichtlich kam mindestens eine von den Frauen aus Dresden. Daher begrüßte sie die Menschen auch so und die nickten ihr zu, als sie ihnen die Tür einladend offen hielt.

„Hallo Gundel!", begrüßte Clara die junge Frau, die hinter dem Tisch stand und Papiere sortierte. Schnell warf sie einen Blick in den Raum, den die Freundin zuvor aufgeräumt hatte.

„War spät gestern Abend? Oder?", erkundigte sich Gundel.

„Ja! Sehr spät! Es waren ein paar Frauen aus Frankreich hier. Ich habe ewig gebraucht, um ihnen etwas beizubringen."

„Sicherlich nicht nur das. Oder?", erwiderte Gundel und zwinkerte ihr zu.

Die junge Frau wusste nur zu gut, wie gern sich Clara immer wieder in Französisch mit jemanden unterhielt.

Hinter Clara traten noch ein paar Leute in den Raum und Clara hängte die kurze Jacke an den Nagel neben dem Tresen.

„Heute treffen sich hier ein paar Frauen aus Sachsen, um Englisch zu lernen. Also wenn ihr mögt, dann kommt doch heute Abend um sechs Uhr hier her!", erklärte Clara den Frauen, die gerade vor ihr standen.

Zustimmendes Gemurmel war zu hören und dann begann die Beratung.

Wie immer drehte es sich um die alltäglichen Dinge des Lebens: Wo konnte man etwas kaufen, was ist das Geld wert, wo lebten schon Landsleute und wie redete man den Fleischer an, damit man eine Wurst bekam.

Dutzende Fragen folgten, die Clara lächelnd beantwortete.

Selbstbewusst agierte sie und vermittelte den Frauen damit ein Bild dessen, was man hier erreichen konnte.

Irgendwann wurde es Mittag und Maria kam in das Büro, mit ihrer Tochter Katharina im Arm und dem Henkelmann in der anderen Hand.

„Was gibt es den heute?", fragte Gundel.

„Erbsensuppe!", entgegnete Maria und stellte den Napf auf den Tisch. Danach packte sie zwei Löffel aus und während Gundel und Clara ihr Mahl einnahmen, übernahm Maria die Beratung der Frauen.

Sie drei waren schon ein tolles Gespann und jede konnte sich auf die andere verlassen.

Clara mochte diese Arbeit! Noch mehr mochte sie aber ihren Mann Heinrich.

2. Kapitel

Ein Gedankenzug

Schon eine ganze Weile starrte Heinrich auf das Blatt Papier, auf das er selbst den Entwurf der Lokomotive gezeichnet hatte. Etwas stimmte da nicht. Nur was war es? Vor seinem inneren Auge löste sich die Konstruktion vom Blatt und schwebte im Raum, als wäre die Lok schon fertig. Wo lag der Fehler?

Heinrich kam nicht dahinter. Er wusste nur, dass etwas nicht stimmen konnte.

Seit Monaten war er hier in dieser Firma beschäftigt. William Fargo[1] hatte vor ein paar Jahren die Firma „Livingston & Fargo" gegründet, die sich mit dem Transport von Gütern und Menschen hier in Amerika beschäftigte. Im Moment noch zum größten Teil mittels Postkutschen, doch auch hier war der Fortschritt nicht mehr aufzuhalten.

Doch die Dimensionen dieses Landes waren einfach gewaltig. Die Fahrt damals mit dem Zug von Dresden bis Magdeburg, die ihre Flucht eingeleitet hatte, war nur etwa hundert Meilen lang gewesen. Von New York bis St. Louis waren es mehr wie tausend und das war noch nicht mal die Hälfte der Ausdehnung dieses Landes. Noch niemand hatte die gewaltigen Weiten in der Mitte dieses Kontinentes richtig erforscht.

Die Bahn würde da vielleicht ein großes Stück dazu beitragen, dieses Gebiet zu erschließen.

Heinrich hob sein Gesicht zum Fenster, sah hinaus und auch sein Blick ging in den Westen.

---

[1] William George Fargo (20.5.1818 - 3.8.1881) - ein Wegbereiter des Post-, Bahn- und Transportwesens in Nordamerika.

Da Heinrich in Chemnitz an Lokomotiven mitgebaut hatte, hatte er diese Stelle bekommen, die auch noch sehr gut bezahlt war. Dort drüben in Sachsen war er nur Schmied und Mechaniker gewesen, aber hier war er Ingenieur, denn hier zählte, was man konnte und nicht, wen man als Vater hatte.

Einer der älteren Ingenieure trat zu ihm und riss ihn damit aus seinen Gedanken.

„Das sieht doch sehr gut aus!", sagte der alte Mann.

Heinrich entgegnete ihm jedoch: „Da ist noch ein Fehler drin. Das kann so nie fahren!"

Erneut vertiefte er sich in seinen Entwurf, aber seine Gedanken schweiften immer wieder ab.

Nach der Ankunft in Amerika hatte er mit Claras Hilfe schnell Englisch gelernt und jetzt saß er in diesem Büro. Hier waren Männer aus allen möglichen Ländern und sie verständigten sich alle in dieser Sprache. Gab es in Europa oft Streitigkeiten, so störte man sich hier nicht daran, dass der Mann am Nebentisch Russe oder Grieche war und ihr Chef ursprünglich aus Frankreich stammte. Hier galt nur der, der etwas leisten konnte und da war es egal, woher er einst kam.

Der Tag zog an ihm vorbei und auch der Zug in seinen Gedanken rollte schon über das Gleis, aber noch immer störte ihn etwas daran.

Viele der Loks kamen noch aus England oder wurden hier in Lizenz gefertigt, aber die meisten davon explodierten einfach auf der Fahrt. Das Problem mit dem Kessel hatte er schon damals in Chemnitz mit der „Glückauf" gelöst, doch die gewaltigen Strecken setzten hier andere Maßstäbe an das Fahrwerk und die Zuverlässigkeit der Räder. Und gerade daran grübelte Heinrich schon den ganzen Tag.

Vor seinem inneren Auge sah er den Zug durch die weite Prärie rollen. Dann traf es ihn wie ein Blitz und der Fehler war gefunden! Heinrich hätte jubeln können. Schnell korrigierte er seine

Zeichnung und ging damit zu dem anderen Ingenieur hinüber. Zusammen betrachteten sie den Entwurf.

„So kann es gehen!", erklärte Heinrich und damit würde der Moment kommen, zu dem diese Lokomotive Gestalt annehmen konnte. In den nächsten Tagen würden alle Ingenieure noch einmal kontrollieren, ob er etwas vergessen hatte, doch es sah wohl so aus, dass die Konstruktion das halten würde, was sich Heinrich von ihr versprach.

Eine Belobigung des Chefs und eine Prämie waren ihm damit sicher. Der ältere Mann schlug ihm schon mal anerkennend auf die Schulter.

Freudestrahlend und pfeifend ging Heinrich am Abend nach Hause zu seiner Frau.

Sicherlich hätte er sich auch eine größere Wohnung leisten können, doch dieses Appartement war genau das gewesen, was sie zu viert haben wollten. Und es war auch nicht so schlecht, dass er die Hälfte seines Monatslohnes sparen konnte.

Mit dem Geld hätte er vielleicht in ein paar Jahren die Möglichkeit, selbst eine Firma zu gründen. Wie Pilze im Herbst, so schossen hier die Unternehmen praktisch über Nacht aus dem Boden. Jeder, der eine gute Idee hatte, konnte damit hier ein reicher Mann werden.

Es war das Land der unbegrenzten Möglichkeiten!

Und die Schilder an den Geschäften zeigten dies eindeutig.

In der Abenddämmerung dieses lauen Maitages schlenderte Heinrich durch die Gassen.

In einem Laden kaufte er eine gute Flasche Rotwein und etwas Tabak aus Virginia. Einst hatte ihn dieser Tabak in Magdeburg auf die Idee gebracht, hierher auszuwandern. Und er erinnerte sich auch wieder an die Schokolade, die Clara dort so gern gegessen hatte.

Er kaufte eine Tafel und schob sie sich als Überraschung in die Jackentasche. Schmunzelnd stellte er sich schon diese kindliche

Freude vor, die Clara beim Genuss dieses Naschwerks gewiss haben würde.

Am Haus angekommen, blickte er noch einmal nach oben. Die Sonne versank im Westen und gab dem Himmel abermals diesen goldenen Glanz, den er auch bei ihrer Ankunft hier gehabt hatte.

Das Glück lag im Westen!

Dorthin würden irgendwann mal, in ein paar Jahren, seine Züge fahren. Die Strecke und die Gleise mussten noch gebaut werden, doch das war nur eine Frage der Zeit.

„Nach Westen!", war auch der Ruf, den viele der Neuankömmlinge hier benutzten, denen Clara half.

Heinrich stieg die Treppe hinauf.

Die knarrenden Stufen waren ihm nach den paar Monaten schon so vertraut und Amerika war seine Heimat geworden.

Das hier war sein Leben, Clara war sein Lebensinhalt!

Und sie öffnete ihm auch freudestrahlend die Tür und fiel ihm um den Hals. Offensichtlich hatte sie ihn schon erwartet. Jetzt konnte er es nicht mehr erwarten, ihre strahlenden Augen zu sehen, wenn er ihr sein Geschenk überreichte.

Lächelnd zog er die Tafel aus der Jackentasche und gab sie seiner Frau.

Clara fetzte die Packung regelrecht auf und schob sich das erste Stück gleich im Flur in den Mund.

„Mein Zug ist fertig!", erklärte Heinrich triumphierend. Dabei störte es ihn natürlich nicht, dass diese Lokomotive im Moment nur auf dem Papier und in seine Gedanken fuhr.

3. Kapitel

Dunkle Erinnerungen

Maria stand im Flur der Wohnung, die sie mit Clara, Heinrich, Gundel und ihrer Tochter Katharina in New York bewohnte, vor dem Spiegel und bürstete sich ihr langes schwarzes Haar.

Sie kämpfte dabei mit den Tränen, denn es war an diesem Tag genau ein Jahr her, dass Fritz, ihr Freund und Vater ihrer Tochter, in Dresden beim Maiaufstand erschossen worden war. Fritz hatte seine Tochter nie kennenlernen dürfen. Er hatte noch nicht einmal gewusst, dass sie überhaupt mit ihr schwanger gewesen war. Das hatte sie selbst erst auf der Fahrt über den Atlantik bemerkt.

Gerade erinnerte sie Katharina wieder lautstark daran, dass sie sich beeilen musste, denn es war schon fast Mittag. Eigentlich hätte sie sich an diesem Tag gern irgendwo verkrochen, doch sie hatte Gundel versprochen, sie im Büro abzulösen.

Es war Dienstag, der 7. Mai 1850 und noch immer lag Clara im Bett. Wie jeden Montag hatte die Freundin am Abend zuvor wieder einen Sprachkurs für die Auswanderer gegeben und war erst spät in der Nacht in die Wohnung geschlichen, doch jetzt half alles warten nichts mehr. Sie musste Clara wecken, damit die Freundin auf die Tochter aufpassen konnte.

Bei ihrem Weg in das Schlafzimmer von Clara und Heinrich fiel ihr neuerdings ein, wie sie einst bei Claras Familie ihre Anstellung erhalten hatte. Damals, als Clara noch die Tochter eines reichen Textilunternehmers aus Chemnitz gewesen war und sie nur die unbedeutende Magd, aber schon damals war eine Freundschaft entstanden, die auch drei Jahre später immer noch hielt.

Leise schob sie die Tür auf und trat in den Raum.

Clara hatte die Vorhänge zugezogen und schnarchte leise.

Maria trat an das Fenster, zog die Übergardinen zur Seite und ließ das helle Tageslicht in den Raum hineinfluten. Reichte das Licht schon, um die Freundin damit zu wecken? Offensichtlich nicht, denn trotz der Sonne auf der Nase schnarchte Clara weiter.

„Gräfin von Kletterwitz!", rief Maria.

Wie immer zuckte Clara erschrocken hoch.

„Du schon wieder. Mit so was macht man keine Scherze!", entgegnete Clara und gähnte laut.

„Ich muss dann los, um Gundel abzulösen. Die geht doch dann in ihre Nähstube!", erklärte Maria.

„Ach so! Bringst du mir Katharina? Da können wir hier noch etwas zusammen dösen!", antwortete Clara und legte sich wieder zurück.

Schnell hatte Maria die Tochter geholt und zu Clara ins Bett gelegt.

„Ist heute nicht der siebente?", fragte Clara.

Maria nickte.

„Es tut mir leid!", stieß Clara aus und sprang aus dem Bett.

Gegenseitig sich umarmend standen sie einen Moment mitten im Raum, bevor sich Maria aus der Umklammerung lösen konnte.

„Bis heute Abend!", erwiderte sie und eilte hinaus, damit Clara ihre Tränen nicht sah.

Der Weg bis zu ihrem Geschäftsraum im Hafen war nicht weit und wenig später schob sie die Tür auf.

Für einen Dienstag war hier überraschend wenig los. Nur eine Frau stand am Tisch und ließ sich von Gundel beraten. Geduldig wartete Maria, bis die Frau ging, dann umarmte sie Gundel und hängte ihre Jacke an den Haken neben der Informationstafel.

„War irgendwas Besonderes?", fragte sie, während sie sich eine Tasse Kaffee einfüllte.

„Das übliche eben!", erzählte Gundel und holte ihren Mantel.

Maria nickte ihr zu und trat einen Schritt in Richtung Tresen, als Gundel sagte: „Da war ein Mann hier!"

„Und?", fragte Maria, denn es war ja nicht ungewöhnlich, dass auch Männer in diese Beratungsstelle kamen.

„Er suchte nach Clara wegen einer Erbschaft! Ein Graf von Kletterwitz! Und er hat ein Foto von ihr dabei gehabt!", erwiderte Gundel.

Vor Schreck entglitt die Tasse Marias Hand und zerplatze auf dem Fußboden in hunderte Stücke inklusive eines großen Kaffeefleckes.

„Graf von Kletterwitz? Peter?", fragte sie erschrocken und dachte an die Schmerzen, die der Mann ihr damals mit seiner gewalttätigen Art zugefügt hatte, als sie noch seine Magd gewesen war.

„Nein! Cornelius!", entgegnete Gundel und zog sich ihren Mantel an.

„Hast du ihm gesagt, wo Clara wohnt?", fragte sie.

Gundel schüttelte den Kopf. „Nein! Es geht nur um eine Erbschaft! Er wohnt für ein paar Tage in einer Pension und sie soll sich bei ihm melden! Die Adresse steht da auf dem Zettel!" Gundel zeigte auf das Papierstück und ging.

Mit zitternden Fingern hob Maria das Blatt an. Das war nicht wirklich etwas Gutes! Damals auf dem Schiff von Magdeburg nach Hamburg, mitten auf der Elbe, hatte Clara ihren Mann Peter in Notwehr erschossen und wenn jetzt sein Bruder hier auftauchte, um nach ihr zu fragen, dann bedeutete dies, dass Clara gefunden und ihre Tarnung aufgeflogen war.

Seit zehn Monaten war sie jetzt bereits Clara Stone und dennoch hatte Cornelius sie ausfindig gemacht.

Die Pension war nicht weit entfernt und Maria beschloss, den Mann zu beobachten. Vielleicht hatte sich ja auch nur irgendein Spaßvogel einen makabren Scherz erlaubt.

Sie streifte sich die gerade erst ausgezogene Jacke wieder über, ließ die Scherben und den Kaffeefleck einfach am Boden und verschloss das Büro.

Das Schild mit der Aufschrift „Geschlossen" in sieben Sprachen hängte sie noch vor die Tür, dann eilte sie den Weg zurück.

Der Abstand von ihrer Wohnung zu der Herberge war nicht so groß, als dass es nicht hätte passieren können, dass Cornelius und Clara dort rein zufällig aufeinandertrafen.

Gegenüber des Einganges der Pension befand sich ein kleines Café und Maria setzte sich dort an einen Tisch, von dem aus sie die Tür im Blick haben konnte. Und Kaffee gab es hier auch noch.

Warum musste es ausgerechnet dieser Tag sein, an dem diese dunkle Erinnerung abermals in ihr Leben trat? Viel zu gut konnte sich Maria noch an all die Grausamkeiten erinnern, die Graf Peter ihr und Clara zugefügt hatte.

Es dauerte zwei Tassen lang, dann trat der Mann drüben aus der Tür.

Er war es! Definitiv. Die Ähnlichkeit war nicht zu verkennen. Zwar hatte er graue Schläfen und einen gepflegten Schnurrbart, aber die Kälte seiner Augen ließ sie frieren.

Der Mann trug einen guten Anzug und war etwa fünfzig Jahre alt. Er war also der ältere Bruder von Peter. Was wollte er? Sicherlich nicht eine Erbschaft auszahlen!

Jetzt musste Maria warten, bevor sie wieder gehen konnte. Zwar kannte er sie nicht, aber im Moment lähmte sie die Angst.

4. Kapitel

Sonntagsgedanken

Der Sonntag war Clara der liebste Tag in der Woche. Nachdem sie sich in der Nacht leidenschaftlich geliebt hatten, war sie danach neben Heinrich eingeschlafen und gerade weckte die Sonne des Vormittages sie, als deren Strahlen ihre Nase kitzelten.

Ausgiebig streckte sie sich und sah dem geliebten Mann von der Seite aus ins Gesicht. Er schnarchte leise und lag auf dem Rücken.

Diesen Tag in der Woche konnten sie beide so lange liegen bleiben, wie sie wollten.

Gundel war sicher schon in der Kirche, denn die Freundin war von ihnen allen die Gottesfürchtige.

Es war ja nicht so, dass Clara nicht an Gott glauben würde, aber sie hatte noch nie viel für diese Gottesdienste übrig gehabt und im warmen Bett war es einfach viel zu schön.

Ein Geräusch aus der Küche verriet ihr, dass Maria schon mit den Vorbereitungen zum Mittag beschäftigt war. Das Mahl würde es geben, wenn Gundel von der Messe zurückkommen würde.

Die Glocken der Kirche wären dann das Zeichen für Clara, sich von ihrem Nachtlager zu erheben, aber noch war Zeit.

Maria schob leise die Tür auf und schaute in das Zimmer. Mit der Tochter auf dem Arm, trat sie an das Bettgestell heran und legte ihr Katharina in den Arm.

Sie nickte der Freundin zu und fast geräuschlos ging Maria in die Küche zurück.

Clara sah in Katharinas Antlitz. Die schwarzen Löckchen umrahmte ein strahlendes Babygesicht.

So gern hätte Clara eigene Kinder gehabt, aber obwohl sie es sehr oft versuchten, hatte es bisher noch nicht geklappt. Da war es umso schöner, wenn sie mit der Tochter der Freundin im Arm noch im Bett kuscheln konnte.

Katharina gluckste vor Wonne, als Clara mit ihr zu spielen begann. So konnte ein Familienleben auch sein. Es war eben nur schade, dass es nicht ihre Tochter war. Viel zu goldig war das kleine Mädchen mit ihren vier Monaten.

Hier, in diesem Bett, hatte Maria die Tochter im Januar bekommen. Es hatte ziemlich lange gedauert, bis Katharina endlich das Licht dieses ersten Wintertages erblickt hatte.

Zusammen mit Gundel und einer Hebamme hatte sie Maria immer wieder abwechselnd betreut, während Heinrich in einer Kneipe gewesen war. Kinderkriegen war nun mal Frauensache. Was konnten die Männer da schon tun? Und Heinrich war da nicht viel anders, als alle anderen Männer auch. Trotzdem verstand sie sich gut mit ihm.

Oftmals führten sie abends lange Gespräche in der Stube über Gott und die Welt. Es reizte ihren Intellekt, mit Heinrich zu streiten und zu diskutieren. Oft führte das danach dazu, dass sie anschließend im Bett leidenschaftlich übereinander herfielen.

Am Abend zuvor hatten sie über die Sklaven des Südens gesprochen, über die sie etwas in der Zeitung gelesen hatte, aber weder sie noch Heinrich hatten jemals einen Sklaven gesehen. Hier in New York gab es nur wenige dunkelhäutige Menschen.

Clara legte sich zurück und blickte zur Decke hinauf. Eigentlich war das doch hier das Land, das allen Menschen die Freiheit versprach. Stand nicht in der Unabhängigkeitserklärung: *„Wir halten diese Wahrheiten für ausgemacht, dass alle Menschen gleich erschaffen worden, dass sie von ihrem Schöpfer mit gewissen unveräußerlichen Rechten begabt worden, worunter sind Leben, Freiheit und das Bestreben nach Glückseligkeit."*

Mehr als siebzig Jahre war es schon her, dass diese Erklärung geschlossen wurde, aber war es nur eine Absichtserklärung? Warum galt dieser Grundsatz nicht auch für die Sklaven? Und für die Indianer? Waren das etwa keine Menschen? Darüber hatten sie am Abend lange hitzig diskutiert.

Heinrich hatte ihr erklärt, dass das in sehr vielen anderen Familien noch nicht mal für die Frauen galt. Sollte man da nicht in dieser Erklärung das Wort „Menschen" durch „weiße Männer" ersetzen?

Vermutlich gab es nicht viele Frauen, die sich über solche Dinge Gedanken machten.

Am Abend hatten Gundel und Maria jedenfalls ziemlich seltsam geschaut, während sich Heinrich mit ihr fast herumgebalgt hatte. Dafür war die Versöhnung im Bett dann auch besonders schön gewesen.

Die Kirchenglocken rissen Clara aus ihren Gedanken.

Leise erhob sie sich, Maria kam zurück in das Zimmer, um die Tochter zu holen und Clara ging an die Waschschüssel für ihre Morgenwäsche, obwohl es schon fast Mittag war.

Gähnend trat Heinrich kurz darauf an sie heran und küsste sie, dann machte sie für ihn Platz.

Während sich Clara anzog, fragte sie ihren Mann: „Können wir heute mal am East River spazieren gehen? Eine Frau hat mir am Freitag erzählt, dass sie dort den Jones's Wood haben und ich würde gern mal wieder ein paar Bäume und etwas Grün sehen. Die Stadt ist zwar schön, aber ein Park fehlt hier irgendwie!"

„Warum nicht", antwortete Heinrich, sich abtrocknend, und setzte hinzu: „Dann kann Maria mit ihrer Tochter mitkommen. Ein bisschen frische Luft tut auch Katharina sicher gut!"

„Vielleicht kann ich auch Gundel dazu überreden. Sonst sitzt die bloß wieder den ganzen Tag an ihren Näharbeiten. Ein Sonntag sollte doch der Erholung dienen. Selbst Gott hat da geruht. Glaube ich zumindest!", äußerte Clara.

Noch ein Kuss ihres Mannes folgte, dann zog der Geruch des Mittagessens sie in die Küche hinüber.

24

Maria war eine so gute Köchin und aus dem Backofen strömte das Aroma eines frischen Apfelkuchens. Den konnten sie ja in einen Korb legen und auf dem Spaziergang unter einem Baum verspeisen.

Vorsichtig schob sich Clara an einen der Töpfe heran, denn Maria war schnell mit dem Holzlöffel, wenn jemand nachschauen wollte, was die Freundin leckeres kochte.

Da Heinrich Maria mit dem Vorschlag des Spazierganges ablenkte, konnte Clara einen Blick in den größten Topf riskieren.

Mehrere Stücke Braten schmorten darin und dufteten so herrlich.

„Rinderbraten, mit Kartoffeln und Rotkraut!", offenbarte Maria, während sie schon mit dem Löffel ausholte.

Schnell zog Clara die Hand vom Deckel zurück.

Gundel trat in die Küche und während sich Heinrich an den Tisch setzte, waren alle Frauen damit beschäftigt, die Tafel zu decken und das Mahl aufzutragen.

Nach einem Gebet von Gundel stürzten sie sich auf Marias hervorragendes Gericht.

Alle lobten überschwänglich den Sonntagsbraten und Maria wurde ein bisschen rot bei so viel Anerkennung. Ein solch leckeres Mahl gab es eben nur zum Sonntag.

So konnte ein Tag nicht schöner aussehen und später würde es noch einen Waldspaziergang mit Apfelkuchen und Wein geben.

Herrlich war es in Amerika.

5. Kapitel

Auge in Auge

Montag war es geworden und Maria schaute zu, wie Clara durch den Arbeitsraum wirbelte. Bisher hatte Maria noch nicht den Mut gehabt, der Freundin von der drohenden Gefahr zu berichten. Oder hatte sie geglaubt, dass die Gefährdung einfach so verschwand, wenn man nicht darüber redete?

Am Abend würde Clara wieder eine Gruppe von Frauen für ihre Schulung hier haben und es würde sicher bis in die Nacht gehen. Gerade sprudelte die Freundin nur so mit ihren Einfällen heraus.

Seit Tagen dachte Maria jetzt schon darüber nach, ob sie es Clara sagen sollte, doch was konnte der Freundin schon geschehen? Peter war drüben in Europa gestorben, zwar aus Notwehr von Clara erschossen, aber wer wusste das schon? Und wer konnte sie dafür verantwortlich machen? Zumindest kein Gericht in Amerika. Und in Europa? Eigentlich auch keines.

Was also hatte Clara zu befürchten?

Dennoch war da diese Angst tief in ihr, die Maria lähmte, denn wenn Cornelius von Kletterwitz auch nur ein ganz kleines Stück so war, wie sein Bruder Peter, dann wollte Maria nicht in seine Hände fallen müssen.

Gerade waren die ersten Frauen des Tages in ihrem Büro gewesen und jetzt war ein wenig Ruhe eingetreten. In einer Stunde würde Maria wieder nach Hause gehen, um bei Gundel die Tochter in Empfang zu nehmen. Vielleicht kam ja Gundel auch mit Katharina und dem Mittag hierher.

Zumindest würde Clara dann am Nachmittag alleine im Büro sein. Das erste Mal seit Anfang Mai! Sollte sie daher einfach Clara zur Seite nehmen und es ihr sagen? Falls der Mann eventuell am Nachmittag hier erschien, dann würde der Schock für Clara, wenn sie vorbereitet war, eventuell ein wenig kleiner sein.

Noch zögerte Maria, aber als sie sich zum Fenster wandte, bemerkte sie den Mann bereits auf sich zukommen und damit auch auf Clara.

Und diesmal trug der Mann am Gürtel auffallend offen einen Colt. Würde er diesen benutzen? Möglicherweise!

Beim letzten Mal hatte er keine Waffe gehabt! Demonstrativ rückte er den Gürtel auf der Straße vor dem Haus zurecht.

Erschrocken fuhr Maria herum und sah zu Clara, die etwas in die Schreibtischschublade einräumte.

„Clara! Versteck dich! Unter dem Tisch!", rief sie der Freundin zu, die sie daraufhin fragend anblickte, doch ihr Gesichtsausdruck reichte wohl als Erklärung, denn Clara tauchte sofort unter der Ladentheke unter. Nach vorn war sie daher vor seinem Blick beschirmt.

Maria lief geschwind nach hinten und stellte sich so, dass sie damit Clara auch noch mit ihrem Rock verdeckte. Die Freundin sah fragend nach oben, aber für Erklärungen war jetzt keine Zeit mehr, denn Cornelius von Kletterwitz schob gerade die Ladentür auf.

Die Ähnlichkeit zu ihrem alten Peiniger war so frappierend, dass Maria bei diesem Anblick fast das Blut gefror. Er trat an die Theke, griff ohne Gruß in seine Jackentasche und Maria zuckte zusammen.

Der Graf zog ein Foto aus seiner Tasche und legte es vor sie hin. „Ich suche diese Frau! Haben sie die schon mal hier gesehen?", fragte er.

Maria sah auf das Hochzeitsfoto von Clara und Peter herunter. Was sollte sie sagen? Gundel hatte ja schon ausgesprochen, dass sie Clara kannte. Lügen würde ihr also nichts bringen, aber die Angst schnürte ihr gerade die Kehle zu.

„Das ist die Gräfin von Kletterwitz. Meine Schwägerin! Wir haben meinen Bruder, ihren Mann, aus der Elbe gefischt. Mit einem Loch im Herzen und ich würde ihr gerne die Erbschaft überreichen!", sagte er laut und legte dabei den Colt auf den Tisch.

Beim Anblick der Waffe schrie Maria auf.

„Also? Haben sie diese Frau gesehen?", fragte der Mann eindringlich weiter und schob sich den Revolver in den Gürtel zurück.

Ein „Ja!" verließ piepsend ihren Mund.

„Fein! Wo kann ich sie finden? Ich würde ihr die Erbschaft gerne persönlich auszahlen!", erklärte er laut.

„Ich weiß es nicht. Sie ist nur gelegentlich hier", log Maria, aber diese Lüge war wohl so offensichtlich, dass er es sehen musste.

„Auch gut! Dann komme ich gelegentlich zurück!", sagte er drohend.

Langsam ging der Mann zur Tür und drehte sich dort noch einmal zurück. Demonstrativ schob er den Colt im Gürtel zurecht und verließ das Büro.

Zitternd versperrte Maria der Freundin auch weiterhin den Ausweg und musste sich an der Tischkante festhalten, um nicht in den Raum zu fallen. Ihre Knie waren wie Butter und wollten wohl ihr Gewicht nicht mehr halten.

Es dauerte Minuten, bis sie sich wieder bewegen konnte und zurück zur Wand trat, gegen die sie sich zitternd lehnte.

Jetzt hätte Clara eigentlich aus ihrem Versteck hervor gekonnt, aber ihr ging es offensichtlich ähnlich. Die Furcht war deutlich in ihren Augen zu sehen.

Eine ganze Weile später kroch Clara vorsichtig auf allen Vieren unter dem Tisch hervor, erhob sich ein Stück und spähte über die Tischplatte zur Ladentür.

„Oh mein Gott! Ich muss hier fort!", flüsterte die Freundin und stemmte sich hoch.

Maria konnte gerade noch verhindern, dass Clara panisch den Raum verließ, indem sie die Freundin von hinten umklammerte.

Sie hielten sich gegenseitig aufrecht.

„Warum? Was soll ich machen? Ich muss von hier verschwinden!", brach es überstürzt aus Clara hervor.

Die Drohung von Cornelius war ihr nicht unbemerkt geblieben, obwohl sie ja die Waffe nicht gesehen hatte.

„Aber wohin?", erwiderte Maria.

Claras wirrer Blick ging im Laden umher.

Jetzt durfte Maria die Freundin nicht loslassen, denn der Pier war nicht weit entfernt. Es war noch kein Jahr her, da hatten sie auf Clara gemeinsam aufpassen müssen, damit sie sich nichts antat und gerade war es wieder so weit. Das konnte Maria in den Augen der Freundin erblicken.

„Wohin?", murmelte sie ständig und dann fixierte ihr Blick ein Blatt an der Tafel. „St. Louis!", flüsterte Clara.

Dorthin gingen viele der Auswanderer aus den deutschen Ländern und eine ihrer Freundinnen, Alma Heller, war erst vor ein paar Monaten dorthin umgezogen. Regelmäßig erreichte sie Post von ihr, worin sie schrieb, wie herrlich es dort war.

Aber vorsichtshalber wollte Maria Clara nicht alleine nach Hause gehen lassen. Es konnte ja sein, dass Cornelius ihr irgendwo auflauerte oder Clara doch noch in die Bucht sprang.

Schnell war das Büro verschlossen, das Schild hing an der Tür und an Marias Arm ging die Freundin schwankend zurück.

Eigentlich stützten sie sich gegenseitig und Marias Blick suchte permanent nach dem Mann.

6. Kapitel

Nach St. Louis!

Diese Flucht war viel zu überstürzt gewesen, aber sie hatte Cornelius nicht in die Hände fallen wollen. Zu ihrem Glück hatte Heinrich gerade eine Prämie bekommen und damit besaß er momentan fast fünfhundert Dollar. Eine schier unglaubliche Summe.

Erst in der Kutsche war Clara wieder einigermaßen zur Ruhe gekommen. Heinrich hatte ihr erklärt, dass die Postkutsche zehn Tage bis St. Louis brauchen würde und er hatte sich auch nicht gegen diesen Aufbruch gestemmt, denn die Firma, für die er in New York gearbeitet hatte, besaß auch eine Niederlassung in St. Louis. Mit einem Schreiben würde er dort in der Werft dann Dampfmaschinen für die Schiffe konstruieren, die den Mississippi hinauf und hinab fuhren.

Warum eigentlich St. Louis?

Es war wohl eine gute Fügung, dass Clara erst ein paar Tage zuvor einen Brief von Alma Heller erhalten hatte, mit der sie auf dem Schiff gemeinsam in dieses Land gekommen war. Vor Monaten hatte sich die Frau mit ihrem Mann eine Farm am Stadtrand von St. Louis gekauft und jetzt war dieses Haus vorübergehend ihr Ziel.

Viele deutsche Einwanderer wählten momentan St. Louis als Ziel ihres Weges. Zahlreiche gingen von dort aus in den Westen, aber genauso viele blieben auch in der Stadt. Die Hälfte alles Bewohner von St. Louis waren in den letzten Jahren aus deutschen Ländern dorthin gereist und man siedelte sich eben gern da an, wo in der alten Sprache gesprochen wurde.

Seit dem Tage zuvor war Clara jetzt schon unterwegs.

Zusammen mit ihr und Heinrich saßen noch sieben andere Fahrgäste in der beengten Kabine. Acht Männer saßen noch obendrauf, in Straßenstaub eingehüllt.

Am liebsten hätte sich Clara zwar ein Pferd gegriffen und wäre die tausend Meilen geritten, doch Heinrich hatte darauf bestanden, die Kutsche zu nehmen.

Schon damals in Sachsen war er nicht der geschickteste Reiter gewesen und in ihm steckte vermutlich immer noch die Erinnerung an diesen Ritt von Chemnitz nach Dresden. Mehr als ein Jahr war das bereits her und dennoch machte Heinrich immer noch einen großen Bogen um jedes Pferd.

In aller Eile hatte Clara die Brücken hinter sich abgebrochen und die Freundinnen alleine in New York zurückgelassen. Die Furcht vor Cornelius war einfach viel zu groß gewesen und wenn Heinrich nicht erst noch die Modalitäten seiner neuen Arbeit hätte klären müssen, dann wäre sie sofort gefahren. So hatte sie noch eine gequälte Nacht in Furcht gewartet.

Derzeit jagte diese Postkutsche in einer aberwitzigen Geschwindigkeit durch das Land.

Gegen ein paar kleine Münzen hatte Heinrich für sie ein Kissen erworben, mit dem diese Fahrt ein wenig erträglicher wurde, aber es war eigentlich unzumutbar. In dem Kasten war es staubig, eng und die dürftige Federung des Gespannes übertrug jeden Stoß von der schlechten Straße in ihren Rücken.

Zehn Tage würde es dauern und sie hatte schon am zweiten Tag der Reise die Nase voll. Nur eine andere Frau saß noch mit im Wagen. Eine ältere Dame, die einen kleinen Hund auf ihrem Schoß hatte. Vermutlich eine Art von Wachhund!

Es war irgendwie bezeichnend, dass vorn, neben dem Kutscher, ein Mann mit einer geladenen doppelläufigen Flinte saß.

Und die Männer in der Kusche machten teilweise keinen vertrauenerweckenden Eindruck. Glücksspieler waren wohl auch darunter, denn zwei der Männer spielten schon stundenlang am Fenster Poker. Ein anderer Fahrgast streifte gelegentlich mit der Hand ihr Knie, was wohl der Enge geschuldet, aber dennoch unangenehm war.

Die Nacht waren sie in der Postkutsche geblieben und hatten sich nach dem ersten Morgengrauen in einer Station gewaschen. Danach hatte sich das Gefährt wieder in Bewegung gesetzt. Nachts hier zu fahren war wohl ziemlich riskant bei diesen Wegen, aber sonst würde es ja noch länger dauern, doch so richtig hatte Clara in der ersten Nacht aber auch nicht schlafen können. Zu sehr hatte sie die Fahrt umhergeworfen.

Vier schnelle Pferde zogen sie nach Westen und gelegentlich hielt die Kutsche an Poststationen, um die Pferde zu wechseln, sowie Briefe ein und auszuladen. Die Passagiere vertraten sich in dieser Zeit die schmerzenden Glieder oder gingen auf die Latrine.

Das Trompetensignal von vorn verkündete die Ankunft einer neuen Stadt und damit etwas Zeit, um etwas zu essen und zu trinken.

In irgendeiner namenlosen Stadt hielt die Kutsche vor dem Post Office und alle Reisenden strömten aus der Kabine.

Während Clara zur Latrine ging, besorgte Heinrich etwas zu essen für den weiteren Weg.

Clara trat zusammen mit der anderen Frau in die Poststation und dort hielten sie sich wechselseitig die Tür des Aborts zu, damit keiner der Männer zu ihr hineinkommen konnte.

Auch der kleine Hund musste noch sein Geschäft verrichten, dann bekam er einen Napf voller Wasser und Clara kam mit der Frau ins Gespräch. Margot würde schon in Louisville aussteigen und daher würde Clara dann die Hälfte des Weges als einzige Frau im Wagen sitzen, falls nicht doch noch unterwegs eine Frau wieder zustieg.

Vermutlich reisten die meisten Familien allerdings mit den Planwagen in den Westen und es gab nicht so viele Frauen, die ihr Leben der schaukelnden Postkutsche anvertrauten.

Je weiter der Weg sie von Cornelius trennte, desto selbstsicherer wurde Clara auch wieder. Die Angst vor dem Mann blieb hinter ihr zurück, aber das hatte sie damals auch von Peter gedacht.

Gegenwärtig hatte das Schicksal sie eingeholt oder zumindest fast.

Würde Cornelius weiter nach ihr suchen? Dann wäre St. Louis vielleicht die falsche Wahl gewesen, denn wenn der Mann ein bisschen nachdenken würde, dann war er wieder auf ihrer Spur. Allerdings konnte Clara unter den tausenden von Einwanderern leichter untertauchen.

Zumindest war das ihre Hoffnung.

Heinrich kam mit zwei belegten Broten zurück und unterbrach ihre Unterredung mit Margot und auch das Hornsignal verkündete wenig später, dass eine neue holprige Strecke vor ihr lag.

Ihr mit Schinken belegtes Sandwich war die optimale Mahlzeit in diesem Wagen. Es war das erste Essen nach Stunden der Fahrt!

Clara setzte sich in der Kutsche auf ihr Kissen, biss genüsslich in das belegte Brot hinein und wurde dabei argwöhnisch von dem kleinen Hund beobachtete. Offensichtlich hatte auch er Hunger.

Margot setzte sich jetzt ihr gegenüber und damit hatte der Hund die optimale Entfernung, um sich einen Bissen schnappen zu können. Daher dauerte es auch nicht lange, bis er ein Stück Schinken ergaunern konnte.

Das Lachen über den Vorfall verdrängte noch zusätzlich die Angst und den Schmerz der Fahrt.

7. Kapitel

Der unwillentliche Verrat

Maria lehnte an der Rückwand des Büros neben der Tür zu der Abstellkammer. Dort hatte sie gerade ihre Tochter zum Schlafen auf ein Kissen gelegt. Vor drei Tagen hatte Clara die Kutsche in Richtung Westen bestiegen und da die Fahrt bis St. Louis zehn Tage dauern würde, wie ihr Heinrich bei der Abfahrt gesagt hatte, hatten die beiden momentan noch nicht mal ein Drittel der Strecke geschafft.

Heute war Freitag und die betriebsame Geschäftigkeit der Frauen ließ etwas nach. Jede eilte gerade davon, um für das bevorstehende Wochenende noch den Einkauf vorzunehmen.

Gundel war ebenfalls unterwegs und würde dann später in der Wohnung die Suppe ansetzen.

Cornelius war zum Glück nicht wieder aufgetaucht.

Und wie als hätte sie den Mann mit ihren Gedanken gerufen, schob der Graf die Tür auf und trat an die Ladentheke.

Abermals war Maria wie gelähmt, denn diese Ähnlichkeit zu ihrem damaligen Peiniger machte ihr auch bei diesem Treffen Angst! Noch viel zu gut waren die Schmerzen in ihrer Erinnerung vorhanden, die ihr Graf Peter in Chemnitz zugefügt hatte.

War Graf Cornelius anders? Seine Augen jedenfalls waren kalt und schienen sie durchdringen zu wollen. Der Mann nagelte sie praktisch mit seinem Blick an die Wand hinter ihr.

Langsam kam er näher, umrundete den Tisch und trat direkt vor sie hin.

„Wo ist meine Schwägerin? Sie decken die Frau doch! Sie ist eine Mörderin und muss ihre gerechte Strafe finden!", zischte der Mann sie an.

Das Grinsen des ersten Treffens war gewichen und erneut trug er einen Gurt mit einem großen Colt, der mit dem Griff auf seiner Hüfte ruhte.

„Ich weiß nicht, wo Clara ist!", stotterte Maria.

„Ach so! Ich hatte ihren Vornamen gar nicht erwähnt! Wo ist diese Hure? Raus mit der Sprache!", brüllte der Graf sie an.

„Ich habe sie schon ein paar Tage nicht mehr gesehen!", brachte Maria mühsam heraus.

„Sie lügen mich doch an!", entgegnete der Mann lauernd.

Noch bevor sie etwas sagen konnte, hatte er seine Hand an ihrem Halse und drückte langsam zu. Nach Luft schnappend schlug sie um sich, doch der Mann wich ihren Schlägen aus.

Zappelnd hing sie wie eine Puppe in seinem Griff, dann ließ der Graf sie kurz los, um seine Frage zu wiederholen.

Erneut sagte Maria: „Ich weiß nicht, wo Clara ist!"

Sie wusste nicht, wo sie die Kraft zum Widerstand hernahm.

Ohne ein weiteres Wort an sie zu verlieren, schleuderte sie der Graf durch die angelehnte Tür in die Abstellkammer hinein. Zum Glück lag Katharina nicht in ihrem Weg, denn im Flug hätte sie der Tochter wohl kaum ausweichen können.

Krachend prallte Maria mit dem Rücken gegen die hintere Wand des Raumes und der Graf setzte ihr sofort nach. In der schummrigen Kammer war er ihr so nah, dass sie den Rauch der zuvor von ihm gerauchten Zigarre in seinem Atem riechen konnte.

„Wo ist diese Hure?", fragte er abermals eindringlich.

Maria bekam kein Wort heraus, die Angst lähmte sie.

„So etwas verstocktes!", zischte der Mann und das hätte in dieser Art auch von seinem Bruder kommen können.

Bevor sie auch nur einen Gedanken fassen konnte, hatte sie der Graf auf den Boden geschleudert, ihr das Kleid hochgeschoben, hatte sich auf sie geworfen und versuchte in ihren Schoß zu gelangen.

Der Schmerz dieser Gewalt riss sie aus ihrer Starre, aber ihr Strampeln störte den Mann nicht.

Er war viel zu stark, drückte ihr mit den Knien die Beine auseinander und presste sie zugleich zu Boden. Seinen Gürtel mit der Waffe hatte er hinter sich liegen. Unerreichbar weit von ihr entfernt!

Verzweifelt schlug sie mit ihren Fäusten auf seinen Rücken, was aber nur dazu führte, dass er ihre Hände schnappte und diese mit den Handgelenken auf den Fußboden drückte.

„Wo! Ist! Gräfin! Clara!", stieß er aus und stieß es gleichzeitig gewaltsam in ihren Leib.

Der Schmerz dieser Schändung war unbeschreiblich und dennoch schwieg Maria. Es war abzusehen, dass die Gewalt schnell enden würde und schon schoss er keuchend seinen Samen in ihren verletzten Schoß.

Schnaufend erhob sich der Graf und schloss sich die Hose. Er sah auf sie herab, während er sich den Gürtel wieder umlegte.

Gerade wurde Katharina unruhig und ein hämisches Grinsen schob sich auf das Gesicht des Mannes. Er zog die Waffe und hob das Kind an.

„Wo ist diese elende Hure?", presste er drohend hervor.

Marias Blick sauste unwillkürlich zu dem Plakat an der Wand des Büros.

Der Graf fuhr herum und erkannte das Ziel ihrer Kopfbewegung.

„Das wollte ich doch nur wissen!", erklärte der Mann triumphierend, legte das Kind zurück und schob sich den Revolver in sein Holster.

Ohne einen weiteren Blick zu ihr ging er pfeifend aus dem Büro.

„St. Louis", stand an der Wand, als wäre es mit Feuer dorthin geschrieben.

Mühsam kam Maria auf die Beine. Sie hatte Clara verraten! Die Schändung war Nebensache, der Verrat an der Freundin schmerzte viel mehr und sie hatte keine Möglichkeit Clara vor der drohenden Todesgefahr zu warnen.

Schwankend stand Maria an der Tür und der Schmerz wurde übermächtig. Vor dem Kissen mit Katharina brach sie in die Knie und Tränen strömten ihr über die Wangen.

Lange hockte sie so in der Kammer.

Irgendwann erschien Gundel und half ihr auf, aber Maria wollte der Freundin den Verrat nicht gestehen.

„Ich bin gestürzt!", log sie und setzte sich an der Wand des Büros auf einen Hocker.

Mit Katharina auf dem schmerzenden Schoß versuchte sie der Tochter ein Schlaflied zu singen, doch der Text fiel ihr nicht ein. Sie summte einfach das Lied und immer noch hing das verräterische Plakat dort.

Selbstverständlich würde der Graf der Freundin folgen.

Sie hatte schon geahnt, dass er über Leichen ging, um sein Ziel zu erreichen, jetzt wusste sie es.

Maria schämte sich dafür, dass sie Clara so schmählich verraten hatte. Für immer würde sie diese Gewissheit tief in ihrem Inneren verschließen.

Erneut stieg ihr eine Träne auf, lief die Nase entlang und tropfte von deren Spitze auf Katharinas Kopf. Hätte der Graf der Tochter wirklich etwas angetan? Sicherlich, denn er war völlig skrupellos! Cornelius war genauso grausam, wie es Peter immer zu ihr und Clara gewesen war.

„Schaffst du das alleine? Ich muss mich ausruhen gehen!", sagte Maria zu ihrer Freundin und wartete nicht auf deren Antwort.

Schwankend ging sie zu ihrer Wohnung zurück und der Verrat brannte in ihrer Seele!

8. Kapitel

Ein einfaches Leben

Ein neuer Sonntag war gerade angebrochen und Clara lag in einem fremden Bett. Zwei Tage zuvor waren sie endlich in St. Louis angekommen. Wie erhofft hatten Alma und ihr Mann Gustav sie freudig in ihrem Hause aufgenommen.

Den ganzen Sonnabend hatte Clara versucht, den Staub aus den Kleidern zu bekommen. Nie wieder würde sie solch eine dreckige Postkutsche besteigen! Dann schon lieber tausend Meilen im Sattel, als solch ein Martyrium.

Immer noch spürte sie jeden Knochen im Leib.

Eine Weile war sie schon wach und sah an die gegenüber liegende Wand, an die der erste Schein der aufgehenden Sonne fiel.

Es war eine kleine Farm am Stadtrand von St. Louis, aber nach den Häusern und deren Bewohnern hätte es auch eine kleine Ortschaft irgendwo in Sachsen sein können. Als sie am Tage zuvor die Wäsche auf die Leine gehängt hatte, hatte sie eine der Nachbarinnen im breitesten sächsischen Dialekt begrüßt. So sprachen die Leute nur in Dresden und über die Heimatstadt der Frau kamen sie schnell in ein Gespräch.

Draußen schlug irgendwo eine Tür zu. Vermutlich lief Gustav gerade in den Stall hinüber. Bauernleben begann früh am Tage, hier wie überall.

Alma würde ihrem Mann sicher in wenigen Minuten folgen. Nur Clara konnte noch im Bett bleiben und sich an Heinrich ankuscheln.

Bereits am Freitagabend hatte Heinrich in der Werft vorgesprochen und mit dem Empfehlungsschreiben von Herrn Fargo war es auch kein Problem gewesen, dort sofort eine Anstellung zu erhalten. Damit war das Finanzielle erst mal gesichert und als Nächstes blieb, ein Haus für sie zu finden.

Das Geld, das Heinrich mit hierher gebracht hatte, das hatte er auf dem Weg zur Werft in einer Bank deponiert. Nur einen kleinen Teil hatte er hier behalten, um damit einzukaufen und bei den Hellers dieses Zimmer zu bezahlen.

Ihr Blick fiel auf das Säckchen, das Heinrich am Abend neben das Bett gelegt hatte. Der kleine Teil darin war immer noch mehr, als diese Farm in einem halben Jahr abwarf.

Clara war die wohlhabende Frau eines reichen Mannes, aber was sollte sie tun? Nur faul im Bett zu liegen war zwar zuweilen auch schön, aber sie wollte etwas Nützliches tun. Das Büro in New York hatte ihr immer den Kontakt zu den Frauen gesichert und jetzt war sie hier in St. Louis.

Vielleicht konnte sie mit Almas Hilfe die Frauenrunden wieder aufnehmen. Diese Stadt war der Ausgangspunkt für viele in den Westen und dort musste man Englisch sprechen können. Hier half auch deutsch, dort draußen, in der Prärie, eher nicht.

Alma verließ singend das Haus und Clara stemmte sich im Bett hoch. Es war Sonntag und die meisten der Frauen würden sicher in die Kirche gehen. Da konnte sie dann die ersten Kontakte knüpfen, aber zuvor kam die morgendliche Körperpflege.

Barfuß ging Clara in die Küche hinüber und holte die Schüssel. Alma hatte schon Waschwasser auf dem Herd stehen, das sie sich anschließend in die Kammer holte.

Sich im Sonnenlicht waschend gingen ihre Gedanken wieder zurück zu der Reise in der Kutsche, denn der Straßenstaub war immer noch in jeder Pore.

Es war eine Höllenfahrt gewesen!

Nach Louisville und nachdem Margot mit ihrem Hund den Wagen verlassen hatte, war Clara mit acht Männern in dem Kasten gewesen. Es hatte gestunken, wie in einem Iltisbau! Drei Tage hatte sie kein Auge zubekommen, bevor die Müdigkeit sie dann überfallen hatte. Und dennoch hatte sie jeden Stein auf der Straße gespürt.

Die schlafenden Männer hatten sie zusammengedrückt und es war sicher kein Zufall gewesen, dass ständig irgendwelche Hände ihren Körper gestreift hatten.

Erst weit nach Louisville hatte Clara einen Platz an der Tür bekommen, mit Heinrich an ihrer anderen Seite. Allerdings war das der dreckigste Platz im ganzen Gefährt.

Almas Seife wusch einen Teil des Staubs aus und das Wasser wurde trüb in der Schüssel. So eine Kutsche war kein Platz für eine Frau! Für Männer schon eher. Die beiden Glücksspieler hatten fast ununterbrochen Poker gespielt. Wohl zur Übung, denn einer hatte etwas von einem bevorstehenden Turnier erzählt. Zehn Tage Training, um dann einen Preis zu gewinnen, wenn sie dabei überhaupt noch die Augen offenhalten konnten.

Clara trocknete sich ab, streifte sich ihre Kleidung über, dann trat sie an das Bett und weckte Heinrich mit einem Kuss. Der Mann räkelte sich im Bett, zog sie zu sich herunter und wenig später war sie nackt und lag unter ihm.

Die folgenden Streicheleinheiten und Zärtlichkeiten genoss sie und danach begann die Körperpflege erneut. Noch einmal trübte sich dabei das Waschwasser. Vielleicht sollte sie sich in einem ausgiebigen Bad mal gründlich von Alma abschrubben lassen.

Als die Freundin und ihr Mann aus dem Stall zurück in das Haus kamen, traten auch Clara und Heinrich in die Küche.

Das Frühstück wurde vorbereitet. Eier mit Speck, Brot und Wurst, und alles vom eigenen Hof. Während die Männer rauchend am Tisch saßen, bereiteten Alma und sie alles vor. Dabei kam sie mit Alma ins Gespräch, um die Frauenrunden schon mal zuvor abzusprechen.

Sofort wurde Clara klar, dass sie eigentlich mit Ruth, der Nachbarin, bereits diejenige getroffen hatte, die alles in die Wege leiten konnte, denn Ruth war im Vorstand der Kirchgemeinde und hatte den großen Versammlungsraum in ihrer Schlüsselgewalt.

Das Frühstück begann und alle ließen es sich schmecken. Nach dem Umziehen waren sie dann zu viert in ihren besten Sachen auf dem Weg zur Kirche.

Hunderte andere Menschen hatten offensichtlich dasselbe Ziel. Clara war nie so eine Kirchgängerin gewesen, aber der Zweck heiligte wohl in diesem Falle die Mittel.

Das Gotteshaus schien fast aus allen Nähten zu platzen. Jeder Fleck darin war besetzt und nur mit Almas Hilfe bekam Clara einen Sitzplatz auf einer Bank ganz in der Nähe von Ruth.

Der Gottesdienst begann und wurde in Deutsch abgehalten. Es war eine ganz normale lutheranische Kirche, wie sie wohl auch in Dresden oder Chemnitz hätte stehen können.

Clara ließ ihren Blick um sich herum schweifen. Die Frauen sangen alle mit, nur sie kannte den Text nicht. Hier saßen sie alle, die sie dann am Montagabend im Saal nebenan treffen konnte, zu einer Runde, zum Schwatzen und zum Lernen. Das konnte ihr Spaß machen und es erinnerte sie schmerzlich an das, was sie in New York zurückgelassen hatte.

An Gundel, Maria und Katharina dachte sie dabei besonders.

Gundel saß jetzt bestimmt auch gerade in einer Kirche.

Die beiden Freundinnen und Marias Tochter fehlten ihr so unsäglich.

9. Kapitel

Heillose Flucht

Nur etwas mehr wie zwei Wochen hatten sie in St. Louis ihre Ruhe gehabt. Am 24. Mai waren sie hier aus der Postkutsche gestiegen und jetzt, am 10. Juni, bahnte sich eine erneute Flucht an.

Es war Montagmorgen und gerade hatte Heinrich auf dem Weg zu seiner Arbeit von Joseph, dem Händler, vor dessen Laden erfahren, dass jemand mit Claras Bild nach ihr suchte.

Das konnte nur Cornelius oder einer seiner Leute sein!

Da Clara durch ihre aufgeschlossene Art in den paar Tagen auch hier schon wieder stadtbekannt geworden war, war es nur eine Frage der Zeit, bis eine, oder einer, der Bekannten Cornelius den entscheidenden Tipp gab.

Und da Heinrich seine Frau nur zu gut kannte, machte er auf dem Rückweg zur Farm der Hellers einen Umweg über die Werft, um sich ein Empfehlungsschreiben zu besorgen, mit dem er dann in New Orleans in einem der dortigen Docks eine Anstellung finden würde.

Zuvor musste er allerdings auf der Fahrt in den Süden eindringlich mit Clara reden, denn statt ihre Spuren zu verwischen, legte sie nur immer neue Markierungen für ihren Verfolger aus.

Kurz nach dem Mittag betrat er das Haus der Hellers, in dessen Gästezimmer Clara und er bisher gelebt hatten. Claras Gesichtsausdruck sagte eindeutig, dass sie wusste, dass ihr Verfolger in der Nähe war.

„Alma hat mir gesagt, dass Cornelius hier ist!", sagte sie fast panisch.

Dazu konnte er nur nicken.

„Ich muss von hier fort!", setzte sie verzweifelt hinzu.

Er zog sie zum Tisch. „Ich werde Fahrkarten für das Schiff nach New Orleans holen und du packst unsere Sachen. Ist das für dich in Ordnung?", fragte er sie.

Clara nickte und Heinrich machte sich noch einmal auf den Weg.

Diesmal führten ihn seine Schritte an der Werft vorbei zum Hafen, wo die Flussdampfer am Anleger qualmend auf ihre Passagiere warteten.

Im Hafen angekommen studierte er die Anzeigetafel mit den Abfahrtszeiten. Heinrich brauchte ein Schiff, das erst am nächsten Tag, oder noch besser in der Nacht, losfuhr, damit sie im Schutze der Dunkelheit einsteigen konnten, denn Cornelius würde vielleicht auch hier schon das Bild gezeigt haben.

Je weniger Menschen Clara beim Besteigen des Dampfers sahen, desto besser wäre es für sie beiden, denn sonst würde Cornelius sie vielleicht bei der Ankunft des Schiffes schon erwarten.

Die „Virginia Queen" war wohl am besten als Fluchtmöglichkeit geeignet, denn sie fuhr noch in der Nacht los und brauchte nur acht Tage bis New Orleans.

Zwar gab es auch deutlich schnellere Schiffe, aber die fuhren alle am Tag ab und blieben nicht lange hier, um ungesehen an Bord gelangen zu können.

Gegen eine Handvoll Dollarmünzen besorgte er sich zwei Fahrkarten dritter Klasse und ging anschließend die Anlegestellen entlang.

Noch war das Schiff nicht angekommen, aber er suchte den Platz, an welchem es am Abend festmachen würde.

Die Hafenanlage war gewaltig und fast unüberschaubar. Der Landungsplatz zog sich über mehrere hunderte Schritte am Fluss entlang und im Moment lagen hier dutzende Schiffe, die beladen wurden oder ihre Fracht löschten.

Zwischen den fünfstöckigen Kontorhäusern konnte man sicher ungesehen bis zum Pier nach vorn kommen und von da war es nur noch ein kleines Stück bis zum Anlegeplatz des Dampfschiffes.

Sorgfältig sah sich Heinrich den Platz und die Zufahrten dorthin an. Er schritt die Strecke ein paar Mal ab, denn am Abend würde es dunkel sein und sie durften nicht zu lange für diesen Weg brauchen.

Da Cornelius ihn ja nicht kannte, war es wohl für ihn nicht so gefährlich, wie es für Clara werden konnte. Und in dem Passagierbuch standen sie mit seinem Namen: als Clara und Henry Stone.

Nachdem er den Hafen erkundet hatte, machte er sich auf den Rückweg zur Farm und die Dämmerung setzte ein, als er sich dem Hause näherte.

Bei seinem Eintreten in das Zimmer zuckte Clara zusammen und blickte ihn ängstlich an. Heinrich zog die Fahrkarten aus seiner Jackentasche, hob sie hoch und sagte: „Morgen, um 05:00 Uhr in der Früh, fährt unser Schiff los! Hast du alles gepackt?"

Ohne ein Wort zeigte Clara auf die Taschen.

„Dann lass uns aufbrechen!", erklärte er, nahm seine Tasche und ging nach draußen.

Clara verabschiedete sich von Alma und deren Mann und dann verschwanden sie im Dunkel der beginnenden Nacht.

Während sie dem Hafen auf der Straße entgegengingen, näherte sich die „Virginia Queen" der Anlegestelle auf dem Mississippi.

Immer wieder blickte sich Heinrich auf dem Weg um. Wurden sie bereits verfolgt?

10. Kapitel

(K)ein Déjà-vu

Die Zeit bis zum Abend zog sich unendlich lang dahin. Die Angst, doch noch von Cornelius entdeckt zu werden, streckte die Zeit noch zusätzlich. Irgendwie kam Clara diese Situation nur zu bekannt vor. Sie fühlte sich erneut wie damals in Magdeburg und ein eiskalter Schauer lief ihr bei dieser Erinnerung über den Rücken.

Warum musste das noch einmal geschehen? Fragen und Zweifel sausten durch ihren Kopf. Die Beklemmung schürte ihr die Kehle zu und sie bekam keine Luft. Es dauerte eine Weile, bis sie sich auf ihre Atmung konzentrieren konnte und die aufsteigende Panik in den Griff bekam.

Alma hatte alle Mühe, sie aufzufangen, wieder einigermaßen aufzubauen und ihr Mut zu geben.

Dann sank endlich die Abenddämmerung über diese Straße in St. Louis, Heinrich kam zu ihr und sie konnten aufbrechen.

Sie verabschiedeten sich von Gustav und Alma und liefen zu den Anlegestellen am Fluss hinunter. Die beginnende Finsternis in der Stadt umhüllte sie dabei. Jeder Schatten am Wegesrand ängstigte sie allerdings und nur Heinrichs Hand gab ihr Halt.

Auf verschlungenen Pfaden führte ihr Mann sie zum Schiff, das sie erst in der tiefsten Dunkelheit erreichten. Trotz der Nacht waren noch zahllose Menschen hier am hell erleuchteten Anleger beschäftigt und bei jeder Begegnung zuckte Clara zusammen.

Ein Mann am Steg kontrollierte ihre Fahrkarten, dann standen sie auf dem Schiff.

Das unterste Deck war offensichtlich nur für die Ladung bestimmt. Unzählige Kisten und Säcke lagen dort auf ihrem Weg und es waren alles irgendwie Verstecke, aus denen heraus jederzeit eine Gestalt auftauchen konnte.

Heinrich führte sie dazwischen entlang und danach über verwickelte Treppen nach oben. Etliche Stufen später hatte Heinrich die Kabine erreicht und schob vor ihr die Tür auf. Ein dunkler Raum erwartete Clara. Kein Komfort, nur ein doppelstöckiges Bett aus Holz. Weiter nichts und gerade mal so viel Platz, dass man aus dem Bett klettern konnte oder hinein.

Es würde einige Tage dauern, bis sie diesen Raum in New Orleans wieder verlassen konnte!

Clara setzte sich auf das unterste Bett und blickte Heinrich an, der gerade eine Lampe entzündete und das Gepäck unter der Pritsche verstaute.

Im Lichte der Laterne ging ihr Blick ziellos umher und erneut fühlte sich Clara wie eine Maus in ihrem Loch. Draußen lauerte die Katze in der Gestalt von Cornelius, der hoffentlich fern war, doch wenn sie hinausging, so konnte sie gefressen werden.

Es dauerte seine Zeit, bis Clara in dieser Nacht in den Schlaf kam. Lange hörte sie Heinrichs Schnarchen aus dem unteren Bett, bevor es endlich auch ihr die Augen schloss.

Der neue Tag begann und ein wenig Licht fiel durch eine verglaste Öffnung in der Kabinentür zu ihnen herein. Schaukelnd setzte sich das Schiff wenig später in Bewegung.

Ihr Schlafraum schien direkt über dem Maschinenraum zu liegen, denn die Dampfmaschine war dröhnend laut zu hören. Dritte Klasse eben: Lärm, Enge und nicht viel Luft. Zumindest für sie nicht, denn die anderen Fahrgäste konnten ja an Deck gehen.

Doch Clara zog den Schutz ihres Mauselochs vor.

Heinrich versorgte sie mit Verpflegung, denn nur er verließ die Kabine, um ab und zu frische Luft zu schnappen.

Sie verbarrikadierte danach immer die Tür und wartete auf das vereinbarte Klopfzeichen von Heinrich, um danach wieder aufzumachen.

Ungezählte angstvolle Tage hielt es Clara in ihrer Isolation aus, dann sagte Heinrich: „Wir sind gerade in Baton Rouge gewesen.

Die nächste Stadt ist New Orleans! Möchtest du nicht doch mal hinaus?"

Einen Moment dachte sie nach, Cornelius war sicher irgendwo weit im Norden geblieben. Sollte sie wirklich ihr Versteck verlassen? Die Angst war im Moment fern und es zog sie nach draußen. Konnte sie es wagen?

„Ich gehe mal nach unten an die Luft", sagte sie schließlich zögerlich.

Heinrich fragte: „Soll ich dich begleiten?"

Clara schüttelte den Kopf und antwortete ihm: „Nein. Ich gehe nach hinten, wo mich keiner sieht. Ich bin gleich wieder da."

Dann stand sie auf dem Gang und sah das Tageslicht wieder. Einige Passagiere hielten sich an der Reling fest und blickten in das Wasser hinab oder unterhielten sich im Gang, doch zum Glück beachtete sie keiner.

Ängstlich blickte sich Clara noch ein paar Mal um, aber offensichtlich nahm wirklich niemand von ihr Notiz. Sollte sie einfach hier stehen blieben? Unter den vielen Menschen wäre sie eventuell sicher. Doch ein paar Männer kamen hinten um die Ecke und trieben sie davon.

Sie eilte zum vorderen Ende des Schiffes, wo die Treppe nach unten führte, stieg vorsichtig hinab und lief nach hinten, wo sich auch wirklich keine Menschenseele befand, wie sie gehofft hatte.

Am Heck war über die ganze Breite ein Schaufelrad angebracht und Clara stand ein paar Schritte davor an der Reling. Das Ufer schien zum Greifen nahe zu sein. Irgendwo über ihr waren gelegentlich die Gespräche der anderen Passagiere zu hören.

Hier unten hielt sich niemand auf, nicht mal einer von der Mannschaft war zu sehen, nur die Dampfmaschine war im Maschinenraum neben ihr unablässig lärmend tätig.

Kurz blickte sie auf das Rad, das sich unaufhörlich drehte und das Wasser nach hinten wegschob. Über ihr wehte eine schwarze Fahne aus Rauch und neben ihr zog an der niedrigen Bordwand das gekringelte Wasser entlang, das sich hinter dem Schiff im Mississippi wieder vereinigte. Dann stützte sie sich auf das Geländer und blickte nach vorn.

Clara wollte gerade wieder gehen, da vernahm sie hinter sich eine laute Stimme, die sagte: „Habe ich dich endlich!"

Trotz des Maschinenlärms hörte sie gleichzeitig das metallische Klicken einer Waffe.

War das ihre Einbildung gewesen? Das war doch hoffentlich nur ein Déjà-vu. Oder?

Clara fuhr herum und erkannte einen Mann, der Peter so stark ähnelte, dass es nur Cornelius sein konnte. Er war sehr viel älter als sein Bruder, hatte graue Schläfen und einen gepflegten Schnurrbart, aber es war eindeutig Graf von Kletterwitz, der ein paar Schritte hinter ihr stand und mit einem Revolver auf ihren Kopf zielte.

„Ich wusste, dass ich dich hier finden würde", stieß er triumphierend aus.

Clara war wie erstarrt. Es schürte ihr erneut die Kehle zu und vor lauter Angst konnte sie weder etwas sagen noch tun!

Heinrich erschien hinter Cornelius und schlug ihm den Arm zur Seite. Der Schuss peitschte an Clara vorbei und riss sie aus ihrer Lethargie.

Die beiden Männer kämpften vor ihr und sie erwartete schon, dass der Revolver erneut zu ihr rutschen würde, doch dieses Mal hatte sie nicht so viel Glück.

Im Handgemenge löste sich ein zweiter Schuss und traf Heinrich in die Brust. Binnen Bruchteilen eines Augenblickes färbte sich sein Hemd blutrot und der Geliebte taumelte zur Reling. Er versuchte noch, sich am Geländer festzuhalten, verlor aber das Gleichgewicht und fiel ins Wasser.

Entsetzt drehte sich Clara ihm zu und sah noch, wie er einmal auftauchte, bevor ihn das Schaufelrad traf.

Alles war aus! Und Cornelius stand noch hinter ihr mit der Waffe. Gleich würde sie dem Geliebten folgen! Oder hatte jemand die Schüsse gehört und würde sie retten?

Sollte sie nach Hilfe rufen? Die anderen Fahrgäste standen doch irgendwo über ihr! Und der Heizer befand sich vermutlich im Maschinenraum nebenan! Doch der Schrei blieb ihr im Halse stecken.

Langsam drehte sie sich zu Cornelius um.

Der Mann stand jetzt nur zwei Schritte vor ihr und grinste sie breit an.

„Hallo Schwägerin. Es ist so schön, dass wir uns endlich mal persönlich kennenlernen!", äußerte er hämisch und trat noch einen Schritt auf sie zu.

Cornelius hob die Waffe und Clara schaute direkt in die Mündung des Colts, die er vor ihr rechtes Auge hielt.

Langsam spannte er den Hahn und sie sah, wie sich die Trommel weiterbewegte.

Gleich würde diese kleine schwarze Öffnung ein tödliches, heißes Stück Blei durch ihren Kopf schleudern.

Leise betete Clara und wartete auf ihren Tod.

11. Kapitel

Gezwungener Umzug

Der Knall hatte Maria aus dem Schlaf geschreckt. Sie hatte den Tod der Freundin im Traum mit ansehen müssen. Gerade am Tage zuvor war ein Brief von Alma bei ihnen eingetroffen, worin die Freundin ihnen mitgeteilt hatte, dass Clara auch aus St. Louis fliehen musste und jetzt hatte Cornelius offenbar sein Ziel erreicht.

Momentan saß Maria im Bett, presste sich die Hand auf die Brust und versuchte ihr rasend schnell schlagendes Herz wieder zu beruhigen.

Hatte sie geschrien? Sie blickte sich um, aber sowohl Katharina, als auch Gundel, die sich zu ihr ins Bett gelegt hatte, schliefen noch. Also war der Schrei wohl nur im Traum geschehen.

Leise schob sie ihre Beine aus dem Bett und erhob sich. Immer noch nach Fassung ringend ging sie in die Küche, um sich etwas zu trinken zu holen.

Im Scheine der Petroleumlampe floss das Wasser aus dem Hahn in das Glas.

Maria zwang sich zur Ruhe und wenig später saß sie auf dem Stuhl in der Küche und blickte an die Zimmerwand. Bereits seit ein paar Tagen überlegte sie, wie es weiter gehen sollte, denn seit Heinrich nicht mehr in New York arbeitete war diese Wohnung eigentlich für sie unerschwinglich geworden. Das bisschen Geld, welches Gundel in ihrer Nähstube verdiente, reichte gerade mal so fürs Essen.

Am Ende des Monates mussten sie Miete zahlen. Nur wovon? Sie brauchten eine neue Bleibe und jetzt, da weder Clara noch Heinrich zurückkommen würden, wurde es schwer. Wer gab zwei Frauen mit Kind ein Quartier? Und in die Armenviertel wollte sie nicht! Die einzige Zuflucht war es, in den Abstellraum hinter dem Büro zu ziehen.

Die Kammer war winzig im Vergleich zu ihrer Wohnung hier. Drei Menschen sollten auf einem Platz von vier mal vier Schritten leben, aber es würde ihnen wohl keine andere Wahl bleiben!

Abermals blickte sie sich um. Schön war es in diesem Appartement gewesen, aber ohne Heinrich war diese Unterkunft unbezahlbar. Mal davon abgesehen, dass kein Vermieter, der noch richtig im Kopf war, einer unverheirateten Frau und einer ledigen Mutter eine Wohnung dieser Größe und Lage überließ.

Barfuß und im Unterkleid ging Maria mit der Petroleumlampe in den Raum hinüber, in dem Clara sonst geschlafen hatte. Wollte sie hier Abschied von ihr nehmen?

Sicherlich.

Niemals würde sie die Freundin wiedersehen können. Warum hatte sie Clara nur gehen lassen! Maria machte sich schwere Vorwürfe, setzte sich auf die Bettkante und ließ ihre Tränen laufen.

Es war zum Verzweifeln, aber was hätte sie tun können? Nicht viel, denn wenn Clara hier geblieben wäre, dann hätte Cornelius sie hier gefunden und irgendwie verschwinden lassen.

Und was war jetzt? Jetzt wusste sie noch nicht einmal, wo sich das Grab der Freundin befand, wenn es denn eines gab.

Schniefend wischte sie sich die Tränen mit dem Zipfel vom Unterhemd von den Wangen und blickte auf das Bett. Auch die Sachen von Clara mussten mit in den Abstellraum hinter dem Büro. Alles aus dieser Wohnung musste dort hin und anderenfalls verkauft oder fortgeworfen werden, weil in ihrer neuen Bleibe nicht so viel Platz war.

Noch an diesem Tage würden sie beginnen, umzuziehen, damit sie die Wohnung schon in den nächsten Tagen übergeben konnten.

Maria erhob sich und öffnete leise den Schrank, in dem Clara ihre wenigen Sachen hängen hatte, die sie nicht mitgenommen hatte. An jedem dieser Kleidungsstücke hing ein Stück Erinnerung dran.

Eines nach dem anderen holte Maria alles heraus und legte die guten Stücke auf das Bett. Der Rest landete auf dem Fußboden, um ihn dann irgendwo von Gundel umändern und verkaufen zu lassen.

Ein paar besonders schöne Kleidungsstücke würde Maria als Erinnerung an Clara behalten. Zum Beispiel das wunderschöne und bunte Halstuch, dass sich die Freundin direkt nach ihrer Ankunft in Amerika gekauft hatte.

Seidenweich fühlte sich der Stoff an und versonnen strich sich Maria damit über die Wange.

Als der neue Morgen sein erstes Licht durch die Fenster in den Raum schickte, hatte sie Claras und Heinrichs Sachen auf zwei Haufen gelegt.

Gundel trat, mit Katharina im Arm, in den Raum und rieb sich verschlafen die Augen.

„Was machst du hier?", fragte sie.

Maria ging auf sie zu und antwortete: „Wir müssen die Wohnung räumen. Erinnerst du dich an das Drama mit dem Geldeintreiber am letzten Monatsende?"

„Ja! Glaubst du, dass die beiden nicht mehr wieder zurückkommen?", erkundigte sich Gundel und bückte sich nach einem von Claras Kleidern.

Was sollte sie sagen? Dass sie den Tod der beiden Freunde geträumt hatte? Lieber nicht!

„Ich glaube nicht!", erwiderte sie nur.

„Selbst dann, wenn sie dem Grafen entkommen?", entgegnete Gundel und wiegte die quengelnde Katharina im Arm.

„Nein! Selbst dann nicht!", erklärte Maria und drehte sich von der Freundin fort, damit diese die aufsteigenden Tränen nicht sah.

Erst als Gundel schlurfend in die Küche ging, wandte sich Maria wieder zur Tür zurück.

Es blieben noch drei Zimmer zu beräumen!

Zuerst begann aber das Frühstück. Schnell war Kaffee gemacht, Brot abgeschnitten und Katharina gestillt.

Nachdem sie die Tochter im Bett abgelegt hatten, wirbelten die beiden Freundinnen durch die Räume. Bis Mittag sollte alles aus den Schränken sein und danach würden sie es in Säcken die Strecke bis zum Büro tragen. Doch dort brauchten sie dann auch noch ein Bett.

Sollten sie die Matratze einfach mitnehmen? Die gehörte eigentlich zur Wohnungseinrichtung, aber der Vermieter würde sie ihnen sicher überlassen. Wer wollte schon ein durchgelegenes Unterbett haben?

Die nächste Nacht würden sie dann bereits im Abstellraum schlafen. Im Sommer war das kein Problem, da war es überall warm. Doch der Herbst würde schon bald kommen und was dann? Und im Winter zog die Kälte von der nahen Bucht dort hinein!

Sollten sie ebenfalls nach St. Louis fahren? Aber von welchem Geld?

Während Gundel vorn die Frauen betreute, räumte Maria den Raum auf.

Es dauerte eine Weile, bis es einigermaßen wohnlich wurde. Zwischen Säcken und einer Kiste lag die Matratze auf dem Boden.

Maria hockte auf der Kante der zukünftigen Schlafstätte und wiegte die schlummernde Tochter im Arm.

Ihr Blick wanderte in dem Raum herum. So hatte sich Maria das goldene Amerika nicht vorgestellt. Das Bett an der hinteren Wand, die Säcke an der Seite des Raumes und etwa ein Schritt Abstand zwischen Schlafplatz und der verpackten Kleidung.

In dieser Kammer hatte der Graf sie geschändet und durch die offene Tür hörte sie Gundel mit einer Frau über St. Louis reden.

Das verhängnisvolle Plakat hing noch immer an der Wand und abermals stiegen ihr die Tränen in die Augen.

12. Kapitel

Am Ende der Kraft

Clara lag auf dem Rücken in einem Bett und starrte zur Decke hinauf, doch sie sah durch diese hindurch. Ihre Gedanken waren weit entfernt, bei Heinrich, dessen Leiche sie nie beerdigen konnte. Nur sehr langsam kam das Gefühl wieder zurück in ihren Körper und damit verdrängte der körperliche Schmerz den seelischen.

Cornelius hatte sie, mit gefesselten Händen, geknebelt und mit einem Sack über dem Kopf, zuerst vom Schiff und danach in diesen Raum geschleift. Anschließend hatte er ihr ziemlich rabiat die Kleidung vom Leib gefetzt.

Zusammen mit einem anderen Mann, von dem sie den Namen nicht kannte, aber dessen Gesicht sie nie in ihrem Leben wieder vergessen würde, hatte der Schwager sie missbraucht, gedemütigt und erniedrigt.

Erst nach unzähligen schmerzhaften Stunden hatten sie von ihr abgelassen und nachdem Cornelius ihr seinen Samen auf Bauch und Brüste gespritzt hatten, hatten die beiden Männer zusammen das Bett, mit ihr darauf, so gedreht, dass durch die offene Tür jeder Besucher dieses Hauses vom Gang aus zwischen ihre Beine sehen konnte.

Der andere Mann hatte sie an Armen und Beinen an dieses Bettgestell gefesselt. Jede Hand und jeder Fuß war jetzt mit jeweils einem Strick an einen der vier Bettpfosten festgebunden.

Lachend waren die beiden Rohlinge danach gegangen und momentan lauschte Clara in die Stille dieses Tages.

Vermutlich war es Nachmittag, aber so ganz sicher konnte sie da nicht sein. Von Zeit zu Zeit hörte sie Schritte vom Gang aus, die mitunter vor ihrem Raum verstummten, um sich danach wieder zu entfernen.

Clara wagte nicht, den Kopf zu heben, denn die Demütigung dieser Position war einfach viel zu groß für sie. Warum hatte Cornelius sie nicht einfach getötet, als er sie vor seinem Colt gehabt hatte? Vermutlich aus dem Grund, sie hier zu Tode zu quälen.

Gelegentlich drang die Dampfsirene eines Schiffes an ihr Ohr und erinnerte sie daran, wie sie ihren Mann Peter damals auf jenem Dampfer auf der Elbe vor der Mündung seines Colts gehabt hatte. Gegenwärtig musste sie für dessen Tod bezahlen.

Hätte Clara noch Tränen haben müssen? Für Heinrich ganz sicher, aber es ging nicht mehr.

Alles tat ihr weh und überlagerte damit die Trauer um den geliebten Mann.

Hier, auf diesem Bett, endete ihre Flucht, die mehr als ein Jahr zuvor in Chemnitz begonnen hatte.

Damit spielte es auch keine Rolle, wo sie sich befand und sie schob diese nutzlosen Gedanken beiseite.

Über ihr verschob sich langsam das Licht der Sonne und zeigte ihr somit den Verlauf des Tages an. Je weiter sich der Sonnenstrahl nach rechts verschob, umso mehr verschwanden die Schmerzen aus ihrem Körper, doch Clara war sich dessen bewusst, dass in der Dunkelheit der Nacht sicherlich ihre beiden Peiniger wieder vor ihrem Bett erscheinen würden.

Hätte sie diesen Lichtstrahl doch nur festhalten können, doch das war aussichtslos.

Es war ziemlich warm in dem Zimmer und sie nahm wahr, dass sie erbärmlich stank. Dieser Geruch trieb ihr erneut die Tränen in die Augen. Vermutlich war auch das ein Teil dieser Demütigung, die Cornelius ihr zugedacht hatte.

Schließlich hatte er ja auch genug Zeit gehabt, um sich bei seiner Jagd auf sie eine Strafe auszudenken. Wie lange konnte man ohne Wasser überleben? In dem warmen Zimmer sicherlich keine Woche. Damit war das Ende dieser Tortur für Clara absehbar: maximal noch fünf Nächte!

„Bald bin ich bei dir!", flüsterte Clara, schloss die Augen und dachte sich zurück in Heinrichs Arme.

Für einen Augenblick war es ihr, als ob er ihr zärtlich über die Wange strich, wie er es so oft getan hatte, doch im Moment war er fern.

„Noch fünf Tage!", stöhnte sie auf.

Fliegen kamen zu ihr herein und schwirrten um sie herum. Waren die zuvor auch schon dagewesen und sie hatte diese nur nicht gespürt? Gerade fühlte sie, wie die Insekten sich zu Hauf auf ihrem Leib niederließen und sie nichts dagegen tun konnte. Die Stricke waren so straff gespannt, dass sich Clara nicht bewegen konnte, um die lästigen Plagegeister zu vertreiben.

Es war die reinste Folter, gegen die sie sich nicht wehren konnte. Am Ende ihrer Kraft sehnte sie sich die Nacht herbei, doch dann würden zwei Peiniger die hunderte Ablösen, die danach am nächsten Tag zu ihr zurückkommen würden.

Sie schrie, weil die Füße der Fliegen überall auf ihr zu spüren waren und das Resultat dessen war nur, dass sie wenig später geknebelt in dem Bett lag.

Der fremde Mann pinkelte ihr grinsend auf den Bauch und würde es damit für Clara nur noch schlimmer machen.

Das würde sie keine fünf Tage aushalten! Höchstens zwei! Überall auf sich fühlte sie die Insekten.

Beim Hinausgehen hatte der Mann die Tür hinter sich geschlossen und damit konnte wenigstens niemand mehr zu ihr herein sehen.

Mühsam hob Clara den Kopf und schaute sich um. Hunderte schwarze Punkte bedeckten ihre nackte Haut und schwirrten kurz auf, wenn sie die Hüften nach links und rechts schob. Das war die einzige Bewegung, die diese Fesselung ihr ermöglichte.

Um sich abzulenken, schaute sie sich um. Eigentlich war dieses Zimmer ganz hübsch. An den Wänden hingen rot weiß gestreifte Tapeten mit Blümchen darauf und selbst die wenigen Möbel waren schick. Das Fenster befand sich hinter ihr und war nicht zu sehen, aber es waren Gardinen daran, das hatte Clara bereits wahrgenommen, als diese durch den Wind in das Zimmer und damit über ihren Kopf geweht worden waren.

Das war also der Raum, in dem sie ihr Leben beenden würde.

Kraftlos sank ihr Kopf auf das Lager zurück. Immer noch stieg ihr dieser abscheuliche Gestank in die Nase, aber gleichzeitig hoffte sie damit, dass die Männer sie daher vielleicht in Ruhe lassen würden.

Clara schloss die Augen und versuchte sich auf ihre Atmung zu besinnen, um das Krabbeln auf ihrer nackten Haut zu verdrängen. Das funktionierte nach einer Weile erstaunlich gut.

Sie träumte sich erneut zu Heinrich, als ein scheuerndes Geräusch sie aus den Armen des Geliebten holte.

Was war das?

Erneut hob sie den Kopf, obwohl es ihr schwerfiel. Die Tür stand offen und vor ihrem Bett sah sie eine junge Frau. Ihre Haut war dunkelbraun und hatte fast die Farbe der Terrakottafliesen, auf denen sie kniete, und sie trug das Gewand einer Magd.

Die Frau scheuerte den Fußboden und musste doch merken, wie sehr Clara stank.

„Wer bist du?", fragte Clara, sicherlich unverständlich, durch den Knebel in ihrem Mund.

Die junge Frau neben ihr schien die genuschelte Frage dennoch verstanden zu haben, denn sie hielt mit ihrer Arbeit inne.

„Rose", entgegnete sie und blickte kurz von ihrer Tätigkeit auf.

Rose nickte ihr zu und machte danach schnell weiter.

13. Kapitel

Besser als früher?

Am Geländer stehend schaute Rose in die Sonne, die schräg über ihr direkt im Süden stand. Eigentlich hatte sie keine Zeit zum Ausruhen, doch im Moment hatte sie die Erinnerung überkommen.

Eine Träne rollte über ihre Wange, denn sie hatte an ihre Mutter und den Abschied von ihr gedacht, wenn man diese brutale Trennung „Abschied" hätte nennen wollen. Etwa anderthalb Jahre war das jetzt bereits her.

In Ketten hatte ihr Herr sie einfach fortgezogen, während die Mutter weinend versucht hatte, die Zeit der Verabschiedung so lang wie nur möglich auszudehnen.

Sehr oft hatte Rose in den letzten Monaten nachts um die Mutter geweint. Und gerade jetzt hatte irgendetwas neuerdings diesen unsagbar schlimmen Schmerz sogar am Tage zurückgeholt. Was war es gewesen? Vielleicht ein Duft, eine ferne Stimme oder irgendetwas anderes, was die Erinnerung geweckt hatte. Rose konnte es nicht sagen.

Soeben war sie mit dem Putzen der unteren Räume fertig geworden und jetzt kamen die Zimmer der oberen Etage dran.

Sie wandte ihren Blick von der Sonne ab und schaute über den Innenhof. Grün war es dort, aber betreten durfte sie den Rasen nur, um die wenigen Pflanzen und Sträucher zu gießen.

Vierzig Schritte in jede Richtung maß ihr Reich, das sie nie verlassen hatte, seit sie hier war. Und von dem sie auch vermutlich bis an ihr Lebensende nicht mehr fortgehen würde, außer der Master verkaufte sie.

Aus dieser Tür da drüben, neben der Bar, kam man nur mit den Füßen zuerst wieder hinaus, wie eine der Frauen in der letzten Woche, die am Sumpffieber gestorben war. Damit war das Zimmer frei geworden, in welchem seit dem Tag zuvor eine neue Frau einquartiert worden war, und vor dem sie jetzt stand. Kurz sah Rose über die Schulter in den Raum hinein.

Danach zog es ihren Blick erneut nach unten. Dort befanden sich die Bar und deren Vorraum, ihre Kammer, auf der sie praktisch gerade stand, die Wohnung des Masters, der Raum von Jimmy und die Latrine für alle.

Im Obergeschoss lagen die zehn Zimmer für die Frauen und das Badezimmer. Bis auf ihre eigene Kammer und die Latrine durfte sie sich nur in den Räumen aufhalten, wenn sie diese putzte oder der Master es anwies.

Notfalls noch, wenn eine der Frauen etwas brauchte und nach ihr rief.

„Rose! Bürste!“, hörte sie Sue aus einem der Zimmer nach ihr rufen und stürzte unverzüglich los.

Sue wollte, dass sie ihr die Haare kämmen sollte! Das sagte die Frau immer so. Am ersten Tag hatte Rose ihr damals nur die Bürste gebracht und dafür eine Ohrfeige bekommen.

Schnell war sie in dem Raum und dachte beim Kämmen wieder an früher, denn Sues Haar war genauso schwarz, wie das der Mutter.

Damals hatte Rose auf einer Baumwollfarm gelebt, mit vielen anderen Sklaven. Die Mutter hatte wirklich schöne schwarze Haare und eine genauso dunkle Haut und wenn sie gelacht hat, dann überstrahlten ihre Zähne alles.

Ihr eigenes Haar hatte einen leichten Braunton und die etwas hellere Haut hatte Rose ihr ganzes bisheriges Leben immer daran erinnerte, dass Mutter wohl nicht ganz freiwillig mit ihr schwanger geworden war.

Ein Aufseher hatte da wohl seine Finger im Spiel gehabt, aber die Mutter hatte nie ein Wort darüber verloren, wer ihr Vater war. Die Arbeit auf der Plantage war schwer gewesen und ihre hellere Hautfarbe hatte ihr nur den Vorteil gebracht, dass sie bei Empfängen im Herrenhaus die Gäste bedienen musste. „Schokoladenmädchen" hatten die Gäste sie immer gerufen, aber von den Leckereien, die sie bei diesen Anlässen auf einem Tablett herumreichen musste, hatte sie nichts bekommen, nicht mal die Reste und Abfälle.

„Aua! Pass doch auf, du dummes Stück!", schrie Sue.

Rose entschuldigte sich schnell.

Jetzt sollte sie sich besser auf ihre Tätigkeit konzentrieren, aber dennoch sausten ihre Erinnerungen weiterhin ständig zurück.

In Mutters Hütte hatte Rose dann den gleichaltrigen Joe kennengelernt und mit ihm wollte sie fortlaufen, obwohl das streng verboten war. Es war Irrsinn gewesen und natürlich waren sie geschnappt worden. Sie war am Leben geblieben, aber man hatte sie hierher verkauft.

„Ich muss jetzt weiterarbeiten!", erklärte Rose und legte die Bürste zur Seite. Nur widerwillig ließ Sue sie gehen.

Wenig später rutschte Rose auf ihren Knien durch die Räume im Obergeschoss.

Rose war die Putzmagd und Dienerin für die Frauen und obwohl sie sich hier in einem Freudenhaus befand, war sie bisher unberührt geblieben.

Das war für eine Sklavin eigentlich ungewöhnlich, denn sie war bereits fünfzehn Jahre alt, doch sie wurde jede Nacht von Master Tobias in der Abstellkammer verschlossen, wo er sie erst am Morgen wieder herausholte.

Ging es ihr jetzt besser als früher?

Die Arbeit war nicht so schwer, wie auf der Farm, aber Rose war praktisch alleine hier und für jeden Fehler gab es ein paar Ohrfeigen von Master Tobias. Für schwerere Übertretungen legte sie der Herr auch gern mal übers Knie und versohlte ihr den nackten Hintern.

Allerdings tat er das auch bei den anderen Frauen.

Mit ihrem Eimer rutschte sie in das Zimmer der neuen Frau. Ihr Name war Clara und gerade kniete Rose Auge in Auge mit ihr, denn der Herr hatte Clara kniend an das Bett gefesselt und auch wieder beschmutzt.

Es würde am Abend abermals ihre Aufgabe sein, die Frau zu waschen. Das wäre dann ihre letzte Arbeit vor der Essensausgabe und der Nachtruhe.

Sie blieb danach verschlossen in ihrer Kammer und die Bar öffnete. Betrunkene Männer würden wieder grölend im Garten sein und sie würde die Angst erneut packen, oder der Kummer um die Mutter.

Rose nickte der Frau zu und in deren Augen lag so etwas, was sie noch nie zuvor gesehen hatte. So etwas wie Mitleid, obwohl es ihr sicher auch nicht gut ging.

Die Stricke schnitten sichtbar in die Handgelenke ein und trotz der knienden Haltung sah man den Schoß der Frau.

„Kannst du mir bitte etwas zu trinken geben? Ich habe solchen Durst!", flüsterte Clara.

Rose sprang auf und rannte in das Bad. Erst auf dem Rückweg bemerkte sie, dass die Frau „Bitte!" gesagt hatte. Noch nie zuvor hatte sie jemand um etwas gebeten. Und Claras „Danke" war auch das Erste, welches Rose je zu hören bekommen hatte.

„Kannst du bitte auch den Schmutz von mir abwischen?", fragte Clara leise und schaute an sich herab.

„Ich könnte, aus lauter Ungeschick, mein Wischwasser über dich verschütten!", entgegnete Rose und sah in Claras dankbare Augen.

Und wie aus Versehen kippte sie etwas Wasser über deren Bauch, doch im selben Moment erschien der Master hinter ihr in der Tür.

Er sagte nichts und zog sich nur den Hocker aus der Ecke nach vorn.

Direkt vor Clara setzte er sich.

Das war für Rose die Aufforderung, sich über seine Knie zu legen, denn obwohl sie sich keiner Schuld bewusst war, würden Diskussionen nur zur Vervielfachung der Strafe führen.

Rose raffte sich Rock und Unterkleid herauf und sofort gab es zehn klatschende, schmerzhafte Schläge von ihrem Herrn auf den nackten Hintern.

Wortlos ging der Master danach wieder.

Rose rieb sich die schmerzende Kehrseite und schrubbte anschließend weiter den Boden.

„Es tut mir leid!", flüsterte Clara.

Rose nickte ihr dankbar zu. Geschwind drehte sie sich zur Tür und warf einen vorsichtigen Blick dorthin, dann wischte sie schnell mit dem Lappen über Claras Bauch.

„Ich danke dir!", wisperte Clara, kaum hörbar.

Rose verließ das Zimmer und die Arbeit ging weiter.

14. Kapitel

Ein Licht in der Finsternis

Der dröhnend laute Pfiff einer Dampfsirene riss Clara aus ihrem Dämmerzustand heraus. Sie schreckte hoch, aber da sie auch weiterhin am Bett fixiert war, wurde diese Bewegung schon im Ansatz gestoppt.

Sie wusste jetzt, dass sie sich in New Orleans befand und dass dies ein Dirnenhaus in der Nähe des Hafens war. Und sie wusste auch, dass dieses Martyrium sicher länger dauern würde, als die von ihr am Anfang noch erhofften fünf Tage.

Mittlerweile waren es schon zehn!

Jeder davon hatte denselben Ablauf gehabt: Cornelius und Tobias kamen am Abend zu ihr, taten mit ihr, was immer ihnen eingefallen war und befestigten sie danach am Morgen auf diesem Bett.

Diese Fesselung war eine Zurschaustellung ihrer Macht über sie und dabei spielte es für die beiden Männer wohl keine Rolle, wie sie gefesselt war. Mitunter lag sie auf dem Bauch, oder saß vor dem Bett, an das Gestell gefesselt. Die einzige Kontinuität dabei war, dass die Tür offen stand und Clara nackt so fixiert war, dass ein jeder Besucher dieses Etablissement in ihren offenen Schoß blicken konnte.

Aus dieser Position wurde sie erst am Abend von Rose erlöst, die sie sorgfältig wusch und ihr danach eine Schüssel mit Bohnensuppe sowie eine Scheibe Brot gab.

Hatte Clara am ersten Tag noch vorgehabt, zu verdursten, so hatte sie diesen Gedanken schnell verworfen, denn es wäre ein viel zu grausamer Tod.

Irgendein Überlebenswille hielt diese kleine Flamme in ihr am Brennen, obgleich sie nicht wusste, wozu oder warum. Es war nur ein schwaches Kerzenlicht, das noch in ihrer Seele brannte und das zuweilen sogar zu flackern schien.

Was hielt sie noch am Leben? Da gab es doch keine Hoffnung mehr. Oder doch? Heinrich war tot, doch Gundel, Maria und Katharina lebten. Irgendwo, weit fort, in New York!

Niemals würde sie Maria oder deren Tochter wiedersehen. Wozu sollte sie also noch leben?

Traurig blickte sie an sich herab. Sie saß am Boden, die Beine nach vorn von sich gestreckt, die Hände über ihr am Bettgestell befestigt und direkt vor ihr stand die Tür offen. Zwischen ihren beiden Füßen hatte Tobias am Morgen lachend einen Besenstiel befestigt, der verhindern sollte, dass sie die Beine schloss, aber das war ihr nach all den Tagen sowieso schon völlig egal.

Zumindest stank sie nicht mehr so. Oder hatte sich ihre Nase nur mittlerweile an den abscheulichen Geruch gewöhnt? Sicherlich das, denn Clara schwitze in der Hitze und Cornelius hatte sie erneut am Morgen beschmutzt.

In ihrer Jugend hatte Clara exquisite Düfte aus Paris besessen. Damals, in Chemnitz, als Tochter eines reichen Mannes. Doch auch der stärkste Duft konnte nun wohl ihren Gestank nicht mehr unterdrücken. Zumindest sagte das häufig der Gesichtsausdruck von Rose, wenn die junge Frau abends zu ihr in das Zimmer trat.

Clara hob den Kopf und ihre Augen suchten die Ferne. Hinter der Tür war die Freiheit. Sie erblickte den blauen Himmel und auch ein paar Bäume zeigten die Spitzen ihrer Kronen.

Mitunter trug der Wind Musik von fern zu ihr herein und gerade jetzt setzte sich ein kleiner Vogel auf das Geländer des vor dem Zimmer verlaufenden Ganges.

Wie viele Häuser hier im Süden, so war auch dieses um einen Innenhof errichtet und man konnte vom offenen Gang aus dort hinuntersehen. Unten standen auch Bäume und kleine Büsche, doch bisher hatte sie dieses Zimmer noch nie verlassen dürfen.

Auf Rose gestützt durfte sie sich maximal der Tür nähern. Tobias, der dieses Bordell sein Eigen nannte, hatte alle seine Huren immer fest im Blick und irgendwie gehörte sie da wohl jetzt einfach dazu.

Der kleine bunte Sänger auf dem Geländer schaute sie gerade mit schräg gehaltenem Kopf an und begann ein Lied zu pfeifen. Fröhlich klang es, was sicher auch kein Wunder war, denn er war ja frei, im Gegensatz zu ihr.

Clara ließ den Kopf sinken und blickte abermals an sich herab. Erneut hatte Cornelius sie einfach nur zum Schluss beschmutzt und am Nachmittag würden die Fliegen daher neuerlich über sie herfallen.

Wie immer würde sie das mit zusammengebissenen Zähnen ertragen müssen, denn ein Schrei von ihr zog den Knebel nach sich, den Tobias demonstrativ in ihrer Blickrichtung an der Türklinke befestigt hatte.

Einen widerlichen Fetzen roten Stoffes, den anzusehen es sie schon ekelte.

Der gefiederte Sänger verstummte und Clara hob den Kopf. Vor ihr stand ein ihr unbekannter Mann an der Tür und sah sie an. Seine Kleidung war elegant, aber sein Gesichtsausdruck zeigte nur Verachtung.

Warum machte Tobias das eigentlich? Schädigte sie in dieser Position nicht den Ruf seines Hauses? Oder war dem Mann das einfach egal?

Durch den Hafen, der sich in der Nähe befand, hatte er oft Matrosen und Reisende aus anderen Ländern hier. Clara konnte sie mitunter vom Bett aus durch ihre Wimpern hindurch sehen.

Nur selten war allerdings ein Mann mit solch feiner Kleidung darunter.

Clara hörte so etwas wie „dreckige Schlampe" und der Gentleman verschwand aus ihrem Blickfeld.

Ja! Das war sie jetzt wohl geworden, aber es war ihr egal.

Etwas dagegen tun konnte sie ja auch nicht.

Erneut sank ihr Kopf mit dem Kinn auf ihre Brust herab und schon kündigte das Schwirren in der Luft die Ankunft der geflügelten Peiniger an.

Vermutlich trieb die Hitze des südlichen Sommers die Tiere jeden Nachmittag in das Haus. Und ihr Gestank zog sie alle in diesen Raum. Möglicherweise war das ihre Funktion: Sie war der Fliegenfänger dieses Freudenhauses!

In ihrem Blick ließen sich die Insekten auf ihrem Leib nieder.

Heute waren ihre Beine nicht am Boden fixiert und daher konnte sie immer wieder die Schwärme aufscheuchen.

„Ich sehe, du hast Spaß!", rief nach einer Weile eine Männerstimme von draußen.

Als Clara daraufhin den Blick hob, schaute sie in das grinsende Gesicht von Tobias. Für ihn musste es wohl komisch aussehen, wie sie mit dem Hintern auf und nieder hopste, um die Fliegen in Schach zu halten.

Vor ihr stehend öffnete sich der Mann seine Hose und pinkelte sie grienend an.

„Du elendes Schwein!", presste sie heraus.

Ein Schlag mit der flachen Hand in ihr Gesicht war daraufhin seine Antwort.

„Ich soll dir von Cornelius ausrichten, dass dein Arsch jetzt mir gehört. Der Herr Graf wird es sich aber nicht nehmen lassen, gelegentlich nach dir zu sehen, um zu schauen, ob es dir auch an nichts fehlt!", erklärte der Mann, als er sich die Hose schloss.

„Aber ich werde schon dafür sorgen, dass du alles bekommst, was dir zusteht!", setzte er noch hinzu und es klang nicht wirklich beruhigend.

Einen Augenblick später war sie alleine, bis die Schmeißfliegen erneut über sie herfielen.

Wollte sie das wirklich weiter erdulden?

15. Kapitel

Leben wie bisher?

Maria stemmte sich von der Matratze hoch und legte sich die Tochter an die Brust. Neben ihr schnarchte Gundel noch. Im Schein der Petroleumlampe sah sich Maria in der kargen Kammer um. Das war keine Bleibe für sie und Katharina, aber welcher Mann nahm schon eine Witwe mit Kind?

Dabei war sie ja eigentlich, wenn man es genau nahm, gar keine Witwe. Den Strohhut mit dem schwarzen Band trug sie zu Unrecht, denn mit Fritz war sie nicht verheiratet gewesen, aber ledig mit Kind war selbst in Amerika eine viel zu große Schande für eine Frau.

Nur durch diesen Trick konnte sie überhaupt hier noch etwas tun. Die Frauen hätten sie sofort mit Schimpf und Schande in die Bucht gejagt.

In den vergangenen Monaten hatte sie mehrmals versucht, einen Mann zu finden, der es mit ihr ernst meinen würde, aber die meisten Einwanderer kamen als Familie. Nur selten war ein lediger Mann dabei und die interessierten sich nicht für eine Witwe mit Kind.

Maria drehte sich zu Gundel um. Dort, wo die Freundin jetzt schlief, hatte Cornelius sie geschändet. Und immer noch nagte der Zweifel in ihr, dass sie die Freundin verraten und dazu auch noch nicht mal vor der drohenden Gefahr gewarnt hatte.

Tränen um Clara stiegen ihr in die Augen, aber sie schluckte sie wieder herunter, denn für Trauer war keine Zeit.

Seit über zwei Wochen hausten sie jetzt bereits zu dritt da, wo vorher nur Gerümpel gestanden hatte. Es musste etwas geschehen, denn auch für die Pacht dieser Kammer gingen die Gelder langsam zur Neige.

Heinrich hatte ihnen zwar einige Münzen hinterlassen, aber diese Arbeit mit den Frauen der Einwanderer brachte nicht viel ein. Hin und wieder mal ein Stück Schinken oder eine Wurst, aber selten Geld.

Und Gundels Näharbeiten waren auch nicht so gewinnbringend. Das letzte Stück Braten war Wochen her und wenn Maria zu sehr hungerte, dann würde sie eventuell für Katharina keine Milch mehr haben.

Der ausweglose Zustand trieb ihr die Sorgenfalten auf die Stirn. Was konnte sie tun? Eine Anzeige in der Zeitung aufgeben? Durch solch ein Inserat hatte sie damals die Anstellung bei Claras Familie, ihres damaligen Herrn, gefunden.

Aber half das auch, einen heiratswilligen Mann zu finden? Was schrieb man da? „Zwanzigjährige Witwe mit Kind sucht einen vermögenden Mann mittleren Alters!" Es war die Wahrheit, aber würde sich daraufhin jemand melden? Oder sollte sie einfach ein Blatt an das Brett im Büro hängen? Direkt neben die Anzeige von St. Louis?

Da sahen täglich Dutzende Frauen hin und vielleicht hatte eine einen Sohn oder Bekannten, der auf der Suche war.

Im Nachthemd, die Tochter an der nackten Brust, betrat sie das Büro, mit der Petroleumlampe in der Hand. Wenn jetzt einer durch das Fenster sah, dann wäre sie bestimmt schneller unter der Haube, als sie denken konnte.

Oder im Gefängnis!

Während die Tochter schmatzend trank, schrieb Maria ihre Anzeige in großen Buchstaben auf das Blatt. Es war wohl mehr ein Hilfeschrei, als ein Gesuch.

Heute war Montag und der Juli würde in ein paar Stunden mit der Morgendämmerung beginnen. Am Tage zuvor war sie mit Katharina spazieren gewesen. Nur raus, aus diesen zwei Räumen, die gerade ihr Leben begrenzten.

Aber auch bei diesem Sonntagsspaziergang hatte sie keinen Mann getroffen, der es ernst mit ihr meinen würde. Und um für ein paar Dollar mit einem Matrosen im Gebüsch zu verschwinden, war ihre Not noch nicht groß genug. Angebote dafür gab es unzählige, denn sie war recht hübsch und der Hafen lag ganz in der Nähe.

Mit Grausen dachte Maria jetzt daran, dass die kalte Jahreszeit auch noch kam. Sollte sie wirklich im Winter hier in diesen beiden Räumen leben? Spätestens im Oktober würde es hier zu kalt werden und einen richtigen Ofen hatten die Räume auch nicht, nur den kleinen Kocher, auf dem sie Kaffee und Suppe warm machen konnte. Sollte sie mit der Tochter in der Kälte bleiben?

Katharina beendete rülpsend ihr Morgenmahl.

Nur schwerlich würde die Tochter hier überleben können!

Laut seufzte Maria und zog sich das Kleid hoch.

Barfuß ging sie zur Tafel und brachte den Zettel dort an. Vor diesem Blatt stehend wiegte sie Katharina summend in den Schlaf.

Ihr Blick wanderte von ihrem Blatt zum Aushang der Stadt St. Louis. Sollten sie ebenfalls ihr Glück im Westen suchen? Zwei unverheiratete Frauen und ein Säugling? Wie groß waren da die Überlebenschancen? Besser als hier? Und Gundel war in der letzten Zeit auch noch so komisch geworden. Der Abschied von Clara war Gundel offensichtlich näher gegangen, als ihr. Und dabei hatte Gundel die Freundin praktisch erst auf dem Schiff kennengelernt und nicht schon Jahre zuvor in Chemnitz, wie sie.

Momentan hatte Maria es übernommen, Gundel zu trösten und dabei hätte sie selbst des Trostes bedurft.

„Großer Gott! Zeig mir den Weg!", flüsterte Maria und hoffte auf ein Zeichen, aber nichts geschah.

Vielleicht sollte sie mal wieder in eine Kirche gehen? Seit sie in Amerika lebte, war sie nur zu Katharinas Taufe in einem Gotteshaus gewesen. Und das auch nur, weil Gundel darauf bestanden hatte.

Schon früh in ihrem Leben hatte Maria erkannt, dass man sich nur auf seiner eigenen Hände Arbeit verlassen konnte.

Gott half nur den Tüchtigen!

Aber es ging ja auch nicht um Hilfe, sondern nur um ein Zeichen. Ein klitzekleiner Wink, was sie tun konnte! Jedoch konnte sie mit Gundel darüber auch nicht reden. Zu unstet war die Freundin. Nur mit sich selbst konnte sie eine Lösung finden. Nur wo?

Bisher hatte sie immer mit Clara zusammen Glück gehabt. Und was war jetzt?

Hatte sie mit der Freundin auch der Glücksstern verlassen? Hatte sie ihr Heil geopfert, als sie dem Grafen Claras Aufenthaltsort verraten hatte?

Vermutlich! Zweifellos!

Und wie wurde sie indessen den Zweifel wieder los? Nach vorn sehen! Auf das Brett! Abermals sprang das Wort „St. Louis" wie mit Leuchtbuchstaben in ihren Blick, doch für den Weg dorthin reichten ihre Mittel nicht! Mit einem Mann konnte es gelingen, aber dann musste sie nicht mehr dorthin!

Hier biss sich der Hund in den Schwanz und ging daran im Kreis umher: Ohne Mann konnte sie New York nicht verlassen und mit Ehemann brauchte sie es nicht!

„Bitte! Lieber Gott! Zeig mir den Mann, der mich rettet!", flüsterte sie und blickte zum Fenster.

Auf der Straße war im Morgenlicht der Austräger der Post zu sehen. Romeo war ein guter Freund geworden, aber sicher niemand, der sie hier erretten konnte, denn der junge Mann war arm und schnorrte öfters eine Tasse Suppe von ihr ab.

Gerade fiel ihr ein, dass sie hier fast halbnackt vor dem Fenster stand. Schnell lief sie in die Kammer, wusch sich und zog sich an.

Was hatte ihre Rettung aber jetzt mit Romeo zu tun?

16. Kapitel

Freundinnen

Eine weitere Woche war für Clara vergangen, in der sich nicht viel für sie geändert hatte. Außer, dass abends nur noch Tobias zu ihr kam. Cornelius hatte sie in den letzten Tagen nicht mehr zu Gesicht bekommen, allerdings war Tobias alleine sadistischer, als die beiden Männer es zuvor zusammen gewesen waren.

Sein Spruch, dass ihr Arsch ihm gehörte, den hatte er wirklich ernst gemeint. Zumindest benutzte Tobias nicht mehr ihren Schoß, der ja offensichtlich auch ihm gehörte, sondern zwängte sich in jeder Nacht in die viel engere zweite Öffnung zu ihrem Unterleib.

Der Mann besudelte sie nicht mehr, allerdings blieb sie auch nachts am Bett festgebunden. Hatte der Mann etwa Angst vor ihr? Fast hätte sie bei diesem Gedanken gelacht, wenn es nicht so wehgetan hätte.

Schon seit Tagen lag sie jetzt quer über dem Bett auf dem Bauch. Ihre Hände und Füße waren unterhalb der Matratze zusammengebunden und Rose durfte sie nicht mehr von dieser Verschnürung lösen. Hilflos war Clara daher auf Rose für Essen und Notdurft angewiesen.

Die junge Frau fütterte sie jeden Abend im Bett und über die Zeit, die Clara jetzt schon hier dahinvegetierte, hatte sich eine Art von Vertrauensverhältnis zwischen ihnen beiden aufgebaut. Rose war ja auch die einzige Person, die Tobias an sie heranließ.

Die junge, dunkelhäutige Frau war Claras Lichtblick in der Finsternis. Ihr Halt, um nicht vollständig zu zerbrechen.

Clara hob den Kopf. Mit dem Hintern zur Tür und dem Gesicht zum Fenster sah sie im Licht des Tages das Gitter dort. Es waren Eisenstäbe mit Blumen daran, wie sie früher auch Fritz geschmiedet hatte. Zumindest hatte Maria ihr davon einst erzählt. Aber so schön und filigran diese Arbeit eines Kunstschmiedes auch war, es war ein Gefängnis, das dieses Gitter für sie begrenzte.

Dahinter war die Freiheit. Nah und doch unerreichbar weit entfernt!

Die Abfolge von Gewalt, Missbrauch und Demütigungen hatten Claras Willen fast zerbrochen. Selbst wenn sie dort hinaus gekonnt hätte, wozu hätte das dienen sollen?

Immer noch brannte das kleine Lebenslicht in ihr, aber es würde verlöschen, falls Clara ihren Fuß über die Türschwelle setzen würde. Tobias würde es ausblasen!

Clara hörte Geräusche, aber sie konnte nicht nach hinten sehen. Es klang wie Schritte. Kam Tobias etwa schon wieder zurück? Gelegentlich trat der Mann jetzt auch am Tage zu ihr und nutzte ihre hilflose Position einfach gnadenlos aus.

Ängstlich wartete Clara auf die Schmerzen, doch es war Rose, die wenig später vor ihr kniete.

Von der anderen Seite, praktisch über das Bett hinweg, sah die junge Frau sie an. Es war doch gerade erst Vormittag und sicherlich noch nicht Zeit für die einzige Mahlzeit, die Clara in diesem Haus bekam.

„Heute ist Sonntag", erklärte die junge Frau, die sicher ihren fragenden Blick bemerkt hatte.

Es klang irgendwie seltsam, dass es hier einen Sonntag gab, aber dem war offensichtlich so.

„Wo ist Tobias?", fragte sie leise.

„In der Kirche!", antwortete Rose.

Daraufhin musste Clara lachen. Der Mann ging in die Kirche! Es war noch nicht lange her, da hatte er hemmungslos der Sodomie gefrönt und momentan saß er vermutlich gerade auf einer Bank und lauschte der Andacht eines Predigers.

„Wenn es einen Gott gibt, dann möge er diesen Kerl jetzt mit seinem Blitz erschlagen!", brachte Clara zornig heraus.

Rose bekreuzigte sich schnell.

Da Tobias fern war, blieb hier vielleicht die Zeit für eine kleine Unterhaltung, denn ein Gespräch konnte sie eventuell von ihrem Elend ablenken.

Bisher war Rose immer ziemlich schweigsam gewesen, denn in diesem Haus konnte man, durch die offenen Türen, nie wissen, ob Tobias nicht in der Nähe jedes Wort hören konnte. Das hatte Rose zumindest an einem der ersten Abende erzählt. Oder wenigstens so angedeutet, denn auch das hätte sicher eine Strafe nach sich gezogen.

„Was ist eigentlich deine Aufgabe hier, wenn du mich nicht gerade fütterst oder säuberst?", fragte Clara.

„Ich bin hier die Putzmagd."

„Nur Putzmagd?", erkundigte sich Clara.

„Ja! Noch, aber wer weiß…", entgegnete Rose und ihr Gesichtsausdruck sah dabei nicht wirklich glücklich aus.

„Erzähle mir was von draußen", setzte Clara nach, um die junge Frau auf andere Gedanken zu bringen.

„Tja. Was soll ich da sagen?", begann Rose und hob ihren Blick. Da irgendwo konnte sie sicher den Himmel sehen.

„Du kannst ja wenigstens dieses Zimmer verlassen", erklärte Clara.

Rose nickte und begann: „Ja, ich darf allerdings nicht aus dem Haus. Hier gibt es noch neun andere Frauen, aber von denen hat noch keine auch nur ein freundliches Wort mit mir gewechselt."

„Warum?"

„Darum!", erwiderte Rose und hob ihre Hand.

„Das verstehe ich nicht", bemerkte Clara und sah die Hand an, die war doch ganz normal.

„Wo kommst du denn her?", erkundigte sich Rose.

„Aus Sachsen, New York, St. Louis", zählte Clara auf und hatte Rose immer noch nicht verstanden.

„Ach so", entgegnete Rose und setzte zu einer Erklärung an: „Wegen meiner Hautfarbe. Wir sind hier im Süden!"

„Ja? Und?"

„Tobias hat mich auf einer Farm gekauft!", erläuterte Rose.

„Du warst eine Sklavin?", entgegnete Clara.

„Das bin ich immer noch!", antwortete Rose und seufzte dabei.

Zwar hatte Clara gewusst, dass es hier im Süden Sklaven gab, aber Rose war die erste, die Clara getroffen hatte.

Gerade dachte sie an die Worte von Tobias und setzte daher hinzu: „Ich bin auch eine Sklavin! Da können wir doch Freundinnen sein? Oder?"

Rose nickte und lächelte sie an.

„Erzähle irgendetwas. Wie das Wetter ist, oder sonst etwas anders", bettelte Clara förmlich, denn solange Rose etwas erzählte, so lange brauchte sie nicht über ihr unsägliches Schicksal nachzudenken.

„Es ist heiß, denn es ist Sommer. Die anderen Frauen sitzen gerade unten im Hof. Jimmy hat heute früh einen Baldachin aufgespannt", erzählte Rose.

„Wer ist Jimmy?"

„Der Barkeeper von unten. Er hilft uns allen etwas. Auch mir, aber nur, wenn Master Tobias nicht da ist."

„Und die anderen Frauen?", erkundigte sich Clara.

„Die ignorieren mich. Das hatte ich dir ja schon gesagt. Aber ich bin geduldet. Gelegentlich darf ich ihnen die Haare waschen. Oder die Bürste halten. Die Arbeit hier ist nicht schwer, aber ich ..."

Clara blickte in die vor Schreck aufgerissenen Augen von Rose. Mitten im Satz war sie verstummt und Clara wusste augenblicklich, dass die Kirche vorbei war.

Tobias stand vermutlich in der Tür hinter ihr. Der Mann hatte gebeichtet und jetzt war für ihn wohl wieder Zeit, eine Todsünde zu begehen.

Schon packten seine groben Hände ihre Hüften und Clara biss in Erwartung der gleich folgenden Schmerzen die Zähne zusammen.

„Mögest du dafür in der Hölle schmoren!", dachte sie, als Rose von ihrer Position aufsprang und sich der Mann hinter ihr in ihren Körper zwängte.

Warum erschlug Gott sie jetzt nicht beide?

Gnadenlos und laut schnaufend stieß Tobias zu.

Der unbeschreibliche Schmerz riss einen Schrei aus ihrer Kehle.

17. Kapitel

In ständiger Furcht

Irgendwann hatte Tobias das Interesse an ihr verloren und Clara in Ruhe gelassen. Vermutlich aber nur aus dem Grund, weil neben ihr eine neue Frau „eingezogen" war. Gerade hörte Clara deren gedämpfte Schreie, wie vermutlich die anderen Frauen zuvor die ihrigen.

Obwohl Clara nicht mehr gefesselt war und damit den Raum auch hätte verlassen können, tat sie nichts dergleichen. Vermutlich auch dem geschuldet, dass sie noch immer keine Kleidung erhalten hatte. Wohin hätte sie nackt gehen sollen?

Die Verbindung zu Rose war in den letzten Tagen immer stärker geworden und die junge Frau suchte in jeder freien Minute ihre Gegenwart. Allerdings war Rose auch die Angst vor Tobias deutlich anzusehen.

Schließlich war der Mann sehr kräftig und auch ziemlich gewalttätig, wenn man den Fehler gemacht hatte, in den Fokus seiner Aufmerksamkeit zu geraten.

So war es Rose an jenem Sonntag ergangen und die Striemen seiner Schläge, die sie für das kurze Gespräch mit ihr bekommen hatte, waren jetzt erst, fast eine Woche später, nicht mehr zu sehen.

Mit dem Zeitpunkt des Ignorierens hatte Clara die Möglichkeit gehabt, ein wenig zur Ruhe und zum Nachdenken zu kommen, doch der Monat dieser Torturen hatte sichtbare Spuren auf ihrer Seele zurückgelassen.

Keine Nacht schlief sie durch, jedes Geräusch von Schritten auf dem Gang ließ sie zusammenzucken und das Gefühl einer ständigen Gefahr ausgesetzt zu sein, ließ sie zittern, wenn sie sich auch nur der Zimmertür näherte.

Wenn sie sich nicht verzählt hatte, so musste es gerade Sonnabend sein. Irgendwann am Vormittag, aber in diesem Raum hatte sie nicht nur den Glauben an die Menschheit, sondern auch jegliches Zeitgefühl verloren. Und das, wo die Sonne doch deutlich zu sehen war.

Tageszeiten und Wochentage hatten keinerlei Bedeutung mehr für sie. Und wie zuvor die ständige Furcht vor seinen Übergriffen sie durcheilt hatte, so war es jetzt diese Angst vor der Ruhe. Diese Gewissheit, dass er jederzeit wieder durch diese Tür kommen konnte, um brutal über sie herzufallen.

Und genau das hatte er vermutlich damit erreichen wollen.

Tobias hatte ihren Willen brechen wollen, so wie er es jetzt gerade mit der Frau nebenan tat. Da die Türen bei allen Räumen immer offen standen, war sein Tun deutlich zu hören und schickte eine Gänsehaut über ihren Rücken.

Wie eine verschüchterte Maus hockte sie hinter dem Bett in der Zimmerecke, die am weitesten von der Tür entfernt war.

Der gewalttätige Mann hatte die Unsicherheit in ihre Seele gepflanzt.

Die Schreie im Raum nebenan verstummten und Schritte auf dem Gang waren zu vernehmen. Näherten sie sich etwa ihrem Zimmer?

Clara zitterte und zog die Beine schützend vor ihren Körper. Furcht lähmte sie, dann entfernten sich die Schritte und sie hörte ein Wimmern.

Dieses leise Geräusch zog sie auf die Füße. Auf Zehenspitzen schlich sie zur Tür und lehnte daneben an der Wand. Angestrengt lauschte sie hinaus. Sollte sie es wagen, einen Blick hinauszuwerfen? Konnte sie der anderen Frau helfen?

Furcht und Pflichtgefühl kämpften in ihr.

Schließlich siegte das Pflichtgefühl und zog sie vorsichtig auf den Gang hinaus.

Mit dem Rücken an der Hauswand, möglichst weit entfernt vom Innenhof, schob sich Clara Schritt für Schritt zur nächsten Zimmertür. Auch diese stand offen und ein schneller Blick in den

Raum zeigte ihr, dass eine Frau dort genauso an das Bett gefesselt war, wie auch sie in all den Tagen zuvor. Es hatte nichts mit ihr zu tun gehabt, wie Tobias sie behandelt hatte. Das war bei ihm immer so.

Das Leid dieser fremden Frau, die, mit dem Rücken zu ihr, über dem Bett kniete, sorgte dafür, dass es Clara ein wenig besser ging und gleichzeitig schämte sie sich dafür, so zu denken.

Von links waren Schritte zu hören, die Clara panisch zurückrennen ließen.

Als sie ihre Kammer fast erreicht hatte, traf sie ein Schlag in den Rücken. Der Mann hatte irgendetwas Schweres nach ihr geworfen, denn so schnell hätte er nicht sein können. Stöhnend fiel Clara im Gang zu Boden und kroch danach eilig in ihr Zimmer hinein.

In der hintersten Ecke angekommen, drehte sie sich um und schaute angsterfüllt zum Gang zurück.

Langsam und dröhnend kamen die Schritte näher. Bei jedem davon zuckte sie zusammen, dann stand Tobias breit in der Tür und warf ihr ein weißes Unterkleid vor die Füße.

„Es wird Zeit, dass du etwas dafür tust, dass ich dich hier beherberge!", sagte der Mann und stützte die Hände in die Hüften.

„Wasch dich und zieh dich an", brüllte er los und riss sie damit aus ihrer Erstarrung heraus.

Im Sprung griff sie sich das Kleid und rannte zu der Waschschüssel in der anderen Zimmerecke. Damit stand sie aber mit dem Rücken zu Tobias. Und sie hörte seinen Atem hinter sich.

Es war abermals dieses Geräusch, das er immer von sich gegeben hatte, kurz bevor er sich an ihr vergangen hatte.

Mit zwischen die Schultern eingezogenem Kopf, verängstigt über die Schüssel gebeugt, wusch sie sich schnell. Dabei konnte sie ihn nicht sehen, aber er musste ihr nahe sein. Sehr nahe, denn sie spürte seinen Atem als warmen Hauch in ihrem Genick.

Clara fuhr herum und warf sich das Kleid über. An die Wand gepresst, starrte sie ihn an. Was sollte sie tun?

Tobias sagte nichts, er grinste sie nur an und stand eine Armlänge vor ihr. Dann schnellte seine Hand nach vorn und packte sie am Hals. Durch den Schreck gelähmt war sie zu keiner Bewegung fähig und daher schleifte der Mann sie einfach so hinter sich her.

Aus dem Zimmer, über den Gang, eine Treppe hinab und zu einem Raum, der wie eine Bar aussah.

Tobias schleuderte sie an die gegenüberliegende Wand und sagte laut: „So, Gräfin! Du wirst ab jetzt für meine Gäste tun, was immer sie von dir verlangen und der erste der durch die Tür kommt, der wird auch dein erster Gast! Verstanden?"

Ein klägliches „Ja" verließ ihren Mund.

Clara ließ einen schnellen Blick durch den Raum sausen.

Hier drin waren ebenfalls Gitter vor den Fenstern.

Sie erkannte einen Tresen und dahinter stand ein Mann, vermutlich war dies Jimmy, einige Tische mit Stühlen befanden sich ebenfalls in diesem Raum und ein paar Frauen saßen dort. Zweifellos ihre Schicksalsgenossinnen!

Der Aufenthaltsraum hatte zwei Türen. Eine, durch die sie gerade gekommen war, und eine zweite Tür, durch die gewiss die Gäste die Bar betraten. Diese zweite Tür ließ sich nur von außen öffnen.

Tobias lehnte an einer Wand, hatte seine Arme vor der Brust verschränkt und grinste sie hämisch an.

Clara blickte auf die Tür und wartete, wer durch diese kommen würde. Erneut war sie starr vor Angst.

Abermals war sie die Maus und fixierte diesen Eingang, welche Katze sie gleich schnappen würde. Doch egal wer es war, was konnte er mit ihr anstellen, was Tobias nicht schon zuvor mit ihr gemacht hatte!

Diese Gewissheit ließ sie kurz durchatmen.

Ein paar Augenblicke später betrat ein Matrose den Raum, der mehr als einen Kopf größer als Tobias und doppelt so breit in den Schultern war. Die nackten Unterarme des Mannes hatten den Umfang ihrer Oberschenkel!

„Gräfin!", sagte Tobias und machte eine einladende Handbewegung, aber ihre Füße verweigerten gerade den Dienst.

18. Kapitel

Ein Drink zu viel!

Clara lehnte am Tresen in der Bar und leerte das Glas Branntwein mit einem Zug. „Noch einen!", wies sie Jimmy an und knallte das Glas auf die Tischplatte. Sie brauchte zwei davon, bevor sie ihre widerliche Tätigkeit beginnen konnte.

Jimmy setzte die Flasche an und schenkte etwas davon ein, doch als er sie wegnehmen wollte, sagte Clara: „Mehr!"

Der Barmann hob eine Augenbraue und goss weiter, bis das Glas randvoll war. Der zweite Schnaps floss langsamer ihre Kehle hinab.

In der einen Woche, seit sie ihr Zimmer verlassen durfte, war sie eine Trinkerin geworden.

Clara brauchte den Drink, um nicht über das nachzudenken, was jetzt kommen würde.

Sie trat zurück an die Wand und begann sich zu orientieren.

Die anderen Huren ordneten noch einmal ihre Kleider.

Da Tobias immer Gräfin zu ihr sagte, ignorierten die anderen Frauen sie. Der Mann hatte ein richtiges Talent dafür, Keile zwischen sie zu treiben und Zwietracht zu säen. „Teile und herrsche", hieß das und Clara hatte darüber früher in Vaters alten Büchern gelesen.

Solange die Frauen sich nicht einig waren, hatte Tobias leichtes Spiel.

Nur mit Rose war sie befreundet, aber die war ja nicht hier, sondern ab dem Abendessen in ihrer Kammer verschlossen.

Clara blickte auf das leere Glas in ihrer Hand herab. Sie war eine trinkende Hure geworden. Oder eine hurende Trinkerin? Und sie ekelte sich vor sich selbst!

In diesem Raum gab es nur zwei Regeln: keine Waffen und kein Speien. Dafür gab es billigen Schnaps und willige Huren.

Und Tobias hatte ein Soll gesetzt: Jede Frau musste in jeder Nacht mindestens fünf Männer zufrieden stellen. Schaffte es eine nicht, so gab es Ohrfeigen, Nahrungsentzug oder andere drakonische Strafen dafür.

Jimmy führte Buch darüber und durch den Schnaps war es Clara egal.

Mit der Dämmerung am Abend ging der Betrieb los. Es war eine bessere Hafenkneipe mit angeschlossenem Bordell. Genug Kundschaft gab es durch den Hafen, der sich in der Nähe befand.

Clara stellte das Glas zurück, lehnte sich an die Wand und wartete.

Die anderen Frauen taten es ihr gleich, denn jede musste ihr Soll erfüllen.

Die ersten Matrosen erschienen, aber die setzten sich an die Bar. Zuerst wollten sie trinken, danach würde man sehen. Einige der Frauen versuchten dennoch ihr Glück bei ihnen und Sue war besonders eifrig dabei. Die schwarzhaarige Frau biederte sich regelrecht an und das war selbst durch den Alkoholdunst hindurch widerlich mitanzusehen.

Die Norm war Pflicht, aber Sue schien es zu übertreiben. Ihr Lachen war erschreckend laut, doch kein Mann wollte etwas von ihr. Zumindest momentan noch nicht.

Clara hob ihren Blick zur Tür und ein junger Mann betrat die Bar, der sicher noch nicht lange so spät abends aus dem Haus durfte.

Sie ging auf ihn zu und wie von fern hörte sie sich selbst sagen: „Hallo Jüngelchen. Hast du schon mal eine echte Gräfin gefickt? Du gefällst mir! Und Jimmy macht dir sicher einen guten Preis für deinen ersten Besuch hier!“

„Du bist wirklich eine echte Gräfin?“, fragte er.

„Ja!“, entgegnete Jimmy, bevor sie es tun konnte.

Der Barmann hielt die Hand auf, der Junge zog ein paar Münzen aus seiner Hosentasche und legte sie in Jimmys Hand. Der nickte ihr zu, machte einen Strich im Buch und mit dem Jungen an der Hand stieg Clara nach oben auf ihr Zimmer.

Eine Stunde später saß sie nackt in ihrem Bett.

„Was mache ich hier?", murmelte sie vor sich hin.

Sie blickte auf die Tür, die der Junge hinter sich gerade offen gelassen hatte.

Es hatte ewig gedauert und alle ihre Künste bedurft, bevor sein Piephahn endlich gestanden hatte und dann war er nach zwei Stößen in ihr gekommen.

Clara fluchte laut. Sie war in dieses Land gegangen, um Frauen zu helfen und Kinder zu unterrichten. Und was machte sie jetzt? Sie brachte jungen Männern, die noch kaum ein Haar am Sack hatten, bei, wie man eine Frau ritt!

Verzweifelt schüttelte sie den Kopf. Das war doch kein Leben! Sie brauchte ein Ziel, sonst konnte sie sich auch zu Tode saufen!

Vielleicht sollte sie Rose helfen und ihr etwas beibringen, doch dazu musste sie den betäubenden Branntwein loswerden.

Im Moment zitterte ihre Hand schon, denn sie brauchte Nachschub von Jimmy. Und Clara hatte an diesem Abend erst einen Strich auf seiner Liste!

Fluchend wie ein Seemann wusch sie sich und streifte sich danach schnell das Kleid wieder über.

„Noch vier!", sagte sie und eilte nach unten.

Vier Männer, dann wäre Sonntag und sie hatte einen Tag Ruhe!

Nach ihrer erfüllten Pflicht lag Clara im Bett und starrte zur Decke. Der Alkohol vernebelte ihren Geist, aber ein letzter Funken Klarheit war noch da.

Um Rose zu helfen, musste sie nüchtern sein, allerdings würde dann die Erkenntnis nur zu erdrückend sein, was sie hier tat. Nur der Branntwein ließ sie nicht darüber nachdenken, was sie machte. Ohne den Schnaps würde Furcht, Angst und Ekel kommen.

War das die Sache wert?

„Ja!", offenbarte ihr der Rest ihres Verstandes.

Clara schloss die Augen und dämmerte dahin.

Rose weckte sie später wieder und Claras Schädel dröhnte.

„Verfluchter Fusel!", stöhnte sie, setzte sich auf und hielt sich den Kopf mit beiden Händen.

„Tobias ist in der Kirche!", erklärte Rose mehr als laut.

Gerade war Clara nicht zum Reden zumute und dennoch war es genau der Moment, um Rose zu fragen, womit Clara ihr helfen konnte.

„Kannst du eigentlich lesen und schreiben?"

Rose schüttelte den Kopf.

„Soll ich es dir beibringen?", fragte Clara.

„Wirklich? Du könntest Stockschläge dafür bekommen, wenn du einer Sklavin das Lesen lehrst!", entgegnete Rose.

„Was könnte Tobias mir schon antun? Er macht doch sein Kapital nicht kaputt!", erklärte Clara und setzte hinzu: „Also möchtest du?"

Die strahlenden Augen der dunkelhäutigen Frau waren Antwort genug.

„Hast du irgendein Buch? Oder eine Zeitung, mit der wir es üben können? Zettel und Stift?", fragte Clara weiter.

„Ich sehe mich mal um!", rief Rose und eilte freudig davon.

Jetzt war es Zeit, den Kopf in die Waschschüssel zu stecken, um völlig nüchtern zu werden, bis Rose zurückkommen würde.

Wenig später trat die junge Frau mit einer Zeitung in den Raum.

Auf dem Bett nebeneinander sitzend begann Clara zuerst die Überschriften vorzulesen und Rose machte es nach. Das war ihre Berufung!

Mitten in ihre Lektüre und die Lehrstunde vertieft, hörte Clara das Geräusch von schweren Schritten auf der Treppe. Erschrocken blickte sie zu Rose und wie aus einem Munde sagten sie beide gleichzeitig: „Die Kirche ist aus!"

Verstört beobachtete Clara die Tür und hörte den bedrohlichen Klang von Tobias, der langsam den Gang entlang kam, doch er stoppte nicht vor ihrem Zimmer.

Fast hätte sie aufgeatmet, doch dann war das Geräusch von klatschenden Schlägen und sein Schnaufen zu hören, vermischt mit den unterdrückten Schreien einer Frau und das stellte ihr die Nackenhaare auf.

„Er ist bei Katharina. Sie hatte in der letzten Nacht nur drei Freier. Das hat mir Jimmy vorhin erzählt!", erklärte Rose leise.

Claras Gedanken flogen von ihrer Zimmernachbarin zu einer anderen Katharina, Marias Tochter. Sie musste die Freundin warnen, denn Cornelius brachte auch Maria, ihre ehemalige Zofe, in Gefahr.

„Kannst du mir Zettel und Stift bringen? Ich muss einen Brief schreiben", sagte sie.

Rose sprang auf und eilte davon.

In ihrer Angst blieb Clara zurück und lauschte nach nebenan. Gegenwärtig hätte sie einen Schnaps gebraucht, doch sie wollte von jetzt an nüchtern bleiben.

Momentan zitterte ihre Hand vor Furcht und nicht wegen des fehlenden Alkohols.

19. Kapitel

Helfende Lügen?

Kaum aus dem Zimmer gerannt, drosselte Rose sofort wieder die Geschwindigkeit ihrer Schritte, denn sie musste an Katharinas Zimmer vorbei und damit auch an dem wütenden Master, denn auch wenn sie nichts verbrochen hatte, war er einfach unberechenbar!

Auf Zehenspitzen schlich sie sich an die Tür heran und schaute in den Raum hinein. Der nackte Hintern von Master Tobias war zwischen den Beinen von Katharina zu erkennen, doch der Mann stand zum Glück mit dem Rücken zu ihr.

Schnell huschte Rose vorbei und flitzte weiter zur Treppe. Eigentlich war ja Sonntag und auch für sie ein halber Tag der Erholung, aber bei Master Tobias wusste man nie genau, woran man war.

Am Rande des kleinen Gartens am Fuße der Treppe stehend suchten ihre Augen Jimmy. Vorhin hatte er noch in dem Schaukelstuhl auf der Veranda gesessen, als er ihr seine Zeitung gegeben hatte, doch gerade war dieser Platz verwaist.

Sicherlich brachte sich auch der Mann gerade vor der Rache ihres Herrn in Sicherheit. Wo konnte der Barmann jetzt sein? Auf seinem Zimmer?

Allerdings durfte sie dort nicht hinein. Der Master hatte es ihr strikt verboten. Nicht mal sauber machen durfte sie darin. Und das Zimmer lag auch noch so ungünstig, dass der Master den Eingang im Blick haben würde, wenn er aus Katharinas Zimmer auf den Gang trat.

Aber nur Jimmy konnte ihr Stift und Papier geben!

Die anderen Frauen saßen gelangweilt unter dem Baldachin und wenn nur eine ihren Weg verfolgte und sie danach beim Master verpetzen würde, dann würde dieser ihr wieder den Hintern versohlen.

Doch Clara wollte einen Brief schreiben!

Und solange sie Jimmys Zimmer nicht betrat, war doch auch nichts Verwerfliches daran. Oder?

Vorsichtig warf Rose einen Blick nach oben, bevor sie sich langsam an der Hauswand entlang zu der Tür schob.

Die Frauen neben ihr dösten in der Sonne.

Jimmys Tür war zu. Das war so ziemlich die einzige Tür im ganzen Hause, die am Tage auch geschlossen sein durfte. Von der gut gesicherten und vergitterten Ausgangstür zur Straße mal abgesehen. Für die hatte nur Master Tobias den Schlüssel.

Schüchtern und leise klopfte Rose an das Holz des Einganges zu Jimmys Zimmer. Aus irgendeinem ihr unbekannten Grund mochte der Mann sie ein wenig und daher hatte sie vor ihm auch keine Angst.

Vor dem Master schon, aber Katharinas gedämpfte Schreie waren auch jetzt noch deutlich in der sonntäglichen Stille zu hören.

Jimmy öffnete und sein erster Blick galt nicht ihr, sondern dem Gang schräg über ihr. Erst der zweite Blick fiel in ihr Gesicht.

„Was möchtest du? Noch eine Zeitung?", fragte er.

„Nein. Stift und Papier. Clara möchte einen Brief schreiben", antwortete sie leise.

Der Mann kratzte sich am Kopf, nickte und ging zurück in sein Zimmer. Dieser Raum war genau solch eine Abstellkammer, wie ihre eigene Kammer auf der anderen Seite des Gartens. Vier Mal vier Schritte groß, mit einem Bett und einem Hocker, aber Jimmy hatte auch einen kleinen Tisch hier drin stehen.

Mit etwas Papier und einem Stift kam er nach einem Augenblick zurück und Rose trat ihm entgegen. Doch in dem Moment, in dem sie die Schwelle übertrat, hörte sie hinter sich den Brüller von Master Tobias.

Erschrocken sprang sie zurück und fuhr herum.

Ängstlich suchte ihr Blick den Mann. Hatte er sie erwischt? Schon jetzt tat ihr der Hintern nur bei dem Gedanken daran weh, doch als Rose ihren Kopf hob, schaute Master Tobias in die andere Richtung.

Eine der Frauen im Garten musste wohl etwas gemacht haben, was ihn erzürnt hatte.

Jimmy trat hinter sie, drückte ihr das Papier in die Hand und schob sie von sich fort nach vorn auf die Veranda.

Schnell war die Tür hinter ihr geschlossen und sie lief vorsichtig zur Treppe hinüber.

Mit Papier und Stift unter der Schürze verborgen stieg sie hinauf, während der Herr ihr von oben entgegenkam. Mit gesenktem Blick eilte sie an ihm vorbei, und erwartete bereits eine Ohrfeige von ihm, doch er war wütend auf eine andere Frau und deshalb ignorierte er sie.

Glücklich und ungeschlagen saß sie wenig später neben Clara, die mit dem Bleistift etwas auf das Papier schrieb.

„Liest du es mir vor?", fragte Rose, als Clara ihr den Zettel in die Hand drücken wollte.

Clara zog den Zettel zurück und begann: „Liebste Maria. Ich wollte mich gern mal wieder bei dir melden. Mein Schwager lässt mir seine ganze wohlwollende Freundlichkeit und Aufmerksamkeit zukommen. Ich genieße jeden Tag in seinem großzügig ausgestatteten Haus. New Orleans ist eine wunderschöne Stadt und ich kann die Schiffe sehen, die über den Mississippi auf das freie Meer hinausfahren. Das Wetter ist herrlich und der Sommer hier im Süden einfach himmlisch. Ich wünschte, du wärest hier. Gib Katharina einen Kuss von mir. Mit besten Grüßen Clara, Gräfin von Kletterwitz."

„Bis auf den Namen und das Wetter ist aber alles daran gelogen!", stellte Rose fest, als sie den Zettel entgegennahm und Clara den Umschlag beschriftete.

Ohne von der Beschriftung aufzusehen, seufzte Clara und setzte hinzu: „Natürlich. Aber Maria wird wissen, was sie zu tun hat. Was soll ich schreiben? Wenn Tobias diesen Brief liest, so wird mein Schreiben vielleicht bei Maria ankommen. Bei der Wahrheit wohl kaum!"

Clara stockte und zeigte mit dem Finger zur Tür.

Aus dem Garten war zu hören, wie der Master brüllte und gerade einer Frau eine Ohrfeige gab. Es waren sicher mehr wie zwanzig Schritte und dennoch war das klatschende Geräusch bis hierher zu hören.

„Kannst du den Brief Jimmy geben, damit er ihn zur Post bringt?", fragte Clara.

„Bist du sicher, dass das richtig ist, so zu schwindeln? In der Andacht hat der Priester früher auf unserer Plantage immer gesagt, man soll nicht lügen!", erwiderte Rose, als sie den Umschlag entgegennahm.

Noch einmal seufzte Clara und strich ihr über die Wange.

„Eigentlich hast du recht, aber es geht nicht anders. Und dein Pfarrer hat sicher damals auch gesagt, dass so etwas, wie das, was Tobias hier täglich mit uns macht, nicht gut ist. Oder?", erkundigte sich Clara bei ihr.

Nickend bestätigte Rose Claras Annahme.

„Möchtest du dann nicht auch in den Garten gehen? Jimmy hat vorhin Limonade für alle gemacht?", fragte Rose, als sie vom Bett aufstand.

„Wollen wir nicht lieber weiter lesen? Du kannst ja zwei Gläser von unten mitbringen?"

„Ein Glas, denn ich darf nicht!", erklärte Rose.

„Dann darf ich auch nicht! Auch ich bin eine Sklavin! Aber du kannst mein Glas bekommen, wenn du möchtest", antwortete Clara und fast wäre Rose der Frau dabei um den Hals gefallen.

Sie rannte die Treppe hinab, gab Jimmy den Brief und nahm das Glas für Clara in ihre Hand.

Langsam stieg sie damit nach oben, um nichts von dem kostbaren Inhalt zu verschütten.

Beim Lesen der Zeitung genoss sie heimlich diese wohlschmeckende Limonade.

Es schien ihr so, als hätte sie noch nie zuvor etwas Köstlicheres getrunken und eigentlich war dem ja auch so.

So konnte ein Sonntag sein, wie er nicht herrlicher war.

Sonne, Zeitung und Zitronenlimonade.

20. Kapitel

Post vom Himmel!

aria war Romeo gerade einfach um den Hals gefallen und momentan stand der verdutzte Postbote mitten im Raum, während sie um ihn herum tanzte.

„Wir haben Post von Clara!", rief sie Gundel zu und schwenkte dabei den Brief.

„Du kannst dir einen Keks nehmen!", sagte sie zu Romeo, während sie schon den Umschlag aufriss.

Der Postbote lächelte sie an und nahm sich einen der frisch gebackenen Plätzchen vom Blech.

Maria lehnte sich derweil an die Rückwand des Büros und überflog die wenigen Zeilen.

„Was schreibt sie?", wollte Gundel wissen.

„Sie ist in New Orleans und lädt uns dorthin ein. In das Haus ihres Schwagers!", erzählte Maria, dann gab sie Gundel den Brief und bedankte sich noch einmal bei Romeo, denn ohne ihn hätte der Brief sie wohl kaum erreicht. An der angegebenen Adresse wohnten sie ja schon lange nicht mehr.

„Sollen wir sie besuchen fahren?", fragte Gundel.

„Nicht nur besuchen! Mich hält hier nichts mehr ohne sie!", gab ihr Maria zurück und nahm noch einmal die Nachricht der Freundin.

Jetzt las sie die Zeilen noch einmal genauer.

Clara hatte mit ihrem vollen Namen unterschrieben. Das hatte sie bisher noch nie getan. War das eine Art von Warnung? Oder ein Hilferuf? Zweites wohl eher, denn sie hatte ihren Schwager erwähnt. Noch immer schmerzte ihr Schoß beim bloßen Gedanken an diesen brutalen Mann.

Allerdings war New Orleans tausende Meilen weit entfernt. Wie sollten sie dorthin gelangen?

Zuerst nach St. Louis und von dort mit dem Schiff. Zumindest stand das an der Wand gegenüber. Und am nächsten Tag brach eine Gruppe von Einwanderern mit einem Planwagenzug von New York nach St. Louis auf.

Vor ein paar Minuten hatte sie das gerade erst erfahren, weil sich eine der Frauen von ihr verabschiedet hatte. Damit würden sie für das erste Stück schon mal eine Mitfahrgelegenheit haben. Und das Schiff? Mit ein paar Münzen konnte man da vielleicht die Passage dritter Klasse bezahlen.

Mit dem Blick auf den Aushang sausten wieder all die Gedanken durch Marias Kopf, die sie die ganze Zeit gehabt hatte: Der Verrat und das Ende der Freundin, das sie zum Glück nur geträumt hatte.

Von ihren Befürchtungen hatte sie Gundel glücklicherweise nichts erzählt und umso erleichterter war sie gerade über dieses Lebenszeichen der Freundin.

„Ich besorge uns das Fahrzeug und du verkaufst alles, was wir nicht mitnehmen können!", erklärte Maria Gundel, legte sich die Tochter in das Tragetuch vor der Brust und brach sofort zu dem Treffpunkt der Siedler auf.

Sie rannte förmlich durch die Gassen der Stadt, bis sie am westlichen Stadtrand angekommen war.

In dem Gewirr von hunderten Menschen, die dort gerade ihre Sachen sortierten, suchte sie die junge Frau. Franziska war in ihrem Alter und mit ihrem Mann und ihrer kleinen Tochter erst vor ein paar Tagen vom Schiff gekommen.

Schnell hatten sie sich angefreundet und es musste wohl ein Zeichen sein, dass sie sich gerade jetzt auf den Weg nach Westen machten, wo auch Maria in diese Richtung ziehen wollte.

Gundel würde wohl „Göttliche Fügung!" dazu sagen.

Dutzende Planwagen standen dort, noch ohne Zugtiere, denn die grasten auf einer Wiese in der Nähe.

Am Samstag nach Sonnenaufgang sollte der Zug beginnen.

So oft hatte Maria den Menschen hier den Weg erklärt, aber selbst gefahren war sie ihn bisher noch nicht. Zuerst würden alle über Philadelphia, Pittsburgh, Indianapolis nach St. Louis fahren und danach nach Independence am Missouri ziehen. Von dort begann dann der berüchtigte Oregon Trail.

Seit dem Goldrausch in Kaliforniern im letzten Jahr zweigte in Independence auch der California Trail ab.

Das erste Stück hier im Osten war da noch bequem und sicher. Gefährlich wurde es erst ab St. Louis. Zumindest hatte ihr das mal ein alter Scout erzählt, der sich in eine der Hafenschänken verirrt hatte.

Mit ganz viel Glück konnte man in einem Monat in St. Louis sein. Danach begann der beschwerlichere Pfad durch die Wildnis.

Aber zuvor musste Maria jetzt erst mal Franziska hier finden.

Im Büro hatte sie ein auffällig rotes Kleid getragen und nach diesem hielt Maria jetzt Ausschau, aber es war dennoch nicht so einfach, die Frau in diesem unüberschaubaren Gewimmel aufzuspüren.

Säcke und Kisten wurden auf die Planwagen verladen.

Jede Familie hatte eines dieser Fuhrwerke, aber manche Familien teilten sich auch ein Gefährt. Die großen Holzkarren mit den weißen Planen standen am Rande der Freifläche, fast im Kreis und Maria hatte keine andere Wahl, als an ihnen vorbeizugehen, um nach der Freundin zu suchen. Hatte Franziska überhaupt genügend Platz für sie drei?

Vermutlich würden sie sowieso hinter dem Wagen herlaufen müssen, um die Zugtiere nicht zu sehr zu belasten. Außer nachts, wenn der Treck dann weiter zog und sie in den Fuhrwerken ruhten.

In ihre Gedanken versunken prallte sie fast mit Hinner zusammen, der gerade eine Kiste nach oben reichte, wo Franziska momentan einen Sack verstaute.

Franziska beugte sich zu ihr herab und Maria fragte sofort: „Können wir bis St. Louis mit euch mitkommen?"

„Da brauchen wir mehr Bohnen und Reis!", sagte Hinner von hinten.

Maria zog ein paar Dollarmünzen aus ihrem Beutel.

„Gundel bringt dann noch ein paar mit", sagte sie und drückte dem Mann das Geld in die Hand. Damit war der Fahrpreis schon mal bezahlt.

Sofort legte Maria mit Hand an, um die Habe der kleinen Familie zu verladen.

Franziska hatte ihr zuvor erzählt, dass sie bis Oregon ziehen wollten und vor ihrem inneren Auge sah Maria gerade die Strecke vom Aushang. Das wirkte schon auf dem Papier gewaltig! Wie weit würde das erst in der Realität sein?

Mehr als dreitausend Meilen!

Das hatte zumindest der Scout damals gesagt. Viele Siedler waren über ein Jahr bis an ihr fernes Ziel unterwegs. Da war das gut ausgebaute Stück mit Straßen bis St. Louis fast ein Katzensprung, obwohl es bis dahin auch mehr wie tausend Meilen waren.

Stunden später war alles verladen.

Hinner sagte: „Ich besorge jetzt euren Reis und die Bohnen."

Das war wohl das Zeichen für Maria, das Geld dafür zu holen. Sie verabschiedete sich von Franziska, eilte zurück und hoffte, dass Gundel genug Dollar zusammenbekommen hatte, dass es für das Essen und die Schiffsreise reichen würde.

Als Maria das Büro betrat, räumte ein Mann gerade alles aus dem Raum heraus.

„Dreißig Dollar für alles. Inklusive des Büros!", erklärte Gundel freudestrahlend.

Aber das war gerade mal das, was ihr Essen in den nächsten Tagen kosten würde. Sie würden sich unterwegs überlegen müssen, wie sie dann von St. Louis nach New Orleans kommen konnten.

Als Maria am Abend den Schlüssel für das Büro an den Nachmieter übergab, war es ihr schon mulmig vor der Strecke, die in der Folge auf sie zukam.

21. Kapitel

Waschtag

Seit dem Sonnenaufgang, also praktisch seit Master Tobias sie aus ihrer Kammer gelassen hatte, stand Rose bereits im Bad und reinigte die Kleidung der Hausbewohner. Es gab eine Menge zu tun und nur am Sonntagvormittag konnte sie ungestört waschen.

Wie immer hatte sich im Laufe der Woche eine Menge Wäsche angesammelt, denn auch wenn die Frauen meist nur sehr leicht bekleidet waren, so musste das Zeug dennoch irgendwann gesäubert werden und zehn Frauen, inklusive Jimmy und dem Master, brauchten in der Woche schon so einiges.

Rose selbst besaß nur zwei Unterkleider, zwei Röcke und zwei Blusen. Eine Garnitur von ihrer Kleidung trug sie momentan und die andere trocknete unten. Jeden Abend wusch sie vor dem Schlafen gehen ihre getragenen Sachen in ihrer Kammer.

Mit den Händen in der Wanne schrubbte sie gerade in der Seifenlauge die Unterhosen von Sue. Warum trug die Frau nur solche seltsamen Dinger? Mit Bändern an den Beinen und oben im Schritt offen. Wollte sie damit verdeutlichen, dass sie etwas Besseres war? Das zeigte die schwarzhaarige Frau auch so jederzeit. Zumindest war Sue die einzige hier, die solche Dinger trug.

Am letzten Sonntag hatte Clara ihr wieder etwas mehr beigebracht und Rose freute sich jetzt schon darauf, dass sie am Nachmittag abermals bei ihr drüben war, um zu lesen.

Über die Zeit war zwischen ihr und Clara so etwas wie Freundschaft entstanden, auch wenn das eigentlich nicht ging.

Den Brief hatte der Master wirklich gelesen, bevor ihn Jimmy zur Post bringen durfte. Clara hatte den Mann offensichtlich gut eingeschätzt, doch der Brief klang schon sehr seltsam. Wenn sie so eine Einladung bekommen hätte, sie hätte daraus nicht erkennen können, dass es der Hinweis darauf war, von hier fortzubleiben. Da musste sie wohl noch viel lernen.

Clara nannte es: „Zwischen den Zeilen lesen", was so viel heißen sollte, dass man etwas aus einer Nachricht erfuhr, was der Verfasser zwar gemeint, aber nicht geschrieben hatte.

Das war schon sehr seltsam und darüber würde sie Clara auch noch mal befragen. Zumindest war Rose stolz darauf, dass sie sogar schon die ersten Worte schreiben konnte. Niemand aus ihrer Familie konnte das und sie hätte es gern der Mutter erzählt, aber die war unermesslich weit von ihr entfernt.

Endlich waren Sues Hosen fertig und kamen auf die Leine, die den Garten überspannte. Rose zog die Schnur hinüber und wie kleine Fähnchen hingen die Kleider damit über dem Freiraum.

Die Sonne des Nachmittags würde sie trocknen, denn Wind gab es hier kaum.

Augenblicklich kam die Wäsche des Masters und von Jimmy dran. Das war dickerer Stoff und entsprechend schwerer zu waschen. Sorgfältig kümmerte sie sich um die Wäsche des Masters.

Als sie gerade Jimmys Hose schrubbte, trat Sue gähnend in das Badezimmer.

„Mach hin, du faules Stück! Ich will in die Wanne!", blaffte die Frau sie an.

Sue hatte bei Master Tobias irgendwie ein Freilos und daher wollte es sich Rose auch nicht mit ihr verderben.

Schnell sprang Rose auf und stürzte mit der halb gewaschenen Hose hinaus. Zum Glück war es das letzte Stück der sonntäglichen Wäsche gewesen.

Wenig später lag Sue in der Holzwanne und eine zur Hälfte gewaschene Hose hing am Geländer. Jimmy mochte sie und sie ihn, daher würde er ihr das sicher verzeihen. Ohne den Barmann wäre Rose all die Zeit ziemlich alleine gewesen, doch jetzt hatte sie auch noch Clara.

Zuerst eilte sie hinab, um die Zeitung bei Jimmy zu holen, die dieser gerade ausgelesen hatte, dann rannte sie mit ihrem erbeuteten Schatz zu Clara hinauf.

Die Freundin hockte schwitzend im Bett, denn noch hatte sich Clara nicht an den Sommer in Louisiana gewöhnt, aber das würde sicher noch werden.

Wenig später saßen sie nebeneinander auf dem Bettgestell.

Nach einer Weile zeigte Clara auf das Bild einer Blüte und sagte dazu: „Das ist eine Rose. Vielleicht hat deine Mutter solch eine Blume mal gesehen und dir deshalb diesen Namen gegeben."

„Meine Mutter hat mir einen anderen Namen gegeben. Rose gefiel meiner Herrin besser als Taranuka!", entgegnete Rose.

Clara ließ die Zeitung sinken und blickte sie fragend an.

„Ich habe ihn von meiner Großmutter Ifunanya erhalten. Sie ist damals aus Afrika gekommen. Meine Mutter und ich, wir sind hier in Louisiana geboren!"

„Soll ich dich dann lieber Taranuka nennen?", fragte Clara.

Rose winkte ab. „Rose ist schon in Ordnung. Ich habe mich mittlerweile daran gewöhnt!", erklärte sie.

„Du liebst deine Mutter sehr! Oder? Erzähle doch mal was von dir", sagte Clara.

Rose stutzte, denn bisher wollte noch nie jemand etwas über ihr Leben wissen. Clara war vermutlich ziemlich anders, als alle anderen, die sie jemals zuvor kennengelernt hatte.

Zögerlich begann sie zu erzählen: „Meine Mutter hatte den Namen Mae bekommen. Wir lebten mit vielen anderen Sklaven in ein paar mit Schilf gedeckten Hütten auf der Farm. Alle hatten schöne schwarze Haut, nur meine ist braun. Ich war mein ganzes Leben irgendwo dazwischen. Nicht ganz schwarz und nicht ganz weiß!"

„Irgendwie geht es mir wohl so ähnlich, wie dir", begann Clara und blickte zur Tür hinaus in die unendliche Ferne. „Die Gräfin und Tochter eines Fabrikbesitzers aus Sachsen, die sich für die Arbeiterfrauen einsetzt und die den Bedürftigen hilft. Das hat mich wohl zur Flucht getrieben!"

Gedankenverloren blickte jetzt auch Rose in den wolkenlosen Himmel, denn auch sie war geflohen und saß jetzt, wie Clara, in diesem Haus fest.

Früher, auf der Farm, war alles anders gewesen. Rose erinnerte sich zurück, wie sie oft lange am Feuer gesessen hatten, wenn die Arbeit zu Ende war, was meist erst in der Dunkelheit gewesen war. Die alten Frauen hatten Lieder in der fremden Sprache ihres Geburtslandes gesungen und nachts von Afrika erzählt. Das durften sie allerdings erst, wenn die Aufseher in ihren Häusern waren.

Bei der Großmutter hatte sie häufig diese Sehnsucht nach der alten Heimat herausgehört. Und was war ihre Heimat?

Dieses Hausgeviert hier? Ein großer Zweifel jagte durch ihren Kopf. Wozu das alles? Und gleichzeitig zucke sie vor dieser Frage zurück, denn das war der Platz, an dem sie ihr Master haben wollte und sie durfte nicht daran zweifeln. Niemals!

Sein Wille war ihr Gesetz, das hatte die Mutter ihr von klein auf beigebracht.

Schließlich nahm Clara wieder die Zeitung und sagte: „Aber wir sollten weiter üben, damit du noch besser wirst!"

„Warum soll ich eigentlich lesen lernen? Ich werde nie hier aus diesem Gefängnis heraus kommen!", setzte Rose Clara entgegen.

„Wenn du nicht lesen kannst, dann weißt du auch nicht, was draußen geschieht. Die Herren wollen uns dumm haben und sagen uns nichts, aber hier drin steht, was wir wissen sollen!", dabei tippte sie auf die Tageszeitung.

Rose nickte und gemeinsam vertieften sie sich wieder in die Lektüre.

22. Kapitel

Die rettende Idee!

Der September hatte begonnen und Maria saß am Straßenrand. Es war ein Höllentrip gewesen und sie konnte ihre Füße nicht mehr spüren, aber sie waren in St. Louis. Der Scout hatte den Treck der drei Dutzend Wagen so sehr angetrieben, weil er nicht im Winter in der Wüste bleiben wollte.

Gerade hatte sich der Zug abermals in Bewegung gesetzt und Gundel hockte sich stöhnend zu ihr.

Für die Menschen dort begann die Reise jetzt erst so richtig, sie beide hatten zumindest das Zwischenziel erreicht. Von hier aus konnte man ein Schiff nehmen, wenn man denn noch Geld hatte!

Marias gesamte Barschaft bestand allerdings nur noch aus einem einzigen Dollar!

„Und was machen wir jetzt?", fragte Gundel.

„Wir gehen zu Alma. Die kann uns wenigstens ein Dach über dem Kopf geben und da denken wir in Ruhe weiter nach!", entgegnete Maria, aber bei dem Gedanken an das Gehen taten ihr alle Knochen weh.

Stöhnend zogen sie sich gegenseitig hoch und schwankten mehr, als dass sie gingen, die Straße entlang.

Zum Glück hatte der Treck in der Nähe der Farm seine Rast gemacht, aber diese letzte Meile war schwerer, als die anderen tausend zuvor.

Auf dem Weg dachte Maria an die letzten Wochen zurück. Tag und Nacht waren sie unterwegs gewesen. Die Pferde hatten sie unterwegs gewechselt und nur zu diesem Zeitpunkt hatte der Treck gestanden. Jetzt fuhren die Wagen mit Kühen und Ochsen bespannt weiter, denn die Farmer wollten die Tiere dort haben. Und im jetzt folgenden unwegsamen Gelände waren die Ochsen weitaus besser geeignet, als die schnelleren Pferde.

100

Entlang des bisherigen Weges hatte es einige Männer gegeben, die mit dem Zug der Farmer ihren Profit machten. Zum Schluss jetzt die Landwirte hier, die ihre Tiere an die Siedler zu einem hervorragenden Preis abgeben konnten.

Nachts hatten sie sich beim Führen der Pferde abgewechselt, wodurch wenigstes eine von ihnen beiden dabei ein bisschen Ruhe bekommen hatte, aber wirklich viel Platz zum Schlafen war auf dem Fuhrwerk nicht gewesen.

Schließlich musste Franziska ja ihren gesamten Hausstand mitnehmen. Mit dem Inhalt des Wagens würde sie dann, irgendwann im nächsten Jahr, die Farm in Oregon aufbauen. Mit Saatgut und Tieren. Das klang nicht nur erschreckend, das war es auch, aber weder sie noch Hinner hatten bisher den Mut vor dieser gewaltigen Aufgabe verloren.

In ihre Gedanken vertieft, hatten sie ihre Beine von selbst bis zu der Farm der Hellers gebracht, denn sie hatte kein Gefühl mehr in den Füßen! Drei Paar Schuhe hatte sie auf diesen mehr wie tausend Meilen durchgelaufen.

Alma stand vor ihrem Haus und redete mit einer anderen Frau. Sie kam auf sie zugelaufen, als Maria sie fast erreicht hatte.

Die Begrüßung war herzlich und wenig später saß Maria neben Gundel in der Stube und hatte eine warme Suppe vor sich stehen. Unter dem Tisch steckten ihre Füße dabei in einer Schüssel mit Wasser. Eigentlich hätte es zischen müssen, als sie die Beine dort hineingesteckt hatte.

„Ich bereite euch dann noch eine Wanne vor!", sagte Alma, als sie das Brot auf den Tisch stellte und danach nach draußen eilte.

Satt und ein wenig erholt saßen sie etwas später zu zweit in der Wanne. Katharina schlief in Almas Armen, während sich Maria und Gundel gegenseitig wuschen. Das warme Wasser war eine Wohltat.

Jetzt musste Maria darüber nachdenken, wie sie mit nur einem Dollar nach New Orleans kommen würden.

Allerdings auf gar keinem Fall zu Fuß!

Alma erwähnte, dass Heinrich ihr noch dreißig Dollar dagelassen hatte, die sie ihnen geben konnte, aber eigentlich wollte Maria die Hilfsbereitschaft der Freundin nicht zu sehr strapazieren.

Vielleicht konnten sie auf einem Schiff arbeiten? Kabinen sauber machen, kochen, oder so etwas in der Art. Sowohl sie, als auch Gundel, waren mit den anfallenden Arbeiten vertraut, denn sie waren ja beide Mägde gewesen. So ließ sich bestimmt so mancher Dollar am Fahrpreis sparen.

Während sie noch in der Wanne diskutierten, bezog Alma schon die Betten in ihrem Gästezimmer neu. Durch die offen stehende Tür konnte Maria das verlockende Bett schon sehen.

Es war wirklich rührend, mit welcher Hingabe Alma ihre Gäste bewirtete und sie hatten so rein gar nichts, um sich bei ihr dafür erkenntlich zu zeigen.

Offenbar bemerkte Alma ihr Grübeln, denn sie kam zur Wanne und sagte: „Ihr habt mir geholfen, als wir in dieses Land gekommen sind und nun helfe ich euch!"

Dankbar drückte Maria die Hand der älteren Frau.

Noch immer grübelte Maria über den weiteren Weg, aber momentan zog das Bett sie einfach magisch an.

Schnell abtrocknen, die Tochter stillen und dann endlich schlafen! Mehr wollte Maria nicht mehr.

Am nächsten Tag würden sie zum Hafen gehen, nach einem Schiff Ausschau halten, auf dem sie arbeiten konnten und das sie als Gegenleistung dafür nach New Orleans brachte.

Mit Almas Geld würden sie dann eine kleine Pension finden und anschließend nach Clara suchen, denn die Adresse auf dem Brief war mehr als schwammig angegeben: ein Haus in der Nähe des Hafens.

War es die ganze Mühe wert? Ja! Für Clara war es das auf alle Fälle und danach würden sie einfach sehen, was geschehen würde.

Obwohl es noch nicht mal Mittag war, zog es Maria bereits die Augen zu und sie schlief fast sofort ein.

Im Schlaf sah sie, wie Clara die Hände nach ihr ausstreckte. Sie musste der Freundin helfen. Das hatte sie schon zuvor gewusst, aber der Traum verstärkte dieses Gefühl nur noch mehr.

Aus diesem Schlummer rüttelte Alma sie an der Schulter wieder wach. Es war hell draußen und sicher schon der nächste Tag.

Die Tochter verlangte nach ihrer Milch und gegenüber zog sich Gundel schon das Kleid an.

Ein neuer Abschied nahte.

Am Tage zuvor von Franziska und jetzt von Alma. Die Frau hatte sogar etwas zu essen als Reiseproviant in einen Beutel gepackt!

Wenig später waren sie auf dem Weg zum Hafen und damit würde sich zeigen müssen, ob die Idee mit dem Dampfschiff funktionieren würde.

Helfende Hände konnte sicher jedes Schiff gebrauchen.

Der Rauch der Schiffsschornsteine zog sie zum Mississippi.

23. Kapitel

Ein furchtbares Geburtstagsgeschenk

Mittlerweile war es September geworden und obwohl der Herbst sich schon ankündigte, war es immer noch drückend heiß in dem Haus. Rose war das zwar gewöhnt, aber Clara kam mit der Hitze überhaupt nicht zurecht.

Abermals war es Sonntag und wie jeden Sonntag seit Wochen hatte sich Rose bei Jimmy seine Zeitung ausgeborgt und stieg mit dieser zu Clara in das Zimmer hinauf.

Die Freundin lag schwitzend in ihrem Bett und Rose hatte mit ihr Mitleid, aber auch im Garten unten war keine Erfrischung zu bekommen. Da niemand das Haus verlassen durfte, konnte auch keine der Frauen zum nahen Mississippi gehen, um sich dort den frischen Wind um die Nase wehen zu lassen. Nur gelegentlich kam dieser bis zu ihnen herüber. Und in der einzigen Wanne lag Sue bereits seit Stunden!

„Ist das immer so heiß hier?", stöhnte Clara und setzte sich in ihrem Bett auf.

„Im November wird es erträglicher!", erklärte Rose.

„Im November? Erträglicher? Du schwitzt ja noch nicht mal und mir läuft das Wasser aus jeder Pore!", erwiderte Clara und zog das völlig durchschwitzte Unterkleid von der Haut ab. Der Stoff klebte aber sofort wieder an ihrem Körper, als sie diesen losließ.

„Ich habe die Zeitung!", sagte Rose und hob das Blatt hoch, um Clara von diesen unnötigen Gedanken abzulenken.

„Her damit, aber am besten hältst du sie, sonst weicht die sofort durch!", erklärte Clara und wischte ihre feuchten Hände an das nicht weniger nasse Betttuch.

In der vergangenen Zeit hatte sie schon gut lesen gelernt und nur manchmal musste Clara sie noch verbessern.

Gemeinsam lasen sie das Blatt, als Claras Blick auf die erste Seite fiel.

„Ist die Zeitung von heute?", fragte sie.

„Ja!"

„Dann war vor ein paar Tagen mein einundzwanzigster Geburtstag!", bemerkte Clara und tippte auf das Datum.

„Und heute ist mein sechzehnter", setzte Rose hinzu.

„Ich wünsche dir alles Gute zum Geburtstag! Aber ich habe kein Geschenk für dich!", entgegnete Clara und umarme sie.

„Ich danke dir. Mir hat noch nie jemand zu meinem Geburtstag gratuliert!", erwiderte Rose und beglückwünschte nun ihrerseits die Freundin.

Gerade sah Clara allerdings nicht mehr auf die Zeitung, sondern ihr Blick ging starr in die Ferne.

„Was ist?", fragte Rose.

„Die Geister der Vergangenheit. Vor drei Jahren habe ich Graf Peter von Kletterwitz geheiratet. Das war die schlimmste Zeit meines Lebens, bis ich Heinrich getroffen habe!", seufzte die Freundin.

Über ihre Wange lief eine Träne, die sich mit dem Schweiß auf ihre Haut vermischte, bevor sie herabtropfen konnte.

Damit musste Rose jetzt versuchen, die traurige Freundin wieder von ihrem Kummer abzulenken.

„Soll ich dir eine leckere Limonade holen?", fragte Rose.

Clara nickte. „Und bringe dir eine mit!", setzte sie noch hinzu, als Rose schon auf dem Weg zur Tür war.

Obwohl sie ja eigentlich nicht durfte, hatte Rose mittlerweile gefallen an dem leckeren Getränk gefunden. Und Jimmy machte die immer ganz frisch.

Wenig später eilte Rose mit einem Glas in jeder Hand zurück, doch sie hatte nicht damit gerechnet, dass Master Tobias aus der

Kirche kam und genau in dem Moment durch die Tür in den Garten trat, in welchem sie an ihm vorbei nach oben musste.

„Zwei Gläser?", fragte der Mann lauernd.

Rose zog ängstlich den Kopf zwischen die Schultern.

Jetzt brauchte sie eine gute Erklärung, eine sehr gute, um den drohenden Schlägen zu entgehen!

„Ich habe heute Geburtstag! Meinen sechzehnten!", platzte es aus ihr heraus.

Würde das den Mann irgendwie besänftigen? Vermutlich schon, denn er ließ die schon zum Schlag erhobene Hand wieder sinken und ging pfeifend zur Seite.

Überrascht blickte Rose ihm nach. Offensichtlich hatte der Mann sehr gute Laune.

Deutlich erleichtert eilte sie über die Treppe nach oben zu Clara und sie stießen gemeinsam auf diesen schönen Tag an.

Die Zeit flog nur so dahin und Clara brachte ihr sogar bei, die ersten Worte in Französisch zu lesen. Die Freundin war so schlau und gebildet!

Rose war an diesem Sonntag einfach nur glücklich und dann kam der Zeitpunkt, wo sie nach unten musste, um das tägliche Essen von Jimmy in Empfang zu nehmen.

Wie jeden Abend würde er ihr den Kessel von draußen bringen und Rose musste danach die Schüsseln hier verteilen.

Die nächste Woche Arbeit begann für sie damit, aber der folgende Sonntag würde kommen.

Als sie in ihre Kammer gelaufen war, um sich die Schürze umzubinden, hörte sie hinter sich ein lautes „So, So!"

Rose fuhr erschrocken herum.

Es war Master Tobias, der breit in der Tür stand.

„Du bist also jetzt eine Frau und darfst damit natürlich auch Limonade trinken!", erklärte er, doch der Unterton in seiner Stimme war mehr als drohend. Und seine Augen waren zu schmalen Schlitzen zusammengezogen.

Mit der Schürze in der Hand wich Rose langsam vor ihm zurück, doch ihre Kammer war nur drei Schritte lang, etwas länger, wie das Bett, das neben ihr stand und an welchem vorbei sie gerade nach hinten ging, um den größtmöglichen Abstand zu ihrem Master zu haben.

Der Mann wandte sich zur Seite, um zu gehen und Rose wollte schon fast aufatmen, als er sich zu ihr zurückdrehte und grinsend erklärte: „Aber warte mal, eine Frau bist du ja noch nicht! Da hättest du also auch keine Limonade trinken dürfen!"

Master Tobias trat einen Schritt auf sie zu und sie stand an der hinteren Wand.

„Was mache ich denn jetzt nur mit dir? Die Limonade kannst du ja sicher nicht mehr ausspucken. Oder?", fragte er lauernd.

Ein heißeres „Nein!" verließ ihren Mund.

Diese Verfehlung würde wieder Prügel bedeuten.

Rose warf sich vor ihm auf die Knie und bettelte: „Herr, bitte! Ich werde es nie wieder tun! Bitte Master!"

Zwei Schritte trennten sie noch von ihm und sie blickte auf seine Stiefelspitzen.

„Um dein Vergehen ungeschehen zu machen, muss ich dafür sorgen, dass du eine Frau bist!", erklärte er.

Was meinte der Master nur damit? Doch nicht das, was sie gerade vermutete?

Als Rose daraufhin entgeistert zu ihm aufblickte, bemerkte sie, dass er sich gerade seinen Gürtel öffnete.

Er wollte also doch!

Erschrocken sprang sie auf und prallte sogleich zurück, denn die Kammer war gerade mal so breit, wie der Mann vor ihr. Sie würde nicht an ihm vorbei ins Freie gelangen können, wobei ihr das auch nichts nutzen würde. Sie war ihm hoffnungslos ausgeliefert!

Seine Gesichtszüge wurden zu einem breiten Grinsen, weil er wohl die Ausweglosigkeit ihrer Situation erkannt hatte. Betont langsam öffnete er sich die Hose, Knopf für Knopf.

„Zieh deine Kleidung aus. Ich will sie nicht zerreißen müssen!", wies Master Tobias sie an.

Doch sie war wie gelähmt. Sie starrte nur auf das, was gerade lang aus seiner Hose ragte und an Größe zunahm. Bedrohlich wippte die Spitze nach oben.

Da sie sich nicht bewegte, machte er fluchend einen Schritt auf sie zu, packte sie am Arm und zog ihr nacheinander Bluse, Rock und Unterkleid vom Leib. Einige Knöpfe flogen dabei durch seine ruppige Art davon.

„Ah! Schön!", sagte der Master und presste ihre Brüste in seinen Händen zusammen.

Der Schmerz davon erreichte ihren Kopf jedoch nicht, denn die Angst blockierte sie noch immer.

Rose hatte nur diese dunkelrote Spitze im Blick, die momentan hart gegen ihren nackten Bauch stieß.

„Und jetzt mache ich dich zur Frau!", erklärte er, griff nach unten, packte ihre Oberschenkel und zog ihre Beine daran an seinen beiden Seiten nach oben.

Mit dem Rücken gegen die Wand gedrückt, hielt er sie so vor sich hin.

„Master! Bitte nicht! Ich werde es nie wieder tun! Bitte verschont mich!", flehte Rose noch ein letztes Mal, doch sie sah in seinen Augen diese Gier, die sie schon so oft bei ihm bemerkt hatte, wenn er zu den anderen Frauen ging.

Sie hätte die Hände freigehabt, um sich gegen ihn zu wehren, aber die Hand gegen den Master zu erheben? Nein! Niemals!

Momentan lag die Spitze seines Gliedes zwischen ihren gespreizten Schenkeln, genau vor dem Eingang ihres noch jungfräulichen Schoßes.

Mit einem Ruck stieß er zu und drang ein Stück in sie ein.

„Ahhhhh, das ist so herrlich!", stöhnte der Mann auf, während er sie sich einfach langsam überzog, wie ihre Herrin sich damals immer ihre Handschuhe übergestreift hatte.

Rose hätte schreien können, doch der unbeschreibliche Schmerz nahm ihr den Atem.

Wimmernd musste sie erdulden, dass er brutal immer wieder in sie stieß, bis er stöhnend in ihr kam. Danach zog sich Tobias aus ihr heraus und ließ sie einfach an der Wand herabrutschen.

„Und jetzt mach dich an deine Arbeit!", blaffte er sie an, während er sich die Hose wieder verschloss.

Schnell streifte sie sich das andere Unterkleid über, zog sich an und rannte mit Schmerzen nach draußen.

Jimmy gab ihr den Kessel und unter Tränen verteilte sie die Bohnensuppe und das Brot an die Frauen.

Der Master ging derweilen pfeifend in die eigene Bar.

24. Kapitel

Wer hat die Macht?

Fast eine Woche war ihr Rose aus dem Wege gegangen. Natürlich hatte Clara gesehen, dass die junge Frau an jenem Sonntagabend mit Tränen in den Augen die Suppe ausgegeben hatte, doch erst jetzt, am Mittag des Sonnabends, konnte Rose über deren Ursache sprechen.

„So ein Schwein!", presste Clara heraus und zog Rose in ihren Arm.

In dieser Umarmung spürte sie, wie ein Heulkrampf Rose regelrecht durchrüttelte.

„Und das alles für ein Glas Limonade!", schluchzte die junge Frau an ihrer Schulter.

„Hattest du davor schon mal?", fragte Clara.

Rose schüttelte den Kopf. Schniefend ließ sie sich auf der Bettkante nieder und Clara setzte sich zu ihr.

Mit einem Taschentuch wischte sie ihr die Tränen fort.

„Es ging nicht um das Glas! Tobias ist einfach zu brutal und zu gierig!", erklärte Clara leise und musste gleichzeitig daran denken, dass Tobias die Norm hochgesetzt hatte. Ab dem kommenden Montag musste jede Frau acht Freier pro Nacht schaffen. Keine von ihnen wusste, wie das gehen sollte. Das würde bedeuten, dass dann jeden Abend achtzig Matrosen in der Bar sein müssten, die dann auch noch nüchtern genug waren, um es tun zu können!

Selten waren es bisher mehr als fünfzig gewesen und der billige Schnaps sorgte dafür, dass nach Mitternacht keiner mehr stehen konnte. Und keiner mehr einen zum Stehen brachte, egal wie erfahren die Frau auch immer war.

In der letzten Woche hatte Clara auch keinen Tropfen Alkohol mehr angerührt. Zuvor war sie immer mal wieder rückfällig geworden, doch jetzt war kein Branntwein mehr in ihren Adern. Sie

110

hätte sich darüber freuen können, wenn da nicht dieses unsägliche Leid bei Rose gewesen wäre.

„Verdammter Mist!", schimpfte Clara.

Sie wollte Rose behilflich sein, aber sie war nicht mal in der Lage, sich selbst zu helfen. Momentan konnte sie der jüngeren Frau nur ihre Schulter zum Ausweinen leihen und dabei hätte sie selbst eine Stütze gebraucht.

Oder eine Waffe, um es diesem Drecksack heimzuzahlen!

Gleichzeitig zuckte sie vor dieser Wut, die momentan in ihr tobte, auch zurück.

Ein Revolver hatte sie ja erst in diese Situation gebracht! Hätte sie damals nicht auf Peter geschossen, dann wäre sie vielleicht in Hamburg geblieben und dann hätte sie nie diesen Schritt gewagt, der sie jetzt in dieses Bett und diese Bredouille geführt hatte.

„Ich hätte mich damals erschießen sollen, als ich noch die Zeit dazu gehabt hatte!", seufzte sie.

Rose schaute sie entsetzt an.

„Aber das wäre Sünde gewesen!", entgegnete Rose.

„Und was glaubst du, was das hier ist?", setzte Clara ihr entgegen und schlug auf das Bettgestell neben sich. „Jede Nacht fünf Männer, sechs Tage in der Woche! Glaubst du, das ist keine Sünde?", entfuhr es Clara.

Im Kopf überschlug sie es und setzte hinzu: „Das sind 240 Männer in den acht Wochen, seit Tobias mich hier für sich anschaffen lässt! Und die Tage davor? Ich will einfach nicht mehr!"

Diese Aufzählung ekelte sie ungemein. Clara schluchzte jetzt verzweifelt und blickt durch einen Tränenschleier vor sich hin.

„Kannst du mir nicht irgendeine Waffe besorgen?", fragte Clara einen Moment später, weil sie sich jetzt selbst so sehr in ihren Kummer hineingesteigert hatte, dass es ihr Herz gerade zusammenkrampfte.

„Nein! Hier gibt es nichts! Keine Waffen, hat Master Tobias gesagt. Kein Messer, keine Schere, nicht mal eine Nagelfeile! Nichts!", erklärte Rose.

Clara wischte sich die Tränen ab und schaute Rose an.

„Nicht mal eine Nagelfeile? Tobias muss eine ziemliche Angst vor uns haben!", erläuterte Clara ihren Gedanken für Rose.

Rose nickte ihr zu. „So habe ich das noch gar nicht gesehen!", äußerte die junge Frau nachdenklich.

Fast sofort sorgte diese Erkenntnis dafür, dass sich Clara beruhigte.

„Tobias ist ein ganz armes Würstchen, aber er ist sicher noch nicht mal der Chef hier. Ich habe schon lange die Vermutung, dass er hier nur im Auftrag von Cornelius arbeitet! Der will sich bloß nicht die Hände schmutzig machen!"

„Cornelius? Wer ist Cornelius?", fragte Rose.

„Cornelius, Graf von Kletterwitz! Mein Schwager!", beantwortete Clara diese Frage.

Und wie, als hätte sie ihn damit gerufen, erschien der Mann auch gerade in der Tür.

„Der da!", sagte Clara gepresst.

Gehetzt sprang Rose auf und eilte nach draußen.

Cornelius trat in das Zimmer, grinste Clara hämisch an und ließ die Hose fallen.

Etwas mehr wie eine Stunde später hatte er von ihr abgelassen und war gegangen.

Als Clara sich nackt in der Waschschüssel in der Zimmerecke wusch, trat Rose erneut in den Raum.

„War er das? Cornelius?", fragte sie und Clara nickte.

„Das ist der Herr, der die Plantage geführt hat, von der mich Master Tobias abgekauft hat!", setzte Rose hinzu und sah zur noch immer offen stehenden Tür.

„Aha! Erzähle", bat Clara, während sie sich das Kleid wieder überzog.

Rose holte tief Luft, setzte sich auf das Bett und begann: „Er ist ein Plantagenbesitzer und ich habe auf seiner Farm gearbeitet. Sie liegt ein Stück von New Orleans entfernt. Dort wohnt er mit seiner Frau, zwei Söhnen und einem Dutzend Aufsehern. Und etwas mehr wie hundert Sklaven. Wir haben dort Baumwolle gepflückt und ich habe auf seinem Feld gestanden, solange ich mich daran zurückerinnern kann."

„Also ist es dort genauso, wie es hier ist. Ein Aufseher auf zehn Sklaven. Was hier Tobias mit uns macht, das machen Cornelius und seine Aufseher dort mit seinen Sklaven."

„Ja! Nur das die dort Hunde haben. Bluthunde!", setzte Rose hinzu.

„Hier ist Tobias dieser Bluthund!", bemerkte Clara und dachte an die erhöhte Norm. Jeder Dollar, den sie hier mit ihrem Schoß verdiente, der floss in die Tasche von Cornelius.

„Eigentlich haben wir hier die Macht, denn wenn wir nicht arbeiten, kann Cornelius nichts verdienen. Doch die Angst sorgt dafür, dass wir ruhig bleiben. Diese beiden Männer haben die Herrschaft nur scheinbar!", setzte Clara weiter fort.

Rose blickte vor sich hin und sagte dann leise: „Aber wenn wir uns nicht einig sind, dann geben wir ihnen diese Autorität. Oder?"

„Sehr gut kombiniert!", entgegnete Clara und streichelte Rose über die Wange.

„Daher will Tobias auch nicht, dass sich die Frauen miteinander anfreunden. Das schmälert seine Macht. Dass wir hier sitzen und reden, das macht ihn klein!", führte Clara weiter aus.

„Ich wollte damals von der Farm weglaufen und habe bis letzte Woche gedacht, ich hätte es hier besser, aber dem war nicht so!", bemerkte Rose leise.

„Wenn ich eine Waffe hätte, ich wüsste, gegen wen ich diese richten würde. Nicht gegen mich selbst!", setzte Rose noch hinzu.

Clara hielt ihr schnell den Mund zu.

„Das darfst du zwar denken, aber niemals laut sagen!", flüsterte sie der jungen Frau ins Ohr.

Hastig sah Rose angstvoll auf die offenstehende Tür, denn wenn es jemand gehört hatte, dann wäre sie jetzt in Gefahr.

25. Kapitel

Bar mit Billard

Es hatte ein paar Tage gedauert, bevor Maria das Haus endlich gefunden hatte, in welchem Cornelius Clara wohl eher unfreiwillig wohnen ließ. New Orleans war groß und Claras Beschreibung in dem Brief nicht wirklich gut.

Irgendwo am Hafen!

Schließlich hatte ihr ein glücklicher Zufall am Tage zuvor Cornelius vor die Füße gebracht, und sie hatte ihn unauffällig verfolgen können.

Heute war Sonntag und damit war die Gelegenheit dafür gekommen, zu versuchen, der Freundin irgendwie zu helfen.

Maria versteckte die gekaufte Pistole, richtete ihre Kleidung, gab Katharina einen Kuss und sagte zu Gundel: „Wünsche mir Glück!"

Die Freundin nickte ihr zu und Maria verließ die Herberge.

So ganz geheuer war ihr die Sache nicht, denn was wäre, wenn Cornelius dort auf sie traf? Dann würde sie Katharina vermutlich nicht wiedersehen. Schnell verscheuchte sie diese Angst.

Mit dem Korb, und dem selbst gebackenen Kuchen darin, ging Maria den am Tage zuvor erkundeten Weg entlang. Es war drückend heiß in der Stadt und nur gelegentlich traf ein kühlender Lufthauch vom Fluss auf ihre Haut.

Sie hätte sich einen dieser Sonnenschirme mitnehmen sollen, welche die vornehmen Damen hier trugen, aber vermutlich trat in der Hitze des Mittags kaum jemand vor die Tür, denn die Straßen waren fast menschenleer.

Endlich hatte sie das Haus erreicht und über dessen Eingang stand *„Bar"*

Neben einem Fenster hing ein Schild mit der Aufschrift *„Sonntags geschlossen!"* Aber sie wollte ja nicht in die Bar, sondern ihre Freundin besuchen.

Kräftig klopfte Maria gegen das Holz der Tür und es dauerte eine Weile, bis ein grobschlächtiger Mann öffnete und sie anblaffte: „Wir haben zu!"

„Ich möchte meine Freundin besuchen. Gräfin Clara von Kletterwitz. Sie hat mir geschrieben, dass sie hier bei ihrem Schwager wohnt!", entgegnete Maria.

Der Mann musterte sie ausgiebig von oben bis unten, bevor er zur Seite trat und sie wortlos in einen schäbigen Raum eintreten ließ.

Es war eine Art Vorzimmer und an der gegenüberliegenden Wand hing ein neues Schild *„Keine Waffen! Kein Spucken!"* Daneben war eine Reihe von Kleiderhaken an der Wand angebracht, an denen man seine Waffe abgeben konnte, um in das Innere der Bar zu kommen.

Alle Fenster waren vergittert und irgendwie kam sich Maria hier drin gefangen vor.

Der Mann zeigte auf das Schild und sie sagte: „Ich habe keine Waffe!"

„Und was ist da drin?", erkundigte er sich und zeigte auf den Korb.

„Ein Kuchen!", antwortete Maria und hielt ihm das Behältnis hin.

„Mit einem eingebackenen Messer?", fragte er, griff hinein und nahm das Backwerk heraus.

Er zerdrückte den Kuchen in seinen Händen, bis die Stücken davon maximal noch Hühnereigröße hatten. Die Kuchenkrümel bildeten auf dem kleinen Tisch neben der Tür einen Hügel.

„Da war wohl doch keine Waffe drin!", äußerte er und spähte in den jetzt leeren Korb.

„Ausziehen!", erklärte er danach ziemlich ruppig, als er ihr den Henkelkorb abnahm und zur Seite stellte.

„Warum?", entfuhr es Maria.

„Wollen sie jetzt rein? Oder nicht?", entgegnete er und stemmte sich die Hände in die Hüften.

Jede andere Frau wäre jetzt schreiend davongelaufen, aber vielleicht wollte er genau das erreichen. Jetzt musste sie da einfach durch.

Langsam legte Maria den Gürtel ab, zog sich das Kleid über den Kopf und stand im Unterkleid vor ihm.

„Alles!", blaffte er sie erneut an.

„Wer bin ich denn, dass ich mich ihnen nackt zeige!", konterte Maria erzürnt.

„Dann muss ich sie abtasten!", erklärte er und begann breit zu grinsen.

„Wenn es sein muss!", antwortete Maria.

„Ja! Das muss sein! Ich will keine Waffen in meinem Haus!", begründete er seine Absicht ziemlich fadenscheinig.

Einen Augenblick später stand Maria mit dem Gesicht zur Wand und der Mann begann ihren Rücken, die Hüften und die Beine abzutasten. Bei ihrem Hintern langte er mit beiden Händen besonders gründlich hin.

„Umdrehen!", wies er sie an und machte an ihrer Vorderseite weiter. Mit besonders gründlicher Kontrolle von Brüsten und Schoß, wobei das Abtasten der Brust wohl eher ein Durchkneten war. Es war ziemlich beschämend und Maria ertrug es nur, um Clara wiederzusehen.

„Und? Irgendwelche Waffen?", fragte sie, während der Mann ihr Kleid kontrollierte und es ihr danach zurückgab.

„Nein! Alles gut! Möchten sie den Kuchen mitnehmen?", erwiderte er und zeigte auf den Bröselberg.

„Nein danke! Wie sollte ich den jetzt nach oben tragen?"

„In jeder Hand etwas!", erklärte er und grinste abermals breit.

„Darf ich jetzt eintreten? Oder muss ich noch was tun?"

„Bitte schön!", sagte der Mann, trat zur Seite und folgte ihr zu der zweiten Tür, die er aufschloss und öffnete.

„Die Treppe links hinauf, das zweite Zimmer links und ich kümmere mich um ihren Kuchen!", bemerkte der Mann.

„Lassen sie es sich schmecken!", entgegnete Maria und bekam von ihm noch einen schmerzhaften Schlag auf den Hintern, der sie beinahe in die angrenzende Räumlichkeit geschleudert hätte.

„Wenn sie dann wieder rauswollen, dann klopfen sie!", äußerte er noch und zog die Tür zu.

Lachend verschloss der Mann hinter ihr den Eingang und sie war allein.

Es war eine typische Gaststätte mit Ausschank. In New York war sie bereits in einigen Hafenschänken gewesen und diese hier ähnelte ihnen sehr.

Der Raum war nicht wirklich ansehnlich und an der Wand stand mit großen Buchstaben: *„Schnaps 10 Cent - Billard 2 Dollar"* Wobei Billard sich nicht auf das Spiel mit vielen Kugeln an einem Tisch bezog, denn es gab hier nirgendwo solch einen, sondern mit zwei Kugeln und einem Queue im Bett!

Das war die typische Sprache von Bordellbesitzern!

Bis gerade eben hatte Maria noch gehofft, dass die Freundin nur als Bedienung hier schuften musste, jetzt wusste sie es besser. Und Clara war sicher nicht wirklich freiwillig hier drin.

Maria zog ihre Sachen glatt. Der Gürtel war in dem anderen Raum geblieben, darum hing das Kleid etwas tiefer. Einen letzten Blick warf sie noch durch das vergitterte Fenster in der Tür zu dem Mann zurück, der sich gerade gierig über die Kuchenkrümel hermachte.

Er hatte die versteckte Waffe nicht gefunden! Seine Gier hatte ihm selbst im Wege gestanden, aber es war knapp gewesen und mehr als einmal waren seine Finger ganz in der Nähe der Pistole gewesen.

Maria ging durch den Raum und trat nach einigen Schritten durch die offen stehende Tür auf eine Veranda mit einem Garten davor. Ein Innenhof war von einem vierseitigen Haus umschlossen.

Der etwas verwilderte Vorgarten erstreckte sich nur über zwanzig Schritte in jede Richtung und links von ihr befand sich eine Treppe, die auf einen überdachten Rundgang im ersten Stock führte.

Auf der Grünfläche vor ihr ruhten sich ein paar leicht bekleidete Frauen auf Bänken und Stühle unter einem aufgespannten Bettuch aus.

Schnell überblickte sie die Gruppe, doch Clara war nicht darunter.

„Treppe hoch, zweites Zimmer links!", wiederholte Maria leise für sich und stieg die knarrenden Stufen hinauf. Was würde sie erwarten?

Im ersten Zimmer lag eine nackte Frau in ihrem Bett und schlief. Nur noch ein paar Schritte waren es bis zur nächsten Tür.

Ein bisschen war ihr jetzt bange vor dem Anblick, der sich ihr vielleicht in ein paar Augenblicken bieten würde.

26. Kapitel

Die Katastrophe

Fast hätte Clara aufgeschrien, als Maria urplötzlich in der Tür stand. „Um Himmels willen, was machst du hier?", sagte sie entsetzt.

„Du hast mich doch eingeladen!", antwortete Maria und trat einen Schritt näher.

„Aber... Aber", stotterte Clara, denn der Brief hatte doch dafür sorgen sollen, dass sich die Freundin von diesem verdammten Platz fern hielt.

Rose erschien in der offenen Tür, wie immer mit der Zeitung in der Hand, denn es war ja wieder Sonntag.

„Das ist Maria!", sagte Clara.

„Deine Freundin aus New York? Der du den Brief mit den ganzen Lügen geschrieben hast?", fragte Rose nach.

Daraufhin konnte Clara nur stumm nicken.

„Ich lass euch mal alleine und komme dann später zu dir", äußerte Rose und ging wieder zurück.

Jetzt trat Maria auf sie zu und sagte: „Erzähle mir alles!"

Nebeneinander auf dem Bett sitzend, begann Clara mit dem Aufbruch in New York.

Fast eine Stunde später war Clara in Tränen aufgelöst, denn die Erzählung dieser ganzen sinnlosen Flucht hatte sie viel zu sehr aufgewühlt. Besonders natürlich die Schilderung von Heinrichs Tod, den sie bisher zu verdrängen gesucht hatte.

Clara umarmte Maria und weinte sich an der Schulter der Freundin aus.

„Es tut mir alles so unendlich leid, was du durchmachen musstest!", entgegnete Maria und schlang daraufhin ebenfalls ihre Arme um sie.

Eine ganze Weile lang weinten sie beide, bevor Maria ihr mit einem Tuch die Tränen abzutrocknen begann.

„Kannst du hier raus?", fragte sie.

Clara schüttelte schniefend den Kopf. „Ich bin hier im Gefängnis!", setzte sie hinzu.

„Solltest du es dennoch schaffen, so sind Gundel, Katharina und ich noch ein oder zwei Wochen in einer kleinen Pension hier in der Nähe!", erzählte Maria und richtete im Sitzen ihr Kleid.

„Und wo genau?", erkundigte sich Clara, obwohl eine Flucht völlig aussichtslos war.

„Rose Manor Inn", flüsterte Maria plötzlich und setzte noch hinzu: „Übrigens! Nachträglich alles Gute zum Geburtstag. Ich wollte dir einen Kuchen mitbringen, aber den hat dieser grobe Klotz am Einlass in der Hand zerdrückt."

„Du meist Tobias?"

„Ja! Er hat gedacht, ich hätte ein Messer darin eingebacken!", erzählte Maria und richtete ihr Haar.

„Hättest du doch nur!", stöhnte Clara.

Rasch streifte Maria im Sitzen Kleid und Unterkleid nach oben und in ihrem Strumpfband steckte an der Innenseite ihres Oberschenkels eine kleine Pistole. Hurtig zog sie die Waffe hervor, verbarg sie in der Hand, schob das Kleid zurück und flüsterte Clara ins Ohr: „Das ist ein Deringer. Er ist geladen und bereit, aber er hat nur einen einzigen Schuss. Auf zwei Schritte tödlich, bei größeren Entfernungen völlig nutzlos!"

Nach diesen Worten schob Maria die Schusswaffe in Claras Hand, in der sie fast verschwand.

„Du weißt, was du zu tun hast? Alles Gute zum Geburtstag!", sagte Maria und erhob sich von dem Bett.

Eine letzte Umarmung folgte, dann ging die Freundin.

Clara starrte auf die winzige Pistole in ihrer Hand herab. Maria hatte ihr die Erlösung aus all ihrer Not mitgebracht.

Sicherlich hatte Maria gemeint, dass sie damit Tobias zur Herausgabe des Schlüssels zwingen sollte, doch gerade hatte Clara eine andere Idee.

Eine endgültigere! Hier endete ihre Flucht!

Ein Schuss und alles war gut. Dann wäre sie wieder mit Heinrich vereint.

Clara erhob sich von ihrem Bett, zog den Hahn zurück und mit einem lauten Klicken sprang dieser in seine Halterast.

Damals, in Dresden, hatte sie viele Waffen geladen und kurz hinter Magdeburg Peter mit seinem Colt erschossen.

Sie betete kurz, dachte an Heinrich und sagte laut: „Mein Geliebter, ich komme zu dir!"

Clara hob die Waffe und wollte sie gegen sich richten, als Tobias in der Tür erschien und sie anbrüllte.

Nur den Bruchteil eines Wimpernschlages später war er bei ihr und schlug ihr die Pistole aus der Hand.

Clara hatte nicht den Hauch einer Gelegenheit gehabt und sah jetzt dem davon schlitternden Werkzeug ihrer Erlösung nach, während ein Hagel von Schlägen auf sie herab prasselte.

Am Boden liegend, die Arme schützend vor sich und mit Tobias über sich, sah sie, dass der Deringer vor die Füße von Rose gerutscht war.

Clara brüllte: „Nein!", als sie sah, wie Rose sich bückte und die Waffe aufhob.

Der Schuss glich dem Donner einer Kanone in dem Raum, als Rose die Waffe abfeuerte.

Danach stand die junge Frau in beißenden Qualm eingehüllt in der Tür.

Über die Entfernung von drei Schritten hatte die Kugel die Brust von Tobias getroffen, der ohne einen Laut nach hinten umfiel.

„Mein Gott! Was haben wir getan?", schrie Clara, kroch zu Tobias und beugte sich über ihn.

Der Schuss hatte sein Herz getroffen.

Tobias war tot!

Rose ließ den Deringer fallen und schlug sich weinend die Hände vors Gesicht.

Sie mussten hier fort, oder sie würden beide am Galgen enden!

„Wo ist der verdammte Schlüssel?", stieß Clara verzweifelt aus und begann hektisch die Taschen der Leiche zu durchwühlen.

Endlich hatte sie ihn und als sie aufblickte sah sie, dass Jimmy und ein paar der Frauen hinter Rose im Gang standen.

Der Schuss war in der Stille des sonntäglichen Mittags nicht zu überhören gewesen und wenn die Menschen dort draußen sie jetzt aufhalten würden, dann wären sie beide noch am Abend im Gefängnis.

Allerdings waren sie das ja auch schon jetzt, bloß, dass sie zu diesem Kerker gerade den Schlüssel in der Hand hatte.

Clara erhob sich und blickte an sich herab. Nicht mal ein Kleid besaß sie noch, nur dieses Unterkleid.

Schlechte Chancen für eine Flucht!

Mit zwei Schritten war sie bei Rose und umarmte die junge Frau. „Wir müssen hier fort!", erklärte sie, aber Clara sagte es mehr zu Jimmy und den andern.

Rose hörte auf zu weinen und wischte sich die Tränen mit den Fingerspitzen fort.

„Aber ich bin eine Sklavin. Und eine Mörderin! Ich darf nicht fort! Jeder würde mich jagen und fangen dürfen!", schluchzte sie.

„Dann zwinge ich dich jetzt dazu, mit mir mitzukommen!", gab Clara laut bekannt und hob demonstrativ für alle anderen die leer geschossene Pistole auf.

„Hast du ein Kleid für mich?", fragte Clara und Rose nickte.

„Ihr müsst mich fesseln!", äußerte Jimmy und hielt ihnen die Hände hin.

Wenig später war Jimmy im Garten an einem Stuhl festgebunden, Clara hatte ihre Papiere, trug die zweite Kleidung von Rose und das Tor war offen.

Der Duft der Freiheit zog nicht nur Rose und Clara nach draußen, binnen Augenblicken waren alle Frauen aus dem Bordell verschwunden.

Im Hause blieben nur Jimmy und die Leiche von Tobias zurück.

Damit musste Clara jetzt nur noch die Pension finden. „Rose Manor Inn", wie treffend, den sie zog Rose am Arm hinter sich her.

Barfuß lief sie über die heiße Straße. Wohin sollte sie? Suchend blickte sie sich um.

Ein Sklave, der an der Seite den Fußweg fegte, gab ihr den entscheidenden Tipp.

27. Kapitel

Die weiße Lady

Langsam und schlendernd hatte Maria den Rückweg ange-
treten. Sonntags wurde die Stadt sicherlich erst gegen
Abend etwas lebendiger, was wohl auch an der Hitze lag.
Die Straße strahlte eine Wärme ab, die sogar durch die dicken
Sohlen der Knöchelstiefel deutlich zu spüren war.

In ihren Gedanken war Maria bei der Freundin. Clara hatte
wirklich schlecht ausgesehen und das Ende von Heinrich griff Maria an ihr Herz. Damit waren die beiden Freunde tot. Fritz war in
Dresden auf der Barrikade umgekommen und sein Freund Heinrich tödlich verwundet in den Mississippi gefallen.

Maria grübelte weiter, denn wenn es Clara nicht gelang, die
Freiheit wiederzuerlangen, was konnte sie dann tun? Das Büro von
Clara weiterführen? Mit Gundel zusammen? Hier in New Orleans?

Vielleicht!

Es war ja auch fast das einzige, was sie machen konnte, doch
wie sollte das gehen, ohne Geld und die Freundin?

Clara war immer diejenige gewesen, die sie alle mit ihrem Elan
mitgerissen hatte. Und mit ihren vielen Sprachen war Clara auch
noch das Multitalent bei ihnen.

Ohne die Freundin blieb ihr nur, sich als Magd in irgendeinem
Haushalt zu verdingen! Aber mit Kind? Das war sicherlich aussichtslos und damit war sie wieder am Anfang ihrer Überlegungen
von New York angelangt!

Maria seufzte und blickt nach oben. „Gott, hilf mir!", flüsterte
sie.

An der Herberge angekommen ging sie in den Garten hinter
dem Haus, wo Gundel mit Katharina auf der Wiese spielte. Im
Moment wollte sie der Freundin lieber noch nicht sagen, wo Clara

arbeitete. Es würde für die strenggläubige Gundel nur ein Schock sein, dass Clara in einem Freudenhaus beschäftigt war.

Am Morgen war die Freundin extra mit Katharina in die Saint Augustine Catholic Church gegangen, um dort für Clara zu beten.

Immer noch in ihre Grübeleien vertieft, stieg Maria anschließend die Treppe zu ihrem Zimmer hinauf und hatte dieses gerade erst betreten, da stürmte Clara hinter ihr her in den Raum.

Sie schleppte ein dunkelhäutiges Mädchen hinter sich her, das einen ziemlich verstörten Eindruck machte. Im Zimmer stehend zog Clara das Mädchen an sich und schlang ihre Arme um sie. Dabei blaffte Clara Maria an: „Warum hast du mir nur diese verdammte Pistole gegeben?"

Doch bevor Maria etwas entgegnen konnte, sagte Clara: „Nein Rose, es war nicht deine Schuld. Du kannst nichts dafür! Es tut mir leid!"

„Was ist geschehen?", erkundigte sich Maria.

Claras Augen funkelten sie böse an.

„Das hätte alles nicht passieren dürfen! Du hättest in New York bleiben sollen und nie, niemals, unter keinen Umständen hier herkommen dürfen!", entfuhr es Clara.

Rose schluchzte völlig aufgelöst.

„Was ist geschehen?", fragte Maria ein zweites Mal.

Jetzt schien sich Clara so weit beruhigt zu haben, dass sie zu erzählen begann, was sich nach ihrer Verabschiedung in dem Haus zugetragen hatte.

Noch immer schluchzte Rose und Maria trat zu ihr, um sie ebenfalls zu beruhigen.

„Das habe ich nicht gewollt! Und was machen wir jetzt?", erkundigte sich Maria.

Clara blickte sie an, aber sie blickte durch sie hindurch. Offenbar überlegte sie gerade.

„Du musst uns Fahrkarten für ein Schiff in den Norden besorgen. Morgen müssen wir los, denn spätestens am Abend werden die Männer merken, dass die Bar offen ist und der Besitzer tot in einem der Zimmer liegt!", erläuterte Clara schließlich ihre Überlegungen.

„Es ist zwar Sonntag, aber ich mache mich gleich auf den Weg!", erklärte Maria, griff sich die Geldbörse und nachdem sie Rose noch einmal über deren Haar gestrichen hatte, eilte sie davon.

Es war eine ganz schöne Strecke bis zum Hafen und damit lief sie in der Hitze jetzt den Weg zurück, den sie, Clara und Rose gerade erst in der entgegengesetzten Richtung gegangen waren.

Schon von weitem konnte sie die Rauchsäulen aus den Schornsteinen der Dampfer erspähen.

Es waren Unmengen von Booten am Anlegeplatz und trotz des Sonntages wurde Ladung aufgenommen, Passagiere und Matrosen liefen umher.

Wo sollte sie das passende Schiff finden? Würden nicht alle am nächsten Tag aufbrechen? Da Clara gesagt hatte, dass sie den Mississippi hinauf wollte, kamen die Seeschiffe nicht infrage. Die wären sicher auch zu teuer für sie.

Vielleicht sollte sie sich beim Hafenmeister informieren? Das hatte ja auch damals in Magdeburg bereits gut funktioniert.

Maria blickte sich um, erkannte die hilfreiche Aufschrift an dem Gebäude und mit schnellen Schritten erreichte sie wenig später das Haus.

Im Büro des Hafenmeisters hing eine große Tafel, an der die regulär verkehrenden Schiffe aufgelistet waren. Zusätzlich waren noch weitere mit Kreide dazu geschrieben worden. Es mussten Dutzende sein, aber es war so schwer zu durchschauen, dass sich Maria an einen der Männer wenden musste.

Erschwerend kam auch noch hinzu, dass sich ihre gesamte Barschaft auf nur 30 Dollar belief und dafür mussten vier Frauen, sowie das Baby, fahren können. Zusätzlich mussten sie noch die Unterkunft bezahlen und ein neues Kleid würde Clara auch noch brauchen. Da würde es ihr ganzes Verhandlungsgeschick brauchen.

Nach einigem Gefeilsche und ein paar Augenaufschlägen hatte sie die Passage nach St. Louis inklusive Verpflegung für 15 Dollar ausgehandelt und die Fahrkarten erworben.

Im Passagierbuch stand sie wenig später mit: *„Mary Miller mit Kind und drei Freundinnen."*

Das Schiff hieß auch noch „Lady Clara Ann", wenn das mal kein gutes Omen für die Reise war.

Jetzt musste sie sich nur noch das Dampfschiff ansehen und den Liegeplatz begutachten, damit sie es am nächsten Tag finden konnten. Schnell ließ sie sich den Ankerplatz des Dampfers beschreiben und machte sich auf den Weg.

Ein Gewirr an Wagen stand ihr im Wege und einige Matrosen riefen ihr deutliche Anzüglichkeiten hinterher, aber Maria wollte das Schiff wenigstens sehen, bevor sie noch einmal gehen musste, weil Clara sie sicherlich danach fragen würde.

Postdampfer, Kähne und Frachtschlepper lagen hier nebeneinander und man brauchte einen ortskundigen Hafenführer, um hier durchzusehen, wo ein bestimmtes Schiff festgemacht war.

Schließlich fand sie das Dampfschiff zwischen zwei braunen, dreckigen Schleppern und durch den Kontrast hob sich die „Lady" nur noch viel mehr ab.

Innerlich freute sich Maria, denn sie hatte wirklich ein gutes Geschäft gemacht. Das Schiff sah prächtig aus. Groß, lang, mit zwei Schornsteinen und blitzendem Messing. Nicht so, wie der schäbige Kahn auf der Fahrt nach New Orleans.

Da hatte sie gelernt, dass ein sauberes Schiff auf eine gute Besatzung schließen ließ. Zu viele Schauergeschichten hatten ihr die Matrosen auf der Herfahrt erzählt. Von Kollisionen, Sandbänken und explodierenden Kesseln.

Die „Lady" schien hingegen eine gute Mannschaft und einen erfahrenen Kapitän zu haben, denn sie sah tadellos aus. Nicht ein Kratzer war in ihrer Bordwand.

Gegen einen Dime[2] und mit vorgezeigter Fahrkarte führte sie einer der Matrosen zu ihrer gebuchten Kajüte.

Der Raum war ein Traum, wenn auch für vier Frauen und ein Kind etwas zu klein. Doch er lag so, dass man sogar ein Fenster nach draußen hatte.

Maria bedankte sich mit einem Kuss und eilte wieder zurück.

In der Nähe der Bar blieb sie kurz stehen, um sich zu informieren, ob jemand etwas gehört oder gesehen hatte, aber in der Straße vor dem Gebäude war immer noch alles ruhig.

Die Betriebsamkeit des Abends setzte erst langsam ein.

Noch war es sicherlich zu warm hier draußen.

Augenblicke später eilte Maria weiter und sie hatte immer noch die Hälfte ihrer Barschaft im Beutel.

Besser hätte ein Geschäft doch gar nicht laufen können.

---

[2] Dime - eine Münze der USA im Wert von zehn Cent.

28. Kapitel

Tiefe Narben

Das Wasser sprudelte aus dem Hahn und füllte langsam die Wanne, in der Rose saß. Noch nie in ihrem Leben hatte sie solch eine schöne Badewanne gesehen. Das Wasser war angenehm warm und roch nach irgendeiner exotischen Frucht, Schaum umschmeichelte ihren Körper und dennoch konnte sie diese Wohltat nicht genießen.

Rose starrte ihre Hand an und war zu keiner Regung fähig. Sie hatte einen Menschen getötet! Die Hand gegen ihren Master erhoben! Genau diese, die sie momentan so verzweifelt ansah. Das war das Schlimmste, was eine Sklavin tun konnte! Sie hatte den Tod verdient!

Clara betrat den Raum, der ein wirklich luxuriöses Badezimmer war und schloss mit einer Handbewegung den Wasserhahn, der wie poliertes Gold aussah.

„Ich habe Master Tobias erschossen!", murmelte Rose.

Clara hockte sich neben sie und sagte: „Du wolltest mir doch nur helfen!"

„Das macht es nicht besser! Ich bin eine geflohene Mörderin!", schluchzte Rose und versuchte jetzt verzweifelt, das unsichtbare Blut von ihrer Hand zu schrubben.

„Ich weiß, wie du dich fühlst, denn einst habe ich genauso gelitten, wie du jetzt. Auch ich habe einen Menschen getötet und es sucht mich immer noch manche Nacht heim. Ich habe versucht mit der Schuld zu leben und du musst das jetzt ebenfalls!", erklärte Clara.

„Du wolltest nicht ihn töten, sondern dich? Oder?", fragte Rose und Clara nickte.

„Ich sollte mich stellen! Ich habe den Tod verdient!", stieß Rose aus.

„Das kann ich nicht zulassen! Es war kein Mord, es war Notwehr!", erwiderte Clara.

„Meine Haut ist schwarz! Kein Mensch der Welt wird mir das glauben!", sagte Rose verzweifelt.

„Ich schon! Und deine Haut ist wundervoll! So ein herrliches Braun!", erzählte Clara und strich mit der Hand über ihren Arm.

„Lass mich dir beim Einseifen helfen. So oft hast du mich damals gewaschen!", bemerkte Clara und nahm ihr die Seife aus der Hand.

„Aber das geht doch nicht!", protestierte Rose.

„Warum? Weil deine Haut ein bisschen dunkler ist, als meine? Wir haben beide ein Herz und unser Blut ist rot!"

Ein Raufen um die Seife entbrannte, doch Clara war viel zu stark und gab diese nicht zurück.

Daher ließ Rose es schließlich zu, dass Clara sie wusch, obwohl ihr das mehr als unangenehm war.

Langsam schaute sie sich um. Das Zimmer hier war wirklich sehr hübsch und während Clara ihr die Beine wusch, legte sich Rose in der Wanne zurück. Claras sanftes Streicheln war angenehm und sie hätte hier einschlafen können, aber wie sollte alles weitergehen? Sie war eine Mörderin auf der Flucht!

„Du bist wirklich wunderschön!", erwähnte Clara, als sie ihr behutsam über den Bauch strich und zu den Armen überging.

„Was wird werden?", fragte Rose sich laut selbst.

Clara gab ihr leise die Antwort: „Maria ist gerade auf dem Weg und sucht Fahrkarten. Wir müssen über den Mississippi nach Norden. Nur dort bist du in Sicherheit. Und ich auch!"

Rose hob den Kopf und schaute Clara an. Am Morgen war die Frau noch dort in diesem verschlossenen Haus gewesen, hilflos den Schikanen von Master Tobias ausgeliefert und wehrlos. Und jetzt, in der Freiheit, kam langsam eine Stärke in sie, die Rose noch nie zuvor bei jemanden gesehen hatte.

Eine andere weiße Frau mit einem Kind im Arm trat in das Bad und Rose zuckte erschrocken zusammen. Sie wollte aus der Wanne springen, denn das war kein Platz für eine Sklavin, doch Clara hielt sie trotz heftiger Gegenwehr zurück.

„Keine Angst! Das ist nur Gundel!", erklärte Clara und blickte an sich herab.

Bei dem Versuch der Flucht aus der Wanne hatte Rose die Kleidung der Freundin völlig durchnässt.

„Ich glaube, du solltest danach auch in die Wanne!", bemerkte Gundel schmunzelnd.

„Und ich brauche ein anderes Kleid! Ein trockenes!", äußerte Clara und zog sich Bluse und Rock aus.

Im Unterkleid wusch Clara Rose weiter und als sie am Rücken angekommen war, stieß sie aus: „Mein Gott! Was ist das?"

„Ich hatte dir doch gesagt, dass ich damals versucht habe, von der Farm zu fliehen! Das war das Resultat! Zehn Peitschenhiebe!", erklärte Rose.

Claras Finger streiften vorsichtig über die davon zurückgebliebenen Narben.

„Wenn sie mich diesmal erwischen...", begann Rose und stockte bei dem Gedanken daran.

„Ich trage die Narben meiner Flucht auf der Seele!", schluchzte Clara hinter ihr.

Einen Augenblick zuvor war Clara noch so stark gewesen und momentan kniete sie weinend neben ihr.

„Wir sollten jetzt die Plätze tauschen, solange das Wasser noch warm ist!", versuchte Rose die Freundin von deren Schmerz abzulenken.

„Ich habe dich noch nicht vollständig gewaschen. Steh bitte auf!", bemerkte Clara schniefend.

Rose blickte zu Gundel. Sollte sie wirklich in der Wanne stehen, während Clara sie wusch, was würde die andere Frau dazu sagen? Gundel nahm Claras Kleidung auf den Arm und ging. Vielleicht hatte sie ihren Blick verstanden.

Langsam erhob sich Rose und stand in der Wanne, während Clara den Rest von ihr wusch.

„Du bist wirklich sehr anmutig!", erklärte Clara, als sie ihr mit der Seife über den Körper strich.

Schließlich trat Rose aus der Wanne heraus und während sie sich abtrocknete, stieg Clara hinein.

Im Unterkleid kniete Rose wenig später neben der Waschwanne und säuberte die Freundin.

„Eines noch", begann Clara und sagte weiter: „Ich möchte mich jetzt schon dafür entschuldigen, wie ich dich in den nächsten Tagen behandeln werde, aber es darf kein Misstrauen auf uns fallen. Auf dem Schiff bist du meine Sklavin. Zumindest in der Öffentlichkeit. Erst dann, wenn wir im Norden sind, können wir das elende Versteckspiel wieder lassen."

„Und wenn sie uns auch dort suchen? Ich bin eine Mörderin!", entgegnete Rose.

„Daran habe ich nicht gedacht! Wenn Cornelius uns folgt, um seine Rache zu haben, dann sind wir alle in Gefahr. Du, ich, Maria, Gundel und Katharina! Mein Schwager wird sicherlich nicht eher ruhen, bevor er mich nicht erlegt hat!", erklärte Clara seufzend und es klang bitter aus ihrem Mund.

„Aber er hätte mich damals erschießen können und hat es nicht getan. Ich denke mal, dass er mich lebend haben will! Nur so kann er seine Rache ausleben!", bemerkte Clara nach einer Weile des Grübelns.

Maria betrat den Raum, hielt die Fahrkarten hoch und sagte: „Morgen Mittag fahren wir ab!"

Clara setzte sich in der Wanne auf, blickte zu Maria und erklärte: „Ich brauche schon wieder einen neuen Namen und muss erneut untertauchen!"

29. Kapitel

Dämonen der Seele

s hatte eine ganze Weile gedauert, bis Rose sich beruhigt hatte und danach hatte Clara die junge Frau einfach in die Wanne gesteckt, weil das der sicherste Platz im Moment für sie war. Nackt, im Wasser sitzend, konnte sie nicht fortlaufen und sich auch nichts antun.

Gerade war Maria von der Tour zurück und auch Gundel saß im Zimmer. Zu viert, oder eigentlich zu fünft, mit Katharina, hockten sie am Tisch.

Clara betrachtete die Fahrkarten für die Reise nach St. Louis. Noch einmal würden sie auf dem Mississippi unterwegs sein, wie sie es schon auf der Herfahrt gewesen waren. Und sie würde an der Stelle vorbeimüssen, wo Heinrich den Tod und seine letzte Ruhestätte gefunden hatte.

Irgendwo zwischen New Orleans und Baton Rouge musste es gewesen sein. Dort würde sie dem Geliebten so nahe sein, dass es schon jetzt ihr Herz zusammenkrampfte.

Doch Clara musste den Schmerz zurückschieben, denn Rose brauchte ihre Hilfe. Clara musste stark bleiben, wenn die Flucht gelingen sollte!

„Also hört zu", begann sie ihren Plan zu erläutern und setzte nach einem tiefen Atemzug fort: „Gundel, du musst mir morgen ein Kleid besorgen, dass einer feinen Dame gerecht wird. Wir brauchen das unbedingt zur Tarnung. Ab sofort bin ich Scarlett Sue Taylor, eine exzentrische, verrückte und reiche Tochter eines noch reicheren Zuckerrohrpflanzers. Wenn diese Maskierung halten soll, dann müsst ihr mich immer mit Miss Taylor anreden und euch wie meine Untergebenen verhalten. Rose, du musst dich wie eine vorbildliche Sklavin benehmen. Verstehst du mich?"

Rose sah etwas gequält aus, daher setzte Clara nach: „Wenn sie uns fangen, dann landen wir beide am Galgen und meine zwei Freundinnen im Gefängnis! Rose! Das muss dir fortwährend bewusst sein! Bitte denkt immer daran!"

Es dauerte eine Weile, bis auch Rose das akzeptiert hatte. In ihren Augen hatte Clara gesehen, dass sie sich lieber gestellt hätte, anstatt diese weitere Flucht anzutreten, aber sie beide hatten jetzt eine gemeinsame Verantwortung.

Sie würden beide in Freiheit leben, oder gemeinsam sterben.

„Und jetzt lasst uns essen!", setzte Clara noch hinzu.

Daraufhin begab sich Maria zur Küche hinunter.

Gemeinsam deckten sie den Tisch in ihrem Zimmer und wenig später brachte Maria ihr Abendmahl. Es gab Kartoffeln, Gemüse und Hähnchen und es war deutlich zu sehen, dass Rose beim Betrachten des Gerichtes der Mund offen stehen geblieben war.

„Keine Bohnen?", fragte sie.

„Nein! Hühnchen!", gab Maria ihr einfach zurück.

Alle setzten sich und Rose sah sich nach dem Löffel um. Messer und Gabel schienen ihr nicht geheuer zu sein.

„Lasst es euch schmecken", sagte Gundel nach dem Tischgebet und bis auf Rose langten alle kräftig zu.

Allerdings bedurfte es einigem guten Zuredens von ihr und Maria, bevor sich auch Rose auf ihr Essen stürzte. Der Hunger besiegte die Angst.

Viel später saß Clara neben Rose im Bett. Da sich in dem Zimmer nur zwei Betten befanden, hatten sie beschlossen, dass Gundel und Maria in dem einen schlafen würden und sie zusammen mit Rose in dem zweiten und da schon langsam die Nacht über die Herberge herabsank, machten sich Gundel und Maria für die Nacht bereit.

Noch immer haderte Rose mit ihrem Schicksal und daher musste Clara ihr weiterhin gut zureden, damit sie keine Dummheiten machen würde.

Zu groß war offensichtlich ihre Angst, gefangen zu werden, weswegen sie sich lieber vor dem Entrinnen stellen wollte.

Doch dieses Ansinnen würde sie nur alle in Gefahr bringen.

In Marias Gesicht sah Clara deutlich den Zweifel am Gelingen des Fluchtplanes.

Obwohl auch Clara von der Bluttat noch unter Schock stand, hing der Erfolg ihres Entrinnens hauptsächlich von Rose ab.

Nachdem Maria ihre Tochter gestillt hatte, begaben sich alle auf ihre Schlafstellen.

Clara legte sich an die Wand und nahm Rose vor sich.

Maria drehte die Lampe herunter und in der Dunkelheit kamen die Dämonen aus Claras Seele heraus. Unverzüglich begannen diese Ungeheuer das Misstrauen an ihren Überlegungen zu säen.

Das würde nie funktionieren!

Die Flucht war zum Scheitern verurteilt!

Warum also Reißaus nehmen? Warum sollte sie die anderen für ihre Tat in Gefahr bringen?

Ganz laut in sich hörte sie das hämische Lachen von Tobias und das brachte sie zum Zittern.

Solange das Licht an war, war sie die starke Frau, die alles fest im Griff hatte, die alle Zügel halten musste, um das Leben aller zu beschützen.

Und was war jetzt in der Finsternis? Momentan lag eine andere Clara im Bett: zitternd und leise weinend.

Der Schlaf wollte einfach nicht kommen. Immer neue Bedenken kamen vor ihr hoch und wurden von ihr nur mühevoll zur Seite gewischt.

Tobias hatte durch seine brutale Art mehr in ihrer Seele zerstört, als sie sich selbst bis zum Morgen zuvor eingestanden hatte.

Und Cornelius war noch am Leben. Falls er ihr Entkommen bemerken würde, so wäre er sicherlich abermals auf ihrer Fährte.

Eigentlich war alles so sinnlos, aber sie musste wenigstens Rose beschützen und dieser Gedanke gab ihr den Halt und die Stärke zurück.

Gerade lag die junge Frau vor ihr und Clara hatte ihren Arm um deren Hüfte gelegt. Mit der Hand auf ihrem Bauch spürte sie, dass auch Rose nicht schlief. Sicherlich ließ diese Tötung auch Rose nicht zum Einschlafen kommen.

Maria gegenüber schnarchte laut. Die Freundin hatte die Ruhe weg und dabei hatte sie doch eigentlich erst mit dem Deringer das ganze Desaster ausgelöst.

Die Waffe lag jetzt, neu geladen und bereit, auf dem Tisch. Nur einen Arm entfernt zwischen den beiden Betten. Eigentlich war es in dem Raum viel zu finster, doch das Licht einer Straßenlaterne fiel durch einen Spalt in der Gardine und traf genau diese Waffe.

Die Pistole schien zu leuchten und zu rufen: „Nimm mich!"

Ein Griff und dann würde ihre Flucht hier enden, doch was kam dann?

Es war nicht der Ausweg, denn dann wäre Rose alleine auf sich gestellt.

Irgendwann war dann Rose eingeschlafen, was Clara an den Bewegungen der jungen Frau spürte, doch in ihrem Gedanken jagten sich immer noch die Dämonen. Es war zum Verrücktwerden!

Und dann kam noch dazu, dass sie vor Baton Rouge an der Stelle vorbeimusste, wo Heinrich gestorben war. Sie würde dem Geliebten dort so nahe sein, dass sie dieser Schmerz wohl ebenfalls zerreißen würde.

„Nimm mich und alles wird gut!", schrie das kleine Eisenrohr vom Tisch.

„Verschwinde, du Dämon!", brüllte sie die Pistole im Gedanken an. Das Lachen der Waffe war mehr als laut in ihrem Kopf.

30. Kapitel

Frei, oder nicht?

Noch niemals zuvor hatte Rose in solch einem weichen Bett geschlafen, wie in diesem. Bisher hatte es da nur das Brett in ihrer Kammer mit einer Decke zum darauf legen gegeben. Das hier war wirklich gemütlich, aber sie kam dennoch lange nicht in den Schlaf. Oder vielleicht auch deswegen?

Hinter ihr lag Clara und die Hand der Frau ruhte auf ihrem Bauch. Wollte Clara damit verhindern, dass sie sich einfach so davonschlich? Daran gedacht hatte sie wohl!

Bis zum Morgen zuvor war sie noch jede Nacht eingeschlossen, jetzt war sie frei. Oder eben auch nicht.

Sie befand sich auf der Flucht, denn sie war eine Mörderin. Sie hatte die Hand gegen ihren Herrn erhoben.

Und in der Dunkelheit der Nacht sah sie abermals vor sich, wie der Master auf Clara eingeprügelt hatte, die Waffe plötzlich vor ihren Füßen lag und sie diese genommen hatte, woraufhin der Mann einen Schritt auf sie zugekommen war und sie vor lauter Angst den Finger gekrümmt hatte.

Rose hatte es nicht gewollt, aber Gott hatte die Kugel so gelenkt, dass diese ihr Ziel getroffen hatte.

Nie zuvor hatte sie eine Waffe in der Hand gehabt.

Clara hatte gesagt, dass es Notwehr gewesen war, aber kein Richter der Welt würde das als Selbstverteidigung ansehen. Zwar hätte Master Tobias sie mit einer Hand erwürgen können, und sein Gesichtsausdruck hatte ihr auch diese Absicht vermittelt, doch sie hätte nie, niemals, unter gar keinen Umständen, die Hand gegen den Master erheben dürfen.

Sie hörte, dass Clara leise hinter ihr weinte und dachte wieder daran, wie die Frau ihr am Abend kundgetan hatte, dass sie ab jetzt ihre Gebieterin war. Vermutlich hatte sie das nur gesagt, um ihr die Unsicherheit zu nehmen und ein bisschen hatte es funktioniert.

Von jetzt an würde sie Clara beschützen und ihr helfen.

Langsam zog es ihr die Augen zu und sie schlief ein.

Das Weinen eines Kindes weckte Rose wieder auf und sie erblickte Maria, die ihr gegenüber gerade das Kind an ihre Brust legte. Katharina war sicher noch kein halbes Jahr alt und dennoch war Maria sofort mit dem Baby hierher geeilt, um der Freundin, die Clara für sie war, zu helfen.

Das Band zwischen den drei Frauen musste wohl sehr stark sein.

Noch nie hatte Rose eine Freundin gehabt und daher konnte sie so etwas natürlich nicht beurteilen, aber es schien so zu sein.

Hinter ihr erwachte Clara, sagte: „Guten Morgen", und richtete sich im Bett auf. Sie gähnte ausgiebig, streckte sich und versuchte hinter ihr aus dem Bett zu kommen, aber das ging nur, wenn sie sich ebenfalls erhob.

Im Aufstehen stützte sich Rose auf den Tisch und hatte vor sich, keine Handbreit entfernt, diese Waffe liegen, die ihr den ganzen Ärger eingebracht hatte. Klein, stumm und unschuldig lag die Pistole dort und noch bevor sie auch nur die Hand danach ausstrecken konnte, hatte Clara den Deringer bereits an sich genommen.

Wenig später saßen sie alle im Unterkleid am Tisch und Clara verteilte souverän die Tagesaufgaben. Da war neuerdings die starke Anführerin und nicht die Frau, die sich in der Nacht in den Schlaf geweint hatte.

„Gundel, du besorgst mir ein elegantes Kleid, einen Sonnenschirm und einen möglichst großen Hut. Fünf Dollar sollten dafür ausreichen!", legte Clara fest.

Maria schob die fünf Münzen wortlos über den Tisch.

„Maria, du packst unsere Sachen ein. Rose, ich muss mich noch einmal für all das entschuldigen, was ich dir in den nächsten

Tagen antun muss. Ich werde mich so verhalten, wie Sue dir gegenüber in all der Zeit. Hilf mir dann bitte mit den Haaren."

Alle Frauen nickten sich zu.

„Und bitte vergesst nicht: Ich bin Scarlett Sue Taylor!", setzte Clara noch hinzu.

„Ja! Miss Taylor!", sagten alle wie aus einem Mund und Maria musste dabei lachen.

Schnell wurde sich gewaschen und angezogen, dann ging jeder an seine Aufgabe.

Maria suchte für Clara aus ihrem Koffer extravagante Unterwäsche und kleine Schnürstiefel heraus.

Zu zweit halfen sie Clara in Strümpfe, Unterhose, Unterkleid, Petticoat und schnürten deren Mieder.

Anschließend zauberte Rose Clara eine Hochsteckfrisur, wie sie die Herrin damals auf der Farm immer getragen hatte und Sue im Freudenhaus sie auch mitunter haben wollte.

Danach warteten sie auch Gundel, die sich mächtig Zeit bei der Beschaffung des Kleides ließ.

Ungeduldig stolzierte Clara auf den sicher sehr teuren Stiefeln in ihrer Unterwäsche in dem Zimmer umher und Maria versuchte sie immer wieder zu beruhigen.

Rose saß einfach nur auf dem Bett und beobachtete dabei stumm, wie die beiden Frauen miteinander umgingen. Da waren so eine stumme Zwiesprache und ein Verständnis füreinander, die sie noch nie zuvor irgendwo gesehen hatte.

Und Rose begab sich in ihre Rolle. Immer wieder verinnerlichte sie sich, dass Clara von jetzt an ihre Herrin war. Diese Rolle, die als Schutz für sie gedacht war, wurde immer enger und als Gundel endlich mit dem Kleid in das Zimmer trat, da war Clara ihre Besitzerin.

Oder eben Scarlett Sue Taylor, die gerade hier entstand.

Vor ihren Augen verwandelte sich Clara in Scarlett. Wenn ihr jemand so etwas zuvor erzählt hätte, Rose hätte es nicht geglaubt.

Kleider machten wirklich Herren! Sogar Claras Stimme veränderte sich.

Als sich Clara mit dem Kleid vor ihnen drehte, sagte Maria bewundernd: „Perfekt!"

Rose machte eine Verbeugung vor ihrer Besitzerin.

„So Mädels!", begann Clara, und ihre Stimme war wieder weich, danach setzte sie fort: „Eure Rollen: Maria, du bist die Amme mit meinem Kind. Gundel, du bist die Zofe und Rose, du bist die Sklavin! Du musst die beiden Koffer tragen. Kannst du das?"

Rose nickte und trat an die Gepäckstücke heran. Sie hob sie kurz an und sie waren doch recht schwer, aber es würde gehen.

„Ich kann nicht eine der Frauen den Koffer tragen lassen, solange meine Sklavin noch eine Hand freihat. Verstehst du das?", fragte Clara.

Rose nickte, denn sie hatte das schon begriffen.

Gerade streifte sich Clara ein Paar weiße Handschuhe über die Hände und bei dieser Bewegung wurde Rose nochmals schmerzlich an das erinnert, was Master Tobias eine Woche zuvor mit ihr gemacht hatte.

Momentan war sie frei und doch auch wieder nicht, denn die Schuld am Tod des Mannes würde sie weiterhin im Klammergriff halten.

„Bereit?", fragte die liebliche Stimme von Clara und alle nickten ihr zu, dann wies Scarlett Sue Taylor sie herrisch mit scharfen Worten zum Aufbruch an. Fast wäre Rose dabei zusammengezuckt.

In der Vorhalle der Herberge ließ Scarlett Gundel bezahlen und ignorierte alle Anwesenden. Die Rolle der Miss Taylor saß perfekt. Zu perfekt? Und Rose war ihre Sklavin. Mit Haut und Haar!

31. Kapitel

In Sorge um eine Freundin

Clara lief vor ihr her und Maria war es bei diesem Anblick Himmelangst, denn die Freundin war so sehr in ihre Rolle geschlüpft, dass es schier unglaublich war. Vermutlich hatte Clara auf der Fahrt von St. Louis nach New Orleans die Frauen so genau beobachtet, dass sie jetzt deren Benehmen einfach übernahm.

Clara war momentan Scarlett Sue Taylor und spielte diese Frau nicht nur!

Mit dem breiten Hut und dem Sonnenschirm war sie das perfekte Abbild einer Pflanzerstochter aus den Südstaaten. Vielleicht sogar noch extremer, als jede der Frauen hier, aber nur so würde wohl niemand auf die Idee kommen, dass sie im Moment einer Sklavin zur Flucht in die Nordstaaten verhalf.

Rose sah nicht wirklich glücklich aus, denn die Koffer waren schwer und das Mädchen wohl doch nicht ganz so stark, wie sie selbst geglaubt hatte, doch das Schiff lief in einer Stunde aus.

Scarlett schlenderte den Weg entlang und ihre knöchellangen Stiefelchen stolzierten über das Kopfsteinpflaster der Gasse. Offenbar tat sie das mit Absicht, weil Rose ihr nicht schneller folgen konnte.

Dass Katharina jetzt Scarletts Tochter und sie die Amme war, passte zu den gewählten Rollen, denn keine Herrin würde eine Magd mit Kind in ihrem Gefolge dulden.

Maria hoffte nur, dass keiner fragen würde, warum sie dann mit einem Dampfschiff für 15 Dollar nach St. Louis fuhren und auch noch alle in derselben Kabine dritter Klasse.

Das konnte eventuell das Gebäude aus Lügen zum Einsturz bringen, aber sicherlich hatte Clara auch bereits daran gedacht, denn sie hatte ja am Abend gesagt, dass sie als eine exzentrische und verschrobene Frau auftreten wollte und diese Rolle spielte sie derzeit perfekt.

Scarlett grüßte galant einige feine Damen und rempelte ein paar Sklaven zur Seite, ganz so, wie es sich hier im Süden gehörte.

Als sie an der Bar vorbeikamen, ging ihrer aller Blick vorsichtig zu der Tür, aber sie war noch geschlossen und keiner hatte bemerkt, was darin vorgegangen war. Erst am Nachmittag, wenn die ersten Männer zum Trinken oder Billard kommen wollten, würde der Sheriff gerufen werden.

Dann würde sicherlich nach Clara von Kletterwitz und einer Sklavin namens Rose gesucht werden. Doch auch daran hatte Clara gedacht und sagte jetzt Rosemarie zu Rose, wenn sie die Sklavin antrieb.

Und Sklavinnen mit dem Namen Rose gab es sicher zu hunderttausenden. Die Herren machten sich da keine Gedanken darum. Es gab eben nur kurze Rufnamen, wie Tom, Jim, Mae, Mary, Rose, Joe oder was auch immer man sich einfallen ließ. Nur Haussklaven hatten gelegentlich längere Namen, um damit anzugeben und insofern war Rosemarie passender als Rose.

„Rosemarie, du faules Stück! Mach schneller!", blaffte Scarlett die junge Frau an, die dabei ängstlich zusammenzuckte.

Offenbar waren sie beide in ihren Rollen, wobei im Moment nicht sicher war, ob Rose noch eine Rolle spielte, oder gerade wirklich Rosemarie war.

Maria erinnerte sich gerade an ihre Fahrt, damals auf dem Schiff auf der Elbe. Tagelang hatte sie dort mit Heinrich an Claras Pritsche gesessen, um die Freundin zu trösten und zu beruhigen. Hier lagen die Dinge derzeit ganz anders.

Offenbar verbarg Scarlett als Maske Claras Kummer, denn Maria hatte in der Nacht das leise Weinen der Freundin gehört.

Und was war mit Rose? Nach Claras Erzählung hatte sie den Finger am Abzug gehabt. Es musste doch für die junge Frau furchtbar sein, für den Tod eines Menschen verantwortlich zu sein, aber offensichtlich verbarg auch Rosemaries Maske gerade deren Elend.

Was wäre aber, wenn beide Masken fallen würden?

Und dazu kam auch noch, dass das Schiff am Abend in Baton Rouge sein würde!

Maria nahm sich vor, gut auf beide Frauen aufzupassen.

Vor ihnen war jetzt der Anlegeplatz für die Schiffe zu sehen. War am Tag zuvor schon viel los, so war es jetzt ein unübersichtliches Gewimmel. Fässer mit Zucker wurden verladen, Kisten standen umher, Baumwolle in riesigen Paketen wurden von Wagen auf Schiffe gehoben und umgedreht.

Hunderte von Menschen wuselten umeinander. Pferdekarren standen neben Schiffen, von denen im Augenblick unzählige nebeneinander am Pier festgemacht hatten. Passagiere eilten dahin und dunkler Rauch stieg aus den Schornsteinen auf.

Schiffe legten ab und an und es war unglaublich, dass nicht aller paar Atemzüge Dampfer gegeneinander stießen, denn die Abstände zwischen ihnen waren mitunter beängstigend klein.

Auf dem Fluss sah es aber nicht viel besser aus. Dampfer mit Schaufelrädern auf beiden Seiten jagten agil dahin, schwerfällige Schlepper zogen dazwischen ihre Bahnen und Dampfschiffe mit nur einem Schaufelrad am Heck suchten sich ihren Platz dazwischen.

Bei diesem Anblick konnte Maria verstehen, warum das Haar des Hafenmeisters am Tage zuvor so grau und zerzaust gewesen war.

Endlich hatten sie die „Lady Clara Ann" erreicht und auch an diesem Schiff herrschte schon geschäftige Betriebsamkeit.

Ganz die vornehme Dame beachtete Scarlett keinen der dunkelhäutigen Matrosen, sondern gab nur dem Kapitän in seiner prächtigen Uniform loyal die Hand.

Wenig später saßen sie alle in der Kabine und damit kam Clara erneut zum Vorschein, die Rose tröstend in den Arm nahm.

144

„Kannst du mir bitte ein paar Blumen für Heinrich besorgen? Ich würde sie gern an der Stelle in den Fluss werfen, wo er über Bord gefallen ist", bat Clara.

„Na klar. Ich habe, glaube ich, noch zwei Quarter[3] in meinem Geldbeutel. Das ist dann aber der Rest. Zum Glück ist die Verpflegung im Fahrpreis mit drin", entgegnete Maria, verabschiedete sich und machte sich eilig auf den Weg.

Es dauerte eine Weile, bis sie einen Strauß Rosen bekommen hatte, denn schließlich war es ja auch schon September! Doch die Blumen dufteten einfach herrlich und für den Freund war es diese Ausgabe auch Wert.

Kurz bevor die Mannschaft die Planke hochziehen wollte und der Signalpfiff der Dampfsirene alle Fahrgäste auf die „Lady" rief, war Maria wieder zurück auf dem Schiff.

In ein paar Stunden würden sie Baton Rouge erreichen und für die Nacht eventuell dort auch anlegen. Der Hafenmeister hatte ihr schon gesagt, dass dieses Dampfschiff nachts nicht durchfahren würde. Deshalb würden sie ja auch zehn Tage brauchen.

Andere Schiffe, schnellere und auch teurere, schafften die Strecke mitunter in fünf, oder sanken irgendwo.

Als sie mit dem Strauß die Kabine wieder betrat, lag Rose auf einer der oberen Pritschen. Jeweils zwei Betten waren übereinander angebracht. Rose und Gundel würden oben schlafen. Clara und sie unten.

„Die sind aber schön", bemerkte Clara und nahm ihr den Strauß ab.

„Das sind Rosen. Schau mal!", sagte sie mit lieblicher Stimme zu Rose und hielt der jungen Frau den Blumenstrauß hin.

Scarlett war im Moment weit fort.

---

[3] Quarter - eine Münze der USA im Wert von 25 Cents oder einem Viertel Dollar.

32. Kapitel

Nacht auf dem Mississippi

Mehr als eine Stunde hatte Rose gebraucht, um sich von der ungewohnten Schlepperei zu erholen. Von oben aus blickte sie zu den anderen Frauen herunter, die auf den beiden Betten saßen und sich unterhielten.

Es war überraschend gewesen, wie schnell aus der unausstehlichen und herrischen Scarlett wieder die freundliche Clara geworden war, als die Kabinentür hinter ihnen ins Schloss gefallen war.

Beim Betreten des Schiffes hatte Rose gesehen, dass mehr wie die Hälfte der Matrosen schwarze Hautfarbe hatten. Ein Dutzend Männer waren an Bord gewesen und hatten beim Beladen geholfen.

„Bleibe einfach, wenn es geht, im Zimmer. Ich werde das auch ab morgen früh tun!", sagte Clara zu ihr nach oben.

„Die ganzen zehn Tage?", fragte Rose ungläubig. Was sollte sie denn da tun? Faul auf ihrem Bett liegen? Oder Schlafen? Zehn Tage lang?

„Na gut, dann bleibe aber dort, wo dich keine der reichen Frauen sehen kann", entgegnete Clara.

„Die fahren sicher auf einem anderen Dampfer!", offenbarte Maria von unten und zog die Stirn in Falten.

„Wir dürfen nichts tun, was eine von uns in Gefahr bringt! Wer möchte, der kann natürlich raus, aber wenn euch jemand nach mir fragt…", begann Clara.

„Dann bist du die verrückte Tochter eines Pflanzers. Ich weiß!", erklärte Maria und erhob sich von ihrem Platz.

„Ich möchte Katharina etwas vom Fluss zeigen. Wer will mitkommen?", fragte Maria.

Rose sprang von ihrem Bett herab und wenig später stand sie neben der schwarzhaarigen Maria an dem Geländer vorn am Schiff. Die Stadt lag schon weit hinter ihnen und der Fluss zog sich schlängelnd durch das Land. Einige andere Dampfschiffe waren zu sehen, die ihnen entgegenkamen, oder sie überholten.

Der Wind griff in ihre langen Haare und auch die von Maria wehten hinter ihr her.

Rose schaute auf das Wasser herab, aber nach einer Weile begann sie dann die Matrosen zu beobachten, die in der Nähe irgendwelche Kisten vor ihnen mit Seilen festbanden.

Die Seemänner waren sicherlich keine Sklaven, zumindest machten sie auf Rose nicht den Eindruck. Besonders ein junger Mann fing immer wieder ihren Blick ein. Er arbeitete mit freiem Oberkörper und der Schweiß ließ seine wundervolle schwarze Haut im Sonnenlicht glänzen.

Eine ganze Weile später sagte Maria: „Ich gehe nach hinten! Kann ich dich hier alleine lassen?"

Rose nickte und war einen Augenblick später mit ihrer Aufmerksamkeit schon wieder bei dem unbekannten Matrosen, der sie offenbar jetzt ebenfalls beobachtete und gelegentlich zu ihr herüber lächelte.

In ihre Gedanken vertieft bemerkte sie gar nicht, wie die Zeit verging. Irgendwann stand Gundel neben ihr und brachte ihr ein Butterbrot mit Wurst, weil sich Rose nicht von der Stelle losreißen konnte.

Obwohl die Männer in der Zwischenzeit schon einige Stopps gehabt hatten, bei denen sie Kisten, Fässer und Ballen aus und wieder eingeladen hatten, hatte der eine Matrose auch dabei immer den Platz in ihrer Nähe gesucht.

Und dieser Mann trat jetzt auf sie zu, zeigte auf das Sandwich und sagte: „Du solltest damit vorsichtig sein, sonst klauen dir die Möwen dein Abendessen!"

„Möchtest du ein Stück davon abhaben?", fragte Rose.

Als er nickte, brach sie das Brot in zwei Hälften und gab ihm ein Stück.

„Ich bin Samuel", erzählte er kauend.

„Rose. Rosemarie", entgegnete sie ebenfalls mit vollem Mund.

Beide nickten sich zu.

„Ich danke dir", bemerkte Samuel und setzte noch hinzu: „Wir legen dann an. Wenn du magst, und darfst, dann kannst du ja heute Abend zu uns auf das Vorschiff kommen. Wir feiern dort etwas."

„Ich komme gern!", gab Rose aufgeregt zurück.

Samuel lächelte sie an und ging wieder zu seiner Arbeit zurück. Offensichtlich spürte er aber, dass ihr Blick auch weiterhin auf ihm ruhte, denn er drehte sich noch einmal lächelnd zu ihr zurück. Dann griff er sich die wohl schwerste Kiste und ließ beim Tragen die Muskeln spielen.

Sie wusste, dass er das absichtlich machte und dennoch konnte sie sich dieses Anblickes nicht entziehen.

Jetzt hätte sie am liebsten die Sonne vom Himmel gezogen, damit es schnell dunkel werden würde.

Ohne dass sie es bemerkt hatte, stand Maria plötzlich wieder neben ihr, zeigte nach vorn und sagte: „Das da ist Baton Rouge. Da werden wir in der Nacht bleiben!"

Rose hätte bei dieser Bemerkung fast vor Freude getanzt.

Viel zu langsam schob sich der Steg näher. Es war nur eine kleine Stadt mit einer Poststation, aber wohl der beste Platz, um dort für die Nacht anzulegen. Doch damit fiel Rose ein, dass sie wohl besser bei Clara nachfragen sollte, ob sie nach Sonnenuntergang zu den Matrosen gehen durfte.

Sie musste sich regelrecht von Samuel losreißen, dann rannte sie zurück in die Kabine.

„Ich dachte schon, du bist über Bord gegangen", bemerkte Clara, die in ihrem Bett lag und eine Zeitung las.

„Nein! Darf ich am Abend zu den Matrosen gehen?"

„Zu allen? Oder einem besonderen?", fragte Maria, die hinter ihr in der Kabine stand und sich mit Katharina an der Brust auf ihr Bett setzte.

„Ähm, ja, nein, …", stammelte Rose und sie sah Marias Schmunzeln.

Leugnen oder vertuschen war nutzlos.

„Mach keinen Blödsinn und viel Spaß!", gab ihr Clara zu verstehen.

Und schon war Rose wieder auf dem Weg nach vorn.

Doch gerade waren alle mit dem Anlegemanöver beschäftigt und Samuel hatte keine Zeit, um zu ihr zu sehen.

Viel zu langsam senkte sich die Abenddämmerung auf das Schiff herab, doch schließlich war dann der Zeitpunkt gekommen, zu dem zehn Matrosen mit Rose und noch zwei anderen dunkelhäutigen Frauen vorn im Kreis auf dem vorderen Schiffsdeck saßen.

Sie sangen alte Lieder, die Rose auch von ihrer Großmutter kannte und eine Flasche kreiste in der Runde. Samuel, der neben ihr hockte, gab ihr diese und in Unwissenheit des Inhaltes nahm Rose einen großen Schluck.

Es brannte in ihrem Hals und sie musste husten.

„Bester Branntwein!", raunte ihr Samuel zu.

Sie rang noch um Luft und es dauerte eine ganze Weile, bevor sie erneut mitsingen konnte, die Flasche ließ sie dabei aber aus.

„Wie weit fährt deine Herrin mit?", fragte Samuel.

„Bis St. Louis", gab Rose zurück und sah das Leuchten seiner Augen im Scheine der Schiffslaterne.

„Möchtest du schwimmen?", fragte er, doch sie musste das ablehnen, weil sie nicht schwimmen konnte.

„Es ist ganz flach und ich zeige es dir!", drängte er nach.

Wenig später half er ihr in den Fluss.

Im Scheine der Lampen hielt er sie und es war ein schönes Gefühl, so sicher in seinen Armen zu sein.

Danach, erneut auf dem Deck sitzend, lauschte Rose in die Nacht. Die Geräusche des Flusses waren durch das leiser werdende Singen der Männer zu hören.

Irgendwann gingen alle in ihre Kojen und auch Rose schlich zu ihrem Bett zurück.

Samuels Abschiedskuss war da noch auf ihren Lippen und versüßte ihr den Schlaf.

33. Kapitel

Abschied und Neubeginn?

emächlich fuhr der Dampfer dahin und über Marias Kopf verzog sich der schwarze Rauch in den blauen Himmel. Zusammen mit Clara stand sie hinter dem Schaufelrad an der Seite auf dem Deck, das eigentlich nur für die Fracht vorgesehen war. Die zwei Decks mit den Kabinen waren praktisch über ihnen.

Hier unten gab es keine Passagiere und daher konnte Clara auch ihre Rolle für eine Weile sein lassen. Gegenwärtig war sie nicht die arrogante Scarlett Sue Taylor, sondern die verletzliche Clara.

Das Schiff war gegen Mittag aufgebrochen und mit dem Beginn der Dämmerung näherten sie sich der Stadt Baton Rouge. Es war eine Art von Abschied für sie beide. Mit der untergehenden Sonne kam auch der Ort im Fluss, an dem Heinrich tödlich getroffen über Bord gegangen war.

„Wo genau?", fragte Maria.

Clara zuckte mit den Schultern. „Wir hatten Baton Rouge gerade passiert und dann kam so eine Schleife im Fluss. Mit einem Mal hat mein Schwager hinter mir gestanden. Ich denke mal, dass es ungefähr hier war. Den Ort, durch den wir gerade gefahren sind, den habe ich nicht mehr gesehen. Da lag ich schon geknebelt und mit einem Sack über dem Kopf in seiner Kabine."

„Dann soll es wohl hier sein!", gab Maria zurück.

„Lebe wohl, mein Schatz!", sagte Clara unter Tränen und warf den Blumenstrauß über Bord.

Noch einen kurzen Moment des Gedenkens und der Erinnerungen hielten sie sich an der Reling, Hand in Hand, dann wandte sich Clara der Treppe zu, die sie nach oben zu ihrer Kabine bringen würde.

Im letzten Licht des Tages glitt der Dampfer zu der Anlegestelle, die er für die Nacht auch nicht mehr verlassen würde. Andere Dampfschiffe würden auch nachts fahren, doch das hier war ein ziemlich ruhiges Routenschiff mit festem Fahrplan.

Clara warf einen letzten Blick zurück, wischte sich die Tränen ab und setzte ihren Fuß auf die unterste Treppenstufe.

Sofort bemerkte Maria, dass ein Ruck durch den Körper der Freundin ging und sie war wieder Scarlett! Selbst ihr Gesicht war jetzt ein anderes. Unnahbar und kalt wirkte sie.

Spielte sie diese Rolle nur, um das Gefühl von sich abzuhalten? Das würde nicht funktionieren!

Maria blickte zurück und dachte daran, wie sie selbst erst in Magdeburg realisiert hatte, dass ihr Freund Fritz in Dresden gestorben war. Die Angst hatte den Schmerz damals unterdrückt.

Machte das gerade diese Rolle bei Clara ebenfalls?

„Miss Taylor?", fragte sie von unten.

Die Freundin warf ihr einen kalten Blick über die Schulter zurück.

„Ja?", fragte Scarlett frostig und arrogant.

„Ach nichts!", antwortete Maria und stieg ihr hinterher.

Dutzende andere Passagiere waren gerade oben auf dem Weg zum Saloon, um das Abendessen einzunehmen, doch Miss Taylor bahnte sich unnachgiebig ihre Spur durch den Menschenstrom zu ihrer Kabine.

Es war ein Wunder, dass dabei keiner der anderen Gäste über Bord ging!

Aber kaum war die Kabinentür hinter ihnen zu, da war Scarlett verschwunden und Clara war wieder da.

„Du weißt schon, dass der Schmerz da herausmuss?", fragte Maria und tippte dabei an Claras Brust.

Die Freundin nickte.

„Ich habe Abschied von ihm genommen und damit wird etwas anderes kommen. Ich werde wahrscheinlich noch ein paar Nächte in mein Kissen heulen, doch es hilft alles nichts!", seufzte Clara.

„Ich wusste nicht, dass du das so schnell wegstecken kannst!", entgegnete Maria.

„Ich auch nicht, aber was soll ich tun? Heinrich bleibt für immer hier drin!", antwortete Clara und tippte auf ihre Brust, unter der ihr Herz schlug.

„Ja. Ich weiß. Fritz ist auch für immer da drin. Und natürlich in Katharina. Wo steckt Gundel eigentlich mit ihr?"

„Und wo ist Rose?", erkundigte sich Clara.

„Die stand die ganze Zeit unten an Deck", erklärte Maria.

Mit einer Zeitung legte sich Clara auf ihr Bett.

Gundel trat mit Katharina in den Raum. „Wollt ihr dann auch noch zum Essen gehen?", fragte sie und übergab ihr die Tochter, damit sie Katharina stillen konnte.

Die Tür flog auf und Maria zuckte herum.

Rose stürmte in den Raum.

„Ich dachte schon, du bist über Bord gegangen", sagte Clara und blickte von ihrer Zeitung auf.

„Nein! Darf ich am Abend zu den Matrosen gehen?"

„Zu allen? Oder einem besonderen?", fragte Maria, die hinter ihr stand und sich danach mit Katharina an der Brust auf ihr Bett setzte.

„Ähm, ja, nein, …", stammelte Rose.

Das war ziemlich eindeutig und Maria konnte ihr Schmunzeln nicht verhindern.

„Mach keinen Blödsinn und viel Spaß!", gab Clara der jungen Frau mit auf den Weg, die auch schon wieder hinauslief.

Es klopfte an der Tür und sofort war Clara wieder Scarlett.

„Herein!", sagte sie arrogant.

Ein Matrose erschien, verbeugte sich vor ihr und sagte: „Miss Taylor. Der Kapitän bittet sie zum Abendmahl in seinen Saloon!"

„Ich werde kommen!", gab Scarlett ihm herablassend zurück.

Der Mann verschwand nach einer erneuten Verbeugung aus der Kabine.

Die Tür war zu und Scarlett verschwand sofort wieder.

„Also ich weiß jetzt, wo ich heute Abend essen werde", erklärte Clara.

„Gibst du mir das Parfüm aus dem Koffer? Das Gute aus Paris?", setzte sie hinzu, erhob sich aus dem Bett und legte die Zeitung zur Seite. Schnell strich sie sich das Kleid glatt.

„Die Kleiderfrage erübrigt sich, wenn man nur eines hat. Wichtiger ist aber, was darunter ist!", deutete Clara an, nahm das Fläschchen von Gundel entgegen und sprühte sich ausgiebig damit ein.

„Du willst doch nicht etwa?", fragte Maria, als Clara den Sitz ihrer Unterwäsche prüfte.

Clara runzelte die Stirn.

„Ich bin hier auf der Flucht. Ich muss mir jede mögliche Hilfe sichern, die ich bekommen kann und hier auf diesem Kahn ist nun mal der Kapitän die oberste Instanz. Ich werde versuchen, ihn mir etwas gewogen zu machen!", erklärte Clara.

„Gerade erst haben wir von Heinrich Abschied genommen!", wollte Maria einen Einwand bringen.

Doch Scarlett kam zum Vorschein, winkte ab und zog die Mundwinkel hoch.

„Ich muss mich um mich selbst und um Rose kümmern. Und um euch! In der Nacht werde ich heulen, jetzt will ich feiern! Das Leben ist viel zu schön, um es nicht jeden Tag zu bejubeln!"

„Ja, Miss Taylor!", antwortete Maria.

Clara winkte schmunzelnd ab.

34. Kapitel

Irrsinn mit Methode

atürlich war es an diesem Tag völlig fehl am Platz, zum Kapitän zu gehen, um dort zu feiern, doch es wäre Irrsinn gewesen, diese Einladung auszuschlagen. In der Abwägung der Gegebenheiten kam Clara in Bruchteilen eines Augenblickes dazu, dem Schiffsführer den Vorrang vor ihrer Trauer um Heinrich zu gehen.

Bisher lief alles perfekt und ein Blick über die Mannschaft hatte ihr gezeigt, dass keiner von denen schon mal die Ehre gehabt hatte, das Lager mit ihr zu teilen.

Zumal sie in dieser Aufmachung und perfekt frisiert wohl auch keiner der anderen Matrosen erkennen würde.

Das Kleid saß korrekt, der Duft war angenehm und es dauerte auch nicht mehr lange, dann klopfte der Matrose erneut, um sie abzuholen. Oder besser: um Miss Taylor zu seinem Kapitän zu geleiten.

Diese gewählte Rolle passte vorzüglich zu ihr und konnte alles verbergen und mit dem Anspruch, auch ein bisschen verrückt zu sein, konnte ihr gar nichts passieren.

Sie würde sich einfach so wie Sue benehmen und alles wäre gut. Clara hatte sie beobachtet und Rose hatte ihr oft von der anderen Frau erzählt. Im Gegensatz zu ihnen anderen war Sue wohl freiwillig dort im Bordell gewesen.

Und jetzt flanierte Scarlett Sue Taylor mit hocherhobenen Kopf die Treppe hinauf, wo sich der Saloon des Kapitäns befinden sollte.

Diese Maske verbarg alles andere.

Der Matrose klopfe an der Tür, öffnete und Scarlett trat ein.

Ein gepflegter, etwas älterer Mann, mit grauen Schläfen, erhob sich von einem sehr schönen Sofa und kam auf sie zu.

„Miss Taylor, ich danke ihnen, dass sie meine Einladung angenommen haben", begrüßte er sie mit einer angedeuteten Verbeugung und einem Handkuss.

Der Mann hatte Stil! Und hoffentlich auch Manieren. Innerlich leckte sich Sue bereits die Lefzen.

„Ich danke ihnen, Kapitän", hauchte Scarlett.

„Jackson. Kapitän Jackson", erwiderte er galant.

„Danke, Kapitän Jackson", entgegnete sie und ließ sich von ihm zum Tisch geleiten.

Wenig später wurde aufgetafelt.

Es gab ein leichtes französisches Mahl und der Koch musste ein Könner sein, denn das Gericht war ausgezeichnet.

„Sie verstehen es, zu leben!", gab sie ihm nach dem ersten Bissen zu verstehen.

„Dieses Huhn in Orangensoße ist einfach nur köstlich!", setzte sie anerkennend hinzu.

„Mein Koch ist Franzose", entgegnete der Kapitän, nicht ohne Stolz.

Nach dem Dessert begaben sie sich auf das Sofa.

Mit vornehm übereinander geschlagenen Beine, die Stiefelspitze unter dem Kleidersaum herausschauen lassend, saß Clara neben dem Mann.

Alles, was die Mutter ihr jemals über feines Benehmen beibringen wollte, wurde jetzt abgerufen.

Seine Hand auf ihrem Knie gehörte da zwar nicht dazu, aber sie ließ ihn wohlwollend gewähren.

„Warum fahren sie eigentlich mit mir und nicht mit einem der anderen viel luxuriöseren Schiffe?", erkundigte er sich bei ihr.

„Ich liebe es, einfach mal Zeit zu haben. Man wird ja auch so schon viel zu sehr herum gehetzt", entgegnete Clara und nippte an einem köstlichen Rotwein in einem wundervoll geschliffenen Glas aus Kristall.

„Und besseren Wein gibt es dort sicher auch nicht!", setzte sie noch lächelnd hinzu.

„Ich bin da wohl wie sie. Ich liebe es ebenfalls, den Augenblick zu genießen. Daher liegt mein Schiff auch nachts immer am Steg. Nicht so, wie diese anderen Dampfschiffe, die von Stadt zu Stadt hetzen müssen, um Waren schnell zu transportieren."

Sie stießen mit den Gläsern an und lächelten sich beide zu.

Jetzt verdrängte Sue Clara und Scarlett musste noch einen draufsetzen.

„Ich muss ihnen gestehen, ich habe eine Schwäche für Männer in Uniform", erzählte sie und legte dabei ihre Hand auf die seine.

Das schien zu wirken, den der Mann begann gewinnend zu lächeln.

Scarlett hatte den Fisch an der Angel. Jetzt musste sie nur noch eine passende Geschichte dazu erfinden.

„Wissen sie, Kapitän Jackson", begann sie.

„Sagen sie Henry zu mir", unterbrach er sie.

„Gern Henry, aber nur, wenn sie mich Scarlett nennen!", setzte sie leutselig hinzu.

Seine Hand rutschte vom Knie auf ihren Oberschenkel.

Weiter in der Geschichte erzählte sie ungezwungen: „Früher war mein Vater bei der Kavallerie. Lauter schmucke Offiziere in noch schmuckeren Uniformen. Sie verstehen mich? Doch dann starb mein Großvater und Vater musste die Plantage übernehmen. Momentan langweile ich mich manchmal auf dieser Farm und da mein Mann im letzten Jahr gestorben ist, reise ich jetzt mit meiner Tochter und meinem Gefolge nach St. Louis zu meiner Tante."

„Das tut mir leid mit ihrem Gatten", äußerte Henry, doch sein lüsterner Blick sagte das Gegenteil aus. Der offenbarte gerade: „Man habe ich ein Schwein, freie Bahn!"

Und die weiter herauf rutschende Hand drückte wohl dasselbe aus.

Jede ehrbare Frau wäre jetzt entsetzt aufgesprungen, aber die verrückte Scarlett blieb sitzen und lehnte sich leicht zurück.

Logischerweise kam er dieser Aufforderung nach und für den Bruchteil eines Augenblickes berührte seine Hand ihre Brust, als er sein Glas absichtlich unbeholfen zum Mund führte.

Was machte sie hier eigentlich?

Drei Seelen stritten in ihrer Brust. Scarlett flirtete ungeniert mit dem Kapitän, Sue wollte Sex, und Clara?

Sie wollte den Kummer um Heinrich loswerden, aber sollte Scarlett dazu so weit gehen?

Allerdings war der Punkt, an dem sie noch entsetzt hätte verschwinden können, schon längst überschritten. Wenn sie jetzt ging, dann würde sie damit nur den Groll des Mannes auf sich ziehen.

Damit steckte sie zwischen den beiden Rollen: Scarlett war eine Farmerstochter, die gerade auf etwas Spaß aus war, Clara war eine geflohene Mörderin.

Scarlett hätte jetzt gehen können, ohne die Konsequenzen ihres Tuns zu fürchten, doch Clara durfte das nicht riskieren.

Ihr Leben, das von Rose und ihren Gefährtinnen, hing gerade an diesem Mann.

Galant wechselte sie die übereinandergeschlagenen Beine, was ihr die Mutter immer strikt verboten hatte, und wobei seine Hand zwangsläufig in ihren Schoß rutschte, was er grunzend quittierte.

Kurz war gerade seine Maske gefallen! Hinter dem höflichen und wortgewandten Mann steckte ein Tier auf Beutezug. Beide spielten sie Rollen, doch während sie ihre Maske nicht fallen lassen durfte, tat er nun alles, um seine loszuwerden.

„Das Sofa scheint mir sehr bequem zu sein", lenkte Scarlett jetzt die Aufmerksamkeit des Mannes etwas in die richtige Richtung.

Langsam strich ihre Hand über das Polster und rutschte dann, als sie sich das Glas vom Tisch greifen wollte, aus Versehen über

Henrys Hose. Was sie dort spürte, das konnte sie auch in seinen Augen sehen.

„Ziemlich warm hier drin", heizte Scarlett den Mann noch weiter an und löste den obersten Knopf am Kleid.

Für einen Moment lenkte Clara Scarlett, denn das Kleid musste unter allen Umständen in einem tadellosen Zustand bleiben.

Sie hatte nur das eine!

Zwar war Gundel recht flink mit der Nadel, aber einem Ansturm von Henry würde der Stoff nicht widerstehen können.

„Du erlaubst, dass ich mich etwas frei mache?", fragte Scarlett lüstern.

„Ich bitte darum!", gab ihr Henry gierig zurück.

„Aber behalte wenigstens deine Jacke an! Wegen der Uniform!", antwortete Scarlett, als sie sich das Kleid über den Kopf streifte und in der Unterwäsche rückwärts auf das Sofa fiel.

Dabei hob sie das eine Knie an und gab damit ihre unbedeckte Mitte für ihn frei.

Hemmungslos zerrte sich Henry die Hose vom Leib, behielt allerdings wunschgemäß die Jacke dabei an, und warf sich über sie.

35. Kapitel

Eine Frage der Ehre?

Es war mitten in der Nacht gewesen, als Clara sich in die Kabine geschlichen hatte, doch Maria hatte sie dennoch bemerkt. Innerlich schüttelte sie auch jetzt zum Beginn des neuen Tages noch immer den Kopf über das Verhalten der Freundin. Zuerst musste allerdings jetzt Katharina gestillt werden, danach würde sie Clara zur Rede stellen.

Durch das Fenster fiel das erste Licht in die Kabine und der Dampfer schwankte ganz leicht, doch diese sanfte Bewegung reichte aus, dass Rose von oben aus dem Bett sprang, die Kabinentür aufriss und sich direkt davor über die Reling hängte.

Die junge Frau musste sich übergeben und Maria hoffte, dass auf dem sich darunter befindenden Deck nicht gerade jemand vorbeigegangen war.

„Was ist denn los?“, fragte sie.

Unter würgen antwortete Rose von draußen nur: „Branntwein!“

Offensichtlich hatten die Matrosen am Abend zuvor dem Schnaps reichlich zugesprochen und Rose hatte sich daran beteiligt.

Gähnend erwachte Clara, sah die offene Tür und erstarrte zu Scarlett, die lautstark die junge Frau als Säuferin und Flittchen beschimpfte.

Mit dem Fuß schloss Rose die Tür und Scarlett verschwand.

„Du musst gerade Säuferin und Flittchen zu ihr sagen!“, erklärte Maria und blickte zu Clara.

„Warum?“, fragte die Freundin gähnend.

„Na deinetwegen und wegen des Kapitäns!“, setzte Maria ihr ärgerlich entgegen.

„Du meinst Scarlett und Henry? Ja, die beiden haben ziemlichen Spaß gehabt, aber es gab nichts zu saufen. Nur ein köstliches Gericht und einen exquisiten Rotwein!", gab Clara unumwunden zu, setzte sich aufrecht hin und gähnte erneut.

„Aber du beschimpfst Rose für das, was du ebenfalls tust!"

„Das war Scarlett!", erwiderte Clara schulterzuckend.

„Du bringst mich ganz durcheinander!", entgegnete Maria und legte sich Katharina über die Schulter.

„Was sein muss, das muss sein!", erklärte Clara, während das Kind rülpste.

„Du machst es dir ziemlich einfach mit dieser Scarlett. Alles kannst du ihr in die Schuhe schieben, aber es war dein Schoß", sagte Maria, schloss sich das Kleid und legte Katharina in das Bett zurück.

„Ich mache es mir keinesfalls einfach. Es schmerzt so unendlich!", entgegnete Clara und warf ihr das durchnässte Kopfkissen herüber.

„Und dennoch gehst du mit dem Kapitän ins Bett?", fragte Maria.

„Es war das Sofa!", antwortete Clara ausweichend.

„Das sind Spitzfindigkeiten! Du weißt genau, was ich meine. Hast du denn keine Ehre im Leib?", setzte Maria zornig zu einer Rede an, die von Clara sofort gestoppt wurde.

„Du kommst mir hier mit Ehre?", brach es aus Clara heraus. Sie schnappte vor Aufregung nach Luft, bevor sie fortsetzen konnte: „Tobias und mein so hochverehrter Herr Schwager haben tagelang Dinge mit mir angestellt, die du dir nicht mal in deinen schlimmsten Albträumen vorstellen möchtest. Ich wurde von 250 Männern für Geld gefickt und konnte mich nicht dagegen wehren und du kommst mir hier mit Ehre? Ich versuche, diese Truppe unbeschadet und lebendig in den Norden zu bringen!"

„Geht das auch leiser?", bemerkte Gundel vom oberen Bett, die gerade erwacht war und zu ihnen heruntersah.

Der Einspruch der Freundin ließ Clara zusammenzucken, dann begannen die Tränen bei ihr zu laufen.

Flugs wechselte Maria zu ihr hinüber, um sie in den Arm zu nehmen und zu trösten.

„War das aber wirklich nötig? Ich meine das mit dem Kapitän?", erkundigte sich Maria und schickte Gundel mit einer Handbewegung nach draußen.

Die Freundin nickte, warf sich ihr Kleid über und ging.

Schluchzend entgegnete Clara leise: „Ich bin eine entflohene Hure und eine Mörderin. Rose ist eine entlaufene Sklavin und hat ebenfalls das Blut eines Menschen an ihren Händen. Ich muss uns schützen und das geht nur, wenn der Kapitän auf meiner Seite ist!"

„Wirst du heute Abend wieder zu ihm gehen?"

„Nein! Er ist wohl fertig mit mir. Der sucht sich bestimmt eine andere für die nächste Nacht", erzählte Clara und wischte sich die Tränen ab.

Es klopfte und Scarlett kam augenblicklich wieder zum Vorschein.

Das „Herein!", klang ziemlich echt und arrogant.

Ein Matrose brachte einen Korb mit Früchten, stellte diesen auf dem Tisch ab und sagte: „Miss Taylor. Einen schönen Gruß von Kapitän Jackson!"

Huldvoll nickte Scarlett.

Der Mann verließ die Kabine und Clara nahm sich einen Apfel.

„Deine Wechsel machen mir Angst. Ich hoffe, du hast das im Griff!", erklärte Maria und ging zu Katharina hinüber.

„Das hoffen Scarlett, Sue und Clara auch!", antwortete Clara und es sollte wohl spöttisch klingen, aber es war ein bitterer Unterton dabei.

„Zumindest ein Teil eures Planes scheint aufgegangen zu sein. Er hat sogar Orangen in den Korb getan!", stellte Maria bewundernd fest und angelte sich eine der leckeren Früchte heraus.

„War es wirklich so schlimm? Dort in New Orleans?", erkundigte sich Maria, während sie die Orange schälte.

„Es war furchtbar und du machst dir davon lieber keine Vorstellung!", antwortete Clara und biss in den Apfel.

Ihre Augen waren leer und Schmerz steckte darin. Tiefer, seelischer Kummer.

„Dagegen war die letzte Nacht schon fast Spaß!", sagte Clara kauend.

Gundel kam mit der Waschschüssel und einem Krug Wasser in die Kajüte zurück.

Während Clara den Apfel aufaß, badete Maria ihre Tochter in der Schüssel.

„Wie geht es Rose?", erkundigte sich Clara.

Gundel antwortete: „Die hängt immer noch über dem Geländer. Jetzt aber unten."

„Ob es wirklich am Branntwein liegt?", entgegnete Clara.

„Was meinst du?", fragte Maria, während sie die Tochter abtrocknete.

Wortlos zeigte Clara auf Katharina.

„Von einem Mal Übelkeit würde ich nicht sofort darauf schließen", gab ihr Maria zurück.

Clara streifte sich das Unterkleid über den Kopf und trat an die Waschschüssel.

„Der Kapitän hat auch wunderbare Bücher da oben gehabt. Vielleicht frage ich ihn, ob er mir eines davon leiht", erzählte Clara.

„Gegen eine gewisse Gefälligkeit schenkt er dir vielleicht sogar eines", entgegnete Maria.

„Nein danke! Das war eigentlich nicht mein Fall. Scarlett hat es gefallen, für mich war es nichts. Zu stürmisch, zu schnell, kein Gefühl. Rein, raus, kommen, fertig! Aber dafür dreimal!", antwortete Clara, sich waschend.

„Drei Mal?", fragte Maria überrascht nach.

„Es war der Anfang der Fahrt!", sagte Clara, lachte und wusch sich weiter nackt in der Schüssel.

Wenig später hatte sie wieder ihr Kleid an, den Hut auf und damit erschien Scarlett in der Kabine.

„Falls mein Hofstaat mich sucht, ich bin oben im Saloon und lese!", wies Scarlett sie arrogant an.

„Sehr wohl, Miss Taylor!", entgegnete Maria und machte eine herrschaftliche Verbeugung.

Die Tür fiel zu und Maria blickte zu Gundel.

„Manchmal macht sie mir Angst!", sagte die Freundin.

Maria konnte ihr da nur zustimmen. Natürlich diente das alles nur ihrem Schutz, aber der Grat zum Wahnsinn war schmal.

Sie würden versuchen müssen, die Freundin zu halten und ihr zu helfen.

36. Kapitel

Wenn es Liebe ist?

er Fluss zog sich schlängelnd dahin und an jedem Steg legte der Dampfer an. Und es gab so unglaublich viele Orte und Poststationen am Ufer des Mississippi.

Rose lehnte an einem Pfeiler in der Nähe des Vorschiffes.

Nachdem sich ihr Magen wieder beruhigt hatte, war das ihr Platz geworden, an dem sie regelmäßig von Maria oder Gundel mit Essen versorgt wurde und genauso beharrlich einen Teil davon zusammen mit Samuel verspeiste.

Auch während der Fahrt hatte die Deckmannschaft ganz schön viel zu tun und dennoch blieb gelegentlich etwas Zeit für einen kurzen Schwatz mit Samuel, wobei Rose natürlich alles zu Scarlett Sue Taylor ausklammerte und nur zur Mutter, der Farm und der Baumwolle erzählte. Denn dieser Werkstoff war auch in den Paketen, die Samuel mit den anderen Matrosen verstaute.

Doch eigentlich war ihr nicht nach reden, denn noch immer konnte sie seinen Kuss auf ihren Lippen spüren und das war schon ewig her.

Zu gern hätte sie wieder diesen Geschmack erneuert, aber der Bootsmann, ein ziemlich dicker Mann, stand immer so, dass er die Matrosen im Blick hatte.

Gelegentlich trieb er dabei sogar Samuel zurück zum Verstauen der Deckladung, aber er kam immer wieder zu ihr zurück.

Dann war es endlich Abend, die Dämmerung senkte sich über den Dampfer und der Bootsmann entzündete die Laternen. Erneut fand sich derselbe Personenkreis vorn auf dem Schiff zwischen der Ladung ein.

Offensichtlich hatte man beim Verstauen der Fracht extra einen Teil des Decks für sich freigelassen, denn mitten in den Bauwollpaketen war für sie alle Platz. Abermals begann einer der älteren Matrosen ein Lied in der alten Sprache der Großmutter.

In der Art, wie Rose früher auf der Farm am Abend gesessen hatte, so saß sie gerade hier. Sie hatte zwar gewusst, wie ihr das in all der Zeit in New Orleans gefehlt hatte, doch dort war sie jeden Abend alleine in ihrer Kammer gewesen.

Jetzt saß sie hier unter Freunden!

Das konnte man Freiheit nennen!

Erneut hatte sich Samuel neben sie gesetzt und zwischen den Liedern fanden sich ihre Lippen.

Es war einfach nur herrlich. Konnte diese Fahrt nicht ewig dauern?

Doch das Ende war absehbar und was würde danach kommen?

Schnell schob Rose die düsteren Gedanken zur Seite, denn sie wollte den gegenwärtigen Moment genießen und natürlich Samuels Nähe.

Diesmal lehnte sie den Branntwein aber ab und gab die Flasche einfach an den nächsten Mann neben sich weiter.

„Möchtest du heute wieder schwimmen?", fragte Samuel irgendwann.

Sie nickte, erhob sich und folgte ihm nach vorn.

Am Bug hing ein dickes Tau vom Schiff, an dem sie von Bord und später auch wieder aufs Deck klettern konnten.

Diesmal legte Samuel seine Kleidung vollständig ab und stieg nicht, wie am Abend zuvor, in der Hose ins Wasser hinab.

Einen Moment zögerte Rose, dann tat sie es ihm nach und folgte ihm nackt in den Fluss.

Die Strömung direkt am Ufer war nicht so schnell und das kühle Nass umspülte ihren Körper. Am Abend zuvor hatte sie das, mit dem Unterkleid am Leib, noch nicht so bemerkt.

Sie blieben unmittelbar vor dem Schiff und die Laterne am Bug warf ihr Licht zu ihnen herab.

Immer wieder schwamm Samuel um sie herum und berührte sie dabei streichelnd. Er hatte die größere Erfahrung beim Schwimmen.

Rose versuchte nur, irgendwie mit dem Kopf über Wasser zu bleiben.

Über ihnen erklangen leise die alten Lieder und sie beide waren wie die Fische, deren Leiber sie gelegentlich an ihren Beinen spürte.

Irgendwann schwamm Samuel immer enger um sie herum und das zuvor eher zufällige Streicheln wurde zu längeren Berührungen.

Schließlich verstummten die Gesänge und Ruhe setzte ein.

Nur das Glucksen des Wassers an der Bordwand des Dampfers und ihr leises Planschen im Fluss waren noch zu hören.

Die Nacht setzte ein. Es würde Zeit für die Kabine und das Bett.

Rose schwamm zum Tau zurück.

Samuel half ihr von unten, wieder hinauf an Bord zu klettern, wobei seine Hand ungewöhnlich lange ihren Hintern stützte.

Und Rose hatte gerade ihre Kleidung in der Hand, da stand er schon neben ihr. Erneut suchten seine Lippen die ihrigen.

Nackt standen sie, sich gegenseitig küssend, vorn auf dem Deck des Dampfers und sie drückte sich an ihn heran, um diese letzten Augenblicke vor dem Schlafengehen so intensiv wie nur möglich zu genießen und obwohl es in der Nacht schon recht frisch wurde, war ihr gerade nicht kalt.

Samuel löste sich von ihr und führte sie an der Hand hinter sich her zu dem Platz, an dem sie zuvor alle zusammen gesessen hatten. Von irgendwoher kramte er eine Decke hervor, die er auf dem Holz ausbreitete und zog sie darauf zu Boden.

Nebeneinander streichelten sie sich küssend im Halbdunkel. Das war ein so intensives und schönes Gefühl, dass Rose gar nicht genug davon bekommen konnte.

Samuels Hände waren genauso groß, wie die von Master Tobias, doch seine Berührungen an ihrer Brust taten nicht weh. Sie waren zärtlich und fürsorglich.

Rose ließ daraufhin ihre Fingerspitzen über seine breite Brust, die muskulösen Arme und seinen Bauch nach unten gleiten, wodurch sie dort etwas wachrief, was sich schon bald hart gegen ihre Hand drückte.

Das Glied, das ihre Finger da geweckt hatten, wuchs schnell zu einer Größe heran, die jenes von Master Tobias deutlich übertraf.

Rose schreckte davor zurück, denn der Schmerz von damals sauste abermals durch ihren Kopf, doch den wunderschönen Kuss wollte sie nicht lösen.

Fordernder wurden seine Hände und berührten sie jetzt auch zwischen den Beinen. Ein Pulsieren und Kribbeln begrüßte dort seinen Vorstoß.

Beieinander auf der Decke liegend genoss sie einfach, was er ihr zu geben bereit war. Konnte das Liebe sein, von der ihr die Mutter einst erzählt hatte? Rose wusste es nicht, aber zumindest war es sehr schön.

Samuel drückte sie schließlich mit dem Rücken auf die Decke.

„Ich habe Angst!", flüsterte sie und wollte sich aufrichten.

„Vertraue mir", hauchte er ihr ins Ohr.

Langsam schob er sich über sie und teilte behutsam mit seinen Knien ihre Schenkel. Sie spürte, wie er sich an ihrem Unterbauch rieb, damit sie sich wohl an das Gefühl gewöhnen konnte. Ein neuer, zärtlicher Kuss folgte.

Dann stützte er seine Hände neben ihrem Kopf auf, hob sich von ihr ab und glitt ein Stück nach unten.

Rose bemerkte, wie er den Eingang zu ihrem Schoß suchte und daher hob sie ihr Becken ein Stück an, um ihm bei der Suche zu helfen.

Das Pochen in ihrem Unterleib war mittlerweile richtig heftig geworden und dann spürte sie, wie Samuel langsam in sie glitt. Da war kein Schmerz, nur ein glückliches Gefühl des Geborgenseins. Das war viel zu schön, um damit aufzuhören.

Die Schubse in ihr waren langsam und tief. Fast vorsichtig bewegte sich Samuel, bis sie es nicht mehr aushielt und ihm entgegenkam.

Ihr gemeinsames Keuchen trieb sie voran und als er zuckend in ihr kam, fielen alle Sterne dieser Nacht auf sie herab. Alles zog sich in ihr zusammen und löste sich mit einem beglückten Stöhnen.

Dieses Gefühl sollte niemals enden.

Schnaufend lagen sie kurz darauf auf der Decke nebeneinander und sahen zu den Sternen hinauf.

Erneut streichelte und küsste er sie zärtlich.

„Noch mal", hauchte sie.

37. Kapitel

Kaffee, Kuchen und was noch?

Die Hälfte der Strecke nach St. Louis war geschafft und es war Sonntag geworden. In den letzten Tagen hatte Kapitän Jackson sie in Ruhe gelassen und somit hatte Clara, oder eben Scarlett, mit dem Buch, das er ihr geliehen hatte, oben im Saloon der ersten Klasse sitzen können.

Die vier Freundinnen sahen sich praktisch nur noch nachts in der Kabine, wobei die Besuche von Rose nur noch sporadisch waren.

Die Übelkeit am Morgen war geblieben, aber noch wollten weder sie noch Maria mit ihr darüber reden, was das für die junge Frau bedeuten könnte.

Im Moment schien Rose offenbar einfach nur glücklich zu sein.

Heute jedenfalls hatte der Kapitän seinem Dampfer einen Ruhetag auferlegt, damit alle seine Passagiere die Gelegenheit hatten, in einem verschlafenen Kaff, dessen Namen sie nicht kannte, zum Gottesdienst zu gehen.

Gundel war hellauf begeistert, aber Rose musste fast zur Teilnahme an der Andacht geprügelt werden. Da sich aber auch ein paar der Matrosen anschlossen, vermutlich sogar zu Henrys Überraschung, war Rose mit einem Mal die erste in der Kirche gewesen.

Liebe schuf eben Flügel.

In dem Chorraum gab es auch die Möglichkeit, bei einem Priester zu beichten, doch weder Clara noch Scarlett wollten diese Chance nutzen.

Gott würde ihnen beiden hoffentlich auch so verzeihen.

Auf dem Rückweg zum Schiff trat Henry zu ihr und lud sie zum nachmittäglichen Kaffee und Kuchen in seinen Saloon ein.

Während Scarlett dieser Ablenkung sofort freudig zustimmte, blieben in Clara einige Bedenken zurück.

Würde es wirklich bei Kaffee und Kuchen bleiben? Oder lag sie danach mit dem Rücken auf dem Sofa und der Kapitän steckte zwischen ihren Beinen?

Doch das Risiko einer Ablehnung war zu groß.

Daher wurde das „frisch machen" an Bord auch etwas ausgiebiger, denn man konnte ja nie wissen.

Rose hatte es da viel einfacher, denn sie sprang einfach nackt vom Bug des Kahns aus in den Fluss.

In den letzten Tagen war sie eine gute Schwimmerin geworden, aber sie hatte offensichtlich auch einen hervorragenden Lehrmeister.

Und während sich Gundel und Maria ein paar Früchte teilten, die ihnen der Kapitän zum Sonntag überlassen hatte, machte sich Scarlett auf den Weg in den Saloon.

Überraschenderweise waren einige vornehme Frauen anwesend, was wohl dazu führen würde, dass Henry die Hosen anbehielt.

Zumindest vorerst.

Elf Frauen und ein Mann machten das Dutzend voll und auch den Raum. Kein Sitzplatz war mehr frei, nachdem sie sich auf das Sofa gesetzt hatte.

Kaffee, Kuchen und Plätzchen wurden gebracht und alle langten zu, denn das Backwerk war ausgezeichnet. Mit solch einem Koch konnte man schon mal das langsame dahin schippern auf dem Strom genießen.

Mit dem Blick auf den Mississippi, mit Klatsch und Tratsch verging der Nachmittag.

Von ihrem Platz aus konnte Clara auch Rose sehen, die an Land auf der Wiese lag und etwas tat, was Scarlett wohl hätte zum Schreien bringen können. Doch die Clara in ihr schmunzelte nur.

Zwei nackte junge Menschen, die sich gerade ziemlich nah waren. Näher ging es nicht. Zum Glück war sie die einzige, die durch ein Fenster im Saloon die beiden sehen konnte.

Irgendwann fiel so langsam die Dämmerung auf das Schiff und die ersten Damen machten sich auf den Heimweg. Offenbar war nur die Hälfte von ihnen Passagierinnen gewesen, denn Clara sah die Damen wenig später über den Steg am Bug zum Land hinübergehen.

Vielleicht wohnte Henry in diesem Ort und hatte die Frauen deshalb hier begrüßt.

Der Kaffee verschwand und der hervorragende Rotwein wurde gebracht. Noch vier Frauen saßen plaudernd am Tisch. Sichtlich gut unterhalten von einer schwatzhaften Scarlett, die seltsame Geschichten erzählt, von denen Clara in der Zeitung gelesen hatte und die sie so sehr ausschmückte, dass davon nicht mal mehr ein Zehntel noch stimmte, aber das tat der ausgelassenen Stimmung keinen Abbruch.

Und durch die Storys angeheizt blieben die Damen auch bis in die Dunkelheit hinein, was Henry dann irgendwie doch sichtlich missfiel.

Vermutlich hatte Clara ihn doch gut eingeschätzt.

Sollte sie einfach gehen und ihn damit hier mit den deutlich älteren Frauen zurücklassen? Was konnte ihr schon geschehen?

Henry schob sich an sie heran und flüsterte ihr ins Ohr: „Haben sie das mit ihrer Sklavin gesehen? Sollten wir es ihnen nicht nachmachen?"

Es war Aufforderung und Warnung in einem.

Was sollte sie machen? Und was würde Scarlett Sue Taylor in diesem Falle tun? Die unvernünftige Sklavin zusammenschreien und verprügeln? Oder süffisant darüber hinwegsehen? Zweites vielleicht. Aber um das momentane Glück von Rose zu schützen, musste Clara jetzt bis zum Schluss bleiben.

Noch hatte die Freundin ein paar Nächte und wenn sich Clara jetzt nicht für sie opferte, dann würden das eine traurige Zeit für Rose werden.

„Das sollten wir wirklich mal wieder", flüsterte sie zurück und machte es damit für Henry nicht leichter, denn der Wein war wirklich erstklassig.

Henrys Gesichtsausdruck war mittlerweile sehr gequält. Einerseits wollte er die Damen wohl nicht vertreiben und, andererseits das Sofa nur noch mit Scarlett benutzen.

Sie musste ihm jetzt dabei helfen, aus der von der schwatzhaften Scarlett verschuldeten Bredouille zu kommen und da sie ja sowieso bei allen an Bord als verrückt galt, sagte Scarlett einfach: „Kapitän Jackson, ich habe schon viel von diesem Whiskey gehört. Der soll ja so toll schmecken. Haben sie zufällig auch eine Flasche davon an Bord?"

„Selbstverständlich, Miss Taylor!", entgegnete Henry und eilte davon. Er hatte sicherlich verstanden, dass sie die alten Damen einfach mit Schnaps abfüllen wollte und daher war er auch schon wenig später mit einer Flasche und ein paar Gläsern zurück.

Es war nicht zu erwarten, dass die feinen Ladys schon jemals zuvor so etwas Hochprozentiges getrunken hatten und damit war es auch klar, dass sie nach zwei Gläsern davon zu singen begannen.

Der Whiskey war richtig gut und nicht dieses Teufelszeug, das Clara in der Hafenkneipe zum Aufwärmen getrunken hatte.

Nach dem zweiten Glas war sie nur etwas heiterer, allerdings musste sie auch vorsichtig sein, dass die durch den Schnaps nach vorn geholte Hure Sue nicht die vornehme Scarlett in ihr verdrängte.

Ein weiteres Glas später brachen die ersten beiden Frauen schwankend auf und Henry musste einen Matrosen mitschicken, damit sie sich nicht auf der Treppe zu Tode stürzen würden.

Nach dem vierten Glas war Scarlett mit Henry alleine in dem Raum.

Der Trick hatte perfekt funktioniert, doch der Alkohol schläferte Scarlett ein und weckte eine Seite in Clara, die sie tief in sich verborgen wähnte.

Zu ihrem Glück war auch Henry nicht mehr ganz im Vollbesitz seiner Aufmerksamkeit, denn als sie sich mit den Worten: „Jetzt fick mich schon, du alter Sack!" rückwärts auf das Sofa fallen ließ, war er schon nackt über ihr und tat ihr den Gefallen.

38. Kapitel

Schmerzhafter Abschied

In den letzten Nächten hatte sich Rose einfach immer nur fallen lassen können und die Zusammensein mit Samuel waren der Himmel gewesen, doch jetzt kam St. Louis in Sicht und damit auch der Moment, vor dem sie sich seit Nanchez gefürchtet hatte.

Die unvermeidliche Trennung von Samuel nahte!

Und so, wie sie all die Zeit den Abend herbeigesehnt und das Schiff dahin gezogen hatte, so versuchte sie momentan das Dampfschiff zu bremsen, damit es nie die Anlegestelle erreichen würde.

Doch der Steg kam unerbittlich immer näher!

Maria musste sie regelrecht von ihrer Position am Bug wegzerren, damit sie die Sachen in der Kabine in die Koffer einräumen konnten, die sie praktisch nie gebraucht hatte, denn außer in der ersten Nacht hatte sie nie das Bett benutzt.

In Tränen aufgelöst, packte Rose mit ein.

Clara nahm sie dabei immer wieder tröstend in den Arm.

Doch beim Verlassen der Kabine verwandelte sich Clara wieder in Scarlett Sue Taylor und damit musste sie notgedrungen die Rolle der Rosemarie übernehmen, denn auch Missouri war ein Staat, in welchem die Sklavenhalter das Sagen hatten.

Und ein Fehler würde sie wieder zurück nach New Orleans bringen, allerdings in Ketten und nicht in Samuels Armen.

Nicht einmal ein letzter Kuss war ihnen vergönnt.

Samuel half ihr aber beim Aussteigen und sein Händedruck, sowie ihr gehauchtes: „Ich liebe dich!", war alles, was sie beide zum Abschied voneinander hatten.

Eine Kutsche brachte sie dann durch die Stadt zu einem Haus, in dem eine mit Clara befreundete Familie wohnte und in diesem Gefährt nahm Clara sie abermals tröstend in den Arm.

Hinter den verschlossenen Vorhängen wollte die Freundin sie beruhigen und erneut trösten, doch die Qual saß viel zu tief in ihrem Herzen.

Beim Aussteigen aus der Karosse löste sich Scarlett Sue Taylor in Luft auf und Clara Stone klopfte an eine Haustür, aus der eine ältere Frau trat, die Clara freundlich umarmte.

Schnell hatten alle ihr Zimmer bezogen und saßen am Abend am Tisch.

Doch während alle aßen, erzählten und lachten, blickte Rose nur stumm und traurig aus dem Fenster auf die langsam versinkende Sonne. Jetzt kam die Zeit, zu der sie sich immer in Samuels liebevolle Arme gekuschelt hatte, doch der geliebte Mann war viel zu weit entfernt.

Die Liebe war fort und dafür senkte sich der Kummer nur noch tiefer in ihr Herz.

Samuel fehlte ihr so unendlich! Seine Berührungen, seine Streicheleinheiten, das Schwimmen im Fluss, alles war zu Ende, ihr Leben war zu Ende!

Erst jetzt konnte Rose ein kleines Stück davon ermessen, wie es Clara damals in New Orleans wohl gegangen sein musste, als sie den geliebten Mann loslassen musste.

Langsam tauchte die Nacht die Hütte in die Finsternis.

Alle verzogen sich in ihre Betten und zum Schluss saß nur noch Rose am Fenster des Zimmers und schaute in die Dunkelheit hinaus.

Im Unterkleid schob sich Clara nach einer Weile an sie heran und legte ihr tröstend die Hand auf die Schulter.

„Komm mit ins Bett und wenn du magst, dann kannst du auch zu mir unter die Decke schlüpfen!", flüsterte Clara.

Rose stemmte sich von ihrem Platz hoch. „Warum muss das so unglaublich weh tun?", fragte sie schniefend.

Clara wiegte den Kopf und flüsterte: „Du hast Liebeskummer. Das peinigt einen immer, aber keiner weiß, warum. Es schmerzt einfach!"

„Wie hast du es geschafft?", seufzte Rose.

„Die Zeit hilft dir", erwiderte Clara und tätschelte ihre Wange.

Das war fast dieselbe Berührung, mit der Samuel sie immer gestreichelt hatte und damit verstärkte sich der Schmerz in ihr nur noch mehr.

Wenig später lag Rose leise weinend in Claras Arm und das tat nun auch wieder weh, denn so hatte er sie immer gehalten.

Kosend versuchte Clara sie zu beruhigen, doch alles wirbelte nur ständig den Schmerz herauf. Sie wollte von Samuel gestreichelt werden, ihn bei sich spüren, in sich. Seine zärtlichen Berührungen auf ihrer Haut fühlen, in ihrem Schoß.

Weinend schüttelte es sie regelrecht durch, bevor sie irgendwann vor Erschöpfung einschlief.

Im Schlaf war der Geliebte bei ihr, da war alles gut! Und im Traum realisierte sie, dass er in der Dunkelheit immer bei ihr sein würde. In jeder Nacht, die ihr von jetzt an blieb, konnte sie zu ihm gehen, ihn spüren und seine Küsse genießen. Sogar jetzt fühlte sie seine streichelnden Finger auf ihrer Haut.

Dann erwachte sie und blickte in Claras Gesicht.

Die Freundin hatte sie die ganze Zeit gestreichelt und ihr damit diese wundervolle Illusion der Nähe gebracht.

„Ich danke dir. Du bist wirklich eine Freundin!", flüsterte Rose.

Clara gab ihr einen Kuss.

„Ich bin schon immer deine Freundin!", wisperte Clara zurück, damit sie die anderen Schläferinnen nicht aufweckten.

Jetzt musste Rose den Kuss der Gefährtin erwidern.

„Hast du schön geträumt?", fragte Clara und der fast volle Mond strahlte in ihr Gesicht.

„Ja! Kannst du bitte weitermachen, damit sich die Träumerei fortsetzt?", hauchte Rose.

Clara nickte ihr zu.

Sanft streichelte Clara sie, doch jetzt konnte Rose nicht mehr einschlafen und dennoch waren die liebkosenden Berührungen sehr schön.

Mit geschlossenen Augen versuchte Rose weiter in den Schlaf zu kommen, damit sich der Traum fortsetzen konnte, als sie bemerkte, dass sich Claras Finger unter den Stoff des Unterkleides schlichen.

Wollte sie zuerst die Hand noch von sich schieben, so spürte sie einen Atemzug später neuerdings dieses schöne Gefühl, welches auch Samuels Fingerspitzen jede Nacht durch ihren Körper gejagt hatten.

Wie Blitze durchzuckten sie die Erinnerungen und verschmolzen zu einer einzigen warmen Welle, die durch ihren Körper rollte.

„Mehr davon!", schrie ihr Kopf und auch der Schoß verlangte noch mehr. Fast hätte sie gejubelt, als sie spürte, dass Clara ihr das Unterkleid behutsam nach oben streifte.

In ihrem Denken waren es Samuels Hände, in der Realität die von Clara, die sich langsam an ihrem Oberschenkel nach oben zu ihrer Mitte vorantasteten. Behutsam schob sich Clara in sie und dann waren sie wieder da, diese Sterne, die bisher in jeder Nacht prickelnd auf ihre heiße Haut herabgefallen waren.

Keuchend und sich windend spürte sie abermals dieses pure Glück in sich, für das man sterben konnte.

Als sie langsam wieder zu Atem gekommen war, öffnete Rose die Lider und sah abermals in Claras Augen, die im Mondlicht strahlten.

„Das war so wundervoll! Möchtest du es auch erleben?", fragte sie.

Statt einer Antwort streifte sich Clara das Unterkleid über den Kopf.

Wenig später zitterte Clara unter ihren Streicheleinheiten und Küssen.

Es dauerte auch nicht lang, da stöhnte Clara auf und wenig später schliefen sie beide, entspannt und glücklich, Arm in Arm in dem Bett ein.

Der Schmerz der Trennung von Samuel war fern. Das Glück war in ihr. Samuel war für immer in ihrem Herzen.

39. Kapitel

Unter Freunden

Clara brauchte einen Moment, um zu begreifen, wo sie sich befand. Es war Almas Gästezimmer und sie lag in dem Bett, in welchem sie damals auch mit Heinrich geschlafen hatte. Doch gerade war sie nackt neben der ebenfalls nackten Rose.

Der Morgen brach soeben an und die ersten Sonnenstrahlen fielen durch das Fenster in den Raum.

Nebenan war schon Almas laute Geschäftigkeit zu hören. Das war so etwas Beruhigendes, trotz des Lärms. Es waren Geräusche der Normalität, doch gerade war nichts normal.

Das Unterkleid lag neben dem Bett auf dem Boden und Clara holte es sich, um es sich schnell überzustreifen.

Katharina begann in dem anderen Bett zu quengeln und Maria setzte sich auf, um die Tochter zu stillen.

Auch dieses Bild war beruhigend normal, aber alles rumorte in Claras Kopf. Was war da in den letzten Tagen alles passiert? Der Schnaps, den sie am Sonntag mit dem Kapitän getrunken hatte, der hatte alles wieder hochgewirbelt und es hatte Tage gedauert, bevor sie danach von diesem Teufelszeug erneut losgekommen war.

Und jetzt waren sie an Land.

Scarlett Sue Taylor war für immer fort! Gustav pfiff im Hof, Alma fegte nebenan, Katharina trank schmatzend und Rose schnarchte leise. Alles konnte so normal sein.

Clara setzte sich auf, ließ die Beine aus dem Bett hängen und nickte der verschlafenen Maria zu, die zwei Schritte vor ihr in dem anderen Bett saß.

Gundel tauchte gähnend hinter Maria aus dem Bett auf.

„Guten Morgen", sagte Clara laut, erhob sich und trat an das Fenster, um es zu öffnen.

Frische Morgenluft flutete in den Raum.

Draußen ging Almas Mann gerade zum Kuhstall hinüber und Claras Blick schweifte von ihm über die Wiesen in das Land hinaus. Irgendwo da drüber, in Richtung der aufgehenden Sonne, musste New York sein, aber in ihr war auch ein Zweifel, ob sie sich dorthin wenden sollte, denn Cornelius wusste, dass sie dort gewesen war.

Neben ihr schob Rose die Decke zur Seite und erhob sich. Nackt und im hellen Sonnenlicht räkelte sich die Freundin. Die Strahlen der jungen Sonne streichelten ihren wundervollen Körper und färbten ihn noch mehr ein, als die Natur ihn schon gemacht hatte.

„Hast du gut geschlafen?", fragte Clara über die Schulter.

„Dank dir ja!", gab Rose zurück.

Die Zimmertür öffnete sich und Alma brachte eine Schüssel mit Waschwasser herein, die sie auf den Tisch stellte. Die grauhaarige Frau nickte ihr zu, ging zur Tür zurück und sagte von dort aus: „In einer halben Stunde gibt es Frühstück!"

Da Rose sowieso schon nackt war, trat sie auch sofort an die Schüssel und begann sich zu waschen.

Katharina rülpste laut und Claras Blick ging neuerdings in den Osten.

Was sollte sie unternehmen?

Das hier war zwar Missouri und nicht mehr Louisiana, aber Rose war auch hier nicht sicher. Etwas sicherer, als in New Orleans, aber ganz sicher würde sie erst in New York sein, denn auch in Missouri lebten noch Sklavenhalter, die Rose sofort wieder in den Süden bringen würden. In Ketten!

Hier, in dieser kleinen Farm am Stadtrand von St. Louis, waren sie unter Freunden und in Sicherheit. Und draußen?

Clara schaute abermals über die Schulter zurück zu Rose. Sie hatte die junge Frau wirklich schon sehr in ihr Herz geschlossen und die letzte Nacht hatte dieses Gefühl in ihr nur noch verstärkt.

Sie würde nichts tun, was Rose in Gefahr bringen konnte und daher wurde es Zeit, alle anderen in ihre weiteren Pläne einzuweihen.

Vielleicht beim Frühstück?

Rose trat zu ihr, legte ihr die Hand auf die Schulter und sah mit ihr zusammen aus dem Fenster. Sie schien nichts daran zu finden, dass sie einfach nackt mitten im Raum stand.

Hinter ihnen badete Maria ihre Tochter und wusch sich danach selbst. Sie beide standen einfach in Gedanken am Fenster und sahen hinaus.

„Wir sollten uns beeilen. Alma wartet mit dem Frühstück!", riss Maria sie beide aus ihren Grübeleien.

Schnell wusch sich Clara, während sich Rose anzog.

Kurz darauf saßen alle in der Stube bei Alma. Die ältere Frau hatte alles auf den Tisch gebracht, was wohl irgendwo im Hause und bei den Nachbarn an Nahrungsmitteln nur irgendwie auffindbar gewesen war und die Platte schien sich fast durchzubiegen. Das war ein Festmahl!

„Rührei oder Spiegelei?", fragte Alma vom Herd aus.

Rose entschied sich für Rührei mit Speck, die anderen drei für Spiegelei und das Schlemmen begann.

„Ich habe noch nie so gut gegessen!", sagte Rose nach einer Weile, als sie sich den Bauch hielt und offensichtlich nichts mehr essen konnte.

Bei einer Runde guten Kaffees begann Clara dann, nachdem Alma alles abgeräumt hatte, ihr weiteres Vorhaben vor den Freundinnen auszubreiten.

„Wir müssen so schnell wie möglich raus aus Missouri. Nur in New York sind wir sicher, wegen Rose. Leider ist unsere Barschaft im Moment nicht mehr so hoch", erklärte Clara.

„Ja. Ein Quarter und fünf Dimes!", gab Maria zu verstehen, die den Inhalt des Geldbeutels gerade auf den Tisch schüttete.

„Mein Schwager hat fatalerweise meine Reisekasse, aber Heinrich hat in der Bank hier einen Teil unseres Geldes verwahrt. Ich werde versuchen, an die 250 Dollar zu kommen, die dort liegen. Dummerweise hat er das Konto dort eröffnet", seufzte Clara.

„Aber du bist ja seine Frau und solltest daher mit deinen Papieren an das Geld kommen!", sagte Alma von der Seite.

„Stimmt! Das hier ist ja nicht Sachsen!", antwortete Maria.

„Damit hätten wir das Geld. Ich will am Montag mit der Kutsche in den Osten. Maria und ich, wir werden zur Bank gehen. Gundel macht unsere Kleider reisefertig und Rose, du bleibst bitte immer im Haus, denn wenn dich jemand draußen sieht, dann könntest du in Ketten gelegt werden!", setzte Clara die Schilderung ihres Planes fort.

Rose zuckte deutlich zusammen.

„Ich werde Gundel helfen!", äußerte Rose schließlich.

„Oder du passt auf Katharina auf, wenn du magst!", entgegnete Maria von der Seite.

Clara blickte zu ihrer Freundin hinüber. Noch hatten weder sie noch Maria das Gespräch mit Rose gesucht. Die morgendliche Übelkeit bei ihr war zwar kurz nach Memphis verschwunden, aber es war dennoch ein untrügliches Zeichen dafür gewesen, dass Rose bereits ein Kind unter ihrem Herzen trug.

„Abgemacht. Warum nicht!", erklärte Rose freudig und zog sich das Baby auf den Schoß.

„Ich pass schon auf die Kleine auf!", ließ sich Alma von der Seite aus vernehmen und gerade meinte sie damit wohl nicht Katharina.

40. Kapitel

Zwei gute Gründe!

Maria hatte sich einen Korb von Alma ausgeborgt und schlenderte damit neben Clara über die Gassen von St. Louis. Es war Freitagvormittag und die Geschäftigkeit zur Vorbereitung vor dem kommenden Wochenende war unübersehbar.

Hunderte von Frauen und Mädchen waren unterwegs. Die meisten trafen sich irgendwo zum Quatschen auf der Straße. Nur wenige Männer waren zu sehen. Die meisten arbeiteten sicher irgendwo in der Stadt. Claras Plan klang gut und sie würden dann in New York hoffen müssen, dass Cornelius nicht noch einmal dorthin kam, um sie zu suchen.

Die Freundin war offenbar in ihre Gedanken vertieft und lief fast ohne ein Wort neben ihr her.

Zuerst mussten sie das Geld holen, dann die Fahrkarten für die Kutsche buchen und noch etwas Proviant für die Fahrt einkaufen.

Sie lebten schon viele Monate in Amerika und dennoch hatte Clara immer noch gedacht, dass nur Heinrich an das Geld kommen würde. Alma war da viel pragmatischer gewesen, aber die Farmersfrau war vermutlich öfters in der Bank, als sie beide zusammen.

An einer Straßenecke hörte Maria einen Jungen rufen: „Extrablatt! Extrablatt! Die geflohenen Sklaven müssen zurückgegeben werden!"

Maria stutzte, denn das war doch normal. Wozu gab es dafür ein Extrablatt?

„Warte mal!", sagte sie zu Clara und winkte den Jungen zu sich. Für einen Dime drückte er ihr das Papier in die Hand.

Zu zweit blickten sie anschließend in die Zeitung.

„So ein Mist!", stöhnte Clara.

In dem Blatt stand, dass der amerikanische Kongress zwei Tage zuvor auf Druck der Südstaaten ein Gesetz erlassen hatte, das die Nordstaaten zwang, entlaufene Sklaven wieder ihren Besitzern zu übergeben. Damit wäre Rose auch in New York in Gefahr.

„Wir werden sie dort beschützen", erklärte Clara.

„Wie? Willst du sie etwa für Jahre die ganze Zeit nur im Hause behalten?", erwiderte Maria.

„Erst mal müssen wir von hier fort. Wir sind momentan noch viel zu nahe bei Cornelius!", bemerkte Clara.

Maria faltete die Zeitung zusammen und steckte sie in den Korb.

Nach ein paar Schritten kam auch schon der nächste Schock.

„Verdammt", entfuhr es Maria.

Clara blickte zu ihr auf und fragte: „Was ist los?"

Maria zeigte zur Wand neben einem Postamt und beide traten sie an diese Informationsecke. Zwischen all den anderen Zetteln war dort Claras Bild zu sehen.

Cornelius war schneller gewesen, als sie gehofft hatten!

„Gesucht! Tod oder Lebendig! Clara, Gräfin von Kletterwitz, alias Clara Stone. Belohnung 100 Dollar. Gesucht wegen Mordes!"

Maria sah in Claras entsetzte Augen und riss den Zettel ab. Schnell schob sie diesen ebenfalls in ihren Korb.

„Und jetzt?", fragte eine verängstigte Clara.

„Wir können jedenfalls erst mal nicht in die Bank!", erklärte Maria und wandte sich zurück.

Gemeinsam eilten sie zu Almas Hütte und dabei fühlte Maria alle Augen auf sich gerichtet. Jetzt hatten sie kein Geld und zwei von ihnen waren mit der Auslieferung in den Süden bedroht. Was das für Clara und Rose bedeuten würde, das war Maria nur zu bewusst.

Es war deutlich zu erkennen, dass die sonst so starke Clara um ihre Fassung rang.

Endlich war die Farm erreicht und sie stürmten durch die Tür in den Wohnraum hinein.

„Ihr seid ja schon wieder da!", begrüßte sie Rose, die gerade Katharina auf dem Schoß hatte und mit ihr spielte.

„Ich brauche erst mal einen Schnaps!", drückte Clara trocken aus und ließ sich seufzend auf einen der Stühle fallen.

„Was ist denn los?", fragte Gundel, die von ihrer Nadelarbeit zu ihnen aufsah.

„Wir müssen hier alle schleunigst fort und wir können nicht!", offenbarte Maria und knallte die beiden Blätter auf den Tisch.

Alle beugten sich über Zeitung und Suchaufruf.

„Aber ich habe geschossen!", stieß Rose aus und das Entsetzen war jetzt auch in ihren Augen zu sehen.

„Wir müssen an das Geld kommen!", murmelte Clara und zog das Fahndungsblatt zu sich.

„Nur wie? Wenn du damit in die Bank gehst, dann kommst du in Ketten wieder raus. Der Zettel hing gegenüber von dem Bankgebäude. Jeder der Männer dort hat den sicher schon gesehen und das Bild ist perfekt!", erzählte Maria.

„Ja! Mein Hochzeitsfoto! Gemacht an jenem so verheerenden Tag vor drei Jahren in Chemnitz!", stöhnte Clara.

Alma trat in die Hütte und kam zum Tisch. Ihr Blick fiel auf das Blatt mit Claras Bild.

Clara hob ihren Kopf, sah Alma an und sagte leise: „Wenn du mich anzeigst, dann bekommst du die hundert Dollar und damit können meine drei Freundinnen nach New York!"

„Du spinnst doch!", rief Maria entsetzt aus.

„Aber das ist die einzige Möglichkeit, wie wenigstens ihr drei euch retten könnt!", begann Clara ihre absurde Idee zu erklären.

Alma winkte ab.

„Das kommt gar nicht infrage! Ich lasse dich nicht im Stich!",
bemerkte die alte Frau.

Rose setzte hinzu: „Und ich lasse dich nicht zurück zu meinem
Master!"

„Und was machen wir jetzt?", fragte Gundel.

Grübelnd saßen sie wenig später um den Tisch herum und keiner sagte etwas. Beide Blätter lagen vor ihnen, aber es gab keinen
Ausweg. Die Frau, die an das Geld kam, wurde vom Sheriff gesucht und sein Büro befand sich in der Straße neben der Bank.
Wenn Clara auch nur einen Fuß in das Bankgebäude setzen würde,
dann wäre alles aus.

Nach einer ganzen Weile sagte Alma: „Und wenn ich versuche, an das Geld zu kommen?"

„Wie willst du das machen? Die Bank überfallen? Wir haben
zwar den Deringer, aber das wird sicher nichts!", gab Maria zurück.

„Nein! Nicht überfallen! Ich habe eine Idee!", begann Alma
und alle sahen die alte Frau an. Langsam fing sie an, ihren Plan zu
erklären: „Du und Heinrich, ihr habt ja bei mir gewohnt und jeder
in der Straße weiß das. Es könnte ja sein, dass ich euch das Geld
für die Reise nach New Orleans geborgt habe und Heinrich mir
dafür einen Schuldschein gegeben hat. Jetzt, nachdem du gesucht
wirst, da würde ich mir natürlich mein Geld wieder zurückholen
und mit dem Schuldschein in die Bank gehen."

„Das klingt gut, da gibt es nur den Haken, dass es diesen
Schein nicht gibt!", entgegnete Clara.

„Dass es den Schein noch nicht gibt!", erläuterte Alma, zog
Papier und Stift hervor und legte beides vor Clara auf den Tisch.

„Jetzt kommt auch noch Urkundenfälschung dazu!", stöhnte
Clara, während sie den Stift in die Hand nahm.

*„Hiermit bestätigen wir den Empfang von 250 Dollar von
Alma Heller. St. Louis, den 4. Juni 1850. Clara und Heinrich
Stone."*

187

Schwungvoll unterschrieb Clara und setzte dann die eckige Unterschrift von Heinrich daneben.

„Also für mich sieht das perfekt aus!", äußerte Maria und betrachtete das Papier.

„Den Versuch ist es wert. Und wenn es nicht klappt, dann holst du die hundert Dollar beim Sheriff!", setzte Clara hinzu und schob das Fahndungsblatt zu Alma hinüber.

41. Kapitel

Die neue Route

Grübelnd hockte Clara am Tisch und dachte an all das zurück, was in den letzten Stunden vorgefallen war. Alma war momentan mit den beiden Zetteln unterwegs und würde für das Geld für das weitere Entkommen sorgen. Auf die eine oder andere Art.

Schon wieder war sie auf der Flucht, aber mit diesem Fahndungsaufruf wegen Mordes würde sie jeder Sheriff sofort festsetzen. Und die Kopfgeldjäger hätte sie damit auch auf dem Halse, denn wo konnte man sich schnell mal hundert Dollar so leicht verdienen? Dafür musste ein Farmer ein viertel Jahr hart arbeiten!

Maria saß mit Katharina am Fenster, Gundel nähte, als wäre nichts gewesen und Rose las die Zeitung.

Im Moment ärgerte sich Clara gerade darüber, dass sie der jungen Frau das Lesen beigebracht hatte, denn jetzt konnte Rose aus dem Extrablatt entnehmen, was ihr Clara gern verschwiegen hätte. Das Gesicht der jungen Frau war sichtlich sorgenvoll, aber vermutlich war Rose mehr um sie besorgt, als um sich selbst.

Immer mehr dehnte sich die Zeit dahin und bei jedem Hufgeräusch auf der Straße zuckte Clara zusammen. Kamen die Reiter des Sheriffs schon, um sie zu verhaften?

Endlich öffnete sich die Tür und eine freudestrahlende Alma trat in den Raum. Sie warf den schweren Sack auf den Tisch und sagte triumphierend: „Das hat perfekt funktioniert!"

Clara sprang auf, fiel ihr um den Hals und schüttete danach die Münzen auf den Tisch.

250 frisch geprägte Liberty Head Dollarmünzen kullerten über das Holz der Tischplatte.

Rose machte große Augen und suchte eines der funkelnden goldenen Geldstücke heraus, das sie danach ins Licht hielt.

„Und wie geht es jetzt weiter?", fragte Maria, die an den Küchentisch trat.

„Gundel, kommst du bitte auch?", sagte Clara.

Schon saßen sie erneut zusammen um den Tisch.

„Also! Neuer Plan!", begann Clara und sah in die Gesichter der vier anderen Frauen rund um sie herum.

„Neues Ziel?", fragte Maria.

Clara nickte und sagte: „Kanada!"

Die Frauen sahen von den Münzen zu ihr und Maria fragte: „Kanada?"

„Ja! Wenn ich damals bei meinem Hauslehrer richtig aufgepasst habe, dann muss das im Norden Amerikas liegen. Und es sind nicht die Vereinigten Staaten, denn die Provinz Kanada ist seit 1841 eine britische Kolonie. Die können mich also nicht ausliefern und Sklaven gibt es dort auch nicht!", erklärte Clara.

„Das wäre perfekt!", gab Rose zu.

„Aber das Land ist mehr als tausend Meilen entfernt!", erzählte Alma und setzte hinzu: „Ihr müsstet über Iowa und Minnesota nach Norden. Da gibt es zwar Wege, aber eigentlich ist das nur Wald- und Wiesenland. Keine Strecke für eine Frau!"

„Wir müssten also reiten!", entgegnete Clara.

„Wie damals von Chemnitz nach Dresden?", fragte Maria.

„Ja. Aber es ist etwas weiter!", gab Clara zurück.

„Etwas weiter?", bemerkte Alma und war gerade sichtlich froh, dass sie nicht mit durch das Grasland reiten musste.

„Wie stellst du dir das vor? Es ist Ende September und der Winter kommt bald!", äußerte Maria sorgenvoll und strich geistesabwesend mit den Fingern durch die goldenen Münzen.

„Wir brechen am Montag auf! Heute besorgen wir alles, morgen packen wir und am Sonntag gehen wir alle in die Kirche. Ich bin sicher, dass wir Gottes Beistand dringend brauchen werden!", begann Clara.

„Maria, wir benötigen vier Pferde mit Sätteln, Satteltaschen und Zaumzeug!", erklärte Clara und schob zehn Häufchen zu je zehn Münzen zu ihr hinüber.

„Wie damals?", fragte die Freundin.

„Ich weiß, dass du ein gutes Händchen für Pferde hast. Hole ausdauernde Läufer. Sie müssen eine Woche über unwegsames Gelände durch die Gegend jagen können!", legte Clara fest.

„Alma, wir beide gehen die Vorräte besorgen!", setzte Clara fort und wandte sich Gundel zu: „Du und Rose, ihr arbeitet unsere Röcke so um, dass man damit reiten kann. Hat jeder seine Aufgabe?"

Alle Frauen am Tisch nickten und Maria füllte sich die hundert Dollar in ihren Beutel.

Clara schob weitere hundert Dollar in einen anderen Beutel und legte diesen in den Henkelkorb.

„Und was ist mit den anderen Münzen?", fragte Alma.

„Die sind deine. Für deine Mühe und die Unterkunft, die du uns gegeben hast!", erwiderte sie und schob der alten Frau die goldenen Münzen zu.

„Fünfzig Dollar?", entgegnete Alma und wollte ihr die Geldstücke wieder zuschieben, doch Clara schob diese abermals zurück.

„Ohne deinen Mut hätten wir gar nichts!", erklärte Clara.

Alma akzeptierte schließlich die Entscheidung und während Maria schon nach draußen lief, zogen sie und Alma sich an.

Nach ein paar Minuten ging sie mit der älteren Freundin auf die Straße.

Zwar wurde sie gesucht, aber sie konnte die Aufgabe nicht Gundel geben und für Rose war es zu gefährlich, sich außerhalb des Hauses zu bewegen.

Und der Laden war nur eine Straße entfernt, wie Clara noch von ihrem letzten Besuch hier wusste.

Natürlich war das Geschäft von Joseph an diesem Tage völlig überlaufen und dennoch hatte der alte Mann hinter der Theke für einen kurzen Schwatz mit jedem noch Zeit.

„Joseph, hilfst du uns mal?", rief Alma dem Mann in Deutsch zu.

Er antwortete im breitesten schwäbisch: „Was kann i für di dun?"

„Wir wollen in den Norden und da brauche ich noch meine Ausrüstung. Wir werden zu viert sein!", schilderte Clara ihm ihr Anliegen.

Der Ladenbesitzer kratze sich am Kinn und überlegte.

Wenig später gingen sie zu dritt durch die Regale und Almas Korb füllte sich immer mehr. Schließlich gab Joseph ihnen einen zweiten Korb, den dann Clara trug, während der andere schon an der Kasse stand.

Beim Anblick der ganzen Sachen fragte Clara sich schließlich, ob sie Maria nicht am Abend noch einmal losschicken sollte, um ein Packpferd zu besorgen, oder sie würden es einfach unter sich aufteilen. Jeder ein Viertel davon.

Neuerdings an der Ladentheke stehend besah sich Clara die Ausbeute. Vier Wasserflaschen, ein Kessel zum Kochen, säckeweise Bohnen, Trockenfleisch, acht Decken, jede Menge Zündhölzer, eine kleine Axt, ein langes Jagdmesser, warme Kleidung und unzähliger anderer Krimskrams lagen gerade vor ihr.

Mit dem Messer in der Hand dachte sie daran, dass der Deringer wohl als Waffe im Wald nicht genügen würde.

„Ich brauche noch einen Revolver!", äußerte Clara und legte das Messer zurück.

Joseph ging zu einem Schrank und zog einen kleinen Kasten heraus. Diesen trug er zu ihr und klappte ihn auf.

Clara strich über den Lauf der bläulich schimmernden Waffe.

Joseph erzählte, diesmal in fast lupenreinem hochdeutsch: „Das ist ein Colt Pocket Modell 1849, den haben wir erst vor ein paar Tagen bekommen. Er hat das Kaliber .31 und eine serienmäßig angebrachte Laderamme. Der hier hat einen Lauf von 5 Zoll und in die Trommel passen fünf Kugeln. Damit sind sie überall im Wald sicher und in der Kiste ist alles drin, was sie brauchen. Kugelzange, Pulverflasche, Kugeln, Zündhütchen. Soll ich ihnen zeigen, wie der Colt funktioniert?"

„Nur zeigen, wie man ihn lädt!", entgegnete Clara.

Der Mann machte es vor. Er lud zwei Kammern und Clara die anderen Drei.

„Wie viel soll der den kosten?", fragte sie vorsichtig.

Joseph blickte über alles, was da so vor ihm lag und überschlug anscheinend gerade den Gesamtwert.

„I geb ihna no Bulvr, Blei ond Zündhüdcha für zwoihunderd Schuss dazu ond älles gehörd ihna für, saga mir mol, neinzich Dollar?", verfiel er wieder ins schwäbische.

„Neunzig Dollar? Das klingt fair!", entgegnete Clara und zählte zehn Münzen aus dem Beutel in Almas Hand, die restlichen Geldstücke gab sie Joseph, der beim Anblick des Goldes zu strahlen begann.

42. Kapitel

Bohnen mit Blei!

ie Nacht war für Rose erneut sehr entspannend gewesen. Abermals hatte sie, eng an Clara gekuschelt, gut geschlafen. Zuerst hatten sie sich beide noch leise und lang unterhalten, dann war diese Unterhaltung in streicheln und anschließend wieder in fallende Sterne ausgeufert. Schön war es gewesen.

Doch das gemeinsame Schicksal ließ sie nicht los, denn Clara büßte gerade für etwas, was Rose getan hatte. Der Zettel mit dem Steckbrief hing momentan als Warnung für alle an der Wand neben der Tür.

Rose saß gerade auf dem Bett und sah auf den Berg von Ausrüstungen herab, die Clara am Tag zuvor in dem Laden gekauft hatte. Daneben lagen acht Satteltaschen.

Am Tage zuvor hatte Rose mit Gundel aus den Röcken Hosenröcke gemacht. Gundel war wirklich sehr geschickt mit Nadel, Faden und Schere.

Momentan trug Rose solch einen Rock, um sich schon mal daran zu gewöhnen.

Von draußen knallte es. Immer fünf Schuss, gefolgt von einer längeren Pause. Schon den ganzen Vormittag war Clara im Garten hinter dem Haus und versuchte eine Flasche zu treffen, wie Rose vom Fenster aus gesehen hatte.

Maria striegelte vermutlich im Augenblick die Pferde, die sie bei Gustav im Kuhstall untergestellt hatten, Gundel reparierte weiter ihre Kleidung und ihr hatte Clara die Aufgabe übertragen, die Ausrüstung in die Satteltaschen zu verstauen, doch das schien schier unmöglich zu sein.

Die Taschen waren schon voll, da hatte sie noch nicht mal ein Viertel der Sachen darin untergebracht. Also packte sie alles wieder aus und versuchte es neu.

Erneut knallte es draußen, aber keiner der Nachbarn schien etwas Absonderliches daran zu finden, dass da jemand an einem Samstag pfundweise Blei in der Gegend verteilte.

Am Abend zuvor hatten Clara und Maria am Küchentisch stundenlang Blei mit der Kugelzange zu Kugeln gegossen. Hunderte mussten es gewesen sein. Und jetzt schoss Clara damit. Sie hatte das damit begründet, dass sie ja auf dem Weg wilde Tiere auf Abstand halten mussten, aber bei ihren Schießkünsten würde hoffentlich auch das Pulver ohne Kugel reichen, um mit dem Knall gelegentliche tierische Besucher fern des Feuers zu halten.

Und schon lag erneut alles auf dem Bett, was eigentlich in die Packtaschen sollte. Zum dritten Mal hatte Rose alles ein- und wieder ausgeräumt. Schon alleine der Berg an Bohnen war gigantisch.

Das Unterfangen war aussichtslos!

Rose trat an das Fenster und sah der Freundin zu, die verzweifelt versuchte, die Schnapsflasche zu treffen. Sie öffnete das Fenster und rief zu Clara hinaus: „Soll Alma noch mal Pulver und Kugeln holen?" Es sollte spöttisch klingen, doch Clara drehte sich zu ihr um und entgegnete: „Besser wäre das wohl!"

Rose nickte ihr zu und lief zu Alma in die Küche. Wenig später ging die ältere Frau noch mal zum Geschäft und obwohl Clara es ihr strikt verboten hatte, verließ jetzt auch Rose das Haus. Aber sie ging nur in den Garten.

„Was machst du hier draußen?", fuhr Clara sie dennoch an und setzte hinzu: „Das ist zu gefährlich für dich!"

Allerdings war Rose schon viel zu lange im Haus eingesperrt gewesen. „Kann ich es auch mal probieren?", fragte sie und zeigte auf die Waffe.

Clara nickte, lud den Revolver neu und drückte ihn ihr in die Hand.

Der Colt war schwer und am ausgestreckten Arm nicht wirklich ruhig zu halten. Sie hatte sich das leichter vorgestellt.

Rose zielte und zog den Abzug durch. Der Knall war laut, der Rückstoß riss ihr die Hand nach oben und sie stand hustend in einer Wolke von Pulverdampf, aber der erste Schuss ging irgendwo in die Wiese.

Unbehelligt thronte die Glasflasche zehn Schritte vor ihr auf dem Holzpfahl.

„Vielleicht sollte ich näher herangehen?", fragte Rose.

„Versuche es!", entgegnete Clara.

Bei jedem danach folgenden Schuss ging Rose zwei Schritte auf ihr Ziel zu. Beim letzten Schuss stand sie nur noch zwei Schritte vor der Flasche und jedes Kind hätte das Ziel wohl getroffen. Ihre Kugel verfehlte dennoch die Schnapsflasche.

„Wenn ich den Colt geworfen hätte, dann hätte ich sicherlich getroffen!", bemerkte sie trotzig, als sie zu Clara zurückging, damit sie die Waffe neu lud.

„Du hast damals Tobias auf vier Schritte Entfernung mitten ins Herz getroffen!", erzählte Clara und setzte das nächste Bleigeschoss zwischen Kammer und Laderamme.

„Da hat Gott die Kugel gelenkt!", konterte Rose leise.

„Vielleicht sollten wir morgen die Kugeln in der Kirche vom Pfarrer weihen lassen!", entgegnete Clara und presste mit dem Hebel die fünfte Kugel in die letzte Kammer.

„Ich habe nur noch zehn Kugeln!", bemerkte Clara, als sie die Waffe anhob und auf fünf Schritte an ihr Ziel heranging. Die Flasche störte das allerdings nicht. Auch nach der zweiten Kugel stand die noch unbeschädigt auf ihrem Platz.

Während Clara den Hahn erneut spannte, trat Rose an sie heran und sagte laut: „Ich hätte nie geglaubt, dass ich das mal sagen würde, aber stell dir einfach vor, diese Schnapsflasche wäre mein Master Cornelius!"

Clara knirschte mit den Zähnen, legte an, der Schuss peitschte über die Wiese und die Flasche zersprang in dutzende Teile.

Deutlich zufrieden mit diesem Ergebnis ließ Clara die Waffe sinken.

„Wie weit bist du mit der Ausrüstung gekommen?", fragte Clara, während sie die Waffe reinigte und neu lud.

„Das ist genauso aussichtslos, wie die Flasche zu treffen. Und da kann ich mir nicht vorstellen, dass es mein Master ist!", seufzte Rose.

„Soll ich dir dabei helfen?", fragte Clara und schob sich den Colt vorn quer hinter den Gürtel.

„Das wäre schön!", antwortete Rose erleichtert.

In der Hütte fand der Revolver wieder seinen Platz in der Kiste und kurz darauf knieten zwei Frauen vor dem Bohnenberg, aber zweien gelang ebenfalls nicht, was Rose bereits alleine versucht hatte.

„Ist das denn wirklich alles nötig?", fragte Gundel, die kurz von ihrer Näharbeit aufsah.

„Wir sind zu viert. Was sollen wir denn sonst essen? Baumrinde?", erwiderte Clara und kratzte sich am Kopf.

„Es ist doch jetzt Herbst. Findet man da nicht im Wald auch Pilze und Beeren?", fragte Rose.

„Eher Braunbären!", antwortete Clara.

„Wenn man die auch essen kann!", scherzte Gundel.

Alle drei lachten, dann entgegnete Clara: „Wir lassen die Hälfte der Bohnen bei Alma. Da kommt die locker durch den Winter!"

Schnell teilten sie den Haufen auf und damit gelang es Rose, den Rest zu verstauen.

Wenig später standen die Satteltaschen bei den Sätteln und Alma brachte Pulver, Blei und Zündhütchen.

Anschließend wurde wieder Blei gegossen und Alma versuchte unterdessen verzweifelt, einen Berg von Bohnen in ihrer Küche zu verstauen.

43. Kapitel

Achtzig Meilen!

lara streichelte den Hals ihrer Schimmelstute. Maria hatte abermals ein gutes Händchen bei der Pferdewahl bewiesen. Seit Stunden waren sie bereits auf der Straße nach Norden unterwegs und das hier war die erste Pause, die sie den Tieren gönnten. Dafür, dass weder Rose noch Gundel Erfahrung mit Pferden hatten, hielten sich die beiden Freundinnen erstaunlich gut im Sattel.

Sie waren deutlich schneller vorangekommen, als es sich Clara vorgestellt hatte. Vielleicht waren sie auch auf Gottes Wegen unterwegs, denn Gundel hatte für sie alle in der Kirche am Tage zuvor eine Kerze angezündet.

Während die Stute ausgiebig in einem Bach trank, zog es Claras Blick zu Rose hinüber. Schon die dritte Nacht hatten sie sich ausgiebig gegenseitig verwöhnt und was als Trost für die Trennung von Samuel für Rose am ersten Abend begonnen hatte, das wurde inzwischen zu einer intensiven gegenseitigen Bezeugung ihrer tiefen Freundschaft.

Konnte man es Liebe nennen? Vielleicht, wenn es Liebe unter Frauen gab!

Rose füllte gerade die vier Wasserflaschen und kniete daher neben Maria am Bach.

Sie waren in den sechs Stunden etwa fünfzig Meilen gekommen und der Mississippi war noch an ihrer rechten Seite zu sehen. Irgendwann würde er sich nach Osten schlängeln und dann mussten sie die Richtung einfach nach Nordwesten halten.

Clara begann damit, ihr Tier zu kontrollieren. Sie legte ihre Hand auf die Brust ihrer Stute und hörte auf Herz und Atmung des Tieres. Dann begann sie die Hufe und Beine ausgiebig zu inspizieren. Mit der Hand auf dem Rücken kontrollierte sie die Wirbelsäule des Reittiers und war zufrieden mit dieser Untersuchung. Anschließend ging sie zu den anderen Pferden und auch hier war das Ergebnis hervorragend.

„Gut gemacht!", sagte sie zu Maria.

Danach wandte sie sich den beiden anderen Gefährtinnen zu, die in ein paar Schritten Entfernung Wasser aus den Flaschen tranken und fragte: „Wie geht es euch?"

„Mein Hintern tut weh!", entgegnete Rose und strich sich über denselben.

„Du musst locker im Sattel sitzen. Geh mit deinem Pferd mit. Das habe ich dir aber schon beim Aufbruch gesagt!", erklärte Clara, trat auf sie zu und strich der Freundin tröstend über die Wange.

„Wenn du bei mir bist, dann ist alles gut!", antwortete Rose und bekam dafür einen Kuss.

„Wie lange werden wir heute noch reiten?", fragte Gundel.

Prüfend schaute Clara zum Himmel hinauf, dann entgegnete sie: „Vielleicht kommen wir noch mal dieselbe Strecke, aber das werden wir dann sehen. Sagt mir einfach Bescheid, wenn irgendetwas ist oder wenn ein Pferd langsamer wird. Dann geben wir den Tieren noch eine Pause. Und euch auch!"

Maria brachte die Pferde zu ihnen und mit Claras Hilfe kam Rose wieder in den Sattel.

Langsam trabten sie an und Clara beobachtete die anderen drei.

Rose versuchte sich wirklich so zu bewegen, wie sie es ihr erklärte hatte.

Vermutlich würde in sechs Stunden die Sonne untergehen und Clara überlegte sich, ob sie ein Quartier aufsuchen oder die Nacht am Feuer verbringen sollten.

Eine Herberge in einem Dorf wäre aber sicherlich für Frauen und Tiere erst einmal die bessere Wahl, bis sich alle daran gewöhnt haben würden, täglich diese Distanzen zurückzulegen.

Wenn sie jeden Tag etwa hundert Meilen reiten konnten, dann würden sie die tausend in zehn Tagen schaffen können, doch dann wäre schon Oktober und sie bewegten sich in Richtung Norden. Dem kalten Wetter entgegen, wenn ihr Hauslehrer sie damals nicht belogen hatte.

Sie mussten zehn Tage lang jeweils hundert Meilen in zwölf Stunden im Sattel bleiben.

War das realistisch?

Grübelnd betrachtete sie abermals ihre Gefährtinnen. Bei Maria und ihr sicherlich, aber was war mit Rose und Gundel? Rose hielt sich wacker, Gundel brauchte gerade eine Ermunterung.

„Gundel. Du machst das richtig gut!", sagte sie zur Seite.

„Für jemanden, der noch nie auf einem Pferd gesessen hat, meinst du?", fragte die Freundin zurück.

„Nein! Wirklich!", gab auch Maria von der anderen Seite aus zu.

Gundel nickte freundlich.

Clara richtete ihren Blick wieder nach vorn.

In einiger Entfernung waren ein paar Hügel zu sehen und das würde ihre Geschwindigkeit noch ein wenig verlangsamen.

Eigentlich hatte Clara von der ganzen Gegend nicht den Hauch einer Ahnung, aber das wollte sie die anderen Frauen nicht spüren lassen.

Es wäre sicherlich schlauer gewesen, sich einem Treck von Siedlern anzuschließen, oder sich einen Scout zu nehmen, aber mit dem Steckbrief im Hinterkopf hatte sie alle anderen Optionen verworfen.

Mit der Hoffnung, dass diese Entscheidung nicht ein zu großer Fehler gewesen war und dem Vertrauen in die Kerze für Gott, trieb Clara ihr Pferd nach Nordwesten.

Als die Sonne ihre langen Schatten nach rechts warf, entschloss sie sich, in die nächste Siedlung zu reiten.

Die anfängliche Geschwindigkeit hatten sie nicht halten können, aber gute achtzig Meilen unter die Hufe gebracht.

Da Maria beim Kauf der Pferde Geld gespart und Alma ihr, zwar unter Protest, die fünfzig Dollar aufgenötigt hatte, hatten sie damit genug Geld, um für die Nacht in einem Gasthof bleiben zu können.

Schließlich ritten sie mit der Abenddämmerung in ein verschlafenes Nest mit etwa zwanzig Häusern, aber auch mit einem Saloon, der Zimmer vermietete.

Vor dem Haus saßen sie ab und während Maria die Tiere in den Stall brachte und die beiden anderen Gefährtinnen sich den Rücken und den Hintern hielten, betrat Clara mit den letzten Sonnenstrahlen den Schankraum.

Vermutlich saßen hier gerade alle Männer der Siedlung an dem Bartresen und besoffen sich. Das war nicht wirklich ein Platz für Rose und Gundel. Und für Maria mit dem Baby auch nicht, aber es musste für diese Nacht genügen.

Clara schob sich den breitkrempigen Hut ins Genick, rückte den Colt zurecht, trat an den Tresen und blickte zum Wirt hinüber, doch der gab sich nicht sonderlich viel Mühe, schnell zu ihr zu kommen. Daher griff Clara in die Tasche und schleuderte einen Dollar über den Tresen in seine Richtung.

Das Gold lenkte dann doch seine Aufmerksamkeit zu ihr. Mit irgendeiner Art von unterwürfigen Katzenbuckel verbeugte sich der Mann vor ihr und das sah irgendwie schmierig aus.

„Ein Zimmer für die Nacht, einen Stall für vier Pferde und eine Wanne, wenn das möglich wäre!", verlangte Clara.

Der Mann rief: „Gertrut!", nach hinten und eine etwas ältere Frau mit einer Kittelschürze erschien in der Tür.

Mit dem Namen konnte sie nur eine Landsmännin sein und daher sprach Clara sie in Deutsch mit ihrem Wunsch an.

Gertrut war offensichtlich hocherfreut, mal wieder in ihrer Muttersprache reden zu können und Clara konnte ihren Redefluss fast nicht mehr stoppen.

Wenig später hatte sie ihr Zimmer und die drei Freundinnen kamen über eine Außentreppe zu ihr herauf. Sie legten die Satteltaschen ab und setzten sich.

Das Essen und die Wanne würden folgen.

44. Kapitel

Am Abend mancher Tage

Es hatte Bohnen mit Speck zum Abendessen gegeben, aber die hatten sie ja selber reichlich in den Satteltaschen drin. Allerdings schonten sie damit ihren Vorrat! Und jetzt saß Rose satt und nackt in der Wanne mit dem warmen Wasser. Endlich konnte sich ihr Hintern etwas von den Strapazen des Tages erholen.

Clara saß, ebenfalls nackt, hinter ihr in der Wanne und knetete ihre Schultern durch. Das war richtig gut und die Nähe der Freundin tat ein Übriges, um sich zu erholen.

Gundel, Maria und Katharina hatten zuvor gebadet, lagen bereits im Zimmer und schliefen vermutlich schon.

„Ich hätte nicht gedacht, dass das so anstrengend sein könnte!", bemerkte Rose und schloss die Augen, um die Streicheleinheiten der Freundin besser genießen zu können.

„Und ich bin so stolz darauf, dass du dich so gut im Sattel gehalten hast!", antwortete Clara und küsste die Seite ihres Halses.

„Ich danke dir. Die Schultern sind jetzt locker, aber mein Hintern könnte noch ein paar Streicheleinheiten brauchen", drückte Rose zufrieden seufzend aus.

„Dann her damit!", antwortete Clara, lachte und klatschte ihr mit der flachen Hand darauf, als Rose das Hinterteil kurz aus dem Wasser hob.

„Streicheleinheiten habe ich gesagt!", entgegnete Rose.

Sie drehte sich um, setzte sich vorwärts wieder in die Wanne und streckte die Beine an Claras Seiten vorbei. Eines links und eines rechts. Damit saßen sie praktisch Bauch an Bauch.

„So könnte ich mir das gefallen lassen!", stöhnte Clara leise, als Rose begann, die Vorderseite der Freundin zu liebkosen.

Und da Clara ebenfalls die Hände freihatte, streichelten sie sich gegenseitig in dem warmen Wasser.

Unten im Saloon krakelten ein paar Männer herum, denen der Branntwein wohl zu sehr in den Kopf gestiegen war.

„Für dieses Gefühl könnte ich sterben!", flüsterte Rose, als Claras Hände sich über ihre Oberschenkel aufwärts tasteten. Lüstern warf sie den Kopf zurück, als Clara das Ziel ihrer Erkundungen gefunden hatte.

Mitten in diesem Gefühl, praktisch kurz vor den fallenden Sternen, riss auf einmal jemand die Tür des Bades auf.

Ein Mann torkelte in den Raum. „Zwei so schöne Frauen! Nackt und auch schon für mich bereit!", rief er. „Bleibt einfach so, ich komme mit rein!", erklärte er, während er sich schon die Hose von den Beinen streifte.

Clara griff hinter sich und zog den Colt von dem kleinen Tisch. Das Klacken, als der Hahn in die Spannrast glitt, stoppte den mittlerweile bereits halbnackten Mann.

Sein zuvor erigiertes Gemächt verkrümelte sich ziemlich schnell, als er in die Mündung des Revolvers blickte.

„Ich glaube, es ist besser für dich, wenn du dich zu deiner eigenen Frau in die Wanne setzt. Sonst fehlt dir gleich ein wichtiger Körperteil!", fuhr Clara ihn an.

Mit den Stiefeln und der Hose in der Hand verschwand der Mann ziemlich schnell wieder. Jetzt allerdings vermutlich nüchtern.

„Meine Heldin hat mich gerettet!", rief Rose aus und gab Clara einen Kuss, während diese den Hahn wieder entspannte.

„Männer!", erwiderte die Freundin und schob die Waffe auf den Tisch.

„Und die Tür hat dieser Idiot auch noch offen gelassen!", setzte Clara ärgerlich hinzu und kletterte aus der Wanne.

Eine Tropfenspur hinterlassend, ging sie die fünf Schritte bis zur Tür, als plötzlich der Mann wieder auftauchte und sie zu Boden riss.

Mit der Freundin am Boden ringend versuchte er sich mit Gewalt zwischen ihre Schenkel zu schieben.

Für einen Moment war Rose wie gelähmt, dann sprang sie auf, griff sich den Colt und schoss in die Zimmerdecke.

Als der Mann daraufhin von Clara abließ und zu ihr aufblickte, spannte sie erneut den Hahn und richtete die Waffe auf seinen Kopf.

„Lass sie los und verschwinde von hier!", brüllte sie ihn an.

Maria tauchte im Unterkleid verschlafen hinter dem Mann in der Tür auf.

Einen Moment später prügelten drei zornige Frauen, zwei davon nackt, den Säufer aus dem Badezimmer.

Nachdem Rose wieder mit Clara in den Raum getreten war, sagte die Freundin: „Jetzt haben wir uns beide gerettet!" Und gab ihr einen Kuss.

An die Wanne war jetzt aber nicht mehr zu denken.

Clara legte die Waffe zur Seite, sie trockneten sich gegenseitig ab und gingen in das Zimmer hinüber.

Gundel hatte von allem nichts mitbekommen. Die Frau war offensichtlich vom Tagesritt so erschöpft, dass sie den Schuss nicht gehört hatte. Und auch Katharinas Weinen störte sie nicht. Gundel schnarchte einfach laut im Bett.

Maria wiegte die Tochter in den Schlaf und Clara verbarrikadierte die Zimmertür mit einem kleinen Schrank.

„Wenn jemand in der Nacht mal muss, dann geht auf den Eimer da drüben!", erklärte Clara und kam zum Bett herüber.

Vorsorglich schob sie sich den Revolver unter das Kopfkissen, bevor Maria das Licht der Petroleumlampe dunkler drehte.

„Ab morgen sollten wir draußen im Freien übernachten. Da bleibt mir so etwas hoffentlich erspart!", deutete Clara an und legte sich neben sie.

„Aber sind da nicht diese Bären, von denen Gundel gesprochen hatte?", erkundigte sich Rose.

„Dann sollte ich vielleicht wieder eine Frau erfinden, um die Männer auf Abstand zu halten!", entgegnete Clara leise.

Im Nebenbett stöhnte Maria auf und sagte: „Aber bitte nicht wieder diese Scarlett Sue Taylor! Ich bin froh, dass die endlich fort ist!"

Clara lachte leise. „Ja! Ich bin auch froh, dass die verschwunden ist. Eine verrückte Säuferin aus dem Süden wird uns hier nicht helfen!", begann Clara und setzte dann hinzu: „Ich dachte da mehr an eine Frau wie Buffalo Jane! Die reitet als Scout durch die Wildnis, spuckt, flucht und schießt schneller, als ihr Schatten!"

„Oh, mein Gott! Womit habe ich das bloß verdient!", stöhnte Maria.

Doch danach mussten sie alle drei lachen.

„Schlaft schön!", sagte Maria schließlich und wenig später war ihr leises schnarchen aus dem Nebenbett zu hören.

„Wo waren wir noch mal stehen geblieben, als dieser Idiot uns unterbrochen hatte?", flüsterte Clara ihr ins Ohr und ihre Finger tasteten sich dabei bereits unter ihr Unterkleid.

„Genau dort!", stöhnte Rose auf, als Clara abermals diesen Punkt in ihr berührt hatte.

Jetzt durften die Sterne fallen und es dauerte auch nicht lang, da zog sich alles in Rose zusammen, bevor es sich in einem Gefühl puren Glücks und einem tiefen Stöhnen entlud.

45. Kapitel

Buffalo Jane

Sechs Tage waren sie jetzt schon unterwegs, aber das Tempo des ersten hatten sie nicht halten können. Dennoch mussten sie sicherlich bereits vierhundert Meilen geschafft haben. Vielleicht auch ein paar mehr.

In der letzten Zeit waren die Spuren von menschlicher Besiedelung immer weniger geworden und deshalb hatten sie auch einfach ihr Lager nachts in der Wildnis aufgeschlagen.

Clara hatte die Angst der anderen Frauen mit der Bemerkung über den Winterschlaf der Bären zu mindern gewusst, aber ob dem wirklich so war, das wusste sie nicht, denn sie kannte Braunbären nur von den Erzählungen ihres Lehrers. Von Wölfen, Kojoten und anderem Übelgetier mal ganz zu schweigen, deren Bilder sie in den alten Lexika in Vaters Bibliothek einst gesehen hatte!

Allerdings würde der Weg mit drei vor Angst schlotternden Frauen nur noch schwerer werden.

Ein neuer Morgen brach an und der erste bläuliche Schein am Himmel verdrängte die Sterne der Nacht. Clara erhob sich langsam von ihrem Platz am Feuer, streckte sich und blickte auf die kleine Gemeinschaft herab, die noch schlafend um sie herum am Boden lag.

Rose war in drei Decken und zwei Mäntel gewickelt. Die Kälte der Nacht setzte der jungen Frau deutlich zu. Sie war das Leben im Süden gewohnt und in Louisiana war es vermutlich selbst zu Weihnachten wärmer, als hier mitten im Sommer.

Es musste mittlerweile Iowa sein und sie waren immer noch auf dem Weg nach Nordwesten. Der verblassende Polarstern zeigte ihr die Richtung an. Abermals dankte sie ihrem Hauslehrer für all das, was sie früher für völlig unnützes Wissen gehalten hatte.

Clara beugte sich hinab, weckte Rose mit einem Kuss und als diese sich mit einem Becher heißen Kaffees an das Feuer setzte, ging Clara zu den Pferden hinüber, um diese für den Aufbruch vorzubereiten.

Sie hatte gerade das zweite Pferd gesattelt, da rief Maria nach ihr und Clara rannte zurück zum Lagerfeuer.

„Katharina hat Fieber!", erklärte Maria sorgenvoll.

Alle vier Frauen prüften das sofort nach, doch das Ergebnis war eindeutig!

„So ein elender Mist! Wir brauchen einen Doktor für sie!", stellte Clara besorgt fest.

Sie richtete sich auf und blickte sich um, aber es waren nur weites Land, niedrige Büsche und wellige Grasflächen rund um sie herum zu sehen.

„Wohin?", fragte sie sich selbst, zog das Fernrohr aus ihrer Satteltasche und suchte den Horizont ab.

Im Norden war schwach eine Rauchsäule zu erspähen und wenn da nicht der Wald brannte, dann konnten da nur Menschen sein.

Schnell war alles verladen, das Feuer gelöscht und sie auf dem Weg zu dieser fernen Siedlung.

Es dauerte eine Weile, die sie im straffen Galopp zurücklegten, bis die Rauchfahne deutlicher wurde.

Etwa zwei Stunden später war ein Fort zu erkennen. Baumstämme waren als Palisaden in den Boden gerammt und über einem Wachturm wehte die amerikanische Fahne. Damit lief Clara allerdings Gefahr, dass sie dort eventuell gefangengenommen wurde.

Sie verhielt ihr Pferd und ging in den Schritt über.

Die drei Freundinnen ritten neben sie.

„Hört zu!", begann sie zu erklären und setzte hinzu: „Ich bin Jane Jackson und soll euch zu euren Männern nach Chicago bringen, die dort eine Farm gekauft haben!"

Maria rollte mit den Augen, aber diese Notlüge war bitter nötig!

Vom Fort ritten ihnen ein paar Soldaten entgegen.

Wenig später blieben Frauen und Soldaten voreinander stehen.

„Hallo Captain!", sagte Clara und tippte sich mit zwei Fingern an die Krempe ihres Hutes.

Der Offizier antwortete: „Ich bin Second Lieutenant Fox von der US Kavallerie! Willkommen in Fort Dodge. Was wollen sie!"

Maria stöhnte hörbar genervt auf.

„Ich bin Buffalo Jane! Jane Jackson und begleite diese Frauen zu ihren Männern nach Chicago. Das Kind von Miss Miller hat Fieber! Gibt es bei ihnen einen Doktor, der uns helfen kann?", fragte sie.

„Natürlich, Miss Jackson! Folgen sie uns einfach!", entgegnete der Offizier.

Die Soldaten wendeten und ritten zum Tor zurück, der Lieutenant blieb neben ihr.

„Es ist verdammt kalt geworden in der Prärie, da friert einem fast der Arsch ab!", erklärte Clara und schlüpfte in ihre Rolle.

Maria schüttelte missbilligend den Kopf.

„Kann ich sie dann zu einem Schnaps in unseren Saloon einladen?", fragte der Offizier neben ihr.

„Nur, wenn wir diese Nacht bei ihnen im Fort bleiben können. Ich möchte nüchtern sein, wenn ich wieder, wie vor ein paar Tagen, mit einem Bären ringen muss!", antwortete sie, schob den Revolver zurecht und spuckte in das Gras hinab.

Der Offizier zog die Augenbrauen hoch.

„Braunbär oder Waschbär?", fragte er.

Maria schlug sich schräg hinter ihr mit der flachen Hand vor die Stirn.

Buffalo Jane war im Begriff, die Kontrolle über diese Situation zu verlieren!

Ohne ein weiteres Wort ritten sie durch das Tor und von dort zu einer Hütte.

„Hier wohnt unser Doktor und dort drüben ist unser Saloon!", erklärte der Offizier und zeigte auf ein Gebäude, an dem deutlich und groß *„Saloon"* stand. Dann ritt der Offizier hinüber und ließ sie dort stehen.

„Buffalo Jane! Dass du immer so übertreiben musst!", stöhnte Maria, als sie vom Pferd glitt. „Mit Waschbären ringen! Ich lach mich tot!", murmelte sie, als sie mit Katharina das Haus des Arztes betrat.

„Wir reiten zum Saloon!", rief Clara ihr hinterher und lenkte ihr Pferd hinüber.

Die beiden anderen Frauen schlossen sich ihr an. Nach ein paar Dutzend Schritten banden sie die Pferde vor dem Holzhaus an und betraten den Schankraum.

Schnell waren das Zimmer bezahlt und die Satteltaschen abgelegt. Jetzt mussten sie nur noch auf Maria warten.

Clara dachte an den versprochenen Schnaps, stieg nach unten in den Gastraum und setzte sich an den Tresen. Dort wartete sie auf den Offizier und auf Maria.

Gelangweilt blickte sie sich um und sah in der Ecke das große Brett mit den Fahndungsaufrufen. Sie erhob sich und schlenderte möglichst unauffällig dort hinüber.

Zwischen Posträubern und Viehdieben hing auch das Blatt mit ihrem Porträt. Schnell nahm sie es ab und schob es sich gefaltet in die Innentasche ihrer Weste.

„Sind sie auch als Kopfgeldjägerin unterwegs?", fragte der Offizier sie von hinten.

Fast hätte sie dabei vor Schreck aufgeschrien.

„Gelegentlich!", entgegnete sie gespielt gelassen, rückte den Colt zurecht und drehte sich zu dem Lieutenant um.

Der Mann lud sie mit einer Handbewegung zur Theke ein.

„Branntwein oder Whiskey?", fragte er.

„Branntwein! Das andere Zeug ist doch für kleine Kinder!", erwiderte Clara und spuckte in den Eimer.

„Zwei Branntwein!", rief der Offizier.

Der Barmann stellte die Gläser vor sie ab.

Clara kippte den Schnaps mit einem Zug herunter, knallte das Glas auf den Tresen und sagte: „Noch einer!"

Mit dem zweiten stießen sie an und tranken dann langsamer.

Das Papier raschelte in der Weste. Sie brauchte eine Lösung für das Problem. Scarlett hätte eine gehabt, Jane eher nicht. Oder doch?

„Hast du heute Nacht schon was vor?", fragte sie den Kavallerieoffizier und setzte hinzu: „Wenn man nur mit Weibern unterwegs ist, dann fehlt einem doch in mancher Nacht ein bisschen die Wärme eines Mannes zwischen den Schenkeln!"

„Heute Nacht habe ich die Wache, aber ich hätte jetzt etwas Zeit!", entgegnete der Lieutenant und zeigte zur Treppe.

„Na dann lass uns gehen! Ich hoffe, du schaffst es auch zweimal?", entgegnete sie vorlaut und erhob sich von ihrem Barhocker.

Buffalo Jane spuckte erneut demonstrativ in den Spucknapf, zog sich den Hosenrock hoch und ging mit wiegenden Schritten zur Treppe.

Der Offizier folgte ihr.

46. Kapitel

Am Rande des Wahnsinns

Der Doktor beugte sich über Katharina und Maria stand neben ihm. Sorgenvoll sah sie zu, was der ältere Mann mit ihrer Tochter machte. Nach gründlicher Untersuchung stellte er fest, dass sie Fieber hatte, aber das hatte Maria auch schon zuvor gewusst.

„Was machen sie eigentlich mit einem Säugling in dieser Wildnis? Und zu dieser Jahreszeit?", fragte der Mann.

Jetzt musste sie die Geschichte aufgreifen, die ihnen Clara zuvor erklärte hatte.

„Unsere Männer sind vor einer Weile nach Chicago aufgebrochen, um dort eine Farm zu kaufen. Jetzt steht das Haus und wir sollen nachkommen, damit im Frühjahr auch gleich die Aussaat beginnen kann", erzählte sie weisungsgemäß.

„Und da haben sie sich solch eine Verrückte als Scout genommen?", entgegnete der Arzt.

„Sie meinen Buffalo Jane? Warum nicht? Sie kennt den Weg!", erklärte Maria.

„Na, wenn sie meinen! Ich, an ihrer Stelle, würde im Winter im warmen Haus bleiben! Aber sei es, wie es ist! Geben sie der Kleinen einfach dreimal am Tage dieses Pulver hier mit etwas Wasser, damit sollte das Fieber spätestens übermorgen verschwunden sein", führte der Doktor aus und gab ihr einen kleinen Beutel.

Maria bedankte sich, zahlte einen Dollar und nahm ihre Tochter wieder in das Tuch vor ihrer Brust.

Mit ihrem Hengst, am langen Zügel hinter sich, ging sie zum Saloon hinüber, wo die Pferde der Gefährtinnen angebunden waren. Zweifelnd schüttelte sie bei diesem Anblick den Kopf, denn die Tiere waren weder abgesattelt, noch abgerieben und gleich gar nicht versorgt worden.

Mit ein paar Handgriffen hatte sie die Pferde in den Stall gebracht und einer der Soldaten bot sich an, die Tiere zu versorgen. Dankend nahm Maria das Angebot an.

In ihre Gedanken vertieft stieg sie die Treppe zum Zimmer hinauf, in dem sie für die Nacht bleiben wollten.

Vielleicht hatte der Doktor recht mit seiner Behauptung und das Risiko für Katharina war einfach zu hoch, doch wie wog man das Wagnis zwischen dem Leben der Tochter und dem der Freundin gegeneinander auf?

Maria seufzte, denn eigentlich war es Irrsinn. In ein paar Tagen begann der Oktober und sie irrten hier durch die Gegend! Mit Buffalo Jane als Führerin!

Maria schob die Zimmertür auf und trat in den Raum.

Gundel schlief schon und Rose saß am Tisch. Clara war nirgendwo zu sehen.

„Die Tiere sind erst mal versorgt! Und Katharina geht es auch wieder besser!", erzählte Maria, legte ihre Tochter in das Bett zu Gundel und setzte sie sich neben Rose.

Schweigend sahen sie sich an und Maria dachte immer noch über die Alternativen dieses langen Weges nach. Sollten sie den Winter einfach hier bleiben? Im warmen Fort? Oder weiterziehen? Konnten sie es schaffen, vor dem Schnee in Kanada zu sein?

Die Zimmertür öffnete sich, Clara trat in den Raum und schloss sich dabei die obersten Knöpfe ihres Hemdes.

„Hallo Ladys!", entgegnete sie und tippte sich wieder mit zwei Fingern an die Hutkrempe. „Also der Lieutenant war besser als der Kapitän! Zweimal, ganz langsam und ich bin sogar ebenfalls auf meine Kosten gekommen. Dann habe ich den Herrn Lieutenant geritten, bis er schrie!", setzte sie hinzu, zog sich den Hosenrock zurecht und trat zu ihnen.

„Warum hat Gott mich nur damit gestraft, mit solch einer Verrückten durch die Gegend zu ziehen?", stöhnte Maria auf.

Clara schob sich den Stuhl zurecht, drehte ihn um und setzte sich verkehrt herum breitbeinig darauf, die Lehne vor sich.

„Ich gebe es auf!", erklärte Maria und war der Verzweiflung nah.

„Warum musst du eigentlich immer so übertreiben?", fragte Rose.

„Wer? Ich?", erwiderte Clara.

„Nein! Buffalo Jane, die Frau, die mit Waschbären ringt!", entgegnete Maria genervt.

„Auf dem Schiff diese Scarlett Sue Taylor und jetzt diese seltsame Buffalo Jane. Warum?", erkundigte sich Rose.

Bei Clara fiel die Maske und die vernünftige Freundin kam zurück. „Weil ich Angst habe! Todesangst! Hier drin!", äußerte sie und tippte sich an die Brust. „Und erzähle mir bitte nicht wieder, dass ich mich meiner Furcht stellen muss! Schau!", setzte sie fort, griff sich in die Weste und zog den sauber gefalteten Haftbefehl aus der Innentasche.

„Der hing unten im Saloon an der Wand. Hätte der Lieutenant den Zettel nur einen Wimpernschlag eher gesehen, bevor ich diesen Wisch habe verschwinden lassen, dann wäre ich jetzt mit hübschen eisernen Armschmuck schon wieder auf dem Weg nach New Orleans. Das hier ist ein Regierungsposten! Das ist so, als ob man als gesuchter Bankräuber freiwillig ins Gefängnis geht und dort um eine warme Suppe bittet!", erklärte Clara.

Katharina begann im Bett zu quengeln.

„Wie geht es ihr?", erkundigte sich Clara fürsorglich.

Alle drei gingen zu ihr hinüber.

„Ich habe ein Pulver bekommen, das sie nehmen muss, dann sollte das Fieber vergehen", beschrieb Maria die Diagnose des Arztes.

„Wir müssen unbedingt morgen früh wieder aufbrechen. Ich weiß nicht, wer den Zettel eventuell schon gesehen hat! Unten saßen auch Kopfgeldjäger im Saloon!", entgegnete Clara besorgt.

„Da haben wir nur eine Nacht in diesem Bett!", begann Rose und setzte hinzu: „Gibt es hier auch eine Wanne?"

„Buffalo Jane geht doch in keine Wanne! Die setzt sich nackt in einen eiskalten Fluss und reibt sich mit einem Igel ab!", hielt Maria ihr entgegen und alle drei mussten lachen.

„Ich gehe mal fragen!", sagte Clara, die Freundin verschwand und sofort war Buffalo Jane zurück, tippte sich an den Hut und sagte: „Ladys, man sieht sich!"

Anschließend ging sie breitbeinig aus dem Raum, als wäre sie gerade tausend Meilen geritten.

Kopfschüttelnd blickte Maria ihr hinterher.

„Warum macht sie das?", erkundigte sich Rose.

„Das ist so eine Art Schutz von ihr. Sie schlüpft in eine Rolle und verdrängt damit die Furcht! Clara hat Angst, aber Jane könnte einen Bären in die Flucht quatschen. Sie macht das, um nicht dem Wahnsinn zu verfallen und dabei steht sie doch schon am Rande dazu", erläuterte Maria Rose die offensichtlich instabile Gemütslage der Freundin.

Nach ein paar Minuten betrat Jane das Zimmer, verwandelte sich augenblicklich in Clara zurück und sagte: „Die Wanne ist dann in einer halben Stunde bereit!"

„Ich weiß jetzt, warum du das mit diesen seltsamen Rollen machst", begann Rose und setzte hinzu: „Aber warum musst du dabei so maßlos übertreiben?"

„Das gehört einfach dazu!", erklärte Clara, warf den Hut auf das Bett und setzte sich auf den Stuhl, diesmal richtig herum. „Die Kopfgeldjäger suchen eine Gräfin Clara von Kletterwitz. Ich versuche meine Spuren zu verwischen und mir dabei die Leute etwas gewogen zu machen", erklärte sie.

Maria fragte sofort nach: „Indem du sie zwischen deine Schenkel lässt?"

„Jetzt komm mir nicht wieder mit Ehre und so. Das habe ich dir doch schon auf dem Dampfschiff erklärte! Der Kapitän wird sicher seinen Enkeln noch von dieser verrückten Scarlett Sue Taylor vorschwärmen, die er betrunken auf dem Sofa gevögelt hat. Und Lieutenant Fox kann in einigen Wintern noch seinen Kameraden am Lagerfeuer erzählen, wie ihn diese Buffalo Jane geritten hat! Keiner von beiden wird in mir eine Gräfin sehen", erklärte Clara ihr Vorgehen.

„Nein! Nur eine völlig Verrückte!", bemerkte Maria und schüttelte missbilligend den Kopf.

„Musst du heute Nacht dem Lieutenant noch einmal die Ehre deines Besuches erweisen?", fragte Rose.

„Nein! Der hat Wache!"

„Dann könnte Jane doch heute Abend in mein Bett schlüpfen?", entgegnete Rose mit einem Augenzwinkern.

„Ich werde sehen, was ich tun kann. Ladys!", sagte Jane und tippte sich an die nicht vorhandene Hutkrempe.

„Nur Verrückte hier!", stöhnte Maria auf.

47. Kapitel

Die Rolle ihres Lebens

ähnend setzte sich Clara im Bett auf. Oder eben Jane. Natürlich hatte Maria mit ihrer Behauptung durchaus recht, dass sie sich verrückt benahm, aber es ging einfach nicht anders.

Rose lag nackt und wunderschön in dem Bett und die ersten Sonnenstrahlen tauchten ihren Körper in diese außergewöhnlich zauberhafte Farbe. Das konnte man nicht beschreiben.

Clara fühlte diese innige Liebe zu ihr in sich, die sie so noch nie zuvor gefühlt hatte, aber sie würde darüber schweigen müssen, um Rose nicht in einen inneren Konflikt zu stürzen.

Noch eine Rolle würde sie übernehmen, die der guten Kameradin, weil sie ihr nicht zeigen wollte, wie tief diese Gefühle schon reichten.

Im Bett gegenüber stillte Maria gerade ihr Kind und das war so ein friedliches Bild.

„Versprichst du mir, dass diese komische Jane bald wieder verschwindet?", fragte Maria leise.

Clara nickte ihr zu. „Wenn wir das Fort verlassen haben, dann wird Buffalo Jane in der Wildnis verschwinden, als hätte es sie nie gegeben!", erklärte Clara und Jane setzte hinzu: „Versprochen Lady!" Nackt tippte sie sich an den nicht vorhandenen Hut und kratzte sich demonstrativ am Hintern.

Maria schüttelte den Kopf und rollte mit den Augen.

„Guten Morgen, Jane! Das war ein Ritt!", seufzte Rose, als sie neben ihr die Augen aufschlug.

Jane nickte ihr breit grinsend zu.

„Treibe sie nicht auch noch an! Das läuft sonst völlig aus der Kontrolle!", entgegnete Maria, während Katharina laut rülpste.

„Ich hole dann die Waschschüssel und wir machen uns fertig. Weckst du Gundel?", fragte Clara, zog sich Hemd und Hosenrock an und ging aus dem Zimmer.

Wenig später war die Schüssel mit warmen Wasser gefüllt.

„Für die Ladys!", sagte Jane zu dem Barmann und setzte noch hinzu: „Weiber!" Dann nickte sie ihm zu und ging nach oben.

„Wie geht es Katharina?", fragte sie besorgt, während Maria die Tochter badete.

„Besser. Das Fieber sinkt langsam!", bestätigte ihr die Freundin und beide nickten sich zu.

„Kann das sein, dass mein Hemd kleiner geworden ist? Warum spannt das so über der Brust?", fragte Rose aus dem Hintergrund.

Clara blickte Maria an und fragte stumm, ob sie der Freundin wohl erklären sollten, warum das so war, doch Maria schüttelte sacht den Kopf.

„Das kann schon sein. Lass dir doch von Gundel die Knöpfe versetzen. Vielleicht kommt das von den Streicheleinheiten in der Nacht! Oder vom guten Essen!", erklärte Clara, während sie sich umdrehte.

Rose schloss mühsam das Hemd, erhob sich und gab ihr einen Kuss.

Und da war es wieder, dieses tiefe Gefühl, der Geschmack ihrer weichen Lippen, der ihr Herz zum Schmelzen brachte. Schnell musste eine neue Rolle her.

Buffalo Jane musste im Moment helfen! Sie sagte: „Ladys! Dann schwingt mal eure hübschen Ärsche auf die Ponys!"

Mit der Satteltasche über der Schulter, den Hut mit dem Band im Genick und die Hand am Griff des Revolvers, der vorn quer hinter ihrem Gürtel steckte, stelzte Jane breitbeinig aus dem Zimmer und schaute nicht auf Maria zurück, die vermutlich gerade wieder verzweifelt mit den Augen rollte.

In ein paar Minuten würde Jane auf nimmer wiedersehen in der Prärie verschwinden, das hatte sie Maria versprochen, doch sie brauchte eine neue Rolle für Rose. Oder sollte sie einfach mit der jungen Frau reden? Was wäre aber, wenn Rose sie dafür auslachen würde? Das würde Clara wohl kaum überleben.

Schnell waren die Pferde gesattelt und sie saßen auf.

Nebeneinander ritten die vier Frauen wenig später zum Wachturm mit dem Ausgangstor hinüber.

Lieutenant Fox stand neben dem bereits geöffneten Tor, um sie zu verabschieden.

„Lieutenant! Leben sie wohl. Vielleicht bis irgendwann mal!", äußerte Jane und tippte sich wieder grüßend mit zwei Fingern an die Hutkrempe.

„Viel Glück auf eurem Weg!", entgegnete der Offizier und trat an ihr Pferd heran. Er kraulte der Schimmelstute den Hals und blickte zu ihr herauf. „Ach übrigens! Eines noch! Sei bitte vorsichtig, Clara!", setzte er noch hinzu und schlug der Stute mit der flachen Hand auf den Hintern.

Das Tier machte einen Satz und war aus dem Fort heraus.

Im Reiten blickte sie zurück, wie Lieutenant Fox dort stand, mit der zum Gruß erhobenen Hand. Er hatte die ganze Zeit gewusst, dass sie Clara und nicht Jane war! Schnell winkte sie zurück, dann schlossen ihre Freundinnen zu ihr auf.

Irgendwie sah Maria sie strafend an und deshalb musste sie mit den Schultern zucken.

Buffalo Jane verschwand für immer!

Clara blickte zu Rose hinüber, die jetzt neben ihr ritt. Die Sonne fiel auf ihr Haar und das sah einfach nur zauberhaft aus.

„Warum spielst du eigentlich solche Rollen? Nur wegen der Angst in dir?", fragte Rose.

„Ja und Nein!", entgegnete Clara und dachte zurück. „Da gab es mal eine andere Clara. Lange ist es her!", begann sie zu erklären. „Ich habe früher als Kind gern das Theater in Chemnitz mit meiner Mutter besucht. Komödien, Tragödien, Shakespeare, Schiller. Alles, was da so geboten wurde. Ich habe es geliebt! Da sind die Schauspieler auf die Bühne gegangen und waren plötzlich ganz andere Personen! Das wollte ich auch können! Ich habe dann einfach begonnen, Menschen zu beobachten und nachzumachen. Die Matrosen auf dem Dampfer und Sue im Bordell, die Farmer und Viehtreiber in St. Louis!"

Clara streichelte den Hals ihrer Stute und dachte weiter nach. „Und dann gab es da diese Momente, wo ich gezwungen war, eine Rolle zu spielen, um meine Freunde nicht in Gefahr zu bringen! Damals in Chemnitz und hier in Amerika! Jetzt helfen sie mir, zu überleben. Die saufende Hure in New Orleans, Scarlett Sue Taylor auf dem Schiff, Buffalo Jane im Fort! Ohne die drei wäre ich vermutlich schon tot!", beendete sie ihre Erzählung.

„Und welche Rolle spielst du gerade jetzt?", erwiderte Rose.

Es wäre einfach gewesen, zu sagen, dass sie momentan keine Rolle spielte, doch das war ja nicht die Wahrheit!

Schweigend blickte sie auf den Weg vor sich. Nur nachts, im Bett mit Rose, spielte sie keine Rolle. Da war diese wirklich ehrliche Clara da, am Tage versteckte sie ihre Gefühle vor der anderen Frau. Warum? Um sie nicht zu verlieren? Vielleicht! Aber lag darin nicht die Gefahr, sie gerade deshalb vor den Kopf zu stoßen?

Wäre es nicht viel einfacher, zu sagen: „Ich liebe dich!"

Rose begann ein altes Lied zu singen und Clara stimmte mit ein.

Ihr Blick wanderte zur Freundin hinüber, die einfach so vor sich hin trällerte. Unbekümmert und natürlich, frei von aller Schauspielerei!

48. Kapitel

Verfolgt und in Gefahr!

Rose blickte die schlafende Freundin an. Sie lagen aneinander gekuschelt unter den Decken und Clara versuchte, so nahe wie möglich bei ihr zu sein, um sie zu wärmen.

Seit dem Verlassen des Forts waren sie mittlerweile schon wieder zwei Tage in Richtung Norden geritten. Wie immer lag Rose auch in dieser Nacht neben Clara, doch die Freundin hatte sich verändert, seit sie nicht mehr Buffalo Jane war.

Vielleicht war mit deren Verschwinden auch etwas anderes aus Clara verschwunden, doch Rose konnte es sich nicht erklären, was da los war.

Sie mochten wohl momentan, etwa hundert Meilen vom Fort Dodge entfernt, irgendwo in Iowa sein, auf der Wiese am Rande des kaum sichtbaren Pfades.

Maria saß vor ihr am Feuer, mit dem Colt in der Hand.

Es musste noch tief in der Nacht sein, denn der Himmel war immer noch schwarz und von unzähligen Sternen übersät, die durch die Wolkenlücken zu sehen waren. Wie oft hatte sie früher vor Mutters Hütte auf der Plantage nachts in den Himmel geschaut und diese Pracht da oben bestaunt? Oft! Sehr oft!

Rose lag auf dem Rücken und Clara neben ihr, auf der Seite. Die Freundin hatte einen Arm über ihre Brust gelegt, womit Clara sie jetzt zu Boden drückte.

In Gedanken fragte sich Rose, wie weit es wohl noch bis zu ihrem fernen Ziel sein mochte.

Die Kälte der Nacht zwackte sie in die Nase. Da half auch Clara nicht! Vorsichtig schob sie den Arm der Freundin zu Seite und erhob sich.

Maria blickte auf und sah zu ihr herüber.

221

Mit einer Decke um die Schultern setzte sich Rose an das wärmende Feuer.

„Möchtest du einen heißen Kaffee? Der heizt durch!“, sagte Maria und zeigte auf die Kanne, die am Feuer stand.

Rose zog die Tasse hervor und goss sich etwas ein.

„Was ist mit ihr?“, fragte Maria leise und zeigte auf Clara.

„Was meinst du? So war sie schon immer!“, erwiderte Rose und setzte allerdings sofort danach hinzu: „Nein! Irgendwas ist wirklich anders, seit diese Buffalo Jane fort ist!“

„Ich bin froh, dass dieses verrückte Weib verschwunden ist!“, entgegnete Maria.

„Ich mochte sie. Sie war lustig!“, stellte Rose fest.

„Clara sagte, dass diese Rollen ihr Überleben sichern, aber sie bringt sich manchmal damit auch selbst in Gefahr“, antwortete Maria und blickte vom Feuer in die Gegend umher.

„Ich glaube, sie mag dich. Mehr, als sie sich wohl selbst eingestehen würde!“, setzte Maria nach einem Rundblick hinzu.

„Ja?“

„Ja! Du erinnerst dich an das Schiff? Damals an jenem Sonntag, irgendwo am Fluss? An diesem Abend hat sie nur mit dem Kapitän geschlafen, weil der dich von Samuel trennen wollte! Sie hat mir da so eine Andeutung dazu gemacht“, flüsterte Maria.

„Ich mag sie auch. Sehr sogar!“, antwortet Rose und dachte an jenen Sonntag zurück. Das, damals mit Samuel, war zwar auch schön gewesen, aber kein Vergleich zu dem, was sie gerade mit Clara erlebte.

Rose erinnerte sich an den ersten Moment, als sie Clara gesehen hatte. Damals in der Hafenbar, als die Freundin nackt, beschmutzt und gefesselt in dem Bett gelegen hatte. Vielleicht war in jenem ersten Augenblick, mit diesem ersten Schauen in ihre Augen, etwas in ihr passiert.

„Ich liebe sie!“, flüsterte Rose.

„Dann sage ihr das. Nicht mir!", entgegnete Maria und streichelte über den Kopf ihrer Tochter, die sie auch in der Nacht im Tuche nah an ihrem Herzen trug.

Der erste helle Streifen war am Horizont zu sehen und im selben Augenblick zuckte Clara hoch.

„Was ist?", fragte Maria überrascht.

„Nur so ein Gefühl!", entgegnete Clara und griff sich ihr Fernglas, das sie wie immer in der Satteltasche stecken hatte.

Nach ein paar Schritten stand sie auf einem kleinen Hügel und blickte von dort nach Süden.

Keine Minute später kam sie wieder zu ihnen herab gerannt.

„Da ist ein Feuer hinter uns! Vielleicht sind es Kopfgeldjäger vom Fort, die uns verfolgen. Zu dieser Zeit im Jahr und in dieser Gegend sind nicht so viele Menschen fernab jeglicher Straßen unterwegs", erklärte Clara schnell und trat das Feuer aus.

Gehetzt rafften sie ihre Sachen zusammen und verpackten alles. Das Feuer qualmte noch, als sie sich auf den Weg nach Norden machten. Damit war jetzt allerdings erst mal keine Zeit, um über Gefühle zu reden, denn sie mussten einen Abstand zu ihren mutmaßlichen Verfolgern herausholen.

So schnell der bucklige Untergrund in der dämmrigen Morgenstunde es nur zuließ, waren sie unterwegs.

Mit zunehmendem Licht wurde auch Clara vorn immer schneller, aber sie blickte sich aller paar Augenblicke über die Schulter um, ob alle drei an ihr geblieben waren.

Nach einer endlosen Strecke im Galopp bremste die Freundin vorn ihre Schimmelstute ab und ritt alleine einen kleinen Hügel hinauf. Von oben sah sie eine Weile mit dem Fernglas zurück, bevor sie wieder zu ihnen herab kam.

„Drei Männer und sie verfolgen eindeutig unsere Spur. Ich hatte vorhin einen Haken geschlagen und sie machen den mit! Wir sind in Gefahr!", offenbarte Clara deutlich unruhig.

„Wo ist bloß Buffalo Jane, wenn man sie braucht!", versuchte Rose die Freundin etwas aufzuheitern, doch sie erntete nur einen verzweifelten Blick von Clara für diese Bemerkung.

Nur noch schneller trieben sie die Pferde voran, aber schneller als im Galopp konnten die Tiere nicht. Und der Untergrund war auch nicht wirklich für schnelles Reiten gemacht.

Erst als die Sonne direkt hinter ihnen stand, hatten sie flaches, aber immer noch leicht welliges Land erreicht. Damit konnten die Tiere jetzt besser rennen.

Vier Frauen nebeneinander, die vier unübersehbare Spuren hinter sich im Gras hinterließen!

Rose hatte keine Angst um sich selbst, sondern nur um Clara, denn die Kopfgeldjäger würden die Freundin fangen wollen, um die Prämie zu kassieren.

Die bisher eher lockeren dunklen Wolken über ihnen schoben sich zusammen und der daraus resultierende niedrige graue Himmel half nicht wirklich, um ihre Stimmung aufzuhellen.

Waren die Männer schneller, als sie? Und wo sollten sie hin?

Selbst wenn sie hier eine Siedlung finden würden, so gab es dort auch einen Sheriff und mit dem Vorzeigen des Haftbefehls war Clara dann auch schon wieder in die entgegengesetzte Richtung unterwegs. Oder am Galgen!

„Lauf schneller!", trieb Rose ihren Hengst an, doch das Tier rannte schon in einem aberwitzigen Tempo durch das hohe Gras.

Es blieb nur zu hoffen, dass da kein Kaninchenbau unter seinen Hufen war, denn dann würde er sich vielleicht bei dem Sturz die Beine und sie sich das Genick brechen.

Ein schnelles Gebet flog zum Himmel hinauf, doch würde es etwas nutzen?

49. Kapitel

Schon wieder am Ende?

Im gestreckten Galopp jagte Clara auf ihrer Schimmelstute über das Grasland dahin. Aller paar Augenblicke warf sie einen Blick über die Schulter zurück und sah dabei, dass die drei Verfolger immer mehr aufholten. Das war nur zum Teil dem geschuldet, dass die drei Männer sicher gute Reiter waren, zum weitaus größeren wohl aber eher der Tatsache, dass von ihnen vieren nur sie wirklich mit Pferden aufgewachsen war.

Auch nach Tagen konnte man immer noch deutlich erkennen, dass Rose bis zu ihrem Aufbruch noch nie ein Pferd aus der Nähe gesehen hatte. Gundel ging es fast ähnlich und Maria war durch Katharina, die sie im Tuch vor der Brust trug, ebenfalls im Reiten beeinträchtigt.

Sie würden eine Lösung brauchen, denn sonst würde ihre Flucht hier enden. Schon wieder!

Es mochte wohl kaum noch eine Stunde dauern, bis die Männer sie eingeholt haben würden und es war eindeutig, dass diese sie verfolgten. In dieser Gegend waren nicht so viele Menschen und es war augenfällig, dass sie auf ihren Spuren waren.

Der Aufenthalt in Fort Dodge war möglicherweise doch keine so gute Idee gewesen und schon von Anfang an hatte sie dabei so ein komisches Gefühl gehabt. Jetzt hatten die Kopfgeldjäger ihre Spur!

Aber waren die wirklich hinter ihnen her? Ein neuer Blick zurück. Die Männer trieben ihre Tiere zur äußersten Eile an und so etwas tat man hier nur, wenn man jemanden verfolgte. Oder vor irgendwem floh!

Mit donnerndem Hufschlag sausten die Tiere über die Prärie dahin, aber die kleinen Waldstücke und leichten Bodenwellen konnten sie nicht verbergen und die Männer hinter ihr würden wohl kaum ihre Spuren so schnell wieder verlieren.

Zu deutlich zogen die vier Tiere ihre Fährte durch das höhere Gras. Angestrengt prüfte und verwarf Clara eine Möglichkeit nach der anderen, bis nur noch eine übrig blieb. Die Männer, die ihnen Cornelius durch den Steckbrief hinterhergeschickt hatte, wollten nur sie. Nicht Rose, nicht Maria oder Gundel.

Nur Clara, Gräfin von Kletterwitz, war zur Fahndung ausgeschrieben.

Der Colt steckte geladen und bereit vorn quer in ihrem Gürtel. Das war auch ihre einzige Waffe. Sie musste sich den Männern entgegenstellen und mit viel Glück einen oder zwei treffen, bevor der dritte auf sie schießen würde, aber das würde den Gefährtinnen dann den Vorsprung geben, um zu verschwinden.

Und die Männer wollten ja nur sie.

Jetzt galt es, den aberwitzigen Plan anzukündigen und danach zu vollziehen.

Brüllend verkündete sie ihren Entschluss, wies alle Einsprüche der Begleiterinnen ab und wünschte den dreien viel Glück. Dann riss sie die Stute herum und jagte zurück.

Nach einer kurzen Weile bremste sie ihr Tier, zog die Waffe und spannte den Hahn.

Sie musste zur Ruhe kommen und ein schnelles Vater-Unser sollte ihr Gottes Beistand sichern. Clara schloss mit ihrem Leben ab, hob den Revolver, legte an und wartete.

Als sie der Meinung war, dass die Männer nahe genug waren, zog sie den Abzug durch. Der Schuss ging irgendwohin, wo er keinen Schaden anrichtete.

Der nächste Schuss streifte das linke Pferd, das daraufhin scheute, seinen Reiter im Galopp abwarf und in die entgegengesetzte Richtung verschwand. Als Clara den Hahn erneut spannte, holte ein Peitschenhieb sie aus dem Sattel.

Die Männer jagten an ihr vorbei und wendeten.

Clara kam auf die Füße und vom Boden aus traf sie einen der Reiter in die Brust, der daraufhin schreiend von seinem Pferd kippte.

Doch der andere Mann schlug mit der Peitsche nach ihrer Hand und der Colt flog im hohen Bogen in das kniehohe Gras.

„Hallo Schwägerin! So sehen wir uns also wieder!", rief der Reiter, als er vor ihr anhielt. Cornelius war persönlich auf die Jagd nach ihr gegangen.

Jetzt würde sie seiner Rache nicht mehr entgehen können!

Der dritte Mann, den sein Pferd abgeworfen hatte, kam rennend zu ihr und riss ihr die Hände nach hinten. Einen Augenblick später war Clara gefesselt und Cornelius saß grinsend von seinem Hengst ab.

Seine Ohrfeige traf sie nicht unvorbereitet, war aber dennoch ziemlich schmerzhaft.

„Wärest du doch einfach in New Orleans geblieben, dann hätte ich dich vielleicht am Leben gelassen. Vielleicht! Jetzt wirst du in dieser Einöde den Tod finden!", sagte er nur.

Was sollte sie ihm antworten? Da war jedes Wort zu viel.

„Du hättest einen schöneren Tod haben können!", erklärte Cornelius, während er sie hinter sich her zur Seite zog.

Der zweite Mann führte die Pferde neben ihnen her und den dritten hatten sie einfach im Grase liegen lassen.

Nach hundert Schritten machte Cornelius die Fessel wieder ab, zerriss ihr rabiat die Kleidung und band sie nackt mit dem Gesicht zu einem Baum, mit den Armen den Stamm umfassend, an beiden Händen fest.

„Für dich ist mir die Kugel zu schade, aber meine Peitsche möchte dein Blut spüren!", erklärte er und hielt ihr den geflochtenen Lederriemen vor die Nase.

Er schob ihr den Zopf nach vorn, die Männer bauten sich hinter ihr auf, sie hörte das Sirren in der Luft und dann traf sie der erste

Peitschenschlag quer über den nackten Rücken unterhalb ihrer Schulterblätter.

Trotz des höllischen Schmerzes wollte sie Cornelius nicht die Genugtuung geben, sie schreien zu hören.

„He! Da spielt jemand die starke Frau! Da werden wir mal sehen, wie lange du das durchhältst. Meine Peitsche hat bisher noch jeden zum Schreien gebracht!", rief Cornelius und die beiden Männer lachten hinter ihr.

Danach traf ein Hieb nach dem anderen ihre Rückseite und Clara kam bis zehn, bevor ihr die unsägliche Tortur den ersten Schrei entlockte.

„Na siehst du!", bemerkte Cornelius triumphierend und trat zu ihr heran.

An dem langen Zopf zog er ihr den Kopf zurück und sagte zu ihr: „Jetzt, da du geschrien hast, werde ich dich langsam zu Tode bringen. Schlag für Schlag! Danach bleibst du hier an diesem Baum hängen, bis ein ausgehungerter Grizzlybär deinen stinkenden Kadaver vom Seil pflückt. Nichts wird mehr an dich erinnern. So, wie es auch bei deinem Mann war!"

Cornelius ließ sie wieder los, legte ihren Zopf sorgfältig nach vorn und trat wieder an seine bisherige Position zurück.

Clara verabschiedete sich endgültig von ihrem Leben und bat Heinrich darum, sie auf der anderen Seite zu empfangen.

Viel langsamer ließ Cornelius anschließend seine Peitsche auf ihrem Rücken tanzen und zählte dabei laut mit. Bei „Fünfundzwanzig!" legte sich der Nebel des Überganges zum Tod über ihren Geist.

Heinrich tauchte vor ihr auf und streckte ihr die Hände entgegen.

Langsam ging sie auf ihn zu und alle Qual war fort.

50. Kapitel

Mein ist die Rache!

Ein Stück waren sie einfach weiter galoppiert, bevor Rose ihr Pferd stoppte. Sie drehte sich zurück und Gundel sowie Maria kamen zu ihr geritten. „Das geht so nicht. Ich kann es nicht zulassen, dass sie sich für mich opfert!", stieß Rose aus und blickte ihrer eigenen Pferdespur entlang.

Die Männer waren verschwunden, aber es war wenig wahrscheinlich, dass Clara alle drei Reiter mit dem Colt erledigt hatte.

„Was willst du tun? Es mit ihnen ausdiskutieren? Clara hatte unsere einzige Waffe!", entgegnete ihr Maria.

„Was ich tun werde, das weiß ich nicht, aber mir ist bewusst, was ich nicht tue: mich nämlich hier einfach so aus dem Staub machen und Clara dort zurücklassen. Sie ist doch schon viel länger eure Freundin, als meine!", brachte Rose wütend heraus.

Maria nickte, riss das Pferd herum und trabte in die entgegen gesetzte Richtung los.

Rose schloss schnell zu ihr auf.

Im Schritt näherten sie sich danach langsam der Stelle, an der sie Clara erst vor wenigen Augenblicken verlassen hatten und folgten jetzt der Freundin. Wenige hundert Schritte weiter lag ein Mann im Gras, der mit seiner leuchtend roten Weste nicht zu übersehen war.

Gundel sprang von ihrem Pferd und trat vorsichtig auf ihn zu, während die anderen beiden etwas Abstand hielten.

„Er ist tot, aber er hat noch seinen Revolver!", erklärte die Frau und erhob sich mit der Waffe.

„Und dort drüben sind die anderen beiden mit Clara!", ergänzte Rose und glitt von ihrem Pferd. Schnell drückte sie Maria ihre Zügel in die Hand und rannte neben Gundel durch das kniehohe Gras.

Die Kopfgeldjäger und Clara standen mit dem Rücken zu ihnen, wodurch keiner ihre Ankunft bemerken würde. Einer der Männer peitschte gerade Clara aus, die an einen Baum gebunden war. Diese schauerliche Erinnerung an das, was ihr damals in Louisiana widerfahren war, jagte Rose Schauer über den Rücken.

Aus dem vollen Lauf schoss Gundel auf den einen Mann, der getroffen zusammenbrach. Der andere fuhr herum und traf mit der Peitsche die Hand der Freundin.

Der Revolver flog durch die Luft und landete erneut vor ihren Füßen. Wie damals in New Orleans hatte Gott ihr abermals die Waffe zugespielt.

Und wie unter einem fremden Zwang musste sie den Colt aufheben, dann blickte sie auf und erstarrte. Das war der Master, der ihr damals diese Schmerzen zugefügt hatte.

„Na schau her. Mit dir habe ich ja gar nicht mehr gerechnet!", bemerkte der Master und es klang eher belustigt, als bedrohlich.

„Am besten ziehst du jetzt deine Kleidung aus und stellst dich neben meine Schwägerin an den Baum. Ich verspreche dir auch, dich am Leben zu lassen. Diesmal wirst du für deine Flucht fünfzehn Peitschenhiebe erhalten, aber danach darfst du wieder auf die Plantage zu deiner Mutter!", befahl der Mann ihr.

Mit fünf Schritten Abstand standen sie voreinander und ein boshaftes Lächeln zog sich über sein Gesicht.

Rose war wie erstarrt.

„Jetzt mach endlich!", blaffte er sie an.

Sie war für einen Augenblick gewillt, seiner Aufforderung nachzukommen, doch dann brüllte sie: „Nein!"

Seine Peitsche zuckte hoch und auch ihr Arm, der Schuss löste sich wie von selbst und traf den Master in die Schulter.

Die Peitsche entglitt seiner kraftlosen rechten Hand.

„Du elende Schlampe, du wagst es, die Hand gegen deinen Besitzer zu erheben!", schrie er sie wütend an.

Rose erstarrte erneut.

„Ich werde dir zeigen, wo dein Platz ist!", begann er laut zu sagen, dann setzte er herrisch hinzu: „Zieh dein Kleid aus, dreh dich um, knie dich hin und bück dich nach vorn, damit ich dir zeigen kann, was ab jetzt deine Aufgabe in New Orleans sein wird!"

Der Master löste den Gurt und knöpfte sich die Hose mit einer Hand auf.

„Jetzt mach schon!", schrie er sie erneut an.

Sie senkte die Hand mit der Waffe.

„Was tust du? Schieß den Drecksack endlich über den Haufen!", brüllte Maria vom Pferd aus, die gerade zu ihnen geritten kam.

Ihre Finger spannten den Hahn, aber sie war im Moment näher daran, seinem Willen Folge zu leisten, als noch einmal auf ihn zu schießen.

Mittlerweile hatte er seine Hose geöffnet, hineingegriffen und sein erigiertes Gemächt herausgezogen.

„Los jetzt, mach endlich! Runter mit dem Fummel und auf die Knie!", schrie er sie an und mit einer Handbewegung an seinem Glied zeigte er ihr, was er jetzt mit ihr vorhatte.

Die Erinnerung an Master Tobias und den Schmerz seiner Tat an ihr jagte neuerdings durch ihren Leib und für einen Augenblick ließ die Qual sie sich zusammenkrümmen, bevor der Zorn ein erneutes „Nein!" aus ihrem Mund zwang.

„Du bist genauso verstockt, wie deine verdammte Mutter, aber die ist wenigstens vor mir auf die Knie gegangen!", brüllte der Mann und vor ihren Augen setzte sich alles mit einem Blitz zusammen.

Master Cornelius hatte ihre Mutter damals vergewaltigt und war ihr Vater! Ihre Hand zitterte und der Mann lachte ihr höhnisch ins Gesicht.

„Du bist mein Vater?", brach es aus ihr heraus.

„So etwas in der Art! Zumindest habe ich deine Mutter besamt, das störrische Biest! Und jetzt bist du dran!", entgegnete er hämisch.

Rose stand völlig verstört im Gras und war zu keiner Regung mehr fähig.

Unbändiger Schmerz raste durch ihren Leib.

„Alles muss man hier selbst machen!", fauchte der Master sie an und trat einen weiteren Schritt auf sie zu.

Das löste ihre Starre und Rose schrie ein drittes Mal: „Nein!"

Ihre Hand zuckte hoch und der Schuss löste sich. Ohne zu zielen und auf die Entfernung von vier Schritten hatte sie dem Mann mitten in die Stirn geschossen.

„Das ist für Mutter, für Clara und für mich! Auf nimmer wiedersehen. Mögest du in der Hölle schmoren, Vater!", schrie Rose, ließ die Waffe fallen und der Mann sank zu Boden.

Sie lief, ohne weiter auf ihn zu achten, an seiner Leiche vorbei zu Clara, die immer noch am Baum stand.

Schnell löste sie die Fesseln der Freundin und Clara fiel bewusstlos in ihre Arme.

Maria und Gundel kamen zu ihr gelaufen und zu dritt beugten sie sich über die Gefährtin.

„Was können wir tun?", fragte Gundel.

Rose blickte auf das blutige Muster der Striemen auf Claras Rücken. Schnell erinnerte sie sich daran zurück, was die Mutter damals mit ihr gemacht hatte, als die Peitsche ihres Vaters ihren eigenen Rücken genauso zerschlagen hatte.

Suchend blickte sie sich um. Gab es eventuell auch hier diese Pflanzen, welche die Mutter ihr damals gezeigt hatte?

Im Moment schien kein Leben mehr in Clara zu sein.

Rose hockte sich hin, zog sich den Körper der Freundin auf die Knie und versuchte die Blutungen zu stoppen.

„Schaut mal nach, ob die Männer Branntwein dabei hatten. Den müssen wir auf die Wunde geben, damit sie sich nicht entzündet!", trieb sie die Freundinnen zu den Pferden der Männer, die zusammen mit Claras Stute an einem Baum angebunden waren.

51. Kapitel

Aus Liebe!

s sah für Clara nicht gut aus! Maria ging neben der Freundin in die Hocke. Rose saß am Boden und hatte sich Claras leblosen Körper auf die Knie gezogen. Ein schauriges blutiges Muster aus kreuz und quer verlaufenden Striemen zog sich über Rücken und Hintern der Freundin.

Rose blickte zu ihr auf und sagte: „Schaut mal nach, ob die Männer Branntwein dabei hatten. Den müssen wir auf die Wunde geben, damit sie sich nicht entzündet!"

Gehetzt rannte Maria zu den Pferden und kontrollierte die Wasserflaschen, doch da war nur Wasser drin. Sie riss die Satteltaschen herunter und kippte deren Inhalt ins Gras. In der dritten Tasche war eine volle Glasflasche und dem Geruch nach, handelte es sich bei dem Inhalt wirklich um Alkohol.

Schnell lief sie wieder zurück und gab Rose die Flasche.

„Hole mir ein paar von den Blättern!", erklärte Rose und zeigte auf einen Strauch, der etwa zehn Schritte entfernt wuchs.

„Und bringe Tücher zum Verbinden mit!", rief sie noch hinterher, als Maria schon losrannte.

Mit einem Umweg über den Haufen ausgeschütteten Satteltascheninhaltes und den Strauch war sie fast sofort mit den gewünschten Dingen zurück.

Rose hatte Tränen in den Augen, aber sie handelte routiniert und ohne zu zögern. Zuerst kippte sie den Branntwein über die Verletzungen, kaute danach die Blätter im Mund zu einem Brei, den sie anschließend auf Claras Wunden auftrug, um diese folglich zu verbinden.

„Woher kannst du das?", fragte Maria.

Rose sah zu ihr auf und erwiderte: „Was glaubst du, ist die häufigste Verletzung auf einer Plantage?"

Maria überlegte kurz und entgegnete: „Schlangenbisse?"

„Nein! Peitschenhiebe! Bei hundert Sklaven hatten abends mindestens fünf Hiebe und mussten am nächsten Tag wieder auf das Feld!", erklärte Rose und streichelte Claras Wange.

Die Freundin lag immer noch regungslos mit dem Oberkörper auf den Beinen der jungen Frau.

„Wir müssen heute hier lagern!", legte Rose einfach fest und sie mussten das wohl auch so machen, denn Clara würde sicherlich eine ganze Weile nicht reiten können.

„Sammelt bitte alles ein, was die Männer bei sich hatten und bringt es her!", teilte Rose ihnen mit.

Die junge Frau hatte unverzüglich die Führung der Gruppe von Clara übernommen.

Maria ging langsam zu dem ausgeschütteten Tascheninhalt hinüber.

„Und bringt auch die Sachen von den Männern mit, die sie gerade anhaben!", rief Rose noch hinterher.

„Wir sollen die entkleiden?", fragte Maria zurück.

„Ja!", wies Rose sie schroff an.

Mit einem Schulterzucken wandte sich Maria dem ersten Mann zu, den Gundel erschossen hatte. Es war nicht ganz so einfach, ihn auszuziehen, aber mit Gundels Hilfe gelang es ihr. Danach schleiften sie den anderen Mann von der Wiese zu dem Baum herüber und fanden unterwegs auch Claras Revolver im Gras.

Eine paar Minuten später lagen drei nackte, tote Männer neben dem Baum und vor Rose hatten sie alles ausgebreitet, was die Reiter bei sich gehabt hatten.

Damit hatten sie jetzt sechs Pferde, zwei Gewehre, vier Revolver, Schnaps, Wasser, Trockenfleisch, Decken und Vorräte, aber eben auch eine Freundin, die sich noch immer nicht regte.

„Lebt sie noch?", fragte Maria besorgt.

Rose nickte. „So schnell stirbt man unter der Peitsche nicht!",
entgegnete sie.

Fragend blickte Maria sie an.

Rose schob vorsichtig den Körper der Freundin von ihren Beinen, erhob sich und streifte sich Jacke, Weste und Hemd von ihrem Körper. Danach drehte sie ihr den Rücken zu und zeigte die
Narben auf ihren Rücken.

„Wer war das?", fragte Gundel.

„Mein Vater!", antwortete Rose bitter und zog sich die Kleidung wieder über. Sodann trat sie die drei Schritte zu den Leichen
der Männer hinüber und spuckte einer von ihnen ins Gesicht!

Maria trat zu ihr und fragte: „Ist er das wirklich? Wie kannst
du dir da so sicher sein? Vielleicht hat er das nur gesagt, um dich
zu provozieren?"

„Meine Mutter ist eine sehr stolze Frau. Sie hat mir mal erzählt, dass sie nur vor einem Mann gekniet hatte. Vor meinem Vater. Bis vorhin habe ich das nicht verstanden, doch die Bemerkung
von ihm war eindeutig! Der da hat meine Mutter vergewaltigt!"

Ein weiteres Mal spuckte sie auf die Leiche und ging zurück zu
Clara.

Mit einem Stöhnen begann sich Clara zu bewegen und dann
verließ ein Schrei ihren Mund.

Sofort waren alle drei Freundinnen bei ihr.

„Möchtest du was haben?", erkundigte sich Rose schnell.

„Schnaps! Das brennt so!", antwortete Clara stöhnend.

„Den Branntwein habe ich für deinen Rücken gebraucht. Ist
noch was in der Flasche?", fragte Rose.

„Vielleicht noch ein Schluck!", antwortete Maria, nachdem sie
sich nach der Glasflasche gebückt hatte.

Gierig trank Clara den Schnaps aus.

„Wir müssen weiter!", erklärte sie danach und versuchte sich hochzustemmen, aber es blieb bei dem Versuch. Schreiend fiel sie wieder zu Boden.

„Die Männer?", fragte Clara.

„Tot, alle drei!", entgegnete Rose und sah zu den Leichen hinüber.

Stöhnend verlor Clara das Bewusstsein.

„Wir rasten hier. Sammelt Holz für ein Feuer und schafft die Leichen in den Wald!", wies Rose sie an.

Mit Gundels Hilfe trug Maria die drei toten Körper ein Stück in das Waldstück hinein und legte sie nebeneinander auf einer kleinen Lichtung ab. Die wilden Tiere würden sich bestimmt darüber freuen und den Rest übernehmen.

Als Maria zum Lagerplatz am Waldrand zurückkam, hatte Rose schon alles wieder verstaut, den Platz gesäubert und die Decken ausgebreitet.

Clara lag auf dem Bauch auf einer der Decken und Rose kniete neben ihr.

Mit dem Beil zerkleinerte Gundel ein paar Äste und wenig später prasselte das Lagerfeuer zwischen ihnen.

„Wir müssen aber weiter!", stöhnte Clara vom Boden aus.

„Morgen. Vielleicht!", entgegnete Rose.

„Ich kann schon den Schnee riechen!", drängelte Clara ächzend.

Maria hob den Blick und schaute abschätzend zum Himmel hinauf. Das sah wirklich so aus, als ob es nicht mehr lange dauern würde. Und was machten sie dann?

„Was ist denn Schnee?", fragte Rose.

„Gefrorenes Wasser! Es fällt im Winter vom Himmel!", begann Maria zu erklären, aber der Gesichtsausdruck der Freundin sagte aus, dass Rose ihr das wohl nicht glaubte.

„Das muss man gesehen haben. Das lässt sich nicht beschreiben!", äußerte Gundel und schob einen neuen Ast ins Feuer.

Fürsorglich strich Rose Clara über die Wange, dann wechselte sie die Verbände auf deren Rücken, wobei Clara aufschrie.

„Ich liebe dich!", flüsterte Rose, als sie sich zu Clara herabbeugte.

„Ich liebe dich auch!", entgegnete Clara von unten, bevor der Schmerz ihr abermals die Augen schloss.

52. Kapitel

Tante und Nichte?

ose sah auf die benommene Freundin herab und kämpfte mit sich. Und sie rang mit den Tränen. Beide hatten sie sich gegenseitig ihre Liebe gestanden und gerade jetzt konnte es sein, dass sie die Geliebte auch schon wieder verlieren würde.

Sie hatte die beiden Frauen wissentlich angelogen, denn fünfundzwanzig Peitschenhiebe waren nicht ganz so ungefährlich, wie sie gesagt hatte. Das überlebte man nur mit viel Kraft.

Maria und Gundel konnte sie anlügen, sich selbst gegenüber aber nicht. Leise weinend saß sie neben Clara und dachte daran zurück, wie ihr der Vater vor fast zwei Jahren den Rücken blutig geschlagen hatte. Damals waren es nur zehn Hiebe gewesen. Ihr Freund Joe hatte zwanzig erhalten und war qualvoll daran gestorben.

Und Clara? Mit ganz viel Glück konnte sie es überstehen. Und vielleicht mit Gottes Hilfe? Ein schnelles Bittgebet flog nach oben und dann sah sich Rose um. Wenn sich Clara nicht verrechnet hatte, dann waren sie etwa in der Mitte ihres Weges.

Fast fünfhundert Meilen lagen damit noch vor ihnen!

Eigentlich war es ein Grund, um aufzugeben. Oder weiterzuziehen? Eventuell zurück zum Fort zu gehen? Zu Lieutenant Fox, um dort über den Winter zu bleiben? Aber der Offizier kannte Claras Identität. Würde er sie ausliefern? Er würde es müssen, ob er wollte oder nicht!

Aber bis Fort Dodge zurück waren es etwa hundert Meilen und solange Clara nicht reiten konnte, war das unerreichbar weit entfernt! Mit der verletzten Geliebten würden sie es nicht schaffen!

Ihr Herz krampfte sich zusammen, denn es galt eine Entscheidung zu treffen.

Sollten sie sich von Clara trennen und damit vier Menschenleben retten? Oder bleiben und fünf Menschen würden sterben?

Eigentlich eine logische Entscheidung gegen Clara, doch da kamen ihr Herz und die Liebe ins Spiel. Niemals würde sie Clara hier zurücklassen!

Sollte sie dann Maria mit Katharina und Gundel zurück zum Fort schicken und sie blieb hier bei Clara? Vielleicht! Zumindest hatte sie noch eine Nacht, um diese Wahl zu treffen, denn die Abenddämmerung senkte sich langsam über das Land.

Maria setzte sich neben sie und gab ihr eine Schüssel mit Bohnen.

„Sage mal", begann sie, reichte ihr auch den Löffel und setzte dann fort: „Wenn dieser Drecksack da hinten im Wald wirklich dein Vater ist!"

„Da bin ich mir ganz sicher! Ich hatte so etwas schon lange vermutet, aber er hat es mir jetzt bestätigt!", entgegnete Rose.

„Also wenn dem so ist, dann bist du eine geborene Gräfin von Kletterwitz und Clara ist damit deine Tante!", erklärte Maria und griff sich ebenfalls eine Schüssel.

Rose blickte auf Clara herab, die zum Glück, für die Heilung ihrer Wunden, schlief.

Sie nahm den ersten Löffel und erzählte dann: „Ich glaube, weder sie noch ich, wollen mit diesen Leuten verwandt sein! Ich liebe Clara. Egal, ob sie meine Tante ist, oder nicht!"

Löffel um Löffel verschwanden die warmen Bohnen in ihrem Bauch. Viel wichtiger als die Verwandtschaftsverhältnisse war immer noch der weitere Weg!

„Wir brechen morgen früh auf!", erklärte Rose und leckte sich den Löffel sauber.

Maria nickte und nahm die beiden Schüsseln mit. Fragend blickte Rose ihr hinterher. Was sollte werden? Viel bedeutender war aber erst mal, dass Clara überhaupt diese Nacht überstand und sich danach die Wunden nicht entzünden würde.

Mit ihren drei Decken streckte sich Rose neben Clara aus, aber sie legte sich mit solch einem Abstand hin, dass sie die Freundin nicht berührte. Die Verletzungen würden sich sonst nicht richtig schließen, aber würden das für Clara nicht zu kalt werden.

Rose setzte sich nochmals auf und blickte zum Feuer hinüber. Wenn das richtig groß aufloderte, dann wäre es sicher auch warm genug, damit Clara nicht frieren würde.

„Wir müssen das Feuer größer machen!", bemerkte sie und schob einige Äste hinein, bis es so warm war, dass sie neben Clara ohne Decke sitzen konnte.

Die Flammen schlugen höher, als sie es war, wenn sie daneben stand. Bisher hatte es Clara, sicherlich aus Angst vor eventuellen Verfolgern, immer vermieden, solch ein großes Feuer zu machen, doch momentan war es für sie überlebenswichtig!

Mit dem Blick auf Claras blutigen Rücken gingen ihre Gedanken zurück zur Mutter. Mae war so stark gewesen und Rose hatte die Bemerkung der Mutter die ganze Zeit falsch gedeutet. Sie hatte damals gesagt, dass sie vor ihrem Vater gekniet hatte, doch Rose hatte immer angenommen, dass es aus Respekt vor ihm gewesen war.

Jetzt wusste sie, dass er Mae einfach auf die Knie gezwungen hatte, um sie zu vergewaltigen. Vermutlich so, wie der Vater es mit ihr vorgehabt hatte! Wollte man wirklich mit solchem Pack verwandt sein?

„Legt ihr euch hin, ich halte Wache!", äußerte Rose, denn sie musste noch über einiges nachdenken.

Maria schob eines der erbeuteten Gewehre zu ihr rüber. „Es ist geladen, für den Fall!", sagte die Freundin.

„Ich habe auch noch Claras Colt!", entgegnete Rose und zeigte auf die Waffe, die sie sich vorn quer zwischen Bauch und den Gürtel geschoben hatte, wie es Clara bisher immer getan hatte.

Maria nickte ihr zu, stillte ihre Tochter und legte sich dann unter eine der Decken.

Clara stöhnte auf und sofort war Rose bei ihr, gab ihr aus einer Feldflasche zu trinken und schob ein paar Stücken Brot in ihren Mund.

„Brauchst du noch etwas?", fragte sie besorgt.

Clara stützte sich ächzend hoch und gab ihr einen Kuss. „Nur dich!", entgegnete sie leise.

Gundel fing an zu schnarchen.

Rose beugte sich abermals zu Clara hinab. „Ich bin bei dir und ich bleibe bei dir! Für immer!", flüsterte Rose und setzte sich zurück an das Feuer.

Mit ihrer Aussage hatte sie zumindest für sich selbst schon eine Entscheidung getroffen und damit blieb jetzt nur noch zu überlegen, was mit den anderen dreien werden würde, doch die konnten ja in das Fort zurück. Nach ihnen wurde nicht gesucht!

Am nächsten Morgen würde Rose den beiden Begleiterinnen diesen Teil des Planes vorschlagen und dann blieb nur noch zu hoffen, dass sie darauf eingingen.

In zwei Tagen konnten sie danach wieder im Fort Dodge sein und dort den Winter über bleiben.

Sie würde hier bis zum Schluss neben Clara ausharren und im Notfall hatte sie ja den Revolver, um ihr gemeinsames Leiden zu beenden. Ihre Hand tastete sich zum Griff der Waffe in ihrem Gürtel. Dann würden sie für immer vereinigt sein. Im Tode zusammen!

Clara bewegte sich im Schlaf und Rose beugte sich erneut zu ihr hinab.

Als sie sich wieder aufrichtete, blickte sie in den Lauf eines Gewehres. Ihres eigenen! Das Gesicht eines Mannes sah sie darüber hinweg an.

„Mist!", entfuhr es ihr laut und ihre Hand zuckte zum Colt.

53. Kapitel

Eine Chance auf Leben

Ein Tumult schreckte Maria aus dem Schlaf. Sie schleuderte die Decke von sich, sprang auf, riss den Revolver aus dem Gürtel und schoss in die Luft, weil sie glaubte, dass ein Bär oder ein anderes wildes Tier an das Feuer gekommen war. Dann schaute sie sich um.

Links von ihr schrie Gundel am Boden, während ein halbnackter Mann über ihr lag, mit ihr rang und versuchte, ihr die Schenkel auseinander zu drücken, was ihm soeben auch gelang.

Vor Maria stand ein Krieger und zielte mit einem Gewehr auf Rose, die wiederum ihren Colt auf seinen Kopf gerichtet hatte.

Zwischen den beiden lag Clara nackt und brüllend auf der Decke, weil ihr wohl jemand den Verband vom Rücken gerissen hatte.

Und durch den Knall des Schusses geweckt krakeelte jetzt auch noch Katharina und machte das Chaos damit perfekt.

Maria wollte gerade den Hahn des Colts neu spannen, um Gundel zu helfen, da tauchte aus der Dunkelheit etwa ein Dutzend indianischer Krieger auf und sie hatte augenblicklich drei Speerspitzen am Halse.

Und der am Boden auf Gundel liegende Mann schoss vermutlich gerade stöhnend seinen Samen in deren Schoß.

All die gelesenen und gehörten Gruselgeschichten über Indianer, die Frauen vergewaltigten und ermordeten, jagten ihr gerade wieder durch den Kopf!

Sie waren verloren!

Rose setzte sich den Colt an ihre Schläfe und brüllte: „Ihr bekommt mich nicht lebend!" Dann spannte sie den Hahn.

Aus der Finsternis trat ein weiterer Krieger, der etwas größer war, als die anderen, in den Feuerschein. Vermutlich war er der Anführer der Gruppe, denn er brüllte etwas und die Speerspitzen lösten sich von ihrem Hals.

Der Häuptling packte den am Boden zwischen Gundels Schenkeln liegenden Mann am Genick und riss ihn von der jetzt wimmernden halbnackten Freundin herunter.

Der Krieger vor Rose legte das Gewehr fort und trat einen Schritt von ihr zurück.

Ungläubig nahm Rose den Colt von ihrem Kopf.

Erneut rief der Anführer etwas, trat seinem halbnackten Krieger in den Hintern und die Männer verschwanden fast sofort in der Schwärze der Nacht, als hätte es sie nie gegeben.

Maria hätte an einen Spuk oder Traum denken können, doch der Anführer der Krieger war noch da, hob eine Decke vom Boden auf und reichte diese der verstörten Gundel, die schwankend auf die Füße kam.

Katharina beruhigte sich jetzt auch wieder.

Der Mann sagte mit einer melodischen Stimme: „Es tut mir leid, was gerade vorgefallen ist. Die Männer sollten eigentlich nur kontrollieren, wer hier so ein riesiges Feuer gemacht hat!“

Rose steckte die Waffe zurück und kniete sich zu Clara, um den Verband wieder anzubringen.

Der Häuptling stand einfach nur da, zwei Schritte vor Maria. Er hatte ebenso schwarzes Haar, wie sie und trug es sogar genau wie sie zu einem Zopf gebunden. Seine Augen hatten einen gütigen Zug, darum zeigte Maria auf den Platz neben sich und setzte sich. Die Furcht war momentan fern.

„Was hat sie?“, fragte er, als er sich neben Clara setzte.

„Familienstreitigkeiten!“, entgegnete Rose.

„Wir lösen unsere Zerwürfnisse anders!“, äußerte er.

„Wir eigentlich auch, aber mein Vater hat sie so zugerichtet. Allerdings hat er seine gerechte Strafe dafür schon erhalten!", erzählte Rose.

„Einer von den drei Männern, die wir im Wald gefunden haben?", erwiderte er.

„Ja!", bestätigte ihm Rose und setzte sich neben ihn.

Es schien eine vertraute Runde zu sein, doch Gundel sah immer wieder verstört über ihre Schulter hinter sich in den Wald und hatte sich zum Schutz ganz fest in die Decke gewickelt.

„Willst du ihn nicht ordentlich beerdigen?", fragte der Krieger.

„Nein!", sagte Rose trotzig.

„Obwohl er dein Vater ist?"

„Nein! Weil er mein Vater ist!", setzte Rose ihm entgegen.

Damit schien das geklärt, denn der Krieger wandte sich wieder Maria zu.

„Wohin soll euer Weg euch führen?", fragte er.

„Kanada!", informierte Maria ihn.

„Kanada? Ein weiter Weg für vier Frauen und ein Kind in dieser Jahreszeit!", erwiderte er und setzte nach einem Blick zum momentan nicht sichtbaren Himmel fort: „In ein paar Tagen gibt es Schnee! Wir sind auch schon viel zu spät dran und brechen morgen zu unserem Winterlager auf. Wenn ihr mögt, dann schließt euch uns an!"

Der Mann strich über Katharinas Kopf. „Dein Kind?", erkundigte er sich.

„Meine Tochter!", antwortete Maria.

„Sie ist noch zu klein, um so jung schon zu sterben! Wenn die Sonne ihren Weg über den Himmel neu beginnt, dann kehre ich zu euch zurück. Kommt mit, oder ihr werdet hier sterben!", sagte er ziemlich eindringlich.

Danach erhob er sich von seinem Platz, machte einen Schritt in Richtung Waldrand und verschwand praktisch vor ihren Augen.

Einen Augenblick sah sie ihm noch nach, dann richtete sie ihren Blick auf die eingehüllte Freundin.

„Gundel, alles gut?", fragte sie.

„Es war so warm, da habe ich den Rock ausgezogen und nur im Hemd geschlafen", wimmerte Gundel.

„Es war nicht deine Schuld! Geht es dir gut?", entgegnete Maria.

„Ja! Aber dir und Rose ist nichts passiert, weil ihr die Röcke noch an hattet!", brachte Gundel nur schluchzend heraus.

„Clara war völlig nackt! Du hättest nichts dagegen tun können!", erklärte jetzt auch Rose.

Gundel nickte und blickte schweigend vor sich hin ins Feuer.

In diesem Moment bemerkte Rose: „Es tut mir leid, dass ich euch mit den großen Flammen in solch eine Gefahr gebracht habe!"

„Ich glaube, du hast uns damit das Leben gerettet, denn sonst hätten die Krieger uns nicht gefunden!", entgegnete Maria.

Gundel hob ihren Blick. Sie sah wieder ängstlich hinter sich, aber niemand war zu sehen.

Waren die Männer noch in der Nähe?

„Was meint ihr? Sollen wir mitgehen?", fragte Maria.

„Ja!", antwortete Rose und beugte sich zu Clara hinab.

„Ich hatte sowieso vor, euch beide morgen früh nach Fort Dodge zurückzuschicken!", setzte Rose noch hinzu.

„Und du?", erkundigte sich Maria.

„Ich wäre bei Clara geblieben, bis es nicht mehr gegangen wäre. Dann hätte ich zuerst sie und dann mich!", offenbarte Rose, zog dabei den Colt und steckte die Waffe wieder ein.

„Mit den Männern als Träger könnten wir es schaffen!", stellte Maria fest.

Sie sah in das Feuer und dachte an den Krieger zurück. In New York standen immer schauerliche Geschichten von Indianern in der Zeitung, die im Westen Männer skalpierten, Farmen niederbrannten und Frauen vergewaltigten.

Noch kämpfte Maria mit der Angst in sich, doch sie würden dem Anführer der Gruppe vertrauen müssen, oder den Tod finden.

Erneut dachte sie an ihn zurück. Seine Augen waren ehrlich und gütig gewesen, nur für Gundel war er zu spät gekommen.

Maria erhob sich und ging zu ihrer Freundin hinüber. Als sie Gundel zu streicheln begann, brachen die Tränen wie ein Sturzbach aus ihren Augen hervor.

„Weine dich bei mir aus!", flüsterte Maria der Freundin zu.

Die restliche Nacht würde, außer Katharina, vermutlich niemand zur Ruhe kommen.

Mit der weinenden Freundin an der Schulter dachte Maria wiederum an den fremden Krieger.

54. Kapitel

Waldkrieger

Kaum war der erste helle Streifen am Horizont zu sehen, da stand der Krieger neuerdings am Feuer. Rose hatte aufgeschrien, als der Mann direkt neben ihr plötzlich auftauchte und sie seine Annäherung gar nicht bemerkt hatte. Auch Gundel war zusammengezuckt, nur Maria begrüßte ihn freudig.

„Wie ist eure Wahl ausgefallen? Kanada und erfrieren? Oder in unser Winterlager mitkommen und leben?", fragte er.

Maria sagte: „Wir kommen mit!"

Die anderen beiden nickten ihr zögerlich zu.

Schnell packten sie alles zusammen und ein paar der Krieger halfen ihnen dabei.

„Mein Name ist Maria. Wie heißt du?", fragte die Freundin.

„Weitblickender Falke. Ich führe diese Männer bei der Jagd. Wir gehören zum Volke der Wahpekhute[4]. Das bedeutet in eurer Sprache: Jäger des Waldes", erklärte der Anführer.

Maria deutete eine Verbeugung an.

Nachdem alles an den Pferden aufgeladen und das Feuer gelöscht war, kniete sich Rose zu Clara.

„Wie können wir Clara, unsere Freundin, mitnehmen? Sie kann noch nicht reiten?", erkundigte sich Rose.

„Ihr werdet auch nicht reiten! Es sind zwei Tagesmärsche zu Fuß bis zu unserem Lager! Aber die Pferde werden sie ziehen!", klärte der Mann sie auf und nahm das Beil an sich, das Maria gerade verpacken wollte.

---

[4] Wahpekhute - eine der vier Untergruppen der östlichen Dakota. Sie lebten in weiten Teilen Minnesotas.

Mit dieser Axt lief er in das Gehölz.

Wenig später hörte man Axtschläge aus dem Waldstück und schließlich kam der Mann mit drei langen Ästen zurück.

Mit ein paar seiner Männer baute er aus den Ästen, etwas Strick und zwei Decken eine Art von Dreieck, das er dann Claras Stute umlegte, wodurch eine Schleppe entstand.

Vorsichtig legte sie mit Maria die verletzte Freundin auf die Decke und bedeckten sie behutsam, damit sie nicht nackt zwischen den Männern sein würde.

Danach wandte sich der Krieger dem Wald zu.

Bisher hatten sie stets vermieden in den Wald zu gehen, doch ab jetzt würden sie ihr Leben in die Hand des Kriegers legen müssen.

Gundel sah im Moment nicht sehr glücklich aus, doch auch sie mussten den Männern vertrauen.

Auch Rose war sich der Gefahr wohl bewusst, doch eine Art von Fatalismus bemächtigte sich auch ihres Verstandes, denn was konnten die Krieger mit ihnen im Wald machen, was sie nicht auch hier mit ihnen tun konnten?

Die Gruppe von sechs Pferden, vier Frauen, einem Baby und vier Kriegern zog in einer langen Schlange hintereinander in den Wald, der schon ziemlich kahl war.

Nach einer Weile trafen sie auf einer Lichtung auf die anderen Krieger, die auch Pferde bei sich hatten. Es waren etwa drei Dutzend Männer mit zehn Pferden.

Aus der Gruppe der Jäger trat ein Mann auf sie zu und hielt einen kostbar bestickten Gürtel in der Hand, den er Gundel geben wollte.

„Das ist listiger Igel, der sich für sein Verhalten gestern Abend bei dir entschuldigen möchte", erzählte der Anführer.

Gundel nahm nur sehr zögerlich den Gürtel entgegen.

Rose blickte sich auf der Lichtung um und schaute in die Augen der rot bemalten Männer. Ein bisschen mulmig war ihr jetzt schon in Anbetracht dessen, was Gundel geschehen war.

„Er wird noch seine Strafe von den Frauen unseres Stammes erhalten. Ich möchte jetzt nicht in seinen Schuhen sein!", bemerkte der Anführer der Krieger neben ihr.

Rose fasste etwas mehr Vertrauen und fragte ihn: „Woher kannst du eigentlich unsere Sprache so gut?"

„Bei unserem Lager befindet sich ein Handelsposten und es ist hilfreich, wenn man weiß, wie man verhandeln kann", antwortete der Falke und wandte sich seinen Männern zu.

Die Krieger hatten gejagte Hirsche dabei, die auf ähnlichen Schleppen lagen, wie diejenige, auf der Clara jetzt ruhte.

„Warum nehmt ihr nicht auch die anderen fünf Pferde zum Ziehen?", fragte Rose den Mann.

Er nickte ihr zu und schnell wurde Last umgeladen.

Maria zog eines der Gewehre von ihrem Pferd und gab es dem Falken.

„Ich möchte es dir für deine Hilfe zum Geschenk machen!", drückte die Freundin ihm gegenüber aus.

Der Krieger übernahm die Waffe und sah sie sich an. „Ich danke dir dafür, aber ich werde sie wohl nur als Schmuck verwenden!", entgegnete der Häuptling und auf seinen Ruf hin setzte sich die Kolonne in Bewegung.

Er ging mit ihr und Maria hinter Clara her.

„Wieso wirst du dieses Gewehr nicht benutzen?", fragte Rose.

„Es ist eine törichte Waffe des verrückten weißen Mannes. Schau mal", begann er zu erzählen und zeigte dabei auf den Bogen des Kriegers, der vor ihm ging. „Ein Pfeil ist lautlos. Wenn ich mit ihm auf einen Hirsch schieße, dann fällt der eine Hirsch um und alle anderen Tiere bleiben einfach stehen. Mit diesem Ding hier", er hob die Büchse hoch und setzte fort: „Da treffe ich den einen Wapiti und alle anderen Tiere laufen davon."

Diese Erklärung war wohl ziemlich einleuchtend.

Clara stöhnte durch die ruckelnde Bewegung auf und sie eilte zu ihr nach vorn. Rose gab der Freundin etwas Wasser und schaute zu den anderen zurück. Da war etwas in Marias Augen, wenn sie den Mann ansah, was sie auch schon in Claras Blick gesehen hatte.

Maria hatte sich offenbar in den Häuptling der Jäger verliebt.

Gundel trottete wie abwesend hinter ihnen her. Den kostbar mit Perlen bestickten Gürtel hatte sie immer noch in der einen Hand und schleifte ihn so hinter sich her.

Rose ließ ihren Blick über die Gruppe der Männer schweifen.

Sie trugen Kleidung aus Leder, wobei sie das Fell offensichtlich innen hatten. Warm und bequem sah das aus. Einige hatten bunte Federn im Haar. Der Falke trug das Gewehr vor sich her und am Halsausschnitt seiner Kleidung war eine Stickerei aus Perlen, die ihn von den anderen Männern unterschied.

„Hat das deine Frau gemacht?", fragte sie und zeigte darauf.

„Ich habe keine Frau. Das hat meine kleine Schwester, flüsterndes Wasser, gefertigt", antwortete er und strich sich dabei über diese Verzierung.

Die Männer bewegten sich lautlos auf weichen, ledernen Sohlen. Nur die Geräusche der Pferde waren gelegentlich zu hören.

Schließlich fing ihr Blick den Mann ein, der Gundel den Gürtel gegeben hatte. Er sah beim Gehen betreten zum Boden.

„Wie wird er bestraft werden?", fragte Rose den Falken.

„Das weiß ich nicht. Die Frauen unseres Stammes werden es entscheiden. Beim letzten Mal haben sie einen Krieger für zwei Tage nackt an einen Baum gebunden und jeder durfte ihn mit Büffelkacke bewerfen. Das ist eine ziemliche Schmach für einen jungen Krieger!", antwortete er und blickte sich zu dem Jäger um.

Tobias hätte sicher niemand für seine Tat an ihr bestraft, wenn sie es nicht selbst getan hätte.

Ihr Blick richtete sie wieder nach vorn.

Auf schmalen Pfaden ging es durch einen kahlen Wald und der dunkelgraue Himmel drückte regelrecht auf ihre Köpfe herunter.

Sie gingen zügig über Wege, die kaum als solche zu erkennen waren.

Rose hätte nicht mehr sagen können, wo sie gerade war, aber die Krieger wussten sicherlich, wo sich ihr Lager befand.

Der Falke hatte gesagt, sie wären Jäger des Waldes und das waren sie ganz offensichtlich.

55. Kapitel

Auf Gottes Wegen

Weitblickender Falke war die ganze Zeit neben ihr gelaufen und Maria hatte nur noch Augen für ihn. Mit weit ausladenden Schritten und einem wiegenden Gang bewegte er sich lautlos durch den Wald. Das Gewehr hatte er immer noch in der Hand.

„In ein paar Tagen wird hier sicher so viel Schnee liegen, dass er mir bis zur Hüfte reicht. Wir sind in diesem Jahr spät aufgebrochen!", erklärte er.

Marias Blick flog kurz zu den niedrig dahinziehenden grauen Wolken hinauf und wechselte danach unverzüglich wieder zum Falken zurück.

Der Mann war mehr als einen Kopf größer, als sie und überragte auch seine Männer mindestens um eine halbe Haupteslänge. Sein schwarzes Haar glänzte sogar ohne viel Sonnenschein, die Haut hatte eine Farbe wie Goldbronze und seine Augen blickten wach und aufmerksam in die Ferne.

Sicherlich war er noch keine 25 Jahre alt und damit im besten Mannesalter.

Zumindest sah das Maria so und konnte auch weiterhin keinen Blick von ihm lassen. Daher war es dann wohl auch kein Wunder, dass ihr ein Zweig klatschend mitten ins Gesicht schlug.

Es war wie so ein Achtungsruf der Natur gewesen.

„Dein Name ist Maria. So, wie die Frau, die euren Gott geboren hat. Oder?", erkundigte sich der Falke.

„Ja! Was habt ihr für einen Gott?", fragte Maria zurück.

„Unser Gott ist all das, was du hier siehst! Selbst dieser Weg, auf den du gerade deine Füße setzt, ist unser Gott. Alles hat einen Spirit in sich. Du, ich, die Bäume, dieses Pferd, einfach alles!", erzählte er.

„Unser Gott ist auch überall!", entgegnete Maria und hob wieder ihren Blick zu den Wolken.

Der Himmel schien immer grauer und dunkler zu werden und die tief hängenden Wolken drückten dermaßen auf ihren Kopf herab, dass sie diesen regelrecht zwischen die Schultern zog.

„Wir schaffen das schon!", bemerkte der Falke, der wohl ihren sorgenvollen Blick wahrgenommen hatte.

„Du hast gesagt, dass ihr spät in diesem Jahr aufbrecht. Da haben wir wohl Glück gehabt, dass ihr uns gefunden habt", erwiderte Maria.

Der Falke blickte sie an und antwortete: „Seit unendlichen Zeiten jagen wir hier die Wapiti", dabei zeigte er auf einen der Hirsche, der auf der Schleppe an dem Pferd hinter ihnen lag. „Einstmals gab es hier davon so unendlich viele. Mein Großvater hat mir erzählt, dass er damals, als junger Mann, nur einen Pfeil ungezielt in den Wald schießen musste, und er hätte einen getroffen. Heute laufen wir tagelang, um ein paar davon zu finden."

Er blickte vor sich auf den Boden.

„Weißt du, der weiße Mann ist verrückt. Er jagt so viele Tiere, dass keine mehr übrig bleiben. Er giert nach dem schönen Fell der Hirsche", setzte er fort. Dabei streifte er den Ärmel hoch, damit sie mit den Fingern über das Fell auf der Innenseite seiner Jacke streifen konnte.

Dieser Pelz war weich und fühlte sich gut an.

„Wir haben es immer so gehalten, dass man nur so viel nimmt, wie man unbedingt zum Leben braucht und dafür dem großen Geist etwas zurückgeben muss, wenn man etwas erbeutet. Alles an dem Wapiti wird gebraucht. Fell, Fleisch, Sehnen und auch das Geweih", setzte der Falke fort und zeigte ihr sein Messer mit einem Griff aus dem Horn der Hirsche.

„Aber der weiße Mann ist wirr, denn er jagt mehr, als er braucht! Und er nimmt nicht alles von dem Hirsch!", erzählte er weiter, dann seufzte er und setzte hinzu: „Und meine Brüder machen es ihm nach. Sie schießen viele Büffel und verwerten nicht alles! Sie werfen mehr als die Hälfte ihrer Beute einfach achtlos fort! Das Fleisch der Tiere vergammelt dann in der Prärie, die Felle der Tiere tauschen sie gegen Waren, die sie früher nicht gebraucht hätten. Der Branntwein ist dabei besonders schlimm! Meine Brüder missachten den großen Geist!"

Jetzt legte sich ein trauriger Ausdruck über sein Gesicht.

Bisher hatte Maria sich nie darum Gedanken gemacht, wie die Menschen hier lebten. Es waren doch Wilde, ohne Bücher, ohne ihre Kultur, doch es waren Menschen, die von der Jagd lebten.

Vielleicht hatte Gott sie zu diesen Menschen geschickt, damit sie etwas von deren Leben kennenlernen sollte.

Maria wurde nachdenklich, denn so unendlich viele Menschen kamen über das Meer. In New York hatte sie gesehen, wie viele es waren und die zogen alle von dort aus in den Westen und Norden. Alle brauchte etwas zu essen und es gab ja hier genug Wild.

Keiner machte sich allerdings darüber Gedanken, dass auch die hier schon lebenden Menschen etwas essen mussten. Sie waren Jäger, die nichts anders konnten, außer jagen. Die Menschen aus den alten Ländern waren aber meist Farmer.

Doch warum hielten sich die Indianer denn keine Kühe, von denen sie dann leben konnten? Wenn alle auf den jeweilig anderen Rücksicht nahmen, dann konnten doch alle satt werden.

Aus ihren Grübeleien riss der Falke sie wieder heraus.

„Ja. So ist der verrückte weiße Mann, aber die weißen Frauen sind da nicht viel besser. Im Winter nach Kanada! Jedes kleine Kind bei uns versteht, dass man da lieber im Tipi bleibt!", erklärte er und dabei huschte ein spöttischer Ausdruck über sein Antlitz.

„Da hast du sicher recht. Wären wir nicht in Not gewesen, dann wären wir sicher im warmen Haus geblieben. Aber so?", seufzte Maria.

„Du meinst die drei Männer, die euch verfolgt haben?"

„Ja", bestätigte Maria.

Waren sie bisher einem kleinen Bach entlanggezogen, so stiegen die Männer gerade auf schlängelnden Pfaden in ein Tal hinab, in welchem ein breiter Strom seinen Weg suchte.

„Das ist der Minnesota[5]“, erklärte ihr der Falke.

Endlos schien sich sein silbernes Band durch das Land zu ziehen und immer wieder schaute Maria durch die Baulücken zum Fluss hinab, aber sie musste sich auch auf ihre Schritte konzentrieren. Zu schnell konnte man hier den Halt verlieren.

Besonders für die Pferde war der Weg hinab beschwerlich, denn die Pfade waren manchmal nur so breit, dass die Schleppen links und rechts an den Bäumen entlang schleiften.

Ein Stück gingen sie unten an diesem Strom entlang, bevor sie danach wieder auf verschlungenen Waldpfaden nach oben stiegen.

„Heute Abend werden wir unser Lager am See der Adler aufschlagen. Dort haben wir dann die Hälfte des Weges geschafft“, sagte der Falke sichtlich erleichterte, als alle unbeschadet wieder auf dem Plateau angekommen waren.

Und erneut zogen sie auf kaum zu erkennenden Fußwegen durch einen kahlen Wald. Das am Boden liegende Laub raschelte bei jedem ihrer Schritte. Die Männer hingegen bewegten sich immer noch fast lautlos. Das waren wohl die Erfahrung der Jäger und sicherlich auch diese Art von Schuh, die sie trugen.

Schon seit Stunden waren die Männer ohne Pause unterwegs und ihr taten gerade die Füße weh, doch sie wollte sie nicht aufhalten.

Im Umdrehen sah sie Gundels gequälten Gesichtsausdruck. Offensichtlich ging es der Freundin nicht gut.

---

[5] Minnesota River - Der Name des Flusses bedeutet in der Sprache der Dakota sinngemäß: Wasser, das wie der wolkige Himmel aussieht.

Maria ließ sich zu ihr zurückfallen und lief ein paar Schritte neben ihr her.

„Was ist? Hast du Schmerzen?", fragte sie besorgt.

„Meine Füße bringen mich um!", stöhnte Gundel.

Der Falke drehte sich zu ihr um und sein Blick traf sie.

Maria brauchte eine Idee, wie Gundel dem Weg weiter folgen konnte. War etwa noch Platz auf einer der Schleppen? Ohne ein Wort unterhielt sie sich mit Blicken mit dem Falken und der winkte den Mann zu sich, der am Abend zuvor Gundel geschändet hatte.

Mit ein paar Worten wies er den Jäger an, einen der Wapiti von einer Schleppe zu nehmen und zu tragen.

Damit hatte Gundel Platz und konnte sich darauf niedersetzen.

Es war so ein inneres Verständnis zwischen Maria und dem Falken entstanden, das sie noch nie zuvor in der Art gespürt hatte. Bis zum Tage zuvor hatte sie den Mann noch nicht gekannt. Nur der Not gehorchend hatte sie ihr Leben in seine Hand gelegt, doch gerade war auch ihr Herz offensichtlich in seiner Hand.

Es fühlte sich gut an, in seiner Nähe zu sein.

Schnell lief sie wieder zu ihm nach vorn.

56. Kapitel

Am See der Adler

Den ganzen Tag hatte Rose keinen Blick für die Umgebung gehabt. Ständig war sie in Sorge um die Freundin gewesen, die vor ihr auf der Schleppe lag. Claras leises Stöhnen war ihr nicht entgangen, aber sie mussten diesen Weg irgendwie hinter sich bringen.

Alleine im Wald würden sie sterben.

Rose war unterwegs mehr über Clara gebeugt, als dass sie aufrecht gelaufen wäre, was natürlich dazu führte, dass mit der langsam einsetzenden Abenddämmerung ihr Rücken ziemlich schmerzte.

Der Tag war nicht sonderlich hell gewesen, doch jetzt wurde es zunehmend dunkel.

Die Gruppe der Jäger bezog an einem großen See ihr Lager, von dem der Anführer der Gruppe Maria gesagte hatte, es wäre der See der Adler, denn oft zogen hier mächtige Seeadler Fische aus den Fluten.

Gerade sah Rose, wie einer dieser gewaltigen Raubvögel sich, nicht weit von ihr entfernt, in das Gewässer stürzte, um danach mit einem großen Fisch in seinen Fängen auf einen der kahlen Bäume zu fliegen.

Auch einige der Jäger stellten sich mit Speeren an das Ufer und versuchten Fische zu fangen.

„Warum nehmt ihr nicht das Fleisch der Hirsche für das Abendbrot?", fragte Rose den Häuptling, weil doch so viele Tiere hier auf den Schleppen hinter den Pferden lagen.

„Dieses Fleisch ist für den Winter, im See sind jetzt noch Fische. In ein paar Tagen wird das Gewässer zugefroren sein und selbst der mächtige Adler muss dann einen anderen Ort für die Jagd finden. Im Winter können wir keine Wapiti erbeuten und was wir jetzt essen, das wird unseren Familien dann fehlen!", erklärte er ihr, während seine Jäger schon die ersten großen Fische aus dem Wasser zogen.

Holz wurde gesucht, Feuer gemacht und in dem Zuge, in der es ringsum dunkel und kalt wurde, beleuchtete und wärmte sie das Lagerfeuer.

Vorsichtig trug Rose die Freundin, mit Marias Hilfe, von der Schleppe zu einem der Lagerfeuer.

Schnell waren die Kräuter neu aufgelegt, die Verbände erneuert und danach hatte sie Clara sorgsam zugedeckt, denn sie wollte nicht, dass die Gefährtin nackt neben der Feuerstelle zwischen den Männern lag.

Gundel saß auf der anderen Seite, ihr direkt gegenüber, aber der Freundin schien diese Position zwischen den Jägern nicht geheuer zu sein, denn sie hatte sich eine Decke um die Schultern gezogen und Rose bemerkte, dass Gundel darunter ständig die Hand am Griff ihres Revolvers hatte.

Maria saß momentan neben dem Häuptling und anscheinend konnte die Freundin auch weiterhin keinen Blick mehr von dem Mann abwenden.

Irgendwie fühlte sich Rose alleine und daher hockte sie sich einfach neben die auf dem Bauch liegende Clara. Ihr schenkte sie gegenwärtig ihre ganze Aufmerksamkeit und Liebe.

Noch hatte sich Claras Zustand nicht gebessert, aber sie hatte wenigstens bisher kein Fieber bekommen. Nur von Zeit zu Zeit war die Freundin wach, das vor Schmerz verzogene Gesicht sagte dabei aber alles über das Befinden der Geliebten aus.

Offensichtlich spielte Clara abermals eine Rolle. Sie wollte ihr nicht zeigen, wie schlecht es ihr wirklich ging, doch Rose fühlte das selbst in sich. Sie litt mit der Gefährtin mit.

Einer der Männer brachte ihr ein Stück eines gebratenen Fisches und sie fütterte damit zuerst Clara, bevor sie selbst davon aß.

Der Fisch war richtig gut und erinnerte sie an die ferne Heimat in Louisiana, wo es auf der Plantage mitunter auch Fisch aus dem Mississippi gegeben hatte. Wieder flogen ihre Gedanken in den Süden, zur Mutter.

Ihre Farm hatte nördlich des Pontchartrain-Sees gelegen und wenn es nicht den alltäglichen Bohnenbrei gegeben hatte, so hatten sie, meist am Sonntag, Fisch aus diesem See erhalten. Das war immer ein Fest für die Sklaven gewesen. Gesehen hatte sie den See nur ein einziges Mal, als der Herr, oder besser gesagt der Vater, sie mit dem Schiff nach New Orleans gebracht hatte.

Der Pontchartrain war riesig gewesen, im Vergleich zu diesem See hier.

Jetzt begangen die Männer am Feuer leise Lieder zu singen.

Clara schlief fest, Rose setzte sich neben Maria und hörte den Männern zu.

Immer wieder ging ihr Blick dabei aber über die Schulter zu der hinter ihr liegenden Freundin.

Maria fragte, worum es in dem Lied ging und der Falke erklärte ihnen, dass es ein Gesang über die Verehrung der Natur war, eine Melodie zum Dank für das, was der große Geist ihnen gegeben hatte.

Auch dies erinnerte Rose wieder an die ferne Heimat, denn oft hatten sie abends dort so am Feuer gesessen. Sie hatten gesungen und manchmal eben auch Fisch gegessen. In den alten Liedern aus Afrika wurde ebenfalls der Natur für das gedankt, was sie ihnen gab.

Der Anführer der Jäger sagte soeben zu Maria: „Die Wahpekhute gehören zum Volke der Dakota. Wir sind nur eines von vielen Völkern hier. Wir haben hier gelebt, lange bevor der weiße Mann seinen Fuß auf diesen Boden gesetzt hat!"

Rose blickte in das Feuer. Bei diesen Worten flogen ihre Gedanken zu ihrer Großmutter. Einst hatte sie in Afrika gelebt, bevor der weiße Mann dorthin gekommen war.

Das Schicksal der Wahpekhute und der Sklaven im Süden war wohl untrennbar mit diesen Männern verbunden, aber wo man die Sklaven in das Land holte, damit sie für sie die Arbeiten verrichteten, so verdrängten die Siedler hier im Norden offensichtlich die Wahpekhute, weil sie deren Land haben wollten.

Zumindest deutete Rose die Ausführungen des Falken so.

Hier, an diesem Feuer, fühlte sich Rose plötzlich diesen Männern so nahe, wie sie es der Mutter und den anderen Sklaven gegenüber immer gewesen war.

Obwohl noch niemand etwas zu ihr gesagt hatte, spürte sie tief in sich, dass sie angekommen und angenommen war. Hier, in diesen Wäldern, konnte ihr Platz für die Zukunft sein.

Gleichzeitig sauste aber die Erkenntnis durch ihren Kopf, dass sie und Clara immer noch gesucht wurden. Zwar nicht mehr von Cornelius, aber immer noch von den Kopfgeldjägern, die der Freundin ans Leben wollten, um sich die hundert Dollar zu verdienen.

Mussten sie wirklich nach Kanada, um sich zu retten? Oder gab es jemanden, der für ihr Recht kämpfen würde? Würden die Wahpekhute sie schützen können?

Rose erhob sich von ihrem Platz und ging die paar Schritte bis zum See. Ruhig lag er vor ihr in der Finsternis. Bis zum Frühjahr, wenn dieses Gewässer wieder dem Adler seinen Fisch geben würde, konnten sie hier bleiben.

Was würde aber danach? Begann dann eine neue Flucht?

57. Kapitel

Das Zelt des Falken

Es hatte bis zum späten Nachmittag des zweiten Tages gedauert, und Maria hatte schon geglaubt, dass sie eine weitere Nacht im Wald bleiben würden, da waren sie auf eine große Freifläche getreten. An einem breiten Fluss hatte sie ein paar aus Holzstämmen errichtete Blockhäuser nebst Ställen und Scheunen erkennen können und um diese Gebäude herum waren unzählige Zelte aufgestellt.

Die heimkehrenden Jäger wurden von vielen Frauen und Kinder freudig begrüßt und natürlich wurden damit auch sie vier Frauen aufmerksam beäugt.

Da Katharina auch genau in diesem Moment aus dem Schlaf schreckte, war Maria sofort von einem halben Dutzend Frauen umgeben, die das Baby sehen wollten und ebenfalls kleine Kinder in Tragetaschen bei sich hatten.

Obwohl keiner den anderen verstehen konnte, war sofort so etwas wie eine mütterübergreifende Sympathie entstanden.

Die Hirsche wurden abgeladen und einige Frauen übernahmen sofort das Häuten und Zerteilen der Tiere.

In der einsetzenden Geschäftigkeit fragte der Falke sie, ob sie in dem Haus der Station oder seinem Zelt unterkommen wollte.

Bereits unterwegs hatte er ihnen gesagt, dass ein Mann mit dem Namen Faribault[6] hier seit einigen Jahren einen Handelsposten mit Poststation betrieb und jetzt galt es für die vier Frauen, eine Entscheidung zur Unterkunft für die weitere Zeit zu treffen.

---

[6] Alexander Faribault (22.6.1806 - 28.11.1882) - amerikanischer Pelzhändler.

Während die anderen drei zu Mister Faribault gehen wollten, zog es Maria zum Zelt des Falken, denn sie wollte den Mann noch besser kennenlernen.

Damit trennten sich die Wege der Freundinnen vorerst, aber der Abstand zwischen den Zelten und den Häusern war ja nicht so groß.

Der Falke führte sie zu einem dieser Zelte, von denen er gesagt hatte, dass es Tipis wären. Eine junge Frau, wohl kaum älter als Rose, saß dort davor und sprang den Mann sofort um den Hals, als sie ihn erkannt hatte.

„Das ist meine Schwester, flüsterndes Wasser", erklärte der Falke, als die andere Frau ihn endlich aus ihrer Umklammerung entlassen hatte.

Hinter sich hörte Maria das Kreischen und Schreien von Frauen und fuhr erschrocken herum.

„Das ist listiger Igel. Der wird wohl jetzt seine Strafe erhalten", bemerkte der Falke.

Maria sah, wie eine Gruppe von Frauen den nackten Mann zur Mitte des Lagerplatzes zerrte.

Schnell senkte sich die Dunkelheit über das Lager und es wurde empfindlich kalt vor dem Zelt. Hier, außerhalb des Waldes, pfiff der Wind ganz ordentlich und zwackte ihr dabei in die Wangen.

Im Tipi allerdings war es richtig warm. Es brannte ein Feuer in der Mitte, dessen Rauch über der Eingangsöffnung abziehen konnte. Der Boden war mit Fellen ausgelegt und von innen waren auch Pelze an der Außenseite angebracht.

Maria strich mit ihrer Hand über eines dieser Felle und es war weich und warm. Hier drin konnte man es sicher selbst im tiefsten Winter aushalten.

Gegenüber des Einganges gab es aber nur zwei Schlafplätze und die Schwester des Falken hockte sich zu der Feuerstelle, um die Flammen zu schüren. Für zwei Personen war das Zelt eigentlich viel zu groß, denn es hätten allemal acht Menschen ohne Problem Platz darin gehabt.

Die Flammen des Feuers schlugen hoch und darüber hing ein Kessel, in dem die junge Frau gerade eine Suppe kochte. Ein würziger Duft stieg davon auf und machte Appetit.

Der Falke schob Maria an den Schultern nach vorn und drückte sie danach auf einen Platz nieder.

Seine kleine Schwester kam zu ihr herüber und sah sich ihren Zopf an. Aus ihrem Beutel zog Maria einen Kamm und gab diesen der jungen Frau. Überschwänglich, fast wie ein kleines Kind, freute sich diese über das Geschenk und natürlich musste der Kamm sofort ausprobiert werden.

Allerdings drängte der Falke zuerst darauf, zu essen.

Schmollend goss die junge Frau drei tönerne Schüsseln mit der Suppe ein, die wirklich köstlich schmeckte.

Zu gern hätte Maria nach dem Rezept gefragt, aber noch konnte sie die junge Frau nicht verstehen. In der nächsten Zeit würde sie unbedingt die Sprache lernen müssen, das nahm sie sich ganz fest vor.

Nach dem Essen war dann allerdings Zeit, um den Kamm zu benutzen.

Der Falke saß links von ihr und seine Schwester rechts. Der Mann musste für sie beide übersetzen und natürlich war auch Katharina sofort Gesprächsstoff.

Wie jede junge Frau, so wollte auch flüsterndes Wasser das Kind halten, was Katharina auch zuließ, obwohl sie bei Fremden sonst eher etwas quengelnd war. Über erzählen, fachsimpeln und lachen verging die Zeit, bis der Falke sie fragte: „Wie wollen wir es mit den Schlafgelegenheiten halten?"

Maria blickte sich um. Es gab ja nur zwei und eine davon gehörte flüsterndes Wasser.

Sollte sie sich mit der jungen Frau ein Lager teilen? Oder mit dem Falken? Darauf zielte sicher seine Frage ab.

Für einen Moment spürte Maria, wie ihre Ohren heiß wurden, als sie die beiden Schlafstellen betrachtete.

Jetzt musste ihr Kopf eine Entscheidung treffen, die ihr Herz allerdings schon lange getroffen hatte. Nicht umsonst war sie hier in dieses Tipi gekommen.

In den beiden Tagen des Marsches war sie dem Falken schon ziemlich nahegekommen. Kam gerade der Zeitpunkt, an dem sie ihm noch näher kommen würde?

Sie beschloss, Katharina bei flüsterndes Wasser schlafen zu lassen und wählte für sich das Lager des Falken.

Mit dieser Entscheidung waren die anderen beiden Bewohner des Tipis mehr als zufrieden.

Während Maria noch am Feuer saß, zog sich flüsterndes Wasser bereits nackt aus, wusch sich und schlüpfte danach mit der Tochter unter ein Fell. Da jetzt auch der Falke seine Kleidung vollständig ablegte, hieß das wohl, dass hier alle nackt schlafen würden.

Für einen Moment zögerte Maria und sah zu, wie der Mann seine Kleidung fein säuberlich neben seinem Lager ablegte.

Und sie beobachtete den Falken dabei. Er war auch ohne seine Bekleidung mehr als ansehnlich. Sein Körper war muskulös und kaum behaart, außer an der einen Stelle, die sofort Marias neugierigen Blick anzog.

Dann schlüpfte der Falke unter das Fell und hielt es für sie einladend hoch, damit sie darunter kommen konnte.

Damit war momentan auch der Zeitpunkt gekommen, in dem sie sich des Gewandes entledigen würde. Im Gegensatz zu flüsterndes Wasser hatte sie aber viel mehr Sachen, die jetzt auf einem Haufen landeten. Gürtel, Jacke, Rock, Hemd, Mieder, Unterkleid, Strümpfe und Schuhe.

Für einen Moment schämte sie sich ihrer Nacktheit und legte ihren Arm über ihre Brüste, allerdings sah sie auch den fragenden

Blick der jungen Frau. Scham war hier wohl völlig fehl am Platze. Sie nickte flüsterndes Wasser zu und ließ ihren Arm sinken.

Barfuß auf dem weichen Pelz, der am Boden lag, ging sie die drei Schritte und schob sich unter den Pelz, den der Falke danach fürsorglich über sie legte.

Es war darunter kuschelig und warm, aber die Nähe des Falken war noch viel schöner. Sie lagen eng beieinander und unter diesem Fell rieb daher seine Haut an der ihren.

Es war ein schönes Gefühl, doch dass der Kopf von flüsterndes Wasser nur etwas weniger als eine Armlänge von ihrem Kopf entfernt war, machte es für sie momentan nicht einfacher.

Während flüsterndes Wasser kichernd mit Katharina spielte, sauste ein wundervoller Sinnesreiz durch Marias Körper, denn die drangvolle Nähe zum Falken verfehlte nicht seine Wirkung. Weder auf ihn, noch auf sie. Daher war es auch kein Wunder, dass sie schon bald bemerkte, wie sein erwachtes Verlangen gegen ihre Hüfte drückte.

Mit einem Kuss stimmte sie in diese stille Übereinkunft ein, die schon bald dazu führte, dass sich der Falke über sie schob. Seine streichelnden Finger auf ihrer Haut verstärkten nur noch die Feuchte ihrer Scham.

Ein zärtlicher Kuss und er glitt in ihren Schoß.

Die langsame, zärtliche Vereinigung mit ihm raube ihr fast den Atem. So etwas Schönes hatte sie bisher nur mit ihrem Freund Fritz erlebt. Alle Sorgen und Nöte waren gerade fern.

Als sich der Falke stöhnend in ihr ergoss, da drehte sich das ganze Zelt um sie herum. Es war der Himmel auf Erden! Schnaufend hielt der Mann sie fest in seinen Armen.

58. Kapitel

Der erste Schnee

ie Nacht hatten Rose in einem der Blockhäuser der Post-station verbracht. Es war eines der Gästezimmer, das sie von jetzt an mit Clara und Gundel bewohnte. Da es nur zwei Betten gab, hatten sich Clara und sie eines davon geteilt. Die Freundin eher unfreiwillig, denn noch immer war Clara die meiste Zeit nicht ansprechbar.

Das Haus gehörte Mister Faribault, der hier schon seit fünfzehn Jahren diese Handelsstation betrieb.

Mit dem Geld, das Rose ihrem Vater abgenommen hatte, hatten sie das Zimmer, den Stall und das Futter für die Pferde und ihr eigenes Essen bis März bezahlen können. Es waren genau jene hundert Dollar, die der Master für Claras Ergreifung als Kopfgeld ausgesetzt hatte.

In dieser ersten Nacht hatte Rose schlecht geschlafen. Zwar war es in dem Zimmer schön warm und bequem, aber sie hatte sich bis an den Rand des Bettes geschoben, um Clara, wenn möglich, nicht zu berühren.

Die Wunden begannen sich gerade erst zu schließen und jede unfreiwillige Berührung würde sie nur wieder aufreißen.

Allerdings hatte Rose keine Lust, sich das Bett mit Gundel zu teilen.

Maria war draußen geblieben und hatte ein Zelt in Sichtweite der Hütte bezogen.

Der neue Morgen war gekommen und mit den ersten Sonnen-strahlen wollte Rose zum Holen des Waschwassers hinaus, doch sie stoppte, als sie die Hüttentür öffnete.

Die am Abend zuvor noch grüne Wiese war wie mit einem weißen Tuch bedeckt und auch die Bäume trugen jetzt kleine Müt-zen. Was war hier los? War das der schon so oft genannte Schnee?

Mit den Füßen noch in der Hütte kniete sich Rose auf die Türschwelle und steckte ihre Hände vorsichtig in diese Fläche. Es war kalt und nass.

Vorsichtig hob sie etwas davon an und der Schnee schmolz in ihrer Hand. Aus den grauen Wolken begannen jetzt Flocken auf sie herabzufallen, die Rose in der Hand fing. Sie konnte zusehen, wie eine davon auf ihrer Handfläche zerfloss.

Im Unterkleid, eine Decke um die Schultern und mit nackten Füßen hüpfte sie wie ein kleines Kind nach draußen und versuchte möglichst viele von den Schneeflocken zu fangen.

Der Wirt trat an die Tür und musste über ihr Hüpfen schmunzeln.

„Das ist mein erster Schnee! Ich komme aus New Orleans, da gibt es so etwas nicht!", versuchte sie ihr Benehmen zu erklären.

Mister Faribault erzählte ihr: „In ein paar Wochen reicht dir der Schnee sicher bis zur Hüfte!"

Mit dem Blick nach oben setzte er noch hinzu: „In diesem Jahr kommt der Winter sehr früh. Normalerweise sind um diese Zeit im Jahr Stürme und Gewitter üblich!"

Die wollte Rose aber lieber nicht erleben und gefrierender Regen, Eis und Graupelschauer klang schon alleine von der Beschreibung des Mannes her schauerlich.

Da war ihr dieser Schnee doch schon viel lieber und dann zeigte der Mann ihr auch noch, wie man daraus einen Ball formen konnte, den Rose sofort zu Clara in die Hütte tragen musste.

Wenig später trat Rose, jetzt angezogen und gewaschen, in die Hüttentür, als Maria mit dem Falken und einem weiteren roten Mann zu ihr kam. An der Pelzmütze des fremden älteren Mannes war das Geweih eines Hirsches befestigt.

„Das ist unser Medizinmann. Er wird sich mal Claras Wunden ansehen", erklärte der Falke.

Rose bat alle mit einer Handbewegung in das Zimmer.

Der Medizinmann beugte sich über Claras nackten Rücken und murmelte irgendwelche unverständliche Sachen. Dann sah er sie an und fragte etwas, was der Falke übersetzte: „Er möchte wissen, ob du diese Kräuter aufgelegt hast."

„Ja!", gab Rose zu.

Der Medizinmann nickte freundlich und legte ihr die Hand auf die Schulter.

„Er sagt, das hast du gut gemacht. Mit der Hilfe des großen Geistes werden sich die Wunden bald schließen. Sie braucht jetzt nur noch Ruhe und Zeit!", übersetzte der Falke.

Rose fiel dem alten Mann vor Freude um den Hals.

Lachend umarmte sie jetzt auch der Medizinmann, bevor er sich von ihr löste und mit dem Falken die Hütte wieder verließ.

Damit waren die vier Freundinnen gemeinsam in dem Zimmer.

„Wo hast du deine Tochter?", fragte Rose.

Maria entgegnete: „Die habe ich bei flüsterndes Wasser gelassen. Die Schwester des Falken ist wie vernarrt in meine Kleine."

„Wo wird dein Platz sein?", erkundigte sich Rose und erkannte in Marias Augen bereits die Antwort auf diese Frage.

„Ich werde beim Falken bleiben. Mein Platz ist an seiner Seite. Mit ihm kann ich mein Glück finden", erzählte Maria daher auch.

„Wir werden ja auch eine Weile hier bleiben. Auf alle Fälle bis zum Frühling. Danach werden wir sehen, wohin uns unser Weg führen wird", entgegnete Rose und setzte sich zurück auf Claras Bett.

„Wenn du magst, dann könnten wir mit dem Schlitten fahren. Mister Faribault hat einen im Stall stehen, den habe ich gestern Abend gesehen, als ich die Pferde untergestellt habe", erzählte Maria.

Sofort sprang Rose von dem Bett auf. Zwar war sie in Sorge um Clara, aber die schlief gerade und so ein Abenteuer wollte sich Rose auch nicht entgehen lassen.

„Zieh dich warm an!", bemerkte Maria, als sie aus dem Zimmer ging, um Mister Faribault um den Schlitten zu bitten.

Ein bisschen schlechtes Gewissen hatte sie schon, dass sie Clara hier alleine lassen musste, aber Gundel versprach ihr, gut auf die Freundin aufzupassen.

Es dauerte auch gar nicht lange, dann kam Maria in das Zimmer zurück und fragte: „Bereit?"

Wenig später saß Rose, dick in Decken eingepackt, auf dem flachen Gefährt.

Maria hatte ihren Hengst und Claras Schimmelstute vor den Pferdeschlitten gespannte und setzte sich vor Rose.

In den leichten Schneefall hinein zog der Schlitten an. Maria fuhr zuerst langsam und daher hängten sich ein paar Kinder hinter das Gefährt. Ein allgemeines Gejohle setzte in der Siedlung ein, als sie auf einer Freifläche ihre Kreise zogen.

Es war einfach nur schön, mal die Angst um die Geliebte hinter sich zu lassen und an nichts denken zu müssen, sondern einfach nur Spaß zu haben.

Von den Hufen der Pferde wurden Schneebrocken nach hinten geschleudert, die sowohl Maria, als auch sie trafen, aber das tat dem Vergnügen keinen Abbruch.

Stundenlang drehten sie ihre Runden, wobei sie dann auch kleinere Kinder mit auf den Schlitten nahmen.

Die abschließende Schneeballschlacht auf dem Platz zwischen Zelten und Hütten war dann nur noch ein schöner Abschluss, nachdem Maria die Pferde wieder in den Stall gebracht hatte.

59. Kapitel

Wiedergefundenes Glück

Maria lag unter dem anheimelnden Fell und sah im Scheine der niedergebrannten Glut nach oben, wo sich die Pfähle des Tipis über ihr kreuzten. Neben ihr schlief der Falke noch und hatte sie dabei im Arm.

Tief in sich fühlte Maria momentan diese Zufriedenheit, die sie lange gesucht hatte. Nur bei Fritz hatte sie so ähnlich empfunden, wie gerade bei dem Falken, doch bei ihm war diese Sinnesempfindung momentan noch intensiver.

Nie hätte sie geglaubt, dass es noch eine Steigerung zu dem gegeben hätte, wie sie es damals mit Fritz verspürt hatte, doch dem war so.

Maria war angekommen!

Der Mann neben ihr schnarchte und hinter ihr kicherte flüsterndes Wasser leise, während sie mit der vor Freude glucksenden Katharina spielte. Hier war alles so friedlich und gut.

Der Schnee des ersten Tages war nicht lange liegen geblieben. Er war von Hagelschauern, Eisregen und Gewittern abgelöst worden, die fast eine Woche lang auf das Lager herabgestürzt waren.

Noch jetzt stellten sich Maria die Nackenhaare bei dem Gedanken daran auf, dass sie dabei draußen in der Prärie gewesen wären, wenn der Falke sie nicht aufgelesen und mit hier in das Winterlager gebracht hätte.

In seinen Armen hatte sich jedes Gewitter schön angefühlt. Und die kichernde junge Frau neben ihr konnte gar nicht verstehen, wie man davor nur solch eine Angst haben konnte.

Jetzt lag seit fast einer Woche wiederum Schnee und er würde, nach den Worten des Falken, auch sicher bis zum März liegen bleiben.

Abermals dachte sie daran, wie die Zeitungen in New York damals die „Wilden" in diesem Lande beschrieben hatten. Nackt und ohne Kultur seien sie und sie hätten keinen Anspruch auf dieses Land, das ihnen schon seit Jahrhunderten gehörte.

Nackt war der Mann neben ihr momentan wirklich, aber er hatte mehr Kultur, als so mancher andere, den sie jemals zuvor getroffen hatte.

Mit Grausen dachte sie dabei an das Verhalten von Peter, Tobias und Cornelius. Die waren die eigentlichen Wilden, die Bestien! So, wie diese drei Männer mit Clara, Rose und ihr umgegangen waren, so hätte vermutlich keiner der „Wilden" einen Menschen behandelt.

Fast drei Wochen kannten sie den Falken jetzt und in all der Zeit hatte er sie zuvorkommend und mit Respekt behandelt.

Herzlich umsorgte er auch Katharina und er liebte sie beide. Mehr konnte man als Frau nicht erwarten.

Flüsterndes Wasser erhob sich leise von ihrem Lager, kniete sich nackt neben sie und schob ein paar Holzscheite in das Feuer. Die Flammen zuckten hoch und die junge Frau kuschelte sich noch einmal unter ihr warmes Fell zu Katharina.

Im Flammenschein sah Maria neben sich ihre neue Kleidung liegen. Am Abend zuvor hatte ihr die junge Frau ein Kleid aus Fell überreicht, wie sie es ebenfalls trug. Noch lag das Kleidungsstück neben Marias Kopf, aber sie hatte beschlossen, es ab diesem Tag zu tragen.

Es würde eine Art von Absichtserklärung sein. Ein Zeichen, das für jeden sichtbar aussagte: „Hier gehöre ich hin!"

Der Falke lag auf dem Rücken neben ihr und sie drehte sich zu ihm um. Auf der Seite liegend strich sie durch sein Haar und von dort über seine breite Brust.

Mit seiner Hitze wärmte er sie unter dem Wapitifell ordentlich durch. Es würde sicher noch eine Weile dauern, bis der neue Tag begann, doch da sie jetzt schon mal wach war, wusste sie nicht, warum der Mann da weiter schlafen sollte! Damit gingen ihre Finger auf Erkundungstour unter das Fell.

Kurz darauf kam Bewegung in den Falken und ehe es sich Maria versah, hatte er sie an der Hand gepackt und aus dem Fell auf die Füße gezogen. Schmunzelnd zerrte er sie hinter sich her.

Es war bitterkalt vor dem Tipi und sie waren beide nackt.

Der Mondschein glitzerte im Schnee zwischen den Zelten. Und kaum hatte sie ihre Füße in den Schnee gesetzt, begann der Falke sie damit einzureiben. Fast wäre ihr dabei das Herz stehen geblieben, dann schimpfte sie: „Blöder Kerl!" Sie musste dabei aber lachen und machte nun ihrerseits mit.

Gegenseitig bewarfen sie sich lachend mit der kalten Pracht, bis er sie an seine Brust zog und damit wurde es Maria heiß im Frost. Ganz fest presste er sie an sich und umschlang sie zusätzlich noch mit seinen Armen.

Durch die Kälte war ihre Haut empfindlich geworden und kribbelte gerade so schön. Und dank der Wärme des Mannes kam ihr Innerstes vollkommen durcheinander.

Alles in ihr befand sich im Umbruch, nie wieder würde sie diesen Mann loslassen. Das Drücken gegen ihren Bauch kündete davon, dass auch dem Falken ihr enges Zusammenstehen gefiel.

Jeder der sie derzeitig sehen würde, der würde sagen, da stehen zwei Verrückte nackt im Schnee, doch sie wusste, dass sich hier nur zwei Verliebte im Mondlicht gefunden hatten.

Wenig später lagen sie wiederum unter ihrem Fell. Schnell rollte sich der Falke über sie und diesmal war er wild und stürmisch, aber auch das gefiel ihr gut.

Glücklich schnaufend nahm sie kurz darauf seinen Samen entgegen.

Somit begann der neue Tag schon mal mit viel Glücksgefühl in ihr und nachdem Maria dann später Katharina gestillt und das Kleid in der Hand hatte, musste sie zuerst die kunstvolle Stickerei bewundern, die flüsterndes Wasser in den letzten Tagen mit Perlen auf diesem Gewand angebracht hatte.

Das Kleidungsstück passte perfekt!

Anschließend fragte der Falke: „Welchen Namen möchtest du für dich wählen?"

In der letzten Zeit hatte er ihr schon ein paar Begriffe in der Sprache der Wahpekhute beigebracht und sie begann zu überlegen.

Flüsterndes Wasser hatte ihr erklärt, dass ein Kind bei ihnen seinen Namen von dem Moment erhielt, in dem es geboren war. Sie war im Sommerregen zur Welt gekommen und bei der Geburt des Falken hatte sich ein ebensolcher Vogel auf dem Zelt seiner Mutter niedergelassen.

In dem Kleid saß Maria vor dem Feuer in dem Tipi und dachte daran, was gewesen war, als sie den Falken zum ersten Mal gesehen hatte.

Schließlich fiel ihr ein, dass es genau solch ein Feuer gewesen war. Der Falke war neben sie getreten, sie blickte zu ihm auf und sagte: „Mein Name wird großes Feuer sein!"

Der Mann nickte ihr zu und flüsterndes Wasser ergriff ihre Hand. Die junge Frau zog sie nach draußen und dort bemalten sie das Zelt.

Neben dem Bild des großen Falken und dem angedeuteten Regen kam jetzt das Abbild eines großen Feuers auf die Außenseite des Tipis, damit ein jeder wissen konnte, dass dies hier ihr Platz für immer war.

Flüsterndes Wasser war sehr geschickt mit der Farbe und daher standen sie beide wenig später vor der Bisonhaut und betrachteten ihr Werk.

„Ich werde dir noch einiges beibringen müssen, damit du dem Falken eine gute Frau sein kannst. Wir fangen mit dem Holzsammeln im Wald an!", erklärte die junge Frau und schon begannen ihr alltäglichen Pflichten.

Damit gehörte sie dazu.

60. Kapitel

Schatten der Vergangenheit

Ewig hatte es gedauert, bis sich die Wunden auf ihrem Rücken endlich geschlossen hatten. Aktuell, nach vier Wochen, konnte sich Clara endlich das erste Mal wieder ein Hemd überstreifen, ohne Gefahr zu laufen, dass die Verletzungen dabei wieder aufbrechen würden. Trotzdem schmerzte es auch nach dieser Zeit immer noch bei jeder Bewegung.

Da Clara in den letzten Wochen praktisch bewegungslos im Bett gelegen hatte, hatte sie die Zeit genutzt, um bei der Frau des Wirtes die Sprache der Dakota zu erlernen.

Mehrere Stunden des Tages hatte die Frau bei ihr gesessen. Nicht durchgängig, da sie ja auch ihre Aufgaben hatte, aber von Zeit zu Zeit. Und auch ihr Wirt, Mister Faribault, plauderte gern mit ihr.

Der Mann war 44 Jahre alt und auch er konnte den Dialekt der Dakota fließend sprechen. Gleichzeitig war er natürlich ebenfalls froh, mal wieder in Französisch mit ihr reden zu können.

So vergingen die Tage und Rose war dabei die ganze Zeit emsig bemüht gewesen, ihr jeden Wunsch von den Augen abzulesen.

Die Geliebte hatte ihr ferner erzählt, dass Cornelius ihr Vater gewesen war und wie er den Tod gefunden hatte, als Rose sie retten wollte. Damit hatte die Freundin allerdings das Blut zweier Menschen an ihren Händen.

Und noch immer hatte Clara nicht die Zeit gefunden, Rose zu erklären, was in Zukunft noch auf sie zukommen würde.

Im Unterkleid im Bett sitzend grübelte sie, was sie zuerst mit Rose besprechen musste. Die Zukunft? Oder die Vergangenheit?

Jetzt, da sie sich wieder bewegen konnte, musste sie zuerst den Haftbefehl klären.

Schon Tage zuvor hatte sie hin und her überlegt, ob sie wirklich ihre Identität preisgeben sollte, denn was wäre, wenn Mister Faribault sie sofort in Ketten legen würde? Dann wäre sie, zusammen mit Rose, wieder auf dem Weg in Richtung Süden.

Vielleicht nicht gleich, da tiefer Schnee um die Hütte lag, aber sicher zu Beginn der Schneeschmelze. Und bis dahin? Möglicherweise eingesperrt in einer der Kammern des Anbaus? Bei Wasser und Brot?

War es das Risiko wert und das nicht nur für sie selbst, sondern auch für die Geliebte, die dabei viel mehr zu verlieren hatte, als sie.

Doch Clara hatte beschlossen, dass ihre Flucht jetzt hier enden würde, denn viel zu lange hatte diese schon gedauert.

Zweifelsfrei hätte sie Cornelius bereits in New York zur Rede stellen und vor ein Gericht bringen sollen. Alle Aussagen des Schwagers um Peters Todesumstände waren schon damals nur Spekulationen gewesen und kein Richter in Amerika hätte sie daraufhin verurteilt. Zumal die Tat auch noch in Europa geschehen war und eine Auslieferung dorthin desgleichen nicht geschehen wäre.

Was hätte sie also erwarten können? Nichts!

Und jetzt, da Heinrich tot war, gab es keinen Zeugen mehr dafür, was sich damals auf jenem Dampfer auf der Elbe wirklich abgespielt hatte.

Aussage würde gegen Aussage stehen und wer konnte schon sagen, warum Peter, Graf von Kletterwitz, mit einem Loch in der Brust vom Dampfschiff aus in die Elbe gestürzt war.

Es hätte genauso gut ein Raubüberfall sein können!

Demzufolge wäre das ganze Entweichen unnötig gewesen. Tobias und Cornelius würden noch leben, allerdings hätte sie dann Rose nicht kennengelernt.

Freilich hatte diese aberwitzige Flucht auch alle vier Freundinnen, und Marias Kind, nur in tödliche Gefahr gebracht.

Hier und jetzt musste es enden! Egal wie!

Nur die Wahrheit konnte jetzt noch ihres und das Leben von Rose retten. Ein weiteres hektisches und unüberlegtes Entkommen würde sie beide töten. Noch ein letztes Zögern, dann zog sie sich das Kleid über den Kopf, setzte sich aufrecht hin und blickte zu Rose hinüber.

Sie rief Rose zu sich und auch den Wirt ließ sie zu sich bitten.

Rose hatte den Steckbrief aus ihrer zerrissenen Kleidung gerettet und mit diesem Zettel in der Hand begann Clara die ganze Geschichte vor dem Mann zu erzählen.

Stockend am Anfang, dann mit immer festerer Stimme.

Da sich Gundel ebenfalls im Raume befand und auch Maria hinzu gebeten worden war, waren damit alle vier Beteiligten der Ereignisse in der Prärie und zumindest drei der Begebenheiten in New Orleans anwesend, obwohl Maria ihr dort nur die Waffe in ihr Gefängnis geschmuggelt hatte.

Es wurde eine ziemlich lange Erzählung und im Gesicht von Mister Faribault bemerkte sie Abscheu, aber es war der Ekel vor den Taten von Cornelius und Tobias, nicht die vor den Handlungen von Rose, die sich nur dagegen gewehrt hatte.

Zwar konnte der Mann für sie nichts klären, aber er sagte ihnen nach ihrer Erklärung zu, ein gutes Wort bei seinem Bekannten Mister Sibley[7] für sie einzulegen. Dieser Mann war Abgeordneter im United States Kongress und dessen Wort hatte wirklich Gewicht. Wenn er sich für sie und Rose einsetzen würde, dann würde der Haftbefehl sicherlich sofort ausgesetzt werden.

---

[7] Henry Hastings Sibley (20.2.1811 - 18.2.1891) - erster Gouverneur von Minnesota und Mitglied des amerikanischen Kongresses.

Damit blieb es nur noch übrig, zu warten, bis sie auch beide zu Mister Sibley reisen konnten, um bei ihm persönlich vorzusprechen.

Im Winter waren die fünfzig Meilen in den Norden, bis zu dessen Haus in Mendota, einfach viel zu weit.

Jetzt, da diese eine Sache abgesprochen war, setzte sich Maria neben Rose und dadurch hatten sie beide die junge Frau zwischen sich.

Nachdem der Wirt gegangen war, fragte Clara die Geliebte: „Du erinnerst dich doch an die Reise auf dem Mississippi und dass dir jeden Morgen schlecht war? Und du weißt sicherlich auch noch von deiner Frage im Fort Dodge, dass dir deine Bluse zu klein geworden war?"

„Ja. Warum?", bestätigte Rose.

Daraufhin nahm Maria ihre Hand und begann zu erklären, was wohl die Ursache beider Dinge sein würde.

Ungläubig hörte Rose der Freundin zu und legte dabei ihre Hand auf ihren Bauch, als wolle sie darin die Antwort und Bestätigung dieser Behauptung finden.

Doch dafür war es noch viel zu früh, denn seit jenem schicksalhaften Tag im Freudenhaus in New Orleans waren gerade mal neun Wochen vergangen.

„Meinst du wirklich, das könnte geschehen sein? Und glaubst du, dass Samuel es war?", erkundigte sich Rose.

Clara schüttelte den Kopf und setzte ihr entgegen: „Ich denke, es war Tobias, denn dir war ja bereits auf dem Dampfer übel."

„Aber könnte das nicht auch am Schiff gelegen haben?", fragte Rose fast verzweifelt nach.

„Möglich", lenkte Maria ein.

Zweifel blieben allerdings sowohl bei Rose, als auch bei Clara.

61. Kapitel

Die Furcht im Bauch

Fassungslos hockte Rose auf der Kante ihres Bettes. Nicht einen Augenblick hatte sie bisher daran gedacht, dass es Folgen haben konnte, was sie mit Tobias und Samuel getan hatte. Sie saß zwischen Maria und Clara, hatte die Hand auf dem Bauch und hört in sich hinein.

Rose suchte nach Worten, um das zu beschreiben, was sie im Moment fühlte. Konnte das Kind nicht doch von Samuel sein, dann wäre alles gut, aber die Furcht in ihr sagte eindeutig, dass es wohl Tobias gewesen war.

Und damit fraß sich auch noch die Erkenntnis durch ihren Kopf, dass dieses kleine Wesen, das da in ihr entstand, durch ihre Hand weder Vater noch Großvater hatte.

Beide Männer waren von ihr erschossen worden!

Clara nahm sie tröstend in den Arm.

Und momentan kam noch eine zweite Erkenntnis hinzu, die sie schluchzen ließ: Sowohl sie, als auch ihr Kind waren damit ein Produkt der Gewalt. Cornelius hatte ihre Mutter auf die Knie gezwungen und geschändet und Tobias hatte sie, mit dem Rücken an der Kammerwand, in der gleichen Art behandelt.

Ihre Augen füllten sich mit Tränen.

Schluchzend begann sie Clara zu fragen: „Was soll ich meinem Kind nur sagen, wenn es mich nach seinem Vater fragt?"

„Was hat dir deine Mutter erzählt?", entgegnete Clara.

„Nicht viel und daher war der Schock für mich nur noch viel größer, als ich die Wahrheit erkannt habe!", antwortete Rose und schniefte laut.

„Du könntest deinem Kind sagen, dass Samuel sein Vater war. Ein freier Matrose, der auf einem Schiff den Mississippi auf und ab fährt! Ein stolzer, schwarzer Mann!", setzte Clara hinzu.

„Aber das wäre eine Lüge und du hast gesehen, was deine Schwindelei in dem Brief an Maria alles angerichtet hat!", schluchzte Rose.

„Ohne diese Unwahrheit wären wir jetzt noch beide in New Orleans und nicht hier. Wir wären immer noch gefangen", erwähnte Clara und reichte ihr ein Tuch.

„Und wer weiß es schon?", fragte Maria.

„Ich wüsste es!", entgegnete Rose und schnaubte in das Taschentuch.

„Was soll überhaupt werden? Ich, alleine mit einem Kind?", fragte Rose seufzend.

Clara zog sie fest in den Arm und erklärte: „Wir beide könnten dein Kind gemeinsam aufziehen."

„Zwei Frauen und ein Kind?", erkundigte sich Rose ungläubig.

„Warum nicht? Was spricht dagegen?"

„Na ja! Zwei Frauen?", entgegnete Rose schniefend.

Clara zeigte auf das Bett und fragte: „Dass wir hier zusammen in diesem Bett liegen, das ist in Ordnung, aber dass wir beide auf ein Kind aufpassen und es gemeinsam großziehen, das wäre ein Problem für dich?"

Rose sah den Zweifel in Claras Gesicht.

Sie stützte ihren Kopf in die Hand und schaute zum Fenster hinaus, in die weite Schneelandschaft mit den Zelten und dem Wald dahinter. Woher kam jetzt diese Skepsis in ihr?

Eine Freundschaft zwischen Frauen war in Ordnung und hatte sie Clara nicht selbst ihre Liebe gestanden? Allerdings hatten sie diese nur in der Nacht und ausschließlich für sich.

Wenn sie allerdings ein gemeinsames Kind betreuten, dann sah das doch nach Familie aus. Und da gab es nur Vater, Mutter und

Kind. Ein Kind mit zwei Müttern? Und als hätte sie um eine Bestätigung für die Unsinnigkeit ihrer Bedenken gebeten, sah sie draußen zwei Frauen der Wahpekhute Hand in Hand am Fenster vorbeigehen.

Wenn es für diese beiden da draußen in Ordnung war, was hinderte sie dann daran, es ähnlich zu sehen? Sie waren hier im Wald, fernab jeglicher Zwänge. Beide hatten sie sich gegenseitig ihre Zuneigung gestanden und da wäre es doch auch schön, diese Liebe nicht nur in der Nacht, sondern jeden Tag leben zu können. Eventuell auch gegen die Meinung der anderen Menschen hier!

Rose wandte sich wieder Clara zu, umschlang den Hals der Freundin mit beiden Armen, gab ihr einen Kuss und alles war damit klar.

Wirklich alles?

Die Dämmerung fiel auf die Landschaft und in das Zimmer. Nachdem sie sich beide ausgiebig in einer Wanne gewaschen hatten, kuschelten sie sich zusammen unter die warme Decke. Das Feuer im Kamin prasselte und tauchte das Zimmer in ein leichtes Rot.

Clara lag in ihrem Arm und ihr Blick ging zur Zimmerdecke hinauf. In Gedanken spulte Rose die Zeit nach vorn. Sie sah ihr Kind, wie es zu laufen begann und reden konnte. Alles würde gut werden.

Mit einem Kuss wünschten sie sich gegenseitig eine gute Nacht und schon wenig später schlummerte Rose, aber die düsteren und sorgenvollen Gedanken holten sie auch im Schlaf ein und die Zweifel wurden zu Albträumen.

Sie sah ihr Kind und es ähnelte Tobias. Sogar der seltsame Schnurrbart klebte in seinem Gesicht. Dann zeigte das Kind mit der Hand auf sie und aus seinem Finger wurde eine Pistole. Als sich der Schuss löste, wachte Rose schreiend auf.

Es dauerte seine Zeit, bis Clara sie erneut in den Schlaf gestreichelt hatte und damit auch in den nächsten furchtbaren Albtraum.

Dieses Mal stand Master Cornelius mit seiner Peitsche zwischen ihr und dem Kind, aber als er zum ersten Schlag ausholte, sprang Buffalo Jane mit zwei Revolvern schützend vor sie und schoss beide Trommeln auf den Vater leer. Getroffen zerplatzte dieser in tausend Teile.

Die Geliebte beschützte Rose sogar im Traum. Alles würde gut werden, solange sie beisammen waren.

Erneut war Rose wach.

Clara flüsterte ihr ins Ohr: „Das ist die Nacht zu Allerseelen. Ich habe mal gehört, dass da die Geister der Ahnen uns ganz besonders nahe sind, aber sie können dir nichts tun!"

„Ich mag diese Albträume trotzdem nicht. Vielleicht sollten wir dann nicht schlafen, denn ich habe schon viel zu lange auf dich verzichten müssen!", flüsterte Rose.

„Und ich auf dich!", antwortete Clara und verschloss ihren Mund mit einem leidenschaftlichen Kuss.

Die Gefühle rissen sie beide mit. Es wurde mal wieder Sternenzeit, denn so oft hatte sie sich einfach danach gesehnt, sich nur fallen zu lassen.

Offensichtlich hatte sich auch Clara nach ihren Zärtlichkeiten verzehrt, denn die gegenseitige Bezeugung ihrer Liebe wurde ziemlich stürmisch.

Die Furcht in ihrem Bauch wich der Zuversicht, dass ihr mit Clara an ihrer Seite rein gar nichts geschehen konnte. Mit der Geliebten würde sie sich sogar einem Bären entgegenstellen und nicht nur einem Waschbären.

Pures Glück flutete ihren Körper. Schließlich schliefen sie beide vom Liebesspiel ermattet und aneinander gekuschelt ein.

62. Kapitel

Die Mühen des Alltags

Der Alltag einer Frau der Dakota hatte großes Feuer eingeholt. Es war Mitte November und seit etwa sechs Wochen lebte Maria jetzt schon in dem Tipi. Flüsterndes Wasser hatte alle Not, zusätzlich zu ihren eigenen täglichen Pflichten, Maria alles das beizubringen, was sie selbst in sechzehn Jahren gelernt hatte.

Maria wurde zu einer Sammlerin und Köchin. Sie gerbte Felle, schneiderte Kleidung, töpferte, webte Stoffe und sie lernte theoretisch das Tipi auf und abzubauen. Unter den strengen Blicken der jungen Frau wurde sie zu einer Künstlerin, zur Ehefrau für den Falken und Mutter für dessen zukünftige Kinder.

Im Gespräch mit den Frauen der Nachbarzelte stellte sie fest, dass diese von ihren Männern meist als eine Art von persönlichem Besitz angesehen wurden und ihre Männer verfügten über sie. Das kam ihr dann so vor, wie Graf Peter sie einst benutzt hatte, als sie noch seine Magd gewesen war.

Zu ihrem Glück verhielt sich der Falke anders. Er war liebevoll und hatte Verständnis für ihre Bemühungen. Dennoch hatte der Falke das Sagen in seinem Tipi und an flüsterndes Wasser sah Maria, was das heißen konnte.

Flüsterndes Wasser brachte ihr auch die Sitten und Gebräuche des Stammes bei. Sie erklärte ihr die religiösen Praktiken und lehrte ihr die Sprache, denn das würde Maria auch bei Katharina und ihren noch folgenden Kindern tun müssen.

Insofern tat sie nicht viel anderes, als jede andere Frau auch und dabei hatte sie mit Clara drüben in Europa genau gegen diese Ansichten gekämpft.

Vielleicht konnte sie Clara dazu gewinnen, mit ihr zusammen bei den Frauen der Wahpekhute ein Umdenken anzustoßen.

Bis dahin musste sie allerdings von Sonnenaufgang bis zur frühen Abenddämmerung schwer schuften. Dafür wurde sie dann nachts durch die zärtlichen Zuwendungen des Falken belohnt. Und durch die Freundschaft von flüsterndes Wasser.

Die Schwester des Falken war ihr Zugangstor zu den Frauen des Stammes.

Dabei hätte sie ihren Namen auch gar nicht besser wählen könne, denn sie und die junge Frau waren wirklich wie Feuer und Wasser. So grundverschieden und dennoch im Ziele gleich. Das Ziel war, es dem Falken so angenehm wie nur möglich zu machen und dabei hatte sie noch Glück, denn in ihrem Tipi waren sie nur zu viert. In vielen der anderen Zelte lebten zehn oder mehr Personen auf engstem Raume.

Flüsterndes Wasser hatte ihr erklärt, dass ihr Vater vor einem Jahr bei einem Jagdunfall zu Tode gekommen war und die Mutter ihm schon bald vor Gram gefolgt war. Seit dieser Zeit lebten sie hier allein im Zelt.

Bei ihren Gängen durch das Lager hatte Maria gesehen, dass es bei den Männern hier genau solche Raufbolde gab, wie unter den Männern in der Stadt. Es gab wohl nicht viele Unterschiede und wo viele junge Männer beisammen waren, da waren Frauen in Not und wenn dazu noch die Untätigkeit kam, dann wurde es nur noch gefährlicher.

Da traf es sich gut, dass die Männer auch im Winter auf die Jagd gingen, denn das Winterfell der Zobel war besonders dicht und daher auch begeht bei den Fellhändlern.

Während Maria also lernte, was sie wissen musste, streifte der Falke mit Pfeil und Bogen durch den Wald und jagte Pelztieren, deren Fell Maria dann gerben musste, um es sodann zur Station hinüber zu bringen, wo sie es gegen Dinge eintauschte, die sie brauchte und nicht selbst fertigen konnte.

Der Handel lag bei den Frauen und Mister Faribault hatte in seinem Laden zum Glück das Geschäft mit Branntwein verboten.

Vor ein paar Tagen hatte er ihr erklärt, dass andere Händler Schnaps als Bezahlung an die Jäger abgaben und der Alkohol dann das bevorzugte Handelsobjekt wurde.

Wie Clara damals in New Orleans, so waren auch die Männer schnell davon abhängig geworden. Schlägereien und Aggressionen waren danach an der Tagesordnung gewesen und das wollten hier alle verhindern.

Gegenwärtig war es Freitag und Maria war mit einem Arm voller Zobelfelle auf dem Weg zur Handelsstation. Bis auf die hellere Haut und die Augenfarbe unterschied sie sich nicht mehr wirklich von den anderen Frauen des Stammes.

Nachdem sie ihren Handel abgeschlossen hatte, setzte sie sich zu Clara und Rose, die in der Gaststube am Feuer saßen. Für einen Moment konnte sie verschnaufen und kam dabei auf einen Gedanken: Wie damals in Chemnitz konnte man doch eine Art von Netz der Frauenfreundschaften über das Lager legen. Ein Geflecht aus gegenseitiger Hilfe, wie es schon damals von Nutzen gewesen war.

Mister Faribault setzte sich zu ihnen und hörte gespannt zu. Ein Mann und fünf Frauen redeten damit am Feuer, da auch seine Ehefrau sich zu ihnen gesellte.

Es dauerte nicht lange, da brachte Clara den Gedanken ein, eine Art von Schule für die Kinder und die Frauen zu bauen. Wie einst in Sachsen würden die Kinder in dieser Schule lesen, schreiben und rechnen lernen. Die Frauen würden dort etwas über Hauswirtschaft erfahren und sich gegenseitig austauschen.

Wissen konnte so viel ändern und Maria dachte dabei an die Abende, an denen Clara bis spät in der Nacht in New York mit den Frauen geredet hatte.

War hier gerade wieder eine Art von Revolution im Gange?

Es schien zumindest so.

Augenblicklich flogen Ideen hin und her. Die Freundschaft zwischen Clara und ihr würde dafür sorgen, dass Clara, als Lehrerin, was sie schon immer werden wollte, den Unterricht hielt und

Maria, mit der Hilfe des Falken, dafür sorgen würde, dass die Frauen etwas lernten.

Es konnte gelingen, denn an flüsterndes Wasser hatte Maria bereits bemerkt, dass ihre Art zu denken auf die junge Frau übersprang. Sie wurde selbstbewusster und gerade am Tage zuvor hatte sie dem Falken sogar widersprochen.

Wochen zuvor wäre das noch ein völlig undenkbarer Vorfall gewesen.

Als Maria am Abend die Hütte verließ, da ging gerade die Sonne unter, aber für sie schien es so, als ob für den Stamm der Wahpekhute gerade die Sonne aufging. Es war der Glanz der Zukunft!

In diesem Zeltlager waren es etwas mehr wie fünfzig Kinder in dem Alter, in dem Clara ihnen etwas beibringen konnte und wenn sie hier als Lehrerin arbeitete, dann blieb sie auch als Freundin in der Nähe.

Ein neuer Gedanke sauste durch Marias Kopf: Noch waren die Wahpekhute Nomaden, doch was wäre, wenn sie sesshaft werden würden? Mit Farmen und Vieh?

Darüber musste sie mit dem Falken reden! Schnell lief sie zu ihm hinüber.

63. Kapitel

Weihnachten für alle

In ihren Gedanken verloren, strich Clara Rose über den Bauch. Der war zwar immer noch recht flach, aber eine kleine Wölbung war mit viel gutem Willen bereits sichtbar. Schon seit einer Weile kam Rose am Morgen kaum aus dem Bett, weil sie die Müdigkeit einfach eingeholt hatte.

Da sich Gundel und Maria jeden Morgen übergeben mussten, war auch bei den beiden Frauen klar, dass sie im nächsten Jahr ein Kind haben würden.

Bei Maria freiwillig, bei Gundel eher weniger. Missmutig saß die Freundin oft stundenlang im Bett gegenüber und haderte augenscheinlich mit ihrem Schicksal. Auf Anweisung des Falken hätte sie jederzeit in das Zelt von listiger Igel ziehen können, doch das wollte Gundel ganz offensichtlich nicht.

Erneut glitt ihre Hand über den nackten Bauch der Geliebten. Ein Jahr lang hatte Clara vergeblich versucht, mit Heinrich zusammen, ein Kind zu bekommen. Nie hatte es geklappt und auch in der Zeit in New Orleans war sie, zum Glück, nicht schwanger geworden. Das hieß dann wohl, dass sie keine Kinder bekommen konnte und daher freute sie sich natürlich besonders auf das Kind, das gerade in Rose heranwuchs.

Die Zweifel und Ängste der Geliebten hatten sie zerstreuen können und sie würden sich zusammen um das kleine Wesen kümmern.

Mister Faribault hatte Marias Idee mit der Schule begeistert aufgegriffen und wollte im nächsten Jahr, nach der Schneeschmelze, ein Gebäude dafür errichten.

Dort würde sie dann, falls es mit der Begnadigung klappen würde, als Lehrerin arbeiten. Das war es gewesen, was sie sich damals auf dem Segelschiff nach Amerika gewünscht hatte und vielleicht konnte dieser Wunsch endlich in Erfüllung gehen.

Es war noch früh am Morgen und dennoch waren bereits alle wach, denn es war der Beginn des 24. Dezembers. Wann, wenn nicht heute, konnte ein Wunsch in Erfüllung gehen?

Was wünschte sie sich wirklich? Die Freiheit mit Rose! Und dieses Kind, auf dem momentan ihre Hand ruhte. Vielleicht wurde es eine Tochter, die diesen wunderschönen Hautton ihrer Mutter bekommen würde?

Hier, im Norden, war es völlig egal, dass Rose etwas dunkler war, als der Rest der Menschen. Im Süden war sie damit immer schief angesehen worden. Zu oft hatte sie darüber erzählt und dabei war Rose doch eine echte Gräfin. Nicht so eine angeheiratete, wie sie selbst. Allerdings hatte Clara selbstverständlich schon gemerkt, dass Rose auf die Anspielung mit dem Titel „Gräfin" ziemlich sauer reagierte.

Es war wohl mehr als verständlich, wenn man auf die Umstände ihrer Zeugung zurückblickte.

Viel mehr machte Clara aber zu schaffen, dass es, nach Peter und Cornelius, noch zwei weitere Brüder gab. Und Cornelius hatte zwei Söhne! Würde sie endlich Ruhe finden können? Oder würden jetzt nur noch diese Männer weiter versuchen, Rache an ihr und Rose zu nehmen?

Ein weiterer Wunsch flog zum Himmel hinauf: Ich will endlich Frieden haben!

Unter der Decke aneinander gekuschelt genossen sie einfach die Zweisamkeit, während Gundel aufsprang und aus dem Zimmer rannte.

Clara schaute der Freundin nach und fragte sich, was wohl mit ihr werden würde. Alleine mit Kind, wie es Maria die ganze Zeit gewesen war? War das wirklich das, was Gundel haben wollte? In New York hatte die Freundin in einer Näherei gearbeitet und dabei auf einen eigenen Laden gespart, in welchem die Frauen ihre Kleider kaufen konnten. Wie konnte sie Gundel unterstützen, dass ihr Traum vielleicht doch noch in Erfüllung ging?

Grübelnd blickte Clara weiter zur Tür.

Falls Gundel hier bleiben würde, dann konnte Rose mit auf deren Kind aufpassen und damit konnten sie es Gundel ermöglichen, weiter zu nähen.

Aber für wen? Und wo sollte sie es verkaufen? Im Geschäft von Mister Faribault?

Vielleicht, aber an wen sollte sie es abgeben? Die Frauen der Wahpekhute nähten ihre Kleidung selbst und würden sicherlich keine westliche Bekleidung wählen. Oder doch?

Mit Marias Hilfe konnten sie eventuell einen Einfluss auf die Frauen nehmen.

Immer neuere Ideen sausten durch ihren Kopf. War sie hier gerade im Gedanken bei der Gründung einer Stadt? Schule, Kirche, Post, Geschäfte und Häuser. Alle Menschen lebten dort zusammen, egal welche Hautfarbe sie hatten und welcher Nationalität sie angehören würden.

Das war zu schön, um wahr zu sein? Oder?

Nein! Es bedurfte nur eines einzigen Menschen, der den ersten Schritt unternahm.

Und der war sie!

Mit Rose, Gundel und Maria hatte sie drei Freundinnen, die unterschiedlicher nicht sein konnten.

Clara setzte sich abrupt auf und beschloss, mit ihren Freundinnen zu reden und danach mit ihrem Wirt, denn dessen Reaktionen auf ihren Vorschlag mit der Schule hatten ihr gezeigt, dass Mister Faribault sehr an allem Schulischen interessiert war.

Vielleicht war ihr Zusammentreffen hier von Gott genau in dieser Art geplant gewesen.

„Was ist?", fragte Rose und setzte sich zu ihr.

„Ich habe eine Idee!", begann Clara und erzählte Rose von ihrem Einfall.

Die Freundin war sofort mit eigenen Vorschlägen dabei und als auch noch Gundel in den Raum trat, nahm eine Planung Gestalt an, die eigentlich nur noch in die richtigen Bahnen gelenkt werden musste.

Sie drei hatten die Eingebung und Mister Faribault hatte die Verbindungen. Hatte er nicht gesagt, dass er den Kongressabgeordneten Sibley kannte?

Das alles konnte kein Zufall sein!

Das bestätigten ihr jetzt auch die beiden Frauen, die neben ihr hockten. Es war der Entwurf einer Stadt hier, wo der Straight River in den Cannon River mündete, erdacht von zwei nackten Frauen und einer im Unterkleid.

Damit hielt es Clara nicht mehr im Bett. Sie musste in das andere Zimmer hinüber, um dem Mann ihre Idee mitzuteilen und ihn davon zu überzeugen.

Rose konnte sie gerade noch daran hindern, nackt nach drüben zu laufen.

Zum Frühstück saßen sie dann alle zusammen im Gastraum und bei ihrem Gespräch entgegnete der Mann, dass auch er schon darüber nachgedacht hatte.

Doch erst musste der Gottesdienst für das bevorstehende Weihnachtsfest vorbereitet werden und da stürzte sich jetzt besonders ihre Freundin Gundel hinein.

Auch sie hatte inzwischen begriffen, dass der ganze Weg von New York bis hier her nur diesem einen Plan gefolgt war.

„Gottes Wege sind unergründlich!", war an diesem Tag das meist genannte Zitat.

Gegen Mittag hatte der Falke einen Tannenbaum besorgt, der dann am Abend in der Gaststube festlich geschmückt und mit Kerzen versehen erstrahlte.

64. Kapitel

Wege in die Zukunft

is Ende Januar hatte es gedauert, bevor Maria den Falken für ihren gemeinsamen Plan hatte gewinnen können. Mit dem Verweis auf die immer weniger werdende Beute und der Aussicht, irgendwann hungern zu müssen, hatte sie ihn schließlich überzeugt und derzeit versuchte der Falke bereits seit zwei Wochen die anderen Häuptlinge der Wahpekhute zur Einsicht zu bringen.

Im Tausch gegen Geld und Verpflegung würden sie auf einen Teil ihres Landes verzichten müssen.

Und das, wo die Wahpekhute eigentlich keinen Begriff von Besitz hatten. Das Land gehörte dem großen Geist und sie waren nur diejenigen, die darauf liefen. Zumindest hatte flüsterndes Wasser ihr das in dieser Art erklärt.

Es war also Mitte Februar und immer noch bitterkalt im Lager, doch das hinderte den Falken nicht daran, sie jeden Morgen nackt aus dem Zelt in den Schnee zu ziehen, um sie dort mit der eiskalten Pracht abzureiben. Allerdings hatte es auch sein Gutes, denn diesen ganzen Winter hindurch hatte sie noch nicht einen Tag Schnupfen oder Husten gehabt.

Im Jahr zuvor hatte sie sogar eine Woche mit Fieber im Bett gelegen.

Freilich war Maria nicht so verrückt, wie flüsterndes Wasser, denn die junge Frau ging täglich nackt im Cannon River baden, was auch andere Frauen und Kinder des Stammes taten.

Maria stellten sich schon vom bloßen Gedanken daran die Nackenhaare auf.

An manchen Tagen mussten die Frauen zum Baden die Eisdecke des Flusses zuvor mit einer Axt einschlagen!

Maria konnte sich glücklich schätzen, dass sie die junge Frau an ihrer Seite hatte. Der Falke hatte noch die Aufsicht über seine Schwester, bis diese irgendwann in das Zelt ihres Mannes ziehen würde. Das machte er ziemlich resolut und flüsterndes Wasser hatte eigentlich nicht viel zu sagen, doch die schlaue Frau machte das dann immer über Maria.

Katharina war ein Jahr alt geworden und lief schon unsicher umher. Die Tochter hatte jetzt auch einen neuen Namen. Sie hieß jetzt „Kleine Hummel" und Maria hatte das Bild der Hummel eigenhändig auf die Außenseite des Tipis gemalt. Es war nicht schlecht geworden, ähnelte aber nur ungefähr einer solchen.

Immer noch war die tägliche Arbeit hart und schwer und Maria bewunderte die Frauen aus den anderen Tipis, die zum Teil mit fünf Kindern den Haushalt führten. Sie taten es klaglos und manchmal bis kurz vor dem Zusammenbruch.

Es wäre wohl für Maria besser gewesen, wenn sie direkt als Magd hierhergekommen wäre, denn die zuvor genossene Freiheit bei Clara wirkte sich gerade etwas hemmend für sie aus.

Irgendwie war wohl so etwas wie ein Trotzkopf aus ihr geworden und sie hinterfragte alles, aber mehr, um es selbst zu verstehen und dadurch beeinflusste sie immer mehr die Schwester des Falken, denn flüsterndes Wasser tat die Dinge einfach, weil ihre Mutter sie ihr einst so erklärt hatte.

Durch die Unterhaltungen bei der Arbeit tauschten sie sich darüber aus und auch mit den anderen Frauen kam sie ins Gespräch.

Irgendwie begann dadurch wohl eine Art von innerer und stiller Revolution und da Maria auch noch die Frau eines Häuptlings war, sahen die anderen Frauen ein wenig zu ihr auf.

Vielleicht hatte der Falke das nicht bedacht oder gerade ihre innere Stärke hatte ihn gereizt.

Zumindest kämpften sie beide derzeit an zwei Fronten für die Wege in die Zukunft: Sie bei den Frauen und er bei den Männern.

Da blieb nur zu hoffen, dass sie nicht einen fatalen Fehler begingen.

Damit der Plan aufging, mussten sie auf diesen Vertrag, der erst noch zu schließen war, und die Einhaltung durch die Regierung hoffen, denn nur durch diese Abmachung konnten die Angehörigen der Wahpekhute zu Bürgern der USA werden.

Irgendwann! Hoffentlich!

Momentan sahen noch alle anderen Menschen hier Wilde in ihnen. Vielleicht sie auch? Kam daher dieser Versuch, die Zukunft zu ändern?

Diese Zweifel hatte Maria schon eine ganze Weile, aber sie wusste auch, dass es so nicht weitergehen konnte. Vielleicht war sie es Katharina schuldig, oder es waren die Muttergefühle für dieses ungeborene Kind, das sie in sich trug? Diese gerade mal spürbare Wölbung ihres Bauches, die das neue Leben in ihr beschützte. Konnte man da objektiv eine Entscheidung treffen?

Wohl kaum!

Sollte der Falke aber keinen Erfolg haben, dann konnte sie nur mit ihm die Flucht ergreifen und irgendwo neu anfangen. Aber schon wieder davonlaufen? Fort von den Freundinnen?

Es ging auf den Abend, als der Falke das Zelt betrat und sagte: „Sie haben zugestimmt!"

Maria flog glücklich in seine Arme.

Damit musste nur noch der Schnee tauen und das Abkommen geschlossen werden.

Doch zuvor kam eine Nacht in seinen Armen und das pure Glück überflutete sie.

Als am nächsten Morgen flüsterndes Wasser vom Baden im Fluss zurückkam, da ging Maria mit dem Falken zum Blockhaus hinüber.

Dort wurden zuerst die großen Fragen geklärt und danach wechselte man Schritt für Schritt ins Kleine über.

Clara und Rose saßen mit in dem Raum, doch sie beteiligten sich nicht an den Vertragsabsprachen, da es sie auch kaum betraf, aber Maria sah deutlich, dass auch die beiden Freundinnen mit der Entwicklung der Dinge zufrieden waren.

Stunden später einigte man sich und Mister Faribault machte sich daran, einen Brief für Mister Sibley zu verfassen, in welchem er den Beschluss mit den Wahpekhute vorschlug und damit hing jetzt alles an Mister Sibleys Verhandlungsgeschick mit der Regierung.

Als Maria mit dem Falken das Haus wieder verließ, war der zuvor graue und verhangene Himmel aufgerissen. Die Sonne strahlte an einem blauen Himmelsgewölbe, das keine Wolke mehr verdeckte. Die Strahlen glitzerten im Schnee und es schien so, als wären sich Gott und der große Geist darüber einig, dass es ein guter Plan war.

Maria hüpfte wie ein kleines Kind im Schnee umher und der Falke kam nicht umhin, bei diesem Anblick zu schmunzeln.

Das sonst in der Öffentlichkeit so ernste Gesicht des Häuptlings wurde strahlend wie der Himmel.

Die Zukunft begann gerade jetzt und lag unter ihren tanzenden Füßen. Der Zweifel wurde ganz weit nach hinten geschoben, wo er mahnend den Finger hob.

Was würde geschehen, wenn die Regierung ihr Wort brach? Oder gar nicht erst zustimmte, sondern die Jäger einfach ohne Vertrag von ihrem Land vertrieb?

65. Kapitel

Leises oder lautes Wasser

Mitte März hatte die Schneeschmelze eingesetzt und der Fluss schwoll an. Gleichzeitig wurde Clara klar, dass die Zeit kommen würde, wo die Kopfgeldjäger eventuell einhundert schnell verdiente Dollar kassieren wollten.

„Lebend oder tot!" So stand es auf dem Fahndungsfoto drauf und jeder Mann, der ab jetzt zufällig zu dem Pelzhändler kam, und sie erkannte, der konnte sie einfach so über den Haufen schießen.

Noch hinderte der reißende Cannon River die Männer daran, aber es wurde Zeit, bei Mister Sibley um die Begnadigung und die Aufhebung des Fahndungsaufrufs zu bitten.

Zum Nachdenken hatte sich Clara früh am Morgen aus der Hütte geschlichen. Rose hatte sie einfach schlafen lassen und in der morgendlichen Kühle schaute sie gedankenschwer zu den Bäumen und Sträuchern, die gerade die ersten grünen Blätter zeigten.

Sie ließ ihren Blick über die idyllische Gegend gleiten und genoss diesen Frieden, denn auch in dem Zeltdorf der Dakota war noch Stille. Nicht viele waren zu dieser frühen Stunde schon unterwegs.

In ihre dicke Jacke gehüllt stand Clara auf einer Erhebung und das Geräusch des strömenden Flusses zog ihren Blick auf das Gewässer hinunter.

Schaumiges Wasser bedeckte die Oberfläche des Stroms, der sonst eher träge durch das Land glitt, bevor er irgendwo im Osten in den Mississippi mündete.

Ihre Gedanken gingen mit den Wassermassen mit und flogen über das Land hinweg. In ein paar Tagen würde sich das Wasser, was gerade hier an ihren Füßen entlanglief, bei New Orleans mit dem des Atlantiks vermischen. Beim Gedanken an diese Stadt und den Schrecken, den sie dort hatte erdulden müssen, fröstelte es sie nur noch mehr.

Noch fester zog sie sich die Jacke um die Schultern und schlang ihre Arme um ihren Körper, als würde sie dadurch Schutz vor der Furcht finden können.

Nur etwa zwanzig Schritte trennten sie vom Ufer und mit einem Mal hörte sie einen Schrei von rechts. Sie zuckte zusammen und blickte angespannt in diese Richtung.

Eine Gestalt trieb mit den Fluten auf sie zu. Offensichtlich eine junge Frau der Dakota!

Ohne darüber nachzudenken, hetzte Clara zum Fluss hinab, zog einen Ast aus dem Treibgut und versuchte die Frau damit zu erwischen, doch das Geäst war zu kurz!

Geschwind folgte Clara dem Strom am Ufer und hoffte, die Frau noch irgendwo zu fangen.

An einer kleinen Biegung war die Strömung etwas schwächer, wodurch sich Clara zwei Schritte in den Fluss wagen konnte.

Die Angst vor dem Tode war im Moment fern, denn sie musste dieser Frau helfen! Dennoch schob sie sich vorsichtig vorwärts, doch der Untergrund war fest und bot ihren Stiefeln guten Halt. Zwar reichte ihr der Fluss noch nicht mal bis zum Knie und trotzdem musste sie sich mit aller Kraft gegen die Strömung stemmen!

„Fang!“, brüllte sie der Frau zu, die immer wieder unter Wasser gedrückt wurde.

Die Kräfte schienen sie schon verlassen zu haben.

Wenn es jetzt nicht gelang, dann war die fremde Frau sicherlich verloren! Noch einen weiteren Schritt ging Clara hinein, schob den Ast am lang ausgestreckten Arm der Frau entgegen und zum Glück erreichte diese das Holz.

Jetzt musste sie den Knüppel nur noch festhalten, doch eine gewaltige Kraft zerrte an Claras Arm. Geschwind hatte sie den Ast mit beiden Händen gepackt und stemmte sich gegen die Flut.

Die Strömung drückte die Frau zur Seite und unmittelbar darauf verlor Clara den Halt. Damit trieben sie jetzt beide im Fluss, aber der Strom schob sie glücklicherweise zum Ufer.

Die andere Frau erreichte zuerst den Rand des Flusses, aber sie hatte keine Kraft mehr, um sich hinauszuziehen.

Clara ließ den Ast los, umklammerte die junge Frau von hinten und gemeinsam krochen sie auf das rettende Land einer ufernahen Sandbank.

Nach Luft japsend lagen sie beide eine ganze Weile klatschnass auf dem Rücken, bevor sich Clara auf alle viere drehte und zu der anderen Frau kroch.

„Geht es dir gut?", fragte sie.

„Danke ja!", entgegnete die andere Frau, noch immer außer Atem.

Sich gegenseitig stützend stemmten sie sich beide hoch, denn sie mussten zurück zum Lager.

Der Cannon River hatte sie eine ganz schöne Strecke mitgerissen, die Kälte des Tages drang durch Claras nasse Sachen und die andere Frau war nackt! Sicherlich hatte sie baden wollen und war dabei davongetrieben worden.

Auf der Hälfte des Weges hatte sich die Frau dann so weit erholt, dass sie miteinander in ein Gespräch kommen konnten. Die junge Frau hieß auch noch flüsterndes Wasser, wo sie doch gerade in ziemlich lautem Wasser gewesen war.

Sie waren etwa hundert Schritte neben dem Fluss, aber selbst bis hier her war das Donnern des Stroms deutlich zu hören.

Momentan versuchte die Frau sich mit den Armen um den Schultern etwas zu wärmen und Clara gab ihr ihre Jacke. Die war zwar nass, reichlich kurz und bedeckte kaum den Hintern der großgewachsenen Frau, aber so hatte sie wenigstens oben rum etwas Windabweisendes an.

So gingen sie durch das erwachende Lager und Clara wollte die Frau nicht alleine lassen, obwohl sie selbst ziemlich fror.

Zielstrebig steuerte flüsterndes Wasser auf eines der Tipis zu und als Clara davor wieder ihre Jacke bekam, trat Maria aus dem Zelt.

„Was machst du denn so früh hier?", fragte die Freundin.

Clara winkte ab und wollte sich zu ihrer Hütte drehen, als flüsterndes Wasser sagte: „Sie hat mich vor dem Ertrinken gerettet! Der Fluss hatte mich mit sich gerissen!"

Maria fiel Clara um den Hals und hinter ihr trat weitblickender Falke aus dem Zelt. Offenbar war flüsterndes Wasser seine Schwester, denn auch er bedankte sich für die Rettung der jungen Frau.

Doch jetzt musste sich Clara beeilen, damit sie aus den nassen Sachen kommen konnte.

Mit eiligen Schritten strebte Clara der warmen Hütte des Pelzhändlers entgegen, an deren Tür sie von Rose schon erwartet wurde.

Mit einer Decke um die Schultern stand die Frau dort und zog Clara schnell in den warmen Raum. Wenig später saß Clara in einer Wanne mit heißen Wasser und hatte eine Tasse Tee in der Hand. Von innen und außen gut gewärmt sah sie den besorgten Blick der Geliebten.

Natürlich war es dumm gewesen, so einfach in den Strom zu springen, aber sie hatte es einfach tun müssen!

„Mache so etwas bitte nicht wieder! Ich will dich nicht verlieren!", flüsterte Rose und gab ihr einen Kuss.

Der wärmte auch noch ihre Seele.

Alles war gut, wenn Rose bei ihr war.

„Warum kommst du nicht mit rein? Die Wanne ist groß genug für uns beide!", säuselte Clara und rutschte ein Stück zur Seite.

„Oder uns drei!", entgegnete Rose und streifte sich flugs ihre Kleidung ab.

66. Kapitel

Neues wächst!

ie warme Luft des Frühlings hatte den eisigen Winter vertrieben. Ende März war es und Rose jetzt im sechsten Monat schwanger. Täglich trat das Kind ihr in den Magen und immer noch nagte dieser Zweifel in ihr. In manchem Traum sah sie noch das Baby, das so aussah, wie Master Tobias. Ein Geschöpf der Gewalt!

Clara versuchte sie ständig zu unterstützen und dabei wollte Rose es eigentlich selbst schaffen. Auf ihrer Plantage hatten öfters Frauen Kinder bekommen und da war gar nichts dabei gewesen. Bei zwei der Geburten hatte sie damals geholfen, allerdings ein neues Leben selbst in sich zu spüren, war dann doch etwas ganz anderes.

Schon alleine in der Früh aus dem Bett zu kommen war schwierig, denn der dicke Bauch hielt sie einfach auf dem Lager fest.

Und er würde noch wachsen!

Wie hatte das nur die Mutter geschafft? Mae hatte, wie alle anderen Frauen auch, bis zum Tage der Niederkunft auf dem Baumwollfeld helfen müssen. Das hatte sie ihr einmal an einem Abend erzählt und Rose hatte es bei den anderen Frauen ja auch gesehen.

Ihre Tante Fanny hatte ihr Baby sogar zwischen zwei Reihen auf dem Feld bekommen und keine Stunde später wieder weiter gepflückt.

Gedankenverloren strich sie über ihre Rundung und blickte zur Seite. Auch Gundels Bauch wuchs, wenn auch noch nicht so stark, aber die Freundin war ja viel später schwanger geworden. Zu etwa demselben Zeitpunkt wie Maria, die jetzt öfters in dem Raum war.

Da Maria schon eine Tochter hatte, war sie die Ansprechpartnerin für Rose zu allem, was sie Clara nicht fragen wollte oder konnte. Es war einfach nur herrlich, so umsorgt zu sein, obwohl sie das nicht zugeben würde.

Maria zeigte ihr auch ein paar Übungen, mit denen sie sich auf die Entbindung vorbereiten konnte.

Am schlimmsten waren aber diese Fressattacken, die Rose fast täglich bekam. Sie konnte dabei einen ganzen Fisch verschlingen, was Clara meist nur lachend quittierte, aber schließlich musste sie ja jetzt für zwei essen!

Bis zur Geburt blieb auch noch die Frage offen, ob es wirklich das Kind von Tobias war. Oder das von Samuel. Das würde erst die Zeit zeigen.

Allerdings freute sich Clara schon unbändig auf das kleine Geschöpf, das Rose noch in sich trug.

Im Laden des Pelzhändlers trafen jetzt fast täglich Jäger ein, um die im Winter gejagten Pelze gegen Münzen oder Waren zu tauschen und da es dieses Blatt noch gab, das Clara in ihrer Jackentasche verwahrt hatte, hatte Rose der Geliebten verboten, ihr gemeinsames Zimmer zu verlassen.

Damit waren sie momentan zu zweit in diesem Raum gefangen, aber dennoch frei.

Draußen wurde es zu gefährlich, denn Clara war eine gesuchte Mörderin und Rose eine entlaufene Sklavin!

Jedermann hätte sie in Ketten legen und in den Süden bringen können und das war die eigentliche Angst, die in Rose tobte, denn diese Monate mit Clara hatten ihr gezeigt, was möglich war.

Hier war sie frei und wollte nie wieder dorthin zurück, wo sie unter der Knute der Sklaventreiber schuften musste.

Sowohl sie, als auch Clara, hatten unter der Peitsche von Master Cornelius gelitten und das schweißte wohl noch mehr zusammen, als die wundervollen Nächte, die sie miteinander verbrachten.

Doch um wirklich frei zu sein, bedurfte es dringend einer Lösung.

Spätestens nach der Geburt wollte sie nicht weiter in diesem Zimmer hocken, denn der Frühling lockte sie bereits jetzt viel zu sehr aus diesem selbstgewählten Gefängnis heraus.

Rose drückte ihren Rücken durch und schaute zum Fenster hinaus. Zwei Jäger kamen geritten und saßen direkt vor der Hütte ab. Ihre Lederkleidung würde zwar eher zu einem der Krieger der Dakota passen, aber vermutlich glichen sich die Pelztierjäger nur den Männern an.

Die schwarzen Bärte zeigten aber deutlich, dass die rote Gesichtsfarbe nur ein Sonnenbrand war. Keiner der Dakota trug einen Bart.

Die beiden Männer luden momentan Felle von einem Packpferd ab. Zobel-, Biber- und Waschbärenfelle waren es, wie Rose mittlerweile erkannte, denn die Zeit des Winters hatte sie im Lager des Pelzhändlers verbracht und Mister Faribault hatte ihr, um ihr die Langeweile zu vertreiben, die einzelnen Felle genau erklärt. Dadurch war sie eine richtige Expertin bei den Pelzen geworden.

Vor dem Fenster fiel einem der Männer ein Fell zu Boden und beim Anblick des Waschbärenpelzes musste sie wieder an jenen Tag im Fort Dodge denken und hielt sich vor Lachen den Bauch.

„Was ist?", fragte Clara und erhob sich vom Bett.

„Weißt du noch?", entgegnete Rose und zeigte hinaus.

„Buffalo Jane? Die Frau, die mit dem Waschbären ringt?", antwortete Clara und stimmte in das Lachen ein.

Schließlich wurde Rose wieder ernst. „Ich würde gern im Laden von Mister Faribault arbeiten!", erklärte sie.

„Und? Warum tust du es nicht?", fragte Clara.

„Weil ich eine entlaufene Sklavin bin!", äußerte sie, fast aufgebracht, weil Clara das immer noch nicht verstanden hatte.

„Du bist keine entlaufene Sklavin! Wenn ich das richtig verstanden habe, dann bist du Frau Gräfin Rose von Kletterwitz!", erwähnte Clara und setzte sich auf das Bett zurück.

„Ja! Aber der einzige, der das bestätigen könnte, der hat von mir eine Kugel in die Stirn bekommen!", erklärte Rose missmutig.

„Du hättest Cornelius das erst unterschreiben lassen sollen!", seufzte Clara.

Gundel bemerkte von der Seite: „Aber ich habe es gehört. Und Maria auch. Wir könnten das bestätigen!"

„Und wenn Mister Sibley dazu ein Schriftstück aufsetzt, dann bist du keine entlaufene Sklavin mehr!", deutete Clara an.

„Nein! Dann bin ich eine Mörderin! Erinnerst du dich? Ich habe ihn getötet!", erwiderte Rose und zeigte auf den Revolver, der auf dem Schränkchen neben der Tür lag.

Das Kind trat sie schmerzhaft in den Magen und Rose krümmte sich zusammen. Sogar das kleine Wesen wollte raus. Es war zum Verrücktwerden. Da war sie jetzt so weit in den Norden geflohen und dennoch war die Angst immer noch da.

Es brauchte eine Lösung für sie und Clara, damit sie aus diesem Gefängnis hier endlich rauskommen konnten.

Seufzend drehte sie sich zum Fenster zurück. Wenn Mister Sibley ihre Herkunft bestätigen und sie auch noch begnadigen würde, dann wäre sie frei.

Und was, wenn nicht?

Sie musste mit Mister Faribault reden, damit dieser an seinen Freund herantrat.

Ein neuer Tritt in den Magen sollte sie wohl dahingehend beschleunigen.

„Ich gehe ja gleich!", flüsterte Rose und schaute nach draußen.

Die beiden Jäger stiegen gerade auf ihre Pferde auf und der Pelzhändler stand direkt vor dem Fenster.

Jetzt war die Gelegenheit günstig.

67. Kapitel

Ein Weg zur Gnade?

Zwei Tage lang hatten Clara und Rose gemeinsam den Pelzhändler überredet, für sie ein gutes Wort bei seinem einflussreichen Freund einzulegen und das, obwohl er ihnen die Hilfe im Winter noch zugesagt hatte.

Gegenwärtig war der dritte Tag im April und abermals stand Clara im Morgennebel am Fluss.

An diesem Tage würden sie aufbrechen, um in Mendota mit Mister Sibley zu reden.

Die Stadt lag eine Tagesreise von hier entfernt im Norden und daher würden sie erst am nächsten Tag, am Freitag, eine Entscheidung erwarten können, doch noch immer steckte der Zweifel in ihr.

Was würde der Mann sagen? Ließ das Zögern von Mister Faribault da nicht bereits tief blicken? Wusste der Fellhändler mehr, als er ihnen gegenüber sagte?

Es würde jedenfalls schwierig werden!

Auf ihr Recht konnte Clara nicht hoffen, nur auf Gnade, denn kein Mann auf dieser Welt würde einer Frau die Freiheit zubilligen, die ihren Mann in Notwehr erschossen hatte. Keiner!

Claras Blick wanderte zur Hütte hinüber. Dort drin würde Rose gerade aufstehen und sich waschen. Eigentlich hätte sie der Geliebten dabei helfen müssen, aber im Moment war die Besorgnis so groß, dass sie ihre Furcht vor Rose kaum verbergen würde.

Sehenden Auges mussten sie sich beide in ihr Schicksal fügen, denn sie hatte Peter erschossen und Rose war verantwortlich für den Tod von Tobias und Cornelius!

Eigentlich war es aussichtslos, es überhaupt zu wagen!

Claras Hand streifte den Griff des Revolvers, den sie in ihren Gürtel gesteckt hatte. War es nicht viel einfacher, alle Schuld auf sich zu nehmen und ihrem Leben hier ein Ende zu machen?

Mit zitternder Hand zog sie die Waffe und betrachtete sie. Kalt lag das Eisen in ihrer Hand. Ein Schuss und Rose wäre frei! Langsam spannte Clara den Hahn, die Trommel drehte sich ein Stück weiter und die Kammer schob sich hinter den Lauf.

Diese Waffe hatte Heinrich den Tod gebracht. Es war der Colt von Cornelius! Ein Druck auf den Abzug und Clara wäre wieder mit Heinrich vereint! Eine Kugel und alles wäre geklärt!

Rose würde frei sein, Clara wäre erlöst und wieder bei ihrem geliebten Mann.

„Ach, hier bist du!", hörte sie Marias Stimme hinter sich.

Schnell entspannte sie die Waffe und schob sie sich unauffällig in den Gürtel zurück. Sie wischte die Angst fort, schlüpfte in eine neue Rolle und drehte sich zu Maria um.

„Ich genieße den Frühling!", log Clara und versuchte ein Lächeln.

Es gelang offensichtlich, denn Maria fragte nicht nach, sondern trat neben sie.

„Heute müssen wir los!", erwähnte Clara, gespielt lapidar.

„Ich komme mit!", entgegnete Maria.

Clara blickte die Freundin von der Seite aus an. Bis auf die etwas hellere Hautfarbe hätte man sie für eine Frau der Wahpekhute halten können. Sie trug die traditionelle Kleidung und in ihrem schwarzen Haar steckten zwei Falkenfedern.

„Warum?", fragte Clara.

„Weil ich deine Freundin bin und du außerdem noch einen bei mir gut hast, wegen der Errettung meiner kleinen Schwester!", antwortete Maria und legte ihr den Arm um die Schultern.

„Dafür hat sich der Falke schon mehr als einmal bedankt!", entgegnete Clara und dachte an all die Sachen, die ihr der Häuptling in den letzten Tagen dafür bereits gegeben hatte.

„Egal! Ich komme mit!", erklärte Maria.

„Willst du dir dafür nicht etwas anderes anziehen?"

„Warum? Ich gehöre zu meinem Mann und meinem Stamm und bin stolz darauf!", antwortete Maria und strich sich über das Fellkleid.

„Ich meine ja nur, manche weiße Männer sehen dich schon hier so seltsam an. Was soll da erst Mister Sibley dazu sagen?"

„Ich bin eine selbstbewusste Frau der Wahpekhute! Was soll er da zu mir sagen? ‚Gnädige Frau‘ vielleicht noch!", beschrieb Maria selbstsicher ihren Standpunkt.

Zusammen gingen sie zur Hütte hinüber, vor der Rose mit Gundel auf sie warteten.

Der Pelzhändler fuhr gerade mit einer Kutsche aus dem Stall.

„Wenn du mitkommen möchtest, dann fehlt für mich ein Platz! Ich werde mich daher in den Sattel meiner Schimmelstute schwingen", erklärte Clara und wandte sich dem Stall zu.

„Ich weiß, dass dir das nicht ungelegen kommt!", rief Rose ihr beim Einsteigen in die Kutsche hinterher.

Die Gefährtin kannte sie viel zu gut, als dass Clara da etwas hätte dagegen sagen können. Noch immer hatte sie diese grausamen zehn Tage in der Postkutsche von New York nach St. Louis im Hinterkopf und im Hinterteil.

„Aber mach nicht wieder auf Buffalo Jane!", rief Maria ihr noch nach und das Lachen der drei Frauen erschallte über den Platz.

Clara drehte sich um, tippte sich mit zwei Fingern an die nicht vorhandene Krempe des Hutes und sagte: „Ladys!"

Das schallende Gelächter der Freundinnen begleitete sie bis in den Stall.

Wenig später führte sie ihre gesattelte Stute am Zügel aus den Stallungen und schwang sich auf deren Rücken.

Schnell war sie neben der offenen Kutsche und konnte das Reittier kaum bändigen. Die Monate der Langeweile in dem Gebäude hatten die Stute übermütig wie ein Fohlen gemacht.

Drei schwangere Frauen saßen zusammen mit dem Pelzhändler in der Kutsche. Drei Begleiter ritten gerade zu ihnen herüber und kontrollierten ihre Waffen. Auch Clara überprüfte daher ihren Colt, bevor sie diesen zurück in den Gürtel schob.

Sie setzte sich den Hut auf, nickte dem Mann in der Kutsche zu und die Fahrt ging los.

Clara blieb neben dem Wagen, denn Wege gab es hier kaum. In ihre Gedanken vertieft, ließ sie das Pferd einfach laufen.

Vierzig Meilen betrug die Entfernung und bei der Geschwindigkeit des Wagens war das eine stundenlange Fahrt. Erst am Abend würden sie dort ankommen und beim Vater von Mister Faribault über Nacht bleiben, bis sie am nächsten Tag vor Mister Sibley treten mussten.

Im Winter hatte Mister Faribault oft von seinem Vater gesprochen. Der war jetzt schon mehr als 75 Jahre alt und immer noch Pelzhändler. Vielleicht konnte Clara mit Jean-Baptiste Faribault[8] auch in Französisch reden, wie sie es im Winter oft mit dem Pelzhändler hier gemacht hatte.

Ein bisschen freute sie sich darauf und gleichzeitig hatte sie Angst vor dem nächsten Tag.

Was würde geschehen? Würden sie und Rose die Rückfahrt in Ketten antreten? Möglich wäre es!

---

[8] Jean-Baptiste Faribault (19.10.1775 - 20.8.1860) - Pelzhändler und Siedler in Minnesota.

Ihre Hand berührte abermals den Griff des Colts in ihrem Gürtel. Kam die Zeit, dann würde sie hoffentlich noch den Moment haben, um ihr Leben zu beenden.

In die Gefangenschaft wollte sie jedenfalls nie wieder.

Der Weg wurde beschwerlicher und zog damit ihre Aufmerksamkeit nach vorn. War es wirklich so eine gute Idee gewesen, mit der hochschwangeren Rose diesen strapaziösen Pfad einzuschlagen?

Immer wieder ging ihr besorgter Blick zur Kutsche, aber Rose lächelte. Clara würde die Geliebte mit allem beschützen, was in ihrer Macht stand. Notfalls mit ihrem Leben!

Sie musste auf die Gnade vertrauen.

Vielleicht auch auf die Barmherzigkeit Gottes!

Oder auf ihren Colt!

68. Kapitel

Schicksalsfragen

Die Fahrt war anstrengend gewesen, doch der Abend entschädigte Rose für die Mühsal des Weges. Es war einfach nur herrlich, wie sie auf der Veranda des Hauses gesessen und erzählt hatten.

Der greise Pelzhändler hatte sich freundlich zu ihnen gesetzt und es war ihm völlig egal gewesen, dass ihre Haut wesentlich dunkler als seine war. Und es hatte ihn ebenfalls nicht gestört, dass Maria in der typischen Tracht der Dakotafrauen an seinem Tisch Platz nahm.

Vermutlich war er schon viel zu lange hier in diesem Land, als dass er daran noch etwas Abwegiges finden würde.

Bis weit in die Nacht hatten sie gefeiert und es war eine fröhliche Runde gewesen. Dennoch hatte sie die Angst in Claras Augen gesehen. Beide wussten sie, was hier für sie auf dem Spiel stand.

Vorsichtshalber hatte Rose in einem unbeobachteten Moment die Zündhütchen aus Claras Revolver entfernt, denn sie hatte im Augenwinkel erspäht, wie die Freundin nachdenklich mit der Waffe gespielt hatte.

Sie musste einfach ihr Vertrauen in Henry Hastings Sibley setzen, denn ohne das Urteil des einflussreichen Mannes war ihrer beider Schicksal sowieso besiegelt.

Denn dann blieb nur noch die Flucht nach Kanada, aber das würde erst nach der Geburt gehen. Mit dem dicken Bauch kam Rose nicht in den Sattel.

Momentan war es Nacht und Rose lag in dem weichen Bett des Gästezimmers. Irgendwo hinter ihr floss der Minnesota River durchs Land und ihre Gedanken flogen hinüber zu dem Anwesen, das sich keinen Steinwurf neben ihnen befand, und in dem sie am folgenden Tag ihr Recht einfordern würden.

Oder auf die Gnade hoffen mussten.

Das Haus von Mister Sibley war das einzige Gebäude aus Stein, das sich nördlich von Milwaukee befand. Das hatten sie am Abend erfahren.

Sie spürte, dass auch Clara nicht schlafen konnte.

Gundel und Maria schnarchten im Bett gegenüber, aber die beiden Freundinnen waren ja auch nur als Zeuginnen hier.

„Ich werde morgen alle Schuld auf mich nehmen! Bei dir geht es nur um die Vaterschaft von Cornelius!", flüsterte Clara.

„Aber das ist doch eine Lüge! Schon wieder eine!", entgegnete Rose aufgebracht.

„Es geht aber nicht anders, denn wenn Mister Sibley mich und dich verurteilt, dann sind wir beide in Not. Sonst nur ich!"

„Aber ich will dich nicht verlieren! Niemals wieder!", stöhnte Rose und klammerte sich an die Freundin an, die sich im Bett ganz eng an sie angepresst hatte.

„Unser Kind hat mich getreten!", sagte Clara und setzte dann mit fester Stimme hinzu: „Es soll in Freiheit geboren werden und frei leben! Nicht in Gefangenschaft und als Sklave!"

Rose schluckte ein paar Tränen herunter und musste die Freundin küssen.

„Vielleicht sollte ich mir diesen Mister Sibley etwas gewogener machen!", bemerkte Clara und setzte sich im Bett auf.

„Nein! Lieber nicht! Und lass Scarlett Sue Taylor dort, wo sie niemand mehr sehen kann! Wenn er wirklich ein so loyaler Politiker ist, wie Mister Faribault erzählt hat, dann bringst du uns damit nur in noch größere Bedrängnis! Nur die Wahrheit und Ehrlichkeit können uns retten! Du siehst doch, wohin uns deine Schwindelei in dem Brief an Maria gebracht hat!", stieß Rose aus und zog die Freundin wieder zu sich herab.

„Diese Lüge hat uns befreit und in dieses Bett gebracht!"

„Und sie hat mich zur zweifachen Mörderin gemacht!", erwiderte Rose bitter.

Gemeinsam warteten sie auf den folgenden Morgen und die Entscheidung, die über ihrer beider Leben fallen musste. Und sie hatten es noch nicht mal in der Hand.

Lange dehnte sich die Zeit, die sie aneinander gekuschelt in dem Bett lagen.

Ewige Stunden später fiel das erste Licht des neuen Tages in den Raum. Würde es ihr letzter gemeinsamer Tagesanfang sein? Sie begannen ihn mit einem Kuss und wuschen sich danach.

Aufgewühlt gingen sie nach dem Frühstück zu viert in das Haus des Politikers hinüber.

Vor lauter Nervosität bekam Rose von dem luxuriös ausgestatteten Beratungsraum im Erdgeschoss des Hauses nicht viel mit.

Der Mann saß in einem gut sitzenden Anzug hinter einem Schreibtisch und nachdem Clara und sie mehr als eine Stunde erzählt hatten, war das Einzige, was er ihnen glaubte, dass Cornelius ihr Vater war. Die Notwehr nahm er ihnen nicht ab und selbst die Narben der Peitsche auf Claras nackten Rücken, welche die Freundin ihm zum Beweis zeigte, stimmten ihn nicht um.

Mister Sibley ging nicht davon ab, dass es in beiden Fällen ein Mord gewesen war.

Und durch die Wahrheit waren sie jetzt beide Mörderinnen, denn die Tat gegen Tobias lastete er Clara an.

Verzweifelt schaute Clara sie an und Rose bemerkte, dass Claras Hand die Waffe suchte, aber den Colt hatten sie in ihrem Zimmer gelassen.

Schließlich nahm Maria sie zur Seite und sagte: „Könnt ihr mich mal mit ihm alleine lassen?"

„Mache bitte nichts Unüberlegtes!", erklärte Clara.

Maria drängte sie allerdings einfach wortlos aus dem Raum.

Ein paar Wachen nahmen sie vor der Tür in Empfang und auf einem Tisch lagen schon Ketten mit Handschellen für sie bereit.

Maria nickte ihnen zu, ging in den Raum zurück und schloss die Tür.

„Was hat sie vor?", fragte Rose.

Clara zuckte nur mit den Schultern.

Vor der verschlossenen Tür mussten sie warten und sie stützen sich umarmend gegenseitig.

Immer wieder fiel dabei ihr Blick auf die zwei Paar Handschellen. Es war dieselbe Art, die ihr der Vater einst auf der Baumwollplantage angelegt hatte, bevor er sie in dieses Haus nach New Orleans gebracht hatte.

Brachte Mister Sibley sie dorthin zurück? Oder an den Galgen, wo sie neben Clara sterben würde? Und was wäre dann mit ihrem Kind?

Die Tränen liefen über ihre Wangen und immer noch war Maria mit dem Mann da drin alleine. Was tat sie dort nur?

Angestrengt blickte sie zur Tür und hätte fast aufgeschrien, als sich diese endlich wieder öffnete.

Maria kam freudestrahlend heraus, trat auf sie zu und übergab ihnen zwei Zettel. Das waren ihre Begnadigung und auch die von Clara. Amtlich beglaubigt und gesiegelt!

Sie fielen beide der Freundin um den Hals, verließen das Haus und gingen zurück über den Platz.

„Was hast du dafür tun müssen?", fragte Clara.

„Nicht das, an das du gerade denkst!", gab Maria verschmitzt zurück und setzte noch hinzu: „Ich habe Mister Sibley nur klargemacht, dass ich die Frau eines Häuptlings bin und dass er uns ein Stückchen entgegenkommen muss, wenn er morgen einen Vertrag mit den Dakota unterschreiben will!"

„Du bist ganz schön durchtrieben!", bemerkte Clara.

„Das sagt die Frau, die mit Waschbären ringt?", entgegnete Maria schmunzelnd.

„Egal! Das müssen wir feiern!", rief Rose.

Ihr Schicksal hatte es gut mit ihnen gemeint.

Sie waren wieder frei! Endlich!

69. Kapitel

Am Ende wird es gut!

Es hatte einiger Überredungskünste bedurft, bis Maria Mister Sibley dazu gebracht hatte, die Freiheit der beiden Freundinnen im Austausch gegen den zu erwartenden Landbesitz zu akzeptieren, aber der Mann hatte so viel Weitsicht besessen, dass er dann doch sein Siegel auf die beiden Begnadigungen gesetzt hatte.

Gerade gingen sie zu viert zurück zum Haus von Mister Faribault. Maria hatte Clara und Rose auf beiden Seiten untergehakt und Gundel folgte ihnen.

In einer ausgelassenen Stimmung betraten sie das Gästezimmer und als Maria sich umdrehte, sah sie, wie Gundel Claras Colt vom Schränkchen neben der Tür nahm, den Hahn spannte und sich die Waffe an die Schläfe hielt.

Noch bevor Maria etwas sagen konnte, drückte die Freundin ab. Es machte nur ein klickendes Geräusch, als der Hahn nach vorn schlug und nichts passierte.

Entsetzt fiel Clara der Freundin in den Arm und entwand Gundel den Revolver, bevor diese erneut abdrücken konnte.

Weinend brach Gundel daraufhin in sich zusammen.

„Ihr habt alle euer Glück gefunden und ich habe diesen Bastard in mir!", rief sie schluchzend.

„Wir finden eine Lösung, aber das hier hilft nicht!", entgegnete Clara und warf die Waffe auf ihr Bett.

Danach umarmten sich alle vier Frauen und es wurden literweise Tränen vergossen.

Es dauerte sicher mehr wie eine Stunde, bevor sich die Gemüter wieder abgekühlt hatten. Gemeinsam überlegten sie sich jetzt Lösungen für die Freundin, aber das würde noch eine Weile dauern und bis dahin mussten sie Gundel vorsichtshalber von jeglicher Waffe fernhalten.

Schließlich machten sie sich auf den Weg zum Mittag in den Speiseraum des Pelzhändlers.

Der Gnadenakt musste gebührend gefeiert werden, allerdings drückte Gundels Kummer die Stimmung ein wenig.

Maria dachte bei diesem ausgezeichneten Mahl über Gundels Worte nach. Sie blickte zu den Freundinnen. Clara und Rose waren glückselig, das konnte man deutlich in ihren Blicken und liebevollen Gesten erkennen.

Sie war mit dem Falken ebenfalls glücklich und nur Gundel hatte niemanden gefunden. Den listigen Igel hatte sie als Ehemann abgelehnt und ein Leben bei den Wahpekhute konnte sich die Freundin ebenfalls nicht vorstellen.

Sie mussten eine Lösung für Gundel finden, bevor deren Kind auf die Welt kam.

Marias Blick flog zum Fenster hinaus.

Mit dem Falken hatte sie den Mann gefunden, den sie die ganze Zeit gesucht hatte. Er war anders, als all die anderen Männer seines Stammes. Mitfühlend und zärtlich um sie besorgt. Solch einen Mann gab es wohl kein zweites Mal.

Am nächsten Tag würde er hier sein und zusammen mit den anderen Männern der Abordnung für die Dakota den Vertrag unterschreiben, der sich hoffentlich als gut für die Jäger herausstellen würde.

Zumindest hatte er für Rose und Clara schon mal die Freiheit gebracht.

Immer wenn Maria an den Falken dachte, dann wurde es ihr ganz warm ums Herz. Sie trug das Kind dieses Mannes in sich und legte gedankenverloren ihre Hand auf ihren Bauch. In diesem Moment bewegte sich das Kind zu ersten Mal und trat gegen ihre Hand.

Maria hätte jubeln können, denn die Zukunft begann. Es schmerzte zwar etwas, dass Katharina gerade nicht hier war, aber sie stillte die Tochter gerade ab und hatte sie daher bei flüsterndes Wasser gelassen, die sich liebevoll um die Tochter kümmerte.

Irgendwann im nächsten Jahr würde der Falke seine Schwester vermählen und dann hatten sie das Zelt für sich und ihre Kinder.

Vielleicht lebten sie dann auch schon in einem Haus, denn der Fortschritt war auch in diesem Land nicht mehr aufzuhalten. In nicht allzu ferner Zukunft war auch ihr Kind ein Amerikaner und kein Dakota.

Maria hatte ihr Glück gefunden und der Stamm ging mit ihr in eine goldene Möglichkeit.

Die Zukunft würde hier beginnen, in Mendota, am nächsten Tag, am Samstag, dem 5. April 1851!

70. Kapitel

Nächte in Mendota

Mit diesen beiden Zetteln war Claras Flucht zu Ende! Sie stand alleine am Rande des Flusses, während alle anderen hinter ihr den Abschluss des Vertrages feierten, in dem die Wahpekhute der Regierung der Vereinigten Staaten einen Großteil ihres Stammesgebiets überlassen hatten und sich auch dazu verpflichtet hatten, in ein Reservat zu ziehen.

Als Gegenleistung sollten sie Geld und Lebensmittel erhalten.

Clara seufzte, denn nur durch einen Trick hatte Maria sie gerettet.

Es war Samstagabend und über ihr zwitscherten ein paar Vögel in einem Baum. Für einen Tag Anfang April war es ziemlich warm, aber vielleicht feierte die Sonne einfach mit ihr mit.

Doch war damit wirklich alles ausgestanden?

Mit dem Blick auf diesen Fluss dachte sie an alles zurück und konnte dabei nicht glauben, dass es zu Ende war.

Zwar hatte Mister Sibley sie begnadigt und damit war rein rechtlich alles klar, aber Cornelius hatte noch zwei Brüder. Und von Rose hatte sie erfahren, dass Cornelius zwei Söhne hatte. Zwar waren sie noch ziemlich jung, der eine um die zwanzig und der andere jünger als Rose, aber die Gefahr war da, dass sie sich an ihnen für den Tod des Vaters rächen würden.

Irgendwann!

„Hier steckst du!", hörte sie die Stimme der Gefährtin hinter sich.

Clara drehte sich zu ihr um.

Rose hatte eine warme Decke um die Schultern gezogen. Dieses Kind des Südens kam mit den Temperaturen des Nordens immer noch nicht zurecht. Sie trat zu ihr und sie begrüßten sich mit einem Kuss.

„Hast du wieder an Heinrich gedacht?", fragte Rose.

„Diesmal nicht. Nur an uns und diese Flucht!", antwortete Clara.

„Wir sind angekommen!", gab ihr Rose zurück.

Clara nickte.

„Endlich sind wir frei. Endlich bin ich keine Sklavin mehr und mein Kind wird frei leben können, ohne Angst zu haben. Nicht so, wie es mir ergangen ist", erzählte Rose und legte Clara die Hand auf die Schulter.

Für einen Moment zuckte Clara zusammen, denn die Narben der Peitsche schmerzten gerade wieder.

„Warum tun Menschen anderen Menschen so etwas nur an?", fragte Rose und zog vorsichtig ihre Hand wieder fort.

„Gute Frage. Warum halten sich Menschen Sklaven?", erwiderte Clara.

Rose zuckte mit den Schultern und entgegnete: „Könnten wir nicht alle Freunde sein?"

„Wo sind die anderen beiden?", erkundigte sich Clara, um das Thema zu wechseln.

„Maria ist bei ihrem Mann und Gundel sitzt im Zimmer!", antwortete Rose und hakte sich bei ihr unter.

Gemeinsam gingen sie schweigend am Fluss entlang. Mit Rose hatte sie die große Liebe gefunden, aber die Trauer um Heinrich saß immer noch in ihr fest. Es brauchte einen richtigen Abschied für einen Neubeginn mit Rose, aber nach Baton Rouge wollte Clara nie mehr zurück.

„Fließt dieser Fluss nicht auch in den Mississippi?", erfragte Rose, die wohl ihre Gedanken gelesen hatte.

„Ich glaube schon!"

„Dann gib jetzt deinen Kummer in den Fluss!", erklärte Rose.

Clara kniete sich an das Ufer. Mit der Hand im Wasser verabschiedete sie sich noch einmal von Heinrich. Diesmal schien das Gewässer den Schmerz mit sich hinfort zu nehmen und als sich Clara wieder erhob, fühlte sie sich viel besser.

Nebeneinander schlenderten sie zurück zu den anderen, als ihnen ein Offizier entgegenkam. Diesen Rotschopf kannte sie doch!

„Lieutenant Fox! Schön, sie zu sehen", sagte Clara erfreut.

Rose nickte ihm zu und flüsterte: „Viel Spaß!"

Die Geliebte lächelte und ging alleine zur Feier hinüber.

„Soll ich wieder Jane zu dir sagen?", fragte der Offizier, als er vor ihr stand.

„Nein! Du kannst mich Clara nennen, denn Mister Sibley hat mich gestern begnadigt!"

„Schön! Oder auch nicht, denn ich mochte dieses verrückte Weib!", erwiderte der Offizier, lachte und hakte sich bei ihr unter.

„Ein Stück von Jane steckt auch in Clara!", gab sie ihm schmunzelnd zurück.

Langsam ging sie mit dem Mann den Weg zurück zum Fluss.

„Was machst du hier?", erkundigte sie sich.

„Unser Dragonerregiment sichert den Vertrag!"

„Dann war es wohl göttliche Fügung, dass wir aufeinander getroffen sind!", antwortete Clara.

„Und jetzt schon zum zweiten Mal!", entgegnete der Mann und küsste sie.

„Du hast gesagt, dass ein Stück Jane noch in dir ist. Kannst du sie herauslassen?", fragte der Mann nach dem stürmisch werdenden Kuss.

„Ja! Das könnte ich! Und dich dafür rein?", antwortete Clara schelmisch, als sie sich ins Gras zurücksinken ließ.

Eigentlich hätte sie das nun nicht mehr tun müssen, aber da war diese Dankbarkeit in ihr, dass er sie damals nicht verraten hatte. Und vielleicht ein bisschen mehr?

Die Dämmerung senkte sich langsam auf sie herab und die Vögel über ihnen verstummten. Nur das Rauschen des Flusses war zu hören und ganz leise die Stimmen der Feiernden. Musik klang durch den Abend und kurz darauf auch ihrer beider lustvolles Stöhnen.

Es war schon tiefste und dunkle Nacht, als sich Clara in das Zimmer zu Rose schlich.

Leise zog sie sich in der Finsternis der mondlosen Nacht aus und schlüpfte unter die Decke zur Geliebten.

„Na? Wie war es?", flüsterte Rose.

„Du schläfst ja noch gar nicht! Ja, schön!", antwortete Clara und kuschelte sich an die Freundin an.

Da war noch so ein Gefühl in ihr, dass sie ihr Handeln erklären musste, obwohl Rose ihr ja viel Spaß gewünscht hatte. „Weißt du, du bist die Liebe meines Lebens. Das mit Lieutenant Fox war wohl nur, weil er mich in Fort Dodge nicht verraten hatte!"

„Sicher nicht nur das! Ich konnte euch im Gebüsch hören!", sagte Rose ihr ins Ohr.

„Waren wir wirklich so laut?", fragte Clara erschrocken zurück.

„Nein! Ich stand wohl einfach zu nah dran!", wisperte Rose.

Clara konnte das Schmunzeln der Freundin deutlich in deren Stimme hören.

„Ja! Es war schön! Aber nicht so schön, wie mit dir!", entgegnete Clara und schob ihre Hand auf den kugelrunden Bauch der geliebten Frau.

„Ich liebe dich!", flüsterte Rose.

„Ich liebe dich auch und unser Kind!", hauchte Clara und ihr Mund suchte die Lippen der Freundin.

Dieser Kuss schmeckte tausendmal besser als alles, was der Offizier ihr hätte geben können.

Aneinander gekuschelt schliefen sie ein. Am nächsten Tag würde sie Mister Faribault mit dem Wagen wieder zu seiner Pelzhandlung mit zurücknehmen, obwohl sie jetzt überall hätten leben können.

Konnte diese Abgeschiedenheit des Nordens vielleicht auch ein Schutz vor den Halbbrüdern von Rose sein?

Es würde sich zeigen.

71. Kapitel

Das Licht der Welt!

R ose stand an dem Tisch im Laden und blickte zum Fenster hinaus. Es war Anfang Juni und schön warm geworden. Direkt hinter ihr, an der Wand, hing die Abschrift des Urteils von Mister Sibley und damit war sie frei! Rose war keine Sklavin und jeder sollte diesen Zettel ansehen, doch eigentlich störte sich hier niemand an ihrer Hautfarbe.

Das hier war Minnesota und nicht Louisiana!

Dort hätte sie wohl kaum unbehelligt und alleine in einem Laden stehen können, außer sie diente dabei ihrem Herrn.

Gelegentlich brachte einer der Pelzjäger eine Zeitung aus dem Süden mit, so wie auch jene, die gerade auf der Fensterbank lag und darauf wartete, dass Rose sie in der Pause lesen konnte.

Mit dem dicken Bauch konnte sie nicht mehr so lange stehen und dennoch gefiel ihr die Arbeit in diesem Pelzkontor. Mit der Zeit des Winters war sie eine echte Expertin geworden. Erst hier hatte sie den ersten Pelz in den Händen gehabt, aber sie war eine gelehrige Schülerin von Mister Faribault gewesen.

Jetzt durfte sie auch alleine im Geschäft sein und der Mann vertraute ihr dabei fast blind.

Er betrieb hier zusätzlich noch eine Poststation, eine Pension und auch noch einen normalen Laden, in dem es alles gab, was man in der Wildnis so brauchen würde. In diesem saß Gundel und nähte aus den Pelzen Kleidung. Mister Faribault hatte ihr versprochen, sich finanziell an Gundels eigenem Geschäft zu beteiligen, wenn die Stadt gegründet werden würde.

Um Gundels Kind würde sich Maria kümmern, wenn es geboren wurde und damit hatte Gundel all das, was sie schon immer haben wollte.

Ob das dann am Ende auch so wurde, das würde man sehen.

Rose konnte sich nicht vorstellen, dass Gundel das Kind einfach so nach der Geburt abgab, wie sie es sich gerade vorstellte. Zu sehr hing Rose selbst schon an diesem kleinen Wesen in ihrem Bauch.

Am Anfang hatte sie mit ihrem Schicksal gehadert, das Kind von Master Tobias auszutragen, aber mit Claras Hilfe war es jetzt schon zu ihrer beider Kind geworden.

Die Pause kam und Mister Faribault löste sie ab.

Sie nickten sich beide freundlich zu und Rose schob sich mit der Zeitung in der Hand nach draußen auf die Veranda, wo Clara ihr schon einen Stuhl bereitgestellt hatte. Und eine leckere Zitronenlimonade wartete dort ebenfalls schon, wo auch immer Clara in dieser Gegend Zitronen herbekommen hatte.

Vorsichtig ließ sich Rose nieder und schlug die Zeitung auf. Gleich auf der ersten Seite ging es um die Sklaven und Rose zuckte dabei fast zusammen.

Dieses dunkle Kapitel drängte sich ihr erneut auf und sie las, dass viele Sklaven vom Süden in den Norden flohen. Es gab da eine Organisation von Fluchthelfern, die „Underground Railroad" genannt wurde.

Die Farmer des Südens klagten dagegen, weil ihnen die Sklaven in die Freiheit entflohen. Es musste schon tausende sein, die das rettende Land des Nordens erreicht hatten.

Rose las die Geschichten, wie die Pflanzer versuchten, die Sklaven zu bedrängen, wie sie Mütter und Kinder trennten, um sie damit gefügig zu machen. Ihr eigenes Schicksal war da gar nicht so besonders gewesen.

In mancher Nacht hatte sie um die Mutter geweint, aber vielleicht schaffte es Mae irgendwann mal in den Norden!

Das Gesetz, das im letzten Jahr beschlossen worden war, und das eigentlich die Sklaven aus dem Norden wieder zu ihren Herren in den Süden bringen sollte, brachte rein gar nichts für die Sklavenhalter, es erzürnte nur die Patrioten im Norden.

Nicht einmal eine Handvoll Sklaven war wohl bisher zurück-gegeben worden. Konnte Mae nicht fliehen? So gern hätte Rose ihre Mama jetzt bei sich gehabt.

Mit dem Blick in die Zeitung strich sie sich über den Bauch, dann hob sie den Kopf und die wärmende Sonne stand genau im Süden.

Dort irgendwo war Mae jetzt.

Erneut lief eine Träne über ihre Wange.

Das Gefühl, bald selbst Mutter zu sein, brachte sie der eigenen Mutter nur noch um ein vielfaches näher.

Clara trat zu ihr und kniete sich an ihrer Seite hin. Tröstend nahm die Geliebte sie in den Arm.

„Sie fehlt mir so schrecklich und wenn ich die 300 Dollar hät-te, dann würde ich Mae freikaufen!", schluchzte Rose.

„Irgendwann wird es keine Sklaven mehr geben. Dann sind wir alle gleich und frei!", flüsterte Clara.

Rose nickte ihr zu.

Die Pause endete und beim Aufstehen aus dem Stuhl zuckte ein Schmerz durch ihren Bauch, der ihr den Atem nahm. Die Zei-tung entglitt ihrer Hand und sie musste sich stöhnend auf die Ge-fährtin stützen.

„Alles gut?", fragte Clara.

Rose blickte auf die kleine Pfütze, die sich gerade unter ihr bil-dete. „Ich glaube nicht", entgegnete sie.

„Es geht los!", sagte Clara sehr laut.

Auf die Freundin gestützt, machte sich Rose auf den Weg zu ihrem Zimmer. Da Maria mit dem Stamm in das Sommerlager aufgebrochen war, blieb es jetzt an Clara und Gundel, ihr bei der Geburt zu helfen.

Es dauerte ewige Stunden der Qual und immer wieder dachte Rose daran, mit welcher Gewalt das Kind damals gezeugt worden war.

Die ganze Nacht lang warf sie eine Wehe nach der anderen im Bett umher. Zuerst nur wenige, dann kamen sie immer häufiger und mit dem Licht des neuen Tages presste sie mit der letzten Kraft dieses kleine Geschöpf aus sich heraus.

„Wir haben eine Tochter!", rief Clara, hob das Mädchen in die Luft und der erste Sonnenstrahl traf sie beide.

„Wie soll sie heißen?", erkundigte sich Clara bei ihr.

„Fanny, nach meiner Tante, und Mae, nach meiner Mutter!", gab Rose erschöpft bekannt.

„Fanny Mae, willkommen in der Freiheit!", stieß Clara erfreut aus und die Tochter bestätigte dies mit einem lauten Brüller, den jeder in der Siedlung gehört haben musste.

Ein freier Mensch war geboren, der kein Sklave sein würde! Niemals!

72. Kapitel

Am Fluss des Lebens

s war Donnerstag, der 19. Juni 1851 und damit genau ein Jahr her, dass Clara auf Rose getroffen war. Damals noch unfreiwillig, doch jetzt gingen sie Hand in Hand am Cannon River entlang und die Geliebte hatte die Tochter im Arm. Das kleine Mädchen hatte dieselbe schöne Hautfarbe, wie ihre Mutter, nur ihr Haar war eine Spur heller.

Mit der Geburt von Fanny Mae wäre der Weg nach Kanada eigentlich für sie beide frei gewesen, doch sie hatten sich entschlossen, hier in Minnesota zu bleiben.

Gemeinsam konnten sie hier vielleicht etwas aufbauen und wenn es hätte sein sollen, dann würden ihre Schwager oder die Halbbrüder von Rose, sie auch in Kanada finden können.

Der Colt, den sie immer noch ständig im Gürtel trug, würde damit wohl ihr Begleiter für eine lange Zeit sein, aber mittlerweile war Clara eine ganz passable Schützin geworden und sie war bereit, ihr Glück und das von Rose, im Notfall mit der Waffe zu verteidigen.

Nie wieder würde sie sich in die Gefangenschaft eines dieser Grafen von Kletterwitz begeben!

Durch das Schriftstück von Mister Sibley hätte Rose eigentlich diesen Namen tragen können, doch die Geliebte hatte sich dazu entschlossen, den Namen Stone anzunehmen.

Damit waren sie jetzt Clara und Rose Stone. Zur Ehre von Heinrich und weil der andere Name so mit Schande und Schmerz für sie beide befleckt war.

Hier am Fluss war es schön warm und die Sonne dieser mittäglichen Stunde hatte eine enorme Kraft.

Gundel hatte jetzt ihre eigene Nähstube, Rose arbeitete im Pelzladen, wo die kleine Wiege von Fanny Mae immer in ihrer Nähe stand, nur sie hatte noch keine richtige Aufgabe gefunden.

Da die Wahpekhute momentan in ihrem Sommerlager und später in der Reservation waren, hatte sie keine Kinder und Frauen mehr, denen sie etwas beibringen konnte.

Noch waren nicht viele Siedler hier. Erst ein paar Familien hatte es auf das jetzt frei gewordene Land gezogen, um hier Farmen zu bauen, aber mit jedem Planwagen, der den Cannon River erreichte, wurden es mehr.

Und das Gebäude für die Schule war schon geplant. In den nächsten Tagen würden die ersten Stämme antransportiert werden.

Mister Faribault plante seine Stadt schon ausgiebig und er hatte auch vor, sich ebenfalls ein Haus aus Stein hier zu bauen. Dasjenige von Mister Sibley in Mendota hatte 5.000 Dollar gekostet.

Eine schier gigantische Summe, die aber hauptsächlich daraus resultierte, dass das Baumaterial von so weit her antransportiert werden musste.

Doch mit jedem steinernen Gebäude würde es billiger werden und der Fluss war ja in der Nähe!

Manchmal, wenn der Mann am Abend auf seiner Veranda von seinen Plänen sprach, dann konnte Clara schon ganz deutlich die Häuser vor sich sehen, die er hier plante. Eine richtige kleine Stadt!

Hier würde ihre Heimat sein und sie würde mit Rose zusammen diese Siedlung mitgestalten können. Eine Stadt für freie Menschen, fern von den Städten im Süden, die von der Ausbeutung der Sklaven lebten.

Lieutenant Fox hatte ihr vor kurzem in einem Brief geschrieben, dass sein Dragonerregiment bald nach Minnesota verlegt werden würde und dauerhaft Mendota sicherte.

Das war nur ein halber Tagesritt für ein schnelles Pferd entfernt und obwohl Clara Rose über alles liebte, zog sie irgendetwas auch zu dem feschen Offizier.

Mit dem Blick auf das Wasser blieben sie stehen. Das hier war der Fluss, der ihre Leben bestimmte. An der Mündung dieses Gewässers hatten sie sich kennengelernt und jetzt würde hier, an seinem verlängerten Oberlauf, ihr neuer Lebensmittelpunkt liegen.

Liebevoll strich Clara Fanny Mae über die Stirn und wurde dafür von Rose mit einem Kuss belohnt.

Sie würden das kleine Mädchen gemeinsam aufziehen und Clara konnte ihr alles beibringen, was sie wusste. Vielleicht konnte Fanny dann auch mal studieren, doch das lag noch in weiter Zukunft.

Für das Kind war alles möglich und sie beide würden der Tochter dabei helfen.

ENDE

Zeitliche Einordnung der Handlung:

5800 Steinzeit

- Anfang des Buches „**Schicha und der Clan des Bären**"

- Ende des Buches „**Schicha und der Clan des Bären**"

5500 Steinzeit

2200 Beginn der Bronzezeit

1200 Beginn der Eisenzeit

800 –

800 Beginn des allmählichen Niederganges der Bronzezeit

800 Erste Anfänge und Städtebildungen der etruskischen Kultur

750 Aufstieg der Etrusker zur Seemacht

700 –

600 –

600 Blütezeit der Bronzekunst der Etrusker im orientalischen Stil

570 Amasis wird ägyptischer Pharao

555 Anfang des Buches „**Auf Bärenspuren**"

551 Ende des Buches „**Auf Bärenspuren**"

550 Koalition der Etrusker mit Karthago gegen Griechenland

540 Sieg der Etrusker zur See gegen die Griechen bei Alalia

524 etruskische Niederlage bei Kyme gegen die Griechen

500 –

500 Blüte der etruskischen Stadt Capua

400 –

387 die Kelten fallen in Rom ein

300 –

218 der karthagische Feldherr Hannibal überquert die Alpen

200 –

100 –

73 Flucht von Spartacus aus der Gladiatorenschule in Capua

71 Tod von Spartacus und Ende des Sklavenaufstandes

55 Expedition Caesars nach Britannien

44, 15. März, Kaiser Caesar wird in Rom ermordet

37 Anfang des Buches „**Das siebente Mädchen**"

15 Der römische Feldherr Drusus zieht mit seinem Heer über die Pässe der Alpen und dringt in das Gebiet der Kelten des Voralpenlandes ein

11 Drusus dringt, im Rahmen der römischen Feldzüge, bis in das Stammesgebiet der Cherusker vor

11 in der Schlacht bei Arbalo kämpften verbündete germanische Stämme gegen die Römer unter Drusus

10 Ende des Buches **„Das siebente Mädchen"**

0 –

0 Anfang des Buches **„Die Rache der Barbarin"**

9 Niederlage des Feldherrn Varus gegen die Cherusker unter Arminius

10 Ende des Buches **„Die Rache der Barbarin"**

34 Anfang des Buches **„Das Schwert des Gladiators"**

43 Beginn der Eroberung Südbritanniens

50 Colonia (heute Köln) wird zur Stadt erhoben

54 Nero wird römischer Kaiser

54 Anfang des Buches **„Die römische Münze"**

56 Ende des Buches **„Das Schwert des Gladiators"**

57 Anfang des Buches **„Die Tochter aus dem Wald"**

58 große Teile der Stadt Colonia brennen nieder

64 Brand Roms und daraufhin erste Christenverfolgung

68 Anfang des Buches **„Im Schatten des Feuerberges"**

68 Aufstände in Gallien und Spanien

68 Selbstmord Kaiser Neros

68 die Bataver, ein germanischer Stamm, erheben sich und belagern Colonia

69, im Herbst, erneuter Aufstand der Bataver gegen die römische Herrschaft in Niedergermanien

70, im Herbst, Niederschlagung des Bataveraufstandes

70 die Stadt Colonia erhält eine acht Meter hohe Stadtmauer

75 Ende des Buches **„Die römische Münze"**

75 Ende des Buches **„Die Tochter aus dem Wald"**

79, Herbst, Ausbruch des Vesuvs und Untergang Pompejis und Herculaneums

80 Einweihung des Kolosseums in Rom

85 wird Colonia die Hauptstadt der römischen Provinz Germania inferior

85 Ende des Buches **„Im Schatten des Feuerberges"**

98 Trajan wird römischer Kaiser

100 –

161 Marc Aurel wird römischer Kaiser

200 –

300 –

306 Konstantin der Große wird römischer Kaiser

324 Konstantin bekennt sich zum Christentum und macht diese zur Staatsreligion

375 die Hunnen unterwerfen die Alanen und die Goten oder vertreiben diese aus ihren Siedlungsräumen

376 Anfang des Buches **„Sturm über den Stämmen"**

376 Flucht der Donaugoten vor den Hunnen und teilweise Aufnahme der Goten in das römische Reich

384 Ende des Buches **„Sturm über den Stämmen"**

400 –

406 Rheinübergang der Vandalen und Einfall in das römische Reich

407 die Vandalen und andere germanische Stämme ziehen plündernd durch Gallien

409 Weiterzug der Vandalen und Alanen nach Spanien

410, Ende August, Eroberung Roms durch die Westgoten

429 die Vandalen und Alanen setzen unter Geiserich von Spanien nach Afrika über

439 die Stadt Karthago fällt an die Vandalen

440 angelsächsische Söldner rebellieren in Britannien gegen König Vortigern

451 Feldzug des Hunnen Attila nach Gallien

452 die Hunnen fallen in Italien ein, ziehen sich aber bald wieder zurück

453 nach Attilas Tod zerbricht das Hunnenreich

455 Plünderung Roms durch die Vandalen unter Geiserich

500 –

590 Æthelberth, König von Kent, überfällt Wessex

597 Bischof Augustinus landet in Kent

597 Anfang des Buches **„An fremder Küste"**

598 Ende des Buches **„An fremder Küste"**

600 –

601 Augustinus wird zum Erzbischof von Cantwaraburg (dem heutigen Canterbury) geweiht

700 –

764 Anfang des Buches **„In den finsteren Wäldern Sachsens"**

772, im Sommer, Zerstörung der Irminsul

772 Anfang der Sachsenkriege Karls des Großen

782 Blutgericht von Verden (Aller)

783, im Sommer, Gefechte mit Beteiligung sächsischer Frauen

785 Taufe Widukinds in der Königspfalz Attigny

787 die ersten Überfälle der Nordmänner auf Westeuropa finden statt

790 Überfälle der Nordmänner auf Schottland und Irland

792 letzte größere Erhebungen der Sachsen gegen die Franken

792 Zwangsdeportationen der Sachsen und Neuvergabe von sächsischem Land an fränkische Siedler

793 Überfall und Plünderung des Klosters Lindisfarne durch Nordmänner

795 Überfall von Wikingern auf das Kloster Iona in Irland

799 Beginn der Wikingerüberfälle auf das Frankenreich

796 Karls Belehrung durch seinen Berater Alkuin

797 mit dem Capitulare Saxonicum wurden die Sondergesetze gegen die Sachsen gelockert

800 –

800 Kaiserkrönung Karls des Großen

800 König Godfred von Dänemark gerät in kriegerische Konflikte mit Karl dem Großen

800 erste nordische Siedler treffen auf den Färöern und auf Island ein

800 unzählige Angriffe der Nordmänner auf die sächsischen Küsten

802 das sächsische Volksrecht (Lex Saxonum) wird verabschiedet

802 Ende des Buches „**In den finsteren Wäldern Sachsens**"

804 Ende der Sachsenkriege

805 Anfang des Buches „**Westwärts auf Drachenbooten**"

810 dänische Wikinger greifen wiederholt die friesische Küste an

814 Tod Karls des Großen

825 Ende des Buches „**Westwärts auf Drachenbooten**"

840 erste Überwinterung der Wikinger im Frankenreich

840 norwegische Nordmänner überfallen Irland und gründen Dublin

844 Überfälle der Nordmänner auf Spanien

845 Plünderungen von Hamburg und Paris durch die Wikinger

858 schwedische Wikinger gründen Kiew

889 Wanzleben wird erstmals als Haufendorf erwähnt

900 –

913 Herzog Heinrich von Sachsen stellt ein ungarisches Heer bei Merseburg

926 Heinrich handelt mit den Ungarn einen zehnjährigen Waffenstillstand für Sachsen aus

937 Otto I. der Große, gründete das St.-Mauritius-Kloster in Magdeburg

938 die Ungarn ziehen erneut gegen die Sachsen

952 Anfang des Buches „**Der Gefolgsmann des Königs**"

955, 10. August, Schlacht gegen die Ungarn auf dem Lechfeld bei Augsburg

955 Otto beginnt einen großen Neubau des Doms zu Magdeburg

962, 2. Februar, Krönung Ottos zum Kaiser

968 Beginn des Baues der Burg Wanzleben

980 Ende des Buches „**Der Gefolgsmann des Königs**"

1000 –

1100 –

1142 Heinrich der Löwe wird Herzog von Sachsen

1143 Gründung Lübecks, der ersten deutschen Ostseestadt

1147 Anfang des Buches „**Im Zeichen des Löwen**"

1147 Wendenkreuzzug, dauert als Kreuzzug drei Monate

1152 Königskrönung von Friedrich Barbarossa in Aachen

1155 Kaiserkrönung Friedrich Barbarossas in Rom

1156 Besiedlungszug in Lommatzsch

1157 Gründung des deutschen Kaufmannsbundes

1159 Wiederaufbau Lübecks

1160 Anfang des Buches „**Kaperfahrt gegen die Hanse**"

1160 der slawische Burgwall Dobin, liegt am Schweriner See, wird zerstört

1160 Lübeck erhält das Soester Stadtrecht

1160 Gründung der Kaufmannshanse

1161 Vermittlung eines Handelsprivilegs an die Stadt Lübeck durch Heinrich den Löwen

1161 Gründung der Gotländischen Genossenschaft, als Vorstufe der Hanse

1162 Kloster Altzella, bei Nossen, wird gegründet

1163 Ende des Buches „**Im Zeichen des Löwen**"

1180 Heinrich verliert das Herzogtum Sachsen

1200 –

1200 Gründung des Petershofs in Nowgorod als Außenstelle der Hanse

1200 Ende des Buches „**Kaperfahrt gegen die Hanse**"

1210 Anfang des Buches „**Die Sklavin des Sarazenen**"

1212 Kinderkreuzzug mit Ziel Jerusalem

1212 Friedrich II. wird König

1217 Beginn des fünften Kreuzzuges, Kreuzzug nach Damiette in Ägypten

1220 Ende des Buches „**Die Sklavin des Sarazenen**"

1221 Ende des Kreuzzuges von Damiette in Ägypten

1250 Anfang der Blütezeit der Städtehanse

1300 –

1307, September, Anfang des Buches „**Die Braut des Templers**"

1307, 14. September, Geheimer Befehl Philipps IV. zur Verhaftung der Templer

1307, 13. Oktober, der „schwarze Freitag", Gefangennahme aller Templer in Frankreich

1307, 25. Oktober, Geständnis von Jacques de Molay

1307, 22. November, Papst Clemens V. zieht das Verfahren gegen die Templer an sich

1307, 24. Dezember, Jacques de Molay widerruft sein Geständnis

1308, 2. Oktober, Ende des Buches „**Die Braut des Templers**"

1309, im März, Papst Clemens V. bestimmt Avignon zum neuen Sitz der Päpste

1310, 12. Mai, Verbrennung von 54 Tempelrittern bei Paris

1311, 16. Oktober, Eröffnung des Konzils von Vienne

1312. 22. März bis 3. April, Aufhebung des Templerordens durch Papst Clemens V.

1312, 2. Mai, Übertragung der Templergüter an die Johanniter

1314, 18. März, Jacques de Molay wird zusammen mit Geoffroy de Charnay auf dem Scheiterhaufen in Paris verbrannt

1314, 29. November, König Philipp IV. stirbt nach einem Jagdunfall

1315 Beginn einer Hungersnot, die als „Der große Hunger" in zwei Jahren mit sintflutartigen Regenfällen, sehr kalten Wintern und vielen Überschwemmungen Millionen Menschen in Europa dahinraffte

1321 Anfang des Buches „**Frauenwege und Hexenpfade**"

1337 der hundertjährige Krieg zwischen England und Frankreich beginnt

1337 Ende des Buches „**Frauenwege und Hexenpfade**"

1340 der englische König Eduard III. fällt mit seinem Heer in Frankreich ein

1342, im Juli, das Magdalenenhochwasser, eine verheerende Überschwemmungskatastrophe, lässt in Mitteleuropa zahlreiche Flüsse über die Ufer treten

1346 in der Schlacht von Crécy schlagen 8.000 englische Langbogenschützen die verbündeten europäischen und französischen Ritter vernichtend

1347 die Beulenpest erreicht die europäischen Häfen am Mittelmeer und breitete sich schnell überall aus

1348, 7. April, Gründung der Karls-Universität in Prag, der ersten mitteleuropäischen Universität

1349, 10. Januar, die Wormser Gemeinde der Juden wird blutig ausgelöscht

1349, 1. März, Pogrom gegen die Juden in Speyer

1349 Anfang des Buches „Der schwarze Tod"

1349, 24. Juli, in der Frankfurter „Judenschlacht" sterben fast alle Juden in Frankfurt am Main

1349, 23. August, die Juden von Mainz erheben sich gegen ihre Verfolger. Der Aufstand wird blutig niedergeschlagen und das Stadtviertel brennt ab. Zahlreiche Menschen kommen dabei ums Leben

1350 Ende des Buches „Der schwarze Tod"

1353 Giovanni Boccaccio schreibt sein Decamerone

1356 mit der goldenen Bulle wird erstmalig festgeschrieben, dass der deutsche König durch Mehrheitswahl von sieben Kurfürsten bestimmt wird

1400 –

1431, 30. Mai, Jeanne d'Arc, die Jungfrau von Orléans, stirbt in Rouen auf dem Scheiterhaufen

1434 Cosimo de Medici kehrt nach Florenz zurück und wird der mächtigste Bankier der Stadt

1440 Johannes Gutenberg erfindet den Buchdruck mit beweglichen Lettern

1442 Anfang des Buches „Ein Jahr unter Gauklern"

1443 Ende des Buches „Ein Jahr unter Gauklern"

1452, 15. April, Leonardo da Vinci wird in Anchiano bei Vinci geboren

1479 Anfang des Buches „Nur ein Hexenleben ..."

1482 Johann Tetzel beginnt sein Theologiestudium in Leipzig

1486 der Dominikaner Heinrich Kramer veröffentlicht sein Traktat „Der Hexenhammer", lateinisch „Malleus Maleficarum"

1487 Ende des Buches „Nur ein Hexenleben ..."

1487 - Anfang des Buches „Rosen hinter Burgmauern"

1492 Christoph Kolumbus erreicht die großen Antillen und entdeckt damit Amerika

1498 Vasco da Gama erreicht an Bord seiner Nau auf dem Seeweg um Afrika herum Indien

1500 –

1504 Johann Tetzel beginnt seine Tätigkeit im Ablasshandel

1509 Ende des Buches „Rosen hinter Burgmauern"

1517 Anfang des Buches „Die Bruderschaft des Regenbogens"

1517, 31. Oktober, Luther verkündet seine Thesen in Wittenberg

1518 Müntzer und Luther sind in Wittenberg

1520 Müntzer predigt in Zwickau

1522 das „Neue Testament" erscheint auf Deutsch

1523, zu Ostern, Katharina von Boras Flucht aus dem Kloster

1524 Bauern- und Handwerkeraufstände in Sachsen

1525, 15. Mai, Schlacht bei Bad Frankenhausen

1525, 27. Mai, Müntzer wird in Mühlhausen enthauptet

1525, 27. Juni, Heirat Luthers mit Katharina von Bora

1525, im Dezember, Kloster Buch wird geschlossen

1526 Niederschlagung der letzten Bauernaufstände

1527 Ende des Buches **„Die Bruderschaft des Regenbogens"**

1530 Reichstag zu Augsburg beschließt die Duldung des evangelischen Glaubens

1534 die gesamte Bibel ist nun auf Deutsch lesbar

1600 –

1612 Anfang des Buches **„Im Feuersturm"**

1617, 13. September, ein Stadtbrand verwüstet weite Teile Tangermündes

1618, 23. Mai, Fenstersturz zu Prag

1618 Anfang des dreißigjährigen Krieges

1619, 22. März, Grete Minde stirbt in Tangermünde auf dem Scheiterhaufen

1619 Ende des Buches **„Im Feuersturm"**

1620, 08. November, Schlacht am Weißen Berg bei Prag

1630 Anfang des Buches **„Im Schein der Hexenfeuer"**

1631 Eintritt Sachsens in den dreißigjährigen Krieg

1631, 20. Mai, Verwüstung der Stadt Magdeburg durch kaiserliche Truppen

1631, 24. Mai, Anfang des Buches **„Das Versteck des Eremiten"**

1631 Anfang des Buches **„Die Räubermühle"**

1632 die Pest wütet in Sachsen

1632, 16. November, Schlacht bei Lützen

1634, 25. Februar, Albrecht von Wallenstein wird in Eger ermordet

1634 Ende des Buches **„Die Räubermühle"**

1639 schwedische Truppen brennen Dresden teilweise nieder

1641 nochmalige Zerstörung Dresdens durch die Schweden

1648 der „Westfälischer Friede" wird geschlossen

1648, 24. Oktober, Ende des dreißigjährigen Krieges

1649 Ende des Buches **„Das Versteck des Eremiten"**

1650 Ende des Buches **„Im Schein der Hexenfeuer"**

1683, 3. Mai, die osmanische Armee erreicht Belgrad

1683, 9. Juli, Anfang des Buches **„Ein Sommer unter der Mondsichel"**

1683, 14. Juli, die Osmanen beginnen die Belagerung Wiens

1683, 12. September, Schlacht am Kahlenberg und Sieg der kaiserlichen Truppen über die Osmanen

1683, 12. September, Befreiung Wiens

1683, 1. November, Ende des Buches „**Ein Sommer unter der Mondsichel**"

1694 Friedrich August I. wird unerwartet neuer Herzog und Kurfürst von Sachsen

1697, 15. September, Friedrich August I. wird in Krakau zum polnischen König gekrönt

1700 –

1710 Anfang des Buches „**Anna und der Kurfürst**"

1712 Thomas Newcomen konstruiert die erste verwendbare Dampfmaschine

1715 Ende der „Kleinen Eiszeit", einer Periode relativ kühlen Klimas, mit besonders kalten Zeitabschnitten seit 1675

1715 Ende des Buches „**Anna und der Kurfürst**"

1756 bis 1763 der Siebenjährige Krieg tobt in Mitteleuropa

1776 Gründung der Vereinigten Staaten von Amerika mit der Unabhängigkeitserklärung

1789, 14. Juli, Beginn der Französischen Revolution in Paris

1793 Beginn des Interventionskriegs gegen Napoleon, an dem auch Sachsen teilnahm

1794 die Gesellen streiken in Dresden

1796 der Interventionskrieg endet mit einer Niederlage für die preußischen, österreichischen und sächsischen Verbündeten

1800 –

1800 Anfang des Buches „**Der russische Dolch**"

1806 Preußen und Russland verbünden sich gegen Napoleon. Sachsen schließt sich ihnen an

1806 Krieg der Verbündeten gegen Napoleon

1806, 14. Oktober, Schlacht bei Jena und Auerstedt, die Verbündeten werden von Napoleon vernichtend geschlagen

1806, 20. Dezember, das Kurfürstentum Sachsen tritt dem Rheinbund bei und wird durch Napoleon zum Königreich

1812 von Sachsen aus beginnt der Feldzug gegen Russland. Sachsen ist mit 21.000 Mann daran beteiligt

1812, 23. Juni, Napoleon überquert mit seinem Heer die Mehmel

1812, 17. August, Schlacht um Smolensk

1812, 7. September, Schlacht von Borodino

1812, 14. September, Napoleon rückt in Moskau ein

1812, 13. Oktober, Napoleon beschließt den Rückzug

1812, 3. November, Schlacht bei Wjasma.

1812, 26. bis 28. November, Schlacht an der Beresina

1812, 14. Dezember, Kaiser Napoleon macht, seinen Truppen auf dem Rückzug aus Russland vorauseilend, in Dresden Station

1813, 2. Mai, Schlacht bei Großgörschen, Sieg Napoleons gegen Russen und Preußen

1813, 20. und 21. Mai, Schlacht bei Bautzen, weiterer Sieg Napoleons gegen Russen und Preußen

1813, 26. und 27. August, Schlacht bei Dresden, Napoleon errang seinen letzten Sieg auf deutschem Boden

1813, 16. bis 19. Oktober, Die Völkerschlacht bei Leipzig brachte Napoleon eine verheerende Niederlage. Die sächsischen Truppen liefen zu den russischen und preußischen Truppen über

1813, 11. November, die belagerte Festungsstadt Dresden kapituliert

1815, 18. Juni, Schlacht bei Waterloo

1815 Ende des Buches „Der russische Dolch"

1825 die Gesellschaft „Stockton and Darlington Railway" eröffnet die erste öffentliche Eisenbahnstrecke in England

1835, im Dezember, Eröffnung der Eisenbahnstrecke Nürnberg - Fürth

1839, 7. April, Fertigstellung der ersten sächsischen Eisenbahnstrecke von Leipzig nach Dresden

1847 Anfang der Buches „Eine sächsische Revolution"

1848, 21. Februar, Karl Marx und Friedrich Engels veröffentlichen das Manifest der Kommunistischen Partei

1848, 22. bis 24. Februar, Februarrevolution in Frankreich

1848, 18. März, Berliner Barrikadenaufstand

1848, 31. März bis 3. April, das Frankfurter Vorparlament tritt zusammen

1848, 24. März, Beginn der Erhebung in Schleswig-Holstein

1848, 18. Mai, die deutsche Nationalversammlung tritt in der Frankfurter Paulskirche zusammen

1849, 28. März, Verabschiedung der Paulskirchenverfassung

1849, 3. bis 9. Mai, Dresdner Maiaufstand

1849, 30. Mai, Ende der Frankfurter Nationalversammlung

1849, 30. Juni, Beginn der Belagerung von Rastatt

1849, 18. Juli, Ende der Buches „Eine sächsische Revolution"

1849, 23. Juli, die Festung Rastatt fällt und damit endet die Revolution

1850, 1. Mai, Anfang des Buches „Eine Gräfin in Amerika"

1850, 18. September, der amerikanische Kongress erlässt auf Druck der Südstaaten ein Gesetz, das die Nordstaaten zwingen soll, entlaufene Sklaven wieder ihren Besitzern zu übergeben

1851, 5. April, die Wahpekhute in Minnesota überlassen der Regierung der Vereinigten Staaten einen Großteil ihres Stammesgebiets gegen Geld und Lebensmittel

1851, 19. Juni, Ende des Buches „Eine Gräfin in Amerika"

1852, der Pelzhändler Alexander Faribault gründet die Stadt Faribault / Minnesota

1852, 8. Mai, Ende der Schleswig - Holsteinischen Erhebung

1900 –

1939, 01. September, Angriff der Wehrmacht auf Polen

1939, 01. September, Anfang des Buches „Liebe in stürmischen Zeiten"

1939, 03. September, Frankreich und das Vereinigte Königreich erklären Deutschland den Krieg

1940, 10. Mai, der Angriff deutscher Verbände auf die Niederlande beginnt

1940, 24. Juni, französischer Waffenstillstand wird unterzeichnet

1941, 22. Juni, deutscher Überfall auf die Sowjetunion

1942, 23. August, Beginn des Kampfes um Stalingrad

1943, 02. Februar, Ende des Kampfes um Stalingrad

1943, 05. bis 16. Juli, Schlacht am Kursker Bogen

1945, 13. bis 15. Februar, schwere Luftangriffe auf Dresden

1945, 7. Mai, bedingungslose Kapitulation aller deutschen Truppen

1949, 23. Mai, Gründung der BRD

1949, 07. Oktober, Gründung der DDR

1953, 17. Juni, Volksaufstand und Streiks in der DDR

1954 Ende des Buches **„Liebe in stürmischen Zeiten"**

2000 –

Von Uwe Goeritz ebenfalls beim Verlag BoD erschienen (BoD – Books on Demand, Norderstedt, nähere Informationen finden Sie unter www.BoD.de)

„Schicha und der Clan des Bären", die ISBN lautet 978-3-7386-0262-3
108 Seiten für 7,90 Euro

„In den finsteren Wäldern Sachsens", die ISBN lautet 978-3-7357-7982-3
108 Seiten für 7,90 Euro

„Der Gefolgsmann des Königs", die ISBN lautet: 978-3-7357-2281-2
116 Seiten für 7,90 Euro

„Im Zeichen des Löwen", die ISBN lautet: 978-3-7347-5911-6
116 Seiten für 7,90 Euro

„Kaperfahrt gegen die Hanse", die ISBN lautet: 978-3-7386-2392-5
108 Seiten für 7,90 Euro

„Die Bruderschaft des Regenbogens", die ISBN lautet: 978-3-7386-5136-2
112 Seiten für 7,90 Euro

„Im Schein der Hexenfeuer", die ISBN lautet: 978-3-7347-7925-1
112 Seiten für 7,90 Euro

„Die Räubermühle", die ISBN lautet: 978-3-8482-0893-7
112 Seiten für 7,90 Euro

„Der russische Dolch", die ISBN lautet: 978-3-7412-3828-4
116 Seiten für 7,90 Euro

„Das Schwert des Gladiators", die ISBN lautet: 978-3-7412-9042-8
116 Seiten für 7,90 Euro

„Frauenwege und Hexenpfade", die ISBN lautet: 978-3-7448-3364-6
116 Seiten für 7,90 Euro

„Die Sklavin des Sarazenen", die ISBN lautet: 978-3-7448-5151-0
308 Seiten für 9,90 Euro

„Die Tochter aus dem Wald", die ISBN lautet: 978-3-7448-9330-5
116 Seiten für 7,90 Euro

„Anna und der Kurfürst", die ISBN lautet: 978-3-7448-8200-2
312 Seiten für 9,90 Euro

„Westwärts auf Drachenbooten", die ISBN lautet: 978-3-7460-7871-7
120 Seiten für 7,90 Euro

„Nur ein Hexenleben...", die ISBN lautet: 978-3-7460-7399-6
312 Seiten für 9,90 Euro

„Sturm über den Stämmen", die ISBN lautet: 978-3-7528-7710-6
124 Seiten für 7,90 Euro

„Die Rache der Barbarin", die ISBN lautet: 978-3-7528-4103-9
128 Seiten für 7,90 Euro

„Im Feuersturm – Grete Minde", die ISBN lautet: 978-3-7481-2078-0
312 Seiten für 9,90 Euro

„Rosen hinter Burgmauern", die ISBN lautet: 978-3-7347-0321-8
312 Seiten für 9,90 Euro

„Auf Bärenspuren", die ISBN lautet: 978-3-7412-9116-6
316 Seiten für 9,90 Euro

„Im Schatten des Feuerberges", die ISBN lautet: 978-3-7481-3800-6
120 Seiten für 7,90 Euro

„Ein Sommer unter der Mondsichel - Wien, im Jahre 1683",
die ISBN lautet: 978-3-7494-5288-0
328 Seiten für 9,90 Euro

„Der schwarze Tod - Mainz, im Jahre 1349",
die ISBN lautet: 978-3-7494-7180-5
336 Seiten für 9,90 Euro

„Eine sächsische Revolution", die ISBN lautet: 978-3-7528-8679-5
336 Seiten für 9,90 Euro

„Liebe in stürmischen Zeiten", die ISBN lautet: 978-3-7519-1929-6
160 Seiten für 7,90 Euro

„Das siebente Mädchen", die ISBN lautet: 978-3-7504-3239-0
328 Seiten für 9,90 Euro

„Ein Jahr unter Gauklern", die ISBN lautet: 978-3-7519-8230-6
336 Seiten für 9,90 Euro

„An fremder Küste", die ISBN lautet: 978-3-7534-7768-8
332 Seiten für 9,90 Euro

„Die Braut des Templers", die ISBN lautet: 978-3-7534-4502-1
340 Seiten für 9,90 Euro

„Das Versteck des Eremiten", die ISBN lautet: 978-3-7543-3412-6
340 Seiten für 9,90 Euro

Aktuelle Informationen und Neuerscheinungen finden sie immer im Internet unter:

www.Goeritz-Netz.de